모나코 _ 2(完)

모나코 2

김광호 장편소설

도서출판 아담

모나코 2

초판 1쇄 발행   2022년 4월 20일

작가   김광호
펴낸 곳   도서출판 아담
디자인   이현솔
편집   이은정
등록번호   제 311-2009-2호
주소   서울 은평구 갈현로27길 13-11 예일빌라 104호
전화   010-8334-2724
팩스   02-382-2725
이메일   3822724@hanmail.net

ISBN   979-11-64200-07-8
가격   14,000원

35

"작업 반장이 바늘 같은 걸로 막 찌르기도 한다는데, 정말로 그럼 어쩌지?"

"그건 70년대의 이야기야. 지금 그런 일이 일어나면 노조에서 가만 있지 않을 거야."

나와 최기우는 커피숍에 마주 앉아 있었다. 내가 공장에 말단 공원으로 들어가기 하루 전의 일이다. 나의 부탁을 들은 이은영은 노조를 통해 내가 일할 만한 적당한 곳을 한 군데 정해주었다. 전기 스탠드를 만드는 공장이라고 했다.

"부담스러우면 지금이라도 이 실장에게 못하겠다고 말을 하면 돼."

"싫어. 무슨 일이 있어도 할 거야."

"후후, 수희가 어떤 모습으로 공장 일을 할지 기대가 되는군."

"흥! 오빠도 하는 걸 내가 왜 못해?"

"좋아, 그런 각오라면 충분히 해낼 수 있지."

나를 놀리는 듯한 최기우의 표정을 보자니 화가 났다. 내가 난데없이 안산의 전기 스탠드 공장에 취업하게 된 게 다 자기 때문이라는 걸 아는 것일까, 모르는 것일까. 좀 더 가까이 있고 싶고, 좀 더 다가가고 싶은 이런 마음을 알고 있을까. 내가 사랑하는 사람이 내게 거리감을 느끼는 듯해, 그 간격을 좁혀보고 싶은 그런 마음에 이런다는 걸 저 사람은 알고 있을까. 아휴, 나는 왜 좀 더 평범한 남자를 사귀어 평범하게 연애를 하지 못하는 것인가! 하지만 이제와 후회해도 소용없다. 주어진 현실에 최선을 다하리라.

최기우와 헤어지고 이은영의 집으로 갔다. 아직 집을 못 구해, 당분간 그녀 신세를 지기로 했던 것이다. 최기우의 집에서 밤을 보내는 건 피하고 싶었다. 내가 집을 나왔다는 걸 안 최기우는 혹시 내가 자신과의 동거를 바랄지도 모른다고 생각해서인지 은근히 그런 내색을 한 적이 있는데, 나는 단호하게 거절했었다. 남자와 동거하며 공장 일을 한다면 그야말로 진짜 '공순이'가 되는 것이다.

다음날 나는 이은영이 그려준 약도와 주소를 보고 내가 일하게 될 공장을 찾아갔다. B공단의 맨 끄트머리에 위치한 그곳은 3층 짜리의 특색 없는 노란색 건물이었다. 이은영이 예전에 다녔던 곳으로, 마침 인원 보충이 필요하다기에 나를 소개해준 것이다.

"얼마 못 다닐 것 같은데…"

인사 부장이 이력서와 내 얼굴을 번갈아 보며 중얼거렸다. 물론 내 이력서의 최종 학력은 고졸로 기록되어 있었다.

"처음이지만 열심히 다니겠습니다."

"알았어요."

그가 전화를 걸자 20대 후반의 여자가 사무실 안으로 들어왔다.

"김 반장, 3조에 사람 필요하지?"

"그렇기는 하지만…"

김 반장이라는 여자는 전혀 반갑지 않다는 듯한 눈으로 나를 내려다보고 있었다.

"경험이 없다는데, 우선 사람이 없으니까 한번 데리고 가서 일을 시켜보라고."

김 반장은 자신을 따라오라며 앞장서서 걸었다. 2층으로 올라가 복도를 걸었는데, 열린 문틈으로 작업장 모습이 보였다. 하늘색 유니폼을 입은 여공들이 고개를 숙인 채 분주히 작업을 하고 있었다. 그런 모습은 텔레비전 뉴스에서나 간간히 본 적이 있는데 실제로 접하니 삶의 현장이라는 느낌이 강하게 다가왔다. 김 반장은 우선 나를 탈의실로 데려가 치수를 물어보고 유니폼을 내줬다.

옷을 갈아입고 김반장을 따라가 작업실로 들어갔다. 공장 건물은 3층이었는데, 1층은 사무실과 창고였고 2층과 3층이 작업실이었다. 2층은 각종 사무용품을 만드는 곳이었고 3층은 전기 스탠드를 만드는 곳이었다. 나는 3층의 작업실에 배치되었다.

"저기 굴러오는 상판 보이지? 저걸 이 하판에 결합시켜서 다시 올려 놓는 일이야."

김 반장이 작업 지시를 내렸다. 보기에는 간단해 보였다. 컨베이어를 타고 오는 둥그런 상판을 하판에 연결해 드라이버로 조이고 다시 컨베이어에 올려놓으면 되는 일이었다. 하지만 막상 시작해 보니 뜻대로 안 되었다. 속도가 너무 빨라 따라잡을 수가 없었다. 오늘 안에 쫓겨날 게 틀림없다고 생각했는데 다행히 내 옆자리의 여공이 내 몫까지 처리를 해 주었다.

"처음에는 다 그래요. 너무 긴장하지 마세요."

나는 그녀의 도움을 톡톡히 받았다. 내가 해야 할 일의 상당 부분을 그녀가 처리해 주었고, 작업 방법도 자상하게 알려주었다. 그녀가 아니었더라면 한 시간도 지나지 않아 두 손 들고 이곳을 도망쳐 버렸을 것이다. 그러나 그녀가 도와주는 것에도 한계가 있기에 나 때문에 몇 번이나 작업이 지연되었고 그때마다 김 반장이 달려와 닦달을 했다.

"아무리 처음이라고 하더라도 너처럼 굼뜬 애는 처음 본다. 그래 갖고 밥 먹고 살 수 있겠니?"

남에게 이런 식의 원색적인 비아냥을 듣는 것은 난생 처음이었다. 점심 시간이 되었을 때 나는 녹초가 되었다. 지하 식당에서 밥을 타와 테이블에 앉는데, 내 옆자리의 여공이 맞은 편에 앉으며 말을 걸었다.

"힘들죠?"

"그러네요."

"처음이라 그래요. 나도 그랬는 걸요."

"고마워요."

"나는 19살이에요. 나이가 어떻게 돼요?"

"스물 둘이요."

"그럼 언니라고 부를게요."

그녀와 통성명을 했다. 그녀의 이름은 최순혜였다. 최순혜는 전남 고흥에서 고등학교를 중퇴하고 올라와 지금이 두 번째 직장이라고 했다. 그녀가 어떤 사람인지는 두 번째고, 아무 것도 할 줄 모르는 나로서는 그녀가 내 옆자리에 앉아 있다는 것만으로도 엄청난 도움이 되었다. 오후에도 역시 똑같은 작업을 했는데, 오전에는 경황이 없어 몰랐는데, 계속 똑같은 작업을 하다보니 팔이 빠지는 것처럼 아팠고, 몇 시간 동안이나 똑같은 자세로 앉아있다 보니 엉덩이와 허리에도 통증이 생겼다. 건강은 남에게 뒤질

게 없다는 생각에 별 걱정을 안했는데, 막상 처음 육체노동을 경험하고 보니 내가 지금까지 얼마나 쉽게 살아왔는지를 생생히 체감할 수가 있었다.

그리고 끔찍한 소식이 하나 전해졌다. 이은영에게 듣기로 오전 9시부터 오후 6시까지가 근무시간인 것으로 알았는데 하필 지금은 물량 공급이 부족한 시기라 8시까지 잔업을 한다는 것이었다. 내 생애에 그토록 길고 고된 하루는 처음이었다. 일을 모두 끝내고 공장을 나올 때는 지독한 고문을 받고 집으로 돌아가는 사람처럼 축 늘어져 있었다.

무조건 최기우를 만나야 한다고 생각했다. 그를 만나 내가 얼마나 치열하게 하루를 보냈는지를 이야기하고, 이 고생을 하는 이유가 그에 대한 나의 애절한 사랑에 기인한 것임을 알게 해야 한다고 생각했다. 그의 직장으로 전화를 걸었더니 퇴근했다기에 그의 근거지인 노동 상담소로 전화를 걸어 이은영과 통화했는데, 최기우가 조금 전에 집으로 돌아갔다는 소식을 전해주었다.

부리나케 그의 자취방으로 갔더니 방문이 잠겨 있었다. 시간상으로라면 벌써 도착하고도 남을 시간이라 의아했지만 간단한 볼 일이라도 있겠거니 하고 혼자 방 안으로 들어갔다. 내게는 최기우가 만들어준 그의 자취방 열쇠가 있었던 것이다.

웃기게도, 피로가 극에 달한 이 와중에도 애인에게 잘 보이고 싶은 마음이 생겨 그의 방을 깨끗이 청소하고, 책장 정리까지 해 주었다. 지금의 이런 나를 부모님이 보신다면 통곡을 하고도 남을 것이다.

책상에 앉아있자니 눈이 저절로 감겨와 엎드려서 눈을 감았더니 바로 잠이 들어버렸다. 정말 깊은 잠에 빠져들었다가 불현듯 눈을 떴는데 내 어깨에 누군가의 손이 얹어져 있었다.

"얼마나 피곤했으면…"

최기우의 나지막한 목소리를 듣는 순간 눈물이 핑하고 돌았다.

"오늘 하루 죽는 줄 알았다고."

나는 볼멘소리를 하며 그에게 안겼다. 최기우는 나의 이마에 입 맞추고, 양 손으로 나의 몸을 쓰다듬었다. 그의 손끝이 움직일 때마다 전기에 감전된 듯한 짜릿한 느낌이 전신에 퍼졌다. 그는 나를 안고 침대로 갔다. 그와 달콤하게 키스를 하고, 그로부터 뜨거운 애무를 받고, 그가 내 위로 올라와 나의 육체를 부둥켜안으며 율동하자, 피로는 사라지고 아득한 쾌감이 그 자리를 차지했다. 나는 여느 때보다 더 거세게 그를 갈망하며, 그를 끌어안고 그의 아래서 몸부림을 쳤다. 한 번으로는 모자란다는 생각에 자려는 그를 재촉해 다시 욕망하게 했다. 두 번의 길고 격렬한 관계를 갖고서야 나는 잠들 수 있었다.

남자들로부터 들은 농담 가운데 '밤일 잘하면 아침상이 달라진다.'라는 것이 있었다. 정말 그런가 보다. 나는 새벽같이 일어나 난생 처음 사랑하는 사람의 아침을 내 손으로 직접 차렸다. 냉장고에 생선이 있기에 그걸 팬에 굽는데 연기가 눈으로 들어가 눈물이 나는데도 나는 콧노래를 흥얼거리고 있었다.

나는 비장의 무기를 선보이기로 했다. 바로 해파리초무침이라는 반찬이다. 엄마가 종종 해주는 이 반찬에 매료되어 평소에는 집안일에 무관심한 나임에도 엄마에게 부탁해 요리법을 숙지했었다. 내가 해주는 달콤새콤한 이 요리를 먹고 감탄하지 않은 친구는 없었다. 나는 최기우의 놀라운 반응을 상상하며 정성껏 해파리초무침을 만들었다.

아침상에 마주 앉아 아침을 먹는데 내 신경은 온통 최기우에게 가 있었다. 내가 차린 아침이 행여라도 그의 입맛에 안 맞는 건 아닌지, 그의 젓가락이 어느 것에 많이 가는지, 그리고 무엇보다 나의 비장의 무기, 즉 해파리초무침을 맛보고 나서의 반응이 어떨지… 나는 조신한 모습으로 아침을 먹으면서 최기우의 반응에 집중하고 있었다.

드디어 그의 젓가락이 나의 비장의 무기에 꽂혔다. 한 젓가락 집어서 입 안으로 넣은 그는 오물거리며 씹고 삼켰다. 이럴 때 맛이 어떠냐고 재촉하는 건 아마추어다. 자연스럽게 그의 칭찬이 나오기를 기다려야 한다. 마침내 그의 입이 열렸다.

"이 실장이 그러더라고. 수희가 노동 현장에 들어왔으니 단합대회라도 해야 하지 않겠느냐고."

아니, 내 비장의 무기를 맛보고도 아무런 감흥이 없다는 것인가.

"나는 아무래도 좋아. 오빠가 일정 잡으면 그대로 할게."

최기우의 젓가락이 다시 한번 해파리초무침으로 향했다. 이번에는 뭔가 반응이 있겠지!

"주 국장 말이야. 여자친구 안 생겨서 고민하던 선배. 좋아하는 여자가 생겼다고 싱숭생숭 하던 걸."

뱃살과 대머리, 발기 부전을 가진 남자의 이야기로 이 상큼한 아침을 어둡게 만들고 싶지는 않은데!

"언젠가는 생기겠지."

"아, 잘 먹었다. 시간이 조금 이른데 우리 음악이나 들을까?"

"음악 들을 시간이 어딨어? 내가 아침 차렸으니까 설거지는 오빠가 해!"

내 목소리는 자동적으로 신경질 적이 되어 있었다.

나란히 집을 나와 팔짱을 껴고 거리를 걸었다. 남이 볼 때는 신혼부부가 나란히 출근하는 것으로 생각할 법 했다. 처음에는 생경하기만 했던 공단의 풍경이 이제는 낯익고 정겹기까지 했다. 내가 먼저 회사로 가는 버스에 올라탔다. 버스에 서서 창을 내다보니 최기우가 활짝 웃으며 손을 흔들고 있었다.

그 좋은 감정은 회사에 출근해 유니폼으로 갈아입는 도중, 갑자기 사라지고 최기우에 대한 의혹이 나를 송두리째 집어삼켰다. 갑자기 어젯밤 일이 생각난 것이다. 내가 노동상담소에 전화를 건 시각이 8시 30분가량이었다. 그때 이은영과 통화했는데, 최기우는 10분 전쯤 집에 간다며 떠났다는 것이다. 그런데 내가 그의 자취방에서 그를 기다리다 그가 온 것을 알고 무심코 시계를 보았을 때의 시간은 10시 45분이었다.

노동상담소에서 자취방까지는 버스를 타고 15분을 가서 내린 후 도보로 10분을 걸으면 도착하는 거리였다. 넉넉잡아 30분이라고 하더라도 2시간이나 공백이 있었다. 그때는 너무나 피곤하기도 했고 그가 왔다는 것에 감격해 그냥 넘어갔는데, 아무래도 이상한 일이었다. 물론 그렇다고 그가 딴짓을 했을 가능성은 거의 없지만 이상한 건 또 그것대로 이상한 것이었다.

의혹을 안고 있는 것보다는 자존심이 상하더라도 확인 하고 넘어가는 게 낫다는 생각에 점심시간이 시작되었을 때 그의 회사로 전화를 걸었다. 다행히 그가 아직 회사에 있어서 통화가 되었다.

"오빠, 어제 물어보려다가 못 물어봤는데, 어제 왜 그렇게 늦게 집에 왔어?"

"내가 말 안했나? 어제 회사 노조에 문제가 생겨서 노조 사무실에 잠깐 들렀다왔어."

그가 노동조합의 지도부장을 맡고 있기 때문에 노조 사무실에 들르는 일은 생활의 하나였다. 자신의 직분에 성실한 그를 공연히 의심했다는 죄책감이 생겼다.

"그랬구나. 그냥 갑자기 생각나서 물어봤어. 기분 나쁜 거 아니지?"

"괜찮아."

나는 홀가분한 마음으로 밥을 먹으러 식당을 향해 내려갔다. 그런데 또 다른 의혹이 솟구쳤다. 어제 노동 상담소의 이은영과 통화한 일이 떠오른 것이다. 그녀는 분명히 최기우가 집에 간다며 그곳을 나갔다고 내게 말했다. 만일 노조 사무실에 간다고 했다면 이은영에게 말을 하지 않을 이유가 없었다. 집에 간다면서 노조 사무실로 가는 건 최기우답지 않은 일이었다.

하지만 이해하기 어렵다고, 최기우가 의심 받을 행동을 했다고 생각하는 건 비약이고, 또 그러한 의혹이 내속에 생기는 것 또한 어쩔 수 없는 것이다. 일단 지금은 묻어두고 나중에 기회가 되면 확인을 해 보기로 하고 식당으로 내려갔다.

오늘도 최순혜와 함께 밥을 먹었다.

"언니 오늘 출근 한 거 보고 반가웠어요."

"나도요."

"실은요. 언니가 오늘 안 올 거라고 생각했거든요."

"네? 왜요?"

"그냥 그런 생각이 들었어요."

이은영으로 부터 이런 공장은 늘 사람이 들어왔다가 나가기를 반복한다는 이야기를 들었다. 하루 일해보고 안 맞는다는 생각에 안 나오는 사람도 드물지 않게 있으리라는 생각이 들었다.

어제보다는 작업이 다소 능숙해진 편이었다. 이제는 그다지 밀리지 않으면서 내 앞의 일거리들을 처리할 수 있게 되었다. 역시 단순 작업이라 약간의 노력으로도 익숙해질 수 있었던 것이다. 그러나 아직 남들만큼 하는 것은 아니었다. 아직도 최순혜가 간간이 내 일을 도와주고 있었다.

천만다행으로 오늘은 잔업이 없었다. 마치 6시 이후의 저녁시간을 공짜로 얻은 듯한 기분이 되었다. 옷을 갈아입고 건물을 나와 회사 마당을 가로질러 걷는데, 남자들의 함성이 들려 고개를 돌려보니 남자 직원들이 마당의 한쪽에서 공차기를 하고 있었다. 대학 캠퍼스에서 종종 보았던 그런 풍경이었다. 족구라고 불리는 종목으로, 복학생들이 주로 하던 공놀이였다. 사람 사는 건 어디나 다 마찬가지라는 생각이 들었다.

회사 정문을 나서는데, 누가 갑자기 내 앞을 가로막았다.

"아버지!"

아버지는 꽤 오래 추운 곳에서 기다린 듯 얼굴이 빨개진 모습으로 서 있었다. 아버지의 얼굴은 인자한 모습도 아니었지만 그렇다고 딱히 화가 나 있는 것처럼 보이지도 않았다.

"여긴 어떻게 오셨어요?"

"자식이 어디서 뭘 하며 사는지는 알고 있어야 되지 않겠냐."

엄마에게는 말을 해줘야 할 것 같아 사정을 이야기하고 회사 이름과 연락처를 알려주었었다.

"저녁은 먹었냐?"

"아직이요."

"밥이나 먹으면서 이야기하자."

평범한 한식집으로 들어가 나는 김치찌개를 먹었고 아버지는 된장찌개를 먹었다. 그러고 보니 아버지와 집 밖에서 단 둘이 밥을 먹는 건 처음이

16

었다. 요즘 처음 겪는 일들이 많아졌다. 그만큼 내 인생이 변화하고 있다는 것의 반증이리라.

식사를 다 하고 식당에서 서비스로 주는 커피를 마시기 시작했을 때 아버지가 입을 열었다.

"그래, 무슨 일을 하는 공장이냐?"

"전기 스탠드요."

"허."

자기 딸이 전기 스탠드 공장에서 일하고 있는 게 믿기지 않는 듯 아버지는 허탈한 웃음을 지었다.

"할만 하냐?"

"재밌어요."

왠지 지고 싶지 않다는 생각이 들어 그렇게 대답한 것이다. 속마음은 어제와 오늘 죽을 고생을 했다고 고백하고 싶었을지도 모르겠다.

"재밌어?"

"집하고 학교만 왔다갔다 하며 지겨운 공부만 하다가 전혀 다른 일을 하고 전혀 다른 사람과 어울리니까 재밌어요."

"그래서 평생 그리 살 생각이야?"

"모르겠어요. 일단 한 한기를 휴학했으니까 6개월 정도는 해 보려고요."

"당분간이라면 인생 경험을 하는 것이니 나쁠 건 없지."

"그래요. 그렇게 생각해주세요. 너무 걱정 마시고요."

"네 애인이라는 사람은?"

"가끔 만나요."

아버지는 한숨을 내쉬며 말했다.

"자식 이기는 부모 없다고, 네가 그렇게 좋다면 부모가 어쩌겠냐."

한풀 꺾인 아버지의 모습은 나를 당당하게 만들기보다는 죄책감에 젖게 했다.

"이건 네 엄마가 주라고 하더라."

아버지는 테이블위에 통장을 하나 올려놓았다.

"저 돈 있어요. 그리고 고생하려고 이러고 있는 건데…"

"어차피 널 위해 따로 모아둔 돈이니 괜찮아."

나는 못 이기는 척 통장을 주머니에 넣었다. 아버지가 차를 안 가져왔다고 하기에 역까지 배웅을 가기로 했다. 택시를 탔을 때 아버지는 창 밖으로 지나가는 공단 풍경을 바라보며 '여기는 여전하구나.'라고 중얼거렸다. 예전에 아버지로부터 시골에서 막 올라왔을 때 이곳 안산의 공장에서 일을 했다는 이야기를 들은 기억이 났다.

"나 가마."

그 한 마디를 남기고 아버지는 개찰구 안으로 들어갔다. 아버지가 사람들 속으로 사라지는 모습을 나는 우두커니 서서 바라보았다. 죄송해요… 죄송해요… 죄송해요… 그 말이 계속 입 안에서 맴돌았다.

그래도 마음은 한결 가벼워졌다. 결혼 상대 문제로 부모와 자식 간에 불화가 생기는 경우가 적지 않은데, 나도 그렇게 되어 가는 것 같아 그동안은 불안했었다.

이은영에게 더 이상 폐를 끼치고 싶지도 않았고, 아버지가 준 통장의 돈도 액수가 적지 않아 빨리 방을 구해야겠다고 생각하며 역의 로비를 천천히 걸어오고 있었다. 그런데 내 시야에 누군가의 뒷모습이 눈에 들어왔다. 20대 초반으로 보이는 여자가 사람들 사이를 걸어 역을 빠져나가고 있었다.

처음에는 어딘가 낯익은 걸음걸이라고 생각하고 넘어가려 했는데, 그녀가 왼쪽으로 고개를 돌리는 순간 나는 전기에 감전이라도 된 듯한 충격에 걸음을 멈출 수 밖에 없었다. 그녀는 박윤진이었다.

박윤진…

나로서는 잊을 수 없는 여자였다. 최기우의 첫사랑인 그녀로 인해 나는 쓰라린 사랑의 상처를 겪어야 했고, 그것을 극복하기 위해 얼마나 많은 날들을 보내야 했으며, 최기우와 재결합하기 위해 또 얼마나 마음고생을 했던가.

그런데 도대체 저 여자가 왜 이곳에 나타난 것인가. 그녀를 발견한 직후부터 내 속에는 어두운 먹구름이 드리웠다. 나는 떨리는 가슴을 진정시키고 재빨리 역 밖으로 나갔다. 박윤진은 광장을 가로질러 걸어가고 있었다. 나는 놓치면 안 된다는 생각을 하며 계속 그녀의 뒤를 쫓았다.

박윤진은 광장의 끝에 있는 택시 정류장에 서 있다가 자기 차례가 오자 택시 안으로 올라탔다. 택시를 탄 그녀가 이쪽을 쳐다보기에 나는 눈이 마주치면 안 된다는 생각에 잽싸게 고개를 숙였다. 다시 고개를 들었을 때 그녀를 태운 택시는 휑하니 차도를 달려나가고 있었다.

침착하자, 아직 아무 것도 확실한 건 없다. 저 여자가 우연히 이곳에 볼 일이 있어서 온 것일 수도 있지 않은가.

그렇게 생각하려 했지만 꼬리를 물고 이어지는 안 좋은 생각은 통제가 되지 않았다. 처음 그녀의 존재를 알았을 때와 지금은 전혀 다르다. 나는 최기우에게 모든 것을 주었다. 단지 몸을 섞었다는 것뿐 아니라, 그가 없이 어떻게 살아가야 할지 지금으로 서는 알 수가 없다.

나는 일단 최기우와 통화를 한번 해 보자는 생각에 광장 한쪽의 공중전화를 찾아들어갔다. 회사로 걸었더니 퇴근했다기에 노동 상담소로 전화를 걸었더니 그가 받았다. 나는 초인적인 의지로 아무 일 없는 듯한 연기를 했다.

"오빠, 나 오늘은 야근이 없어서 저녁에 할 일이 없어."

"아, 진작 전화를 하지 그랬어. 요즘 내가 다니는 회사에 문제가 좀 생겨서 말이야. 오늘도 노조 사무실에서 노조 업무를 좀 해야 할 것 같아. 진작 전화를 했으면 어떻게 시간을 쪼개봤을 텐데 말이야."

"알았어. 어제도 만났는데 뭐."

최기우와의 통화는 나를 더욱 불안하게 만들었다. 깊이를 알 수 없는 심연 속으로 빠져들어가는 듯 느껴졌다. 그렇게 생각해서 그런지는 몰라도, 지금까지 나는 최기우라는 사람의 실체에 대해 전혀 모르면서, 마치 그를 다 알고 있고 그의 모든 것을 이해할 수 있다고 생각했던 것 같은 느낌이 들었다.

무언가, 내가 모르는 거대한 괴물이 모습을 드러낼 때까지 넋 놓고 기다릴 수는 없다고 생각했다. 확인을 해야 한다. 정말로 그가 괴물인지, 아니면 내가 잘못된 상상을 하고 있는지… 분명히 해야 한다.

나는 택시를 타고 노동상담소로 향했다. 서둘러야 한다. 박윤진을 역에서 목격한 것이 10분 전이고, 최기우와 통화를 한 것이 5분 전이었으므로 만일 두 사람이 만나기로 했다면 최기우가 지금쯤 출발해야 할 것이다. 택시에서 내려 노동상담소의 길 건너편으로 갔다. 그곳에는 버스 정류장이 있어서 나는 버스를 기다리는 사람들 속에 숨어 길 건너편의 노동상담소 출입문을 뚫어져라 주시했다.

최기우가 나왔다. 그는 처음 보는 어떤 남자와 함께 밖으로 나와 오른쪽 길로 천천히 걷기 시작했다. 역시 내가 오해한 것일까. 하지만 그는 함께 걷던 남자와 악수를 하며 헤어지고, 횡단보도를 건너 내가 서 있는 보도로 건너와 B공단 쪽을 향해 걷기 시작했다.

아직은 희망의 불씨가 꺼지지 않았다. 그 방향이라면 그의 회사 쪽 방향이 맞았다. 버스를 탈 수도 있지만 도보로 걸어도 큰 차이가 없는 거리였다. 나는 제발 나의 상상이 보기 좋게 빗나가기를 바라며 그의 뒤를 쫓고 있었다.

사거리가 나왔다. 횡단보도를 건너 곧장 가면 그의 회사가 있는 공단으로 접어드는 길이 나온다. 그런데 최기우는 횡단보도에 서지 않고 오른쪽으로 방향을 바꿔 걷기 시작했다. 어두운 상상이 조금씩 현실로 다가오는 듯 했다. 하지만 그때까지도 나는 희망을 버리고 싶지 않았다. 잠깐 다른 곳에 볼일이 있어서일 거라고, 스스로를 안심시키려 했다.

하지만 최기우는 나를 비웃기라도 하듯, 망설임도 없이 회사와는 전혀 다른 방향으로 당당하게 걸어가고 있었다. 그 길에는 사람이 없어 나는 길의 모퉁이에 몸을 감추고 눈으로만 최기우를 쫓았다.

그는 갑자기 걸음을 멈추더니 사방을 한 번 둘러보고 재빨리 도로를 무단횡단 했다. 차가 잘 다니지 않는 2차선의 도로였다. 그리고 그는 어떤 건물 안으로 쓱 들어갔다. 나는 그가 그곳으로 사라진 뒤에야 그 건물의 정체를 확인했다. 그것은 모텔이었다. MOTEL이라는 글자의 네온사인 간판이 반짝거리고 있었다.

그것을 확인하는 순간 두 다리에 힘이 풀리면서 그대로 주저앉을 것 같은 기분이 되었다. 역에서 만난 박윤진과 모텔로 들어간 최기우… 이것은 어린아이라도 정답을 알 수 있는 쉬운 수수께끼였다.

너무나 뻔한 상황이었지만 나는 마지막까지 확인을 해 보기로 했다. 이것은 나 자신을 위한 것이다. 내가 사랑이라고 믿었던 것의 실체를 확실히 확인하지 않으면 안 된다고 생각했다. 모텔의 1층이 커피숍이라 나는 그곳으로 들어갔다. 그곳에서는 1층과 2층 사이의 계단을 볼 수가 있기 때문에 그들이 정문으로 나가건 후문으로 나가건 확인할 수가 있었다.

커피 한 잔을 시켜 놓고 앉아서 바람 피우는 애인을 기다리는 심정은 정말 비참한 것이었다. 정말 이보다 더 최악이 있을까 싶은 생각이 들었다. 1시간이 지나 2시간째로 접어들었지만 그들은 나타나지 않았다. 이 와중에도 오래도 한다는 생각이 들며 쓴 웃음이 나왔다. 영화나 드라마를 보면 여자가 바람 피는 남편이 있는 방 안으로 뛰어들어가 난리법석을 떠는 장면이 가끔 나오는데 그것이 절대로 연기가 아니라는 걸 알 것 같았다. 그렇게라도 하지 않으면 미칠 것 같은 것이다.

낯익은 목소리가 계단 쪽에서 들려 그쪽을 쳐다보았더니 최기우가 계단을 내려오고 있었다. 그는 뒤따라오는 박윤진에게 '어디가서 밥이라도 먹고 갈까?'라고 물었고 박윤진은 '시간 없어.' 라고 대답했다.

나는 찻값을 계산하고 바로 두 사람을 쫓아나갔다.

"최기우 씨!"

나는 거리로 뛰어나가 두 사람의 등 뒤에 대고 외쳤다. 나란히 걷던 두 사람은 거의 동시에 나를 향해 돌아섰다. 최기우는 내가 나타난 것이 믿어지지 않는 듯 흠칫 놀란 표정이었고 박윤진 역시 놀라며 '어머'라고 소리를 냈다.

"수희…"

무슨 변명이라도 하고 싶지만 할 말이 없다는 듯 최기우는 머뭇거렸다. 할 말이 없기는 나 역시 마찬가지였다. 도대체 무슨 말을 할 수 있다는 것인가. 내가 그를 기다린 것은 마지막을 확실히 하자는 것이지, 달리 해 주고 싶은 말이 있어서가 아니었다.

박윤진이 내 앞으로 걸어왔다.

"기우 씨, 차라리 잘 됐어. 애매한 것보다는 이 편이 낫잖아. 그동안 기우 씨가 네 남자라고 생각했겠지? 잘 들어. 기우 씨는 너에게 마음의 안정을 찾지 못했어. 너처럼 이기적인 여자를 기우 씨가 사랑할 리가 없다고. 단지 네가 불쌍해서 만나준 것뿐이었어. 이제 현실의 눈을 뜨지 그래?"

그 순간 속에서 불덩이 같은 것이 치밀어 오르며, 나의 손이 거의 반사적으로 박윤진의 뺨을 후려쳤다.

"날 쳤어?"

주춤 물러섰던 박윤진이 두 손을 앞으로 뻗으며 내게 달려 들어 내 어깨를 한 손으로 쥐고 나의 뺨을 때리려 했다. 그때 최기우가 나서서 박윤진을 붙잡았다. 그녀는 최기우에게 붙잡인 채 악다구니를 치고 있었다.

"왜 날 잡아? 아직도 저년에게 미련이 있는 거야? 그런 거야?"

절대로 울지 않겠다고 다짐했지만 굵은 눈물이 굴러떨어져 목 안쪽을 적셨다. 최기우는 차마 내 얼굴을 똑바로 보지 못하고, 나를 향해 달려들려는 박윤진을 붙잡고 있었다. 나는 눈물을 삼키고 그대로 돌아서서 뛰어갔다.

차도로 내려가 택시를 잡아탔다.

"서울로 가 주세요."

한 시라도 빨리 이곳을 벗어나고 싶었다. 이은영의 집에 몇 가지 물건을 두고 온 게 생각났지만 지금은 그걸 굳이 찾는다는 게 구차스럽게 느껴졌다. 차는 안산 시내를 가로 질러 달렸다. 창밖으로 비치는 회색 도시가 유난히 을씨년스럽다고 생각했다.

36

비가 오고 있다. 2월 중순으로, 다소 때 이른 봄비다. 빗방울이 창에 부 딪쳤다가 주루룩 아래로 흘러내리고 있었다. 빗방울에 네온사인의 불빛이 반사되어 컬러풀한 빛을 내고 있었는데, 그 광경이 퍽 낭만적이라고 생각 했다. 내가 지금 누군가를 기다리고 있기 때문인 것 같다.

채수희가 나를 만나러 오고 있다. 그러나 기쁘고 설레기만 한 것은 아니 다. 그녀의 목소리가 예사롭지 않았다. 여자가 술에 취하는 모습은 드물기 때문에 그 특성은 쉽게 판별을 할 수가 있다. 그녀의 목소리는 확실히 술 에 취했을 때의 그것이었다.

그렇다면 무언가 안 좋은 일이 생겼기 때문에 나를 만나러 온 것일 가능 성이 높다. 무슨 일이 있을 때만 찾아온다고 생각하면 안 좋게 생각할 수 도 있겠지만, 반대로 특별한 일이 있을 때 내 생각이 난다는 것은 나를 특 별하게 생각하는 것으로 받아들일 수도 있다. 어쨌거나 나를 경계하고 기 피하던 처음과 비교하면 상당히 좋아진 것이다.

통화를 했을 때가 사당이라고 했으니 이제 10분이면 올 것이다. 나는 기왕이면 직접 그녀를 맞는 게 좋겠다는 생각에 사무실을 나가 1층으로 내려 갔다.

"사장님 나오셨습니까."

한국관의 입구에 정장 차림으로 서 있는 차동만이 내게 꾸벅 인사를 했다. 차동만의 정식 직책은 영업상무로 서열로 따지면 나 다음이지만, 항상 몸을 사리지 않고 일을 하고 있었다. 2월 중순으로 아직은 바람이 차가운데 그는 말단 종업원들과 정문을 지키고 있었다.

나는 그에게 수고한다고 말하고 계단을 내려갔다. 비가 내리고 있어 종업원이 우산을 받쳐주려 했지만 괜찮다고 사양하고 거리에 섰다. 우산을 쓰고 지나가는 행인들을 물끄러미 바라보고 있는데, 택시 한 대가 천천히 이쪽으로 와 멈추는 게 눈에 들어왔다.

채수희가 그 차에서 내려 내가 있는 곳으로 걸어왔다. 그녀는 약간 고개를 숙이고 걸어오다가 나를 발견하고는 걸음을 멈췄다.

"나와 계실 줄은 몰랐는데…"

"최고의 VIP인데 직접 맞아야지."

"제가… 좀 안 좋은 일이 있어서요. 한 잔 하고 오는 거예요."

"술을? 누구랑?"

채수희는 쓸쓸하게 고개를 저으며 대답했다.

"혼자 마셨어요."

"어디로 갈까? 사무실로 올라갈까? 아니면 어디가서 차라도 마실까?"

"아니요. 클럽으로 가요."

"나이트 클럽으로?"

"왜요? 안 되나요?"

"천만에!"

나는 그녀를 클럽 안으로 데리고 들어가 VIP룸에 앉혔다. 갑자기 내게 돈을 요구하고, 또 갑자기 나타나 당돌한 요구를 하는 그녀가, 이상하게 싫지 않았다. 마치 그녀는 내게 무엇이건 요구할 권리가 있고, 나는 그녀의 요구를 무조건 들어주어야 하는 의무가 있는 것처럼 생각되었다.

"자, 좀 어때? 시끄러운 곳에 있으니 기분이 좀 좋아지는 것 같아?"

"조금은요."

"무슨 일로 풀이 죽었는지는 모르겠지만 생각하기 나름이라는 말이 있잖아. 안 좋은 일은 한시라도 빨리 잊어버리는 게 좋다고."

"아저씨!"

"왜?"

"아저씨 정말로 나를 좋아하나요?"

나를 똑바로 보면서 자신을 좋아하느냐고 묻는 여자에게 과연 어떤 대답을 할 수 있을까.

"만일 그렇다면 내가 해 달라는 대로 해줄 수 있어요?"

"내가 할 수 있는 일이라면."

"이 클럽 안에 있는 손님들을 모두 내보내주세요."

"그렇게 해 주면 기분이 좋아질 것 같아?"

그녀는 고개를 끄덕였다. 나는 알았다고 대답하고 손짓을 해서 클럽의 지배인인 기성범을 불렀다.

"지금 말이야. 손님들을 모두 내보내."

"네? 왜요?"

나는 채수희가 들으라는 듯이 말했다.

"이 아가씨가 손님들이 많아서 시끄럽데."

"형님…"

"너 내 말 안 들을 거야?"

"아닙니다!"

기성범은 종업원들에게 내 명령을 전달하고 마이크를 잡은 후 갑작스러운 사고가 생겨 영업을 종료하고 환불해 주겠다고 방송을 했다. 마치 평범한 식당처럼 일반적인 조명이 환하게 밝혀진 클럽 안은 판타지가 깨진 현실을 보는 듯했다. 종업원들이 테이블 마다 돌아다니며 일일이 사과를 한 덕분에 별다르게 불만을 제기하는 손님은 다행히 없었다.

사람들이 썰물처럼 빠져나가는 광경을 채수희는 물끄러미 바라보고 있었다. 잠시 후 클럽 안은 손님들이 모두 나가고 종업원들만 서성이고 있었다. 종업원들은 아마 기성범으로부터 채수희의 정체를 모두 들어 지금이 어떤 상황인지를 다 파악하고 있을 것이었다.

"자, 어때? 마음에 들어?"

나는 마치 부하 직원이 직장 상사에게 아부를 하는 것 같은 표정으로 그녀에게 물었다. 나는 그녀의 얼굴에 드리운 먹구름이 사라지기를 간절히 바라고 있었다. 그렇게만 할 수 있다면, 클럽에서 손님들을 모두 내보내는 것뿐 아니라, 그 이상의 어떤 일이라도 할 수 있을 것 같은 게 그 순간의 심정이었다. 그녀의 슬픔은 온전히 나의 슬픔이었다.

채수희가 볼멘소리를 했다.

"다 좋은 데, 음악이 없어요."

"음악? 아! 음악! 그렇지!"

나는 다시 기성범을 불렀다.

"너 음악 좀 알지? 내가 골라서 틀어주고 싶은데 음악을 몰라서 말야. 좋은 것 좀 하나 틀어봐라."

"형님 걱정마세요!"

기성범은 음악만큼은 자신 있다는 듯한 얼굴로 스테이지 한쪽으로 달려갔다. 그곳에는 DJ가 음악을 트는 장비와 CD가 **빽빽**이 차 있었다. 기성범은 초조한 얼굴로 바라보는 나를 향해 '기대하세요.'라고 말하는 듯한 묘한 웃음을 한 번 짓고는 음악을 틀었다.

세상은 요지경, 요지경 속이다.
잘난 사람은 잘난 대로 살고
못난 사람은 못난 대로 산다

아차! 지난번에도 기성범이 주고 간 CD를 틀었다가 이 음악이 나와 혼비백산한 적이 있었지! 저놈의 음악수준을 믿은 내 잘못이었다.

"야! 꺼!"

"왜요?"

"정신 사나우니까 끄라고!"

기성범은 이 멋진 음악을 왜 이해 못하는지 모르겠다는 듯한 불만스러운 얼굴로 음악을 중단시켰다.

"제가 고를게요."

채수희가 일어서더니 DJ 박스 쪽으로 걸어갔다. 그녀의 뒷모습을 보니 조금 전의 우울이 조금은 사라진 듯 보여 마음이 한결 놓였다. 그녀는 CD 선반을 찬찬히 뒤지다가 하나를 골라 오디오속에 넣고 플레이 버튼을 눌렀다. 전주 부분이 흘러갈 때는 역시 내가 모르는 곡을 틀었다고 생각했는데, 가사가 나오면서 청소년기에 라디오에서 자주 흘러나와 익숙했던 팝송이라는 걸 알았다. 이름은 모르지만 대만의 여자 가수가 부른 One summer night이 틀림없었다.

> One summer night the stars were shining bright
> 별들이 빛나던 여름의 그 밤
>
> one summer dream made with fancy whims
> 화려한 상상과 꿈들이 스쳐지나가고
>
> that summer night my whole world tumbled down
> 바로 그 밤에 나의 세계가 무너져 내렸지
>
> I could have died, if not for you
> 당신이 아니었다면 나는 지금 존재하지 않을지도 몰라요.

음악에 문외한이었음에도 감미로운 팝송의 멜로디가 흘러나오자 감상적이 되었다. 채수희는 천천히 스테이지를 가로질러 나에게로 걸어왔다.
"우리 춤출래요?"
그녀는 내게 손을 내밀었다. 나는 당황해서 몇 초간 우두커니 서 있었다. 이것이 정말 꿈이 아니라 현실이란 말인가. 그녀가 내게 춤을 청하는 이 상황이 정녕 현실이란 말인가. 나는 그녀의 손을 맞잡고 그녀와 함께 스테이지로 갔다.
One summer night이 감미롭게 흘러가는 가운데 채수희와 나는 서로를 안고 블루스를 추기 시작했다. 종업원들은 이 로맨틱한 광경을 바라보며 누구하나 입을 열지 않았다. 평소에는 조폭답지 않게 말이 많은 기성범도 클럽 한 가운데 서서 나와 그녀의 썸씽을 지켜보고 있을 뿐이었다.

내게 안긴 그녀는 가벼운 깃털같이 무게감이 없었다. 정말 이런 감정은 살아오며 한 번도 느껴본 적이 없는 것 같았다. 그녀가 나와 춤을 췄다고 그것만으로 그녀와 내가 잘 되리라는 보장이 있는 게 아니라는 건 잘 알고 있지만, 그럼에도 내 속에서는 그녀가 나의 반쪽이라는 확신이 고개를 들고 일어났다.

"아저씨."

"왜?"

"내가 오늘 너무 무례하죠?"

"괜찮아."

"정말요?"

그렇다고, 정말로 그렇다고, 말하고 싶었다. 일방적으로 전화를 걸어 약속을 정하고 나이트 클럽의 손님을 모두 내보내라고 하고, 또 일방적으로 나와 춤추자고 하고… 정말 무례한 여자다. 하지만 내겐 그런 그녀의 모든 것이 사랑스러운 걸 어쩌랴.

"안 좋은 일이 있는 것 같아서 말이야. 기분을 풀어주고 싶었어."

"그래요. 정말 안 좋은 일이 있었어요. 죽고 싶을 만큼요."

"어떤 일인지 알 수 있을까?"

슬쩍 내려다보니 그녀는 눈물을 글썽이고 있었다.

"말하고 싶지 않으면 말 안 해도 돼."

"내게 애인이 있었는 데요, 그가 사랑하는 사람이 내가 아니라는 걸 오늘 알았어요."

"저런!"

"정말 나쁜 사람이에요. 날 감쪽같이 속였어요."

"정말 나쁜놈이군. 내가 두들겨 패줄까?"

진심이었다. 이 여자를 괴롭게 만드는 놈이라면 반쯤 죽여놓고 싶었다. 그녀가 후련하다고 할 때까지 때려주고 싶었다.

"아니오. 그 사람 맞으면 내가 더 아픈 걸요."

그녀는 흐느끼며 내 어깨에 이마를 기댔다. 그녀의 눈에서 흘러내린 눈물이 나의 와이셔츠를 적셨다. 그녀는 춤을 멈추고, 어린아이처럼 내게 안겨 울기 시작했다. 나 역시 목이 메어 더 이상 어떤 말도 꺼낼 수가 없었다. 스피커에서는 One summer night의 마지막 소절이 흘러나오고 있었다.

Each night I`d pray for you
나는 매일 당신을 위해 기도 했어요.

my heart would cry for you
내가 울고 있는 건 당신 때문이에요.

the sun won`t shine again since you have gone
당신이 떠나고 다시는 태양이 빛나지 않아요.

each time I`d think of you
당신을 생각할 때 마다

my heart would beat for you
내 마음은 고동치고 있어요.

you are the one for me
유일한 내 사람은 당신뿐이에요.

37

'내가 도대체 뭔 짓을 한 거지?'

잠에서 깨는 순간 간밤의 일들이 두서없이 떠오르면서 얼굴이 화끈 달아올랐다. 최기우의 그런 모습을 목격하고 곧장 택시를 타고 서울로 올라왔다. 그대로 집으로 돌아가고 싶지 않아, 아무 곳에서나 내렸다. 맨 정신으로는 버틸 수 없을 것 같아 편의점에서 소주 한 병을 사서 사람이 없는 골목에 숨어 한 병을 다 마셨다. 물론 태어나서 그런 일은 생전 처음이었다. 그때까지 나는 사람들이 왜 술을 마시는지 몰랐었다. 그런데 내가 안주도 없이 소주 한 병을 순식간에 비운 것이다. 잊기 위해서였다. 수치심과 질투심과 배신감이 뒤섞여 머릿속이 터질 것만 같았기에 술에라도 의존하고 싶었던 것이다.

그다음 일들은 끊어진 필름 조각처럼 토막토막 기억이 난다. 나는 공중전화를 찾아가 김범주에게 전화를 걸었다. 왜 하필 그였을까. 두 달 전 내가 그를 찾아가 다짜고짜 천만 원을 요구했을 때 별말 없이 내 주었던 것이 역시 내게는 인상적인 기억으로 남아 있었던 것 같다. 그렇더라도 깡패 두목이라는 걸 뻔히 알고 있으면서 그를 찾은 건 상당히 위험천만한 일이었다.

그다음 일들은 더욱 어이가 없었다. 나는 그의 에스코트를 받으며 한국관 나이트 클럽 안으로 들어가, 너무나 당당하게 손님을 모두 내보내달라고 요구하고 One summer night이 흐르는 가운데 그와 춤까지 췄다.

흑심을 가진 남자라면 나를 어떻게 해보기에 너무나 적절한 타이밍이었을 것이다. 하지만 김범주는 그렇게 하지 않았고, 또 사실은 나 역시 그가 그런 사람이 아니라는 걸 알고 있었다. 만일 그가 어젯밤 욕심을 드러냈다면 나는 제대로 저항할 수 없었을 테지만, 그에 대해 은연중 가지고 있던 좋은 쪽의 생각은 흔적도 없이 사라졌을 것이다.

그는 나를 자신의 차에 태워 집까지 데려다주었다. 그때가 밤 11시쯤이었는데, 자다가 뛰어나온 엄마가 그로부터 나를 '인수인계' 받아 내 방으로 데려가 눕혔다. 여기까지가 나의 기억에 남은 내용이었다. 하지만 앞에서 설명한 대로 또렷이 기억나는 게 아니라, 희미하고 단편적이라서, 아침에 눈을 떴을 때 그 모든 일들이 꿈속의 일이라도 되는 듯이 느껴졌던 것이다.

어제 하루 동안, 아니, 저녁의 몇 시간 동안 내게는 너무나 엄청난 일들이 벌어졌다. 최기우의 배신으로 인한 충격과, 나 스스로 김범주를 찾아가 그와 춤까지 췄던 일이 몇 시간 동안 나란히 일어났다는 것이 도무지 믿기지 않았다. 김범주와의 그런 일이 너무나 엄청나게 생각되어, 최기우의 배신은 상대적으로 작은 문제가 되어버렸다.

김범주가 악질적인 깡패는 아니더라도 깡패는 깡패다. 어떻게 그럴 수가 있었을까. 혹시 그가 무슨 주술적인 힘으로 나를 조종한 건 아니었을까.

내게 나쁜 귀신을 씌워서 내 발로 자기를 찾아오도록 말이다. 어쩌면 김범 주 사무실 뒤의 숨겨진 공간에는 이상한 귀신을 믿는 장소가 있어서 그가 그곳에서 매일 밤 주문을 외우고 있을지도 모른다.

그건 그렇고, 이제 이 일을 어떻게 수습해야 하나. 아마 김범주는 내가 자기를 좋아한다고 생각할 것이다. 하기야 나라도 그렇게 생각하겠다! 좋 아하는 여자가 제 발로 찾아와 춤까지 췄다면 다 끝난 게임이라고 생각하 는 건 당연하다.

하지만! 그건 엄연한 실수다! 최기우의 배신으로 인한 충격에 잠시 헤맸 을 뿐이다. 내가 어려울 때 도움을 준 건 고마운 일이지만 공은 공이고 사 는 사다. 그의 상상이 엉뚱한 방향으로 비약되지 않도록 한시라도 빨리 전 화를 해야 한다. 그게 내가 지금 할 일이다. 나는 전화를 걸기위해 마루로 나갔다. 천만다행히 부모님은 모두 가게에 가신 듯 했다. 나는 김범주의 사무실로 전화를 걸었다.

"여보세요?"

"나예요."

"수희? 안 그래도 궁금했는데, 별일 없지?"

그의 목소리는 평상시답지 않게 나긋나긋해져 있었다. 나의 위기감은 더 욱 급상승했다.

"아, 네. 어제는 죄송했어요."

"아니, 뭘. 살다 보면 그럴 수도 있지."

"죄송하기는 한데… 그래도 이건 말해야겠어요."

"뭘?"

"내가 어제 개인적으로 안 좋은 일이 있어서 그랬지만 그렇다고 아저씨에게 다른 마음이 있었던 건 아니라는 거예요. 혹시 오해하고 있을까 봐요."

"그래…"

나의 차디찬 비수가 효과를 발휘했는지 그의 목소리는 갑자기 침울해졌다.

"혹시 오해한 거 아니죠?"

"오해라니… 난 그냥 걱정이 될 뿐이야."

"그렇다면 다행이고요."

"정말이라니까."

"알겠어요."

"그건 그렇고, 정말 괜찮아?"

"덕분에요."

"그래."

통화를 마치고 나니 미안한 마음도 슬그머니 들었다. 그와 교제할 생각은 없지만 처음의 경계심은 거의 다 사라져가고 있었다. 직업 탓인지는 몰라도, 그는 상대를 피곤하게 만드는 사람은 아니었다. 어쩌면 그런 단순함이 복잡한 사회와 맞지 않아 깡패가 되었을지도 모르겠다. 내가 그에게 가진 생각은 그냥 그런 정도였다.

"일어났네?"

엄마가 가게 쪽에서 들어오며 나를 발견하고 물었다.

"도대체 무슨 일인데 술을 그렇게 마셨어? 네 아버지한테는 말 안 했어. 만일 알았으면 난리 났을 거다."

"하여간 그렇게 됐어."

"그리고, 술에 취해서 혼자 나이트 클럽엔 왜 갔어? 어제 널 나이트 클럽

사장이 데리고 온 건 뭐니?"

"그 사람이 뭐랬어?"

"네가 술에 취해 무슨 사고라도 날까봐 데려다줬다는 거야."

"나중에 이야기해줄게. 지금은 피곤해서."

내 방으로 도망치듯 들어왔는데 엄마가 뒤따라들어왔다.

"너 애인하고 헤어졌지?"

그 순간 엄마가 달리 보였다. 혹시 나 몰래 어딘가에서 돗자리를 깔고 부업을 하고 있는 건 아닌가 모르겠다.

"내 말 맞아? 틀려?"

"몰라."

나의 퉁명스러운 대답을 긍정으로 받아들인 엄마는 그것보라는 듯이 말했다.

"그래서 부모 말 안 들으면 고생한다는 말이 있는 거야. 난 그 사람 얼굴도 안 봤지만 네 이야기만 듣고도 아니다는 생각이 딱 들었어."

할 말이 없었다. 독립도 하고 사랑도 쟁취하겠다고 기세등등하게 집을 나갔지만 패잔병처럼 집으로 기어들어온 입장이니 할 말이 있을 수 없는 것이다. 엄마는 이 기회를 놓칠 수 없다는 듯이 내게 다가앉으며 말했다.

"내가 전에 얘기 한번 한 적 있지? 내가 아는 여자의 아들이 있는데, S대학 과수석이래지 뭐니. 과수석이 쉽게 되는 게 아니라는 거 너 알지? 일단 한번 만나봐. 싫으면 그때가서 싫다고 하면 그만이잖아."

내 상황이 상황이다 보니 엄마가 말한 S대학 과수석이라는 남자에 대해 다시 생각하게 되는 마음이 한 켠에 생겼다. 하지만 홧김에 하는 서방질은 결과가 좋을 수 없다. 그것은 상대에게나 나에게나 상처만 입힐 가능성이 농후하다.

"엄마, 나 이제 애인 같은 거 절대로 안 만들 거고, 결혼도 안 할 거야."

"네가 확실하게 데이긴 데었나 보구나."

"확실히 알았어. 남자는 믿을 수 없는 종족이라는 걸."

"그걸 이제 알았니?"

"나 좀 혼자 있고 싶어."

"시간이 약이다."

엄마가 나가고 텅 빈 방안에 우두커니 있다 보니 배신의 충격이 다시금 스멀스멀 기어오르기 시작했다. 언젠가 누군가 내게 말했다. 사람은 절대로 변하지 않는 존재라서, 한 번 배신하면 언젠가는 또다시 배신한다고… 처음 최기우를 믿을 수 없는 사람일지 모른다고 생각했을 때, 내가 마음의 단도리를 잘했더라면 지금의 이런 상처는 겪지 않아도 되었을 것이다. 하지만 그의 달콤한 말, 그의 따스한 눈빛, 그의 따스한 손길, 그의 따스한 입술, 그의 따스한 체온이 나의 기억에 각인되어 그가 다시 나를 찾아왔을 때 너무나 쉽게 나는 무너져 내리고 말았던 것이다.

슬프다거나, 울고 싶다고 하는 감정은 어떤 면에서는 낭만적인 것이기도 하다. 하지만 진짜 절망은 슬프다거나 울고 싶다거나 하는 것과는 차원이 다른 그 어떤 것이다. 내가 믿고 있었고 의지해 있던 것의 실상이 내가 막연하게 생각했던 것과는 전혀 달라서, 마치 인생의 끝을 보는 듯한 느낌을 불러일으킨다. '봐라, 인생이란 이런 것이다'라고 조물주가 내게 훈계를 하고 있기라도 한 것 같은 그런 것이 지금의 내 기분이었다.

모처럼 학교를 찾았다. 마차에서 준비하는 대학연극제 연습이 있기도 했고 학교 캠퍼스가 그립기도 했다. 아직 바람이 매섭기는 하지만 서서히 겨울이 물러날 준비를 하고 봄기운이 약간이나마 느껴지는 그런 날씨였다. 사람 사는 곳은 어디나 마찬가지라지만 확실히 B공단과 학교는 분위기가 달랐다. 학교 캠퍼스를 걷다 보니 마치 지난 얼마간 내가 있어야 할 곳이 아닌 낯선 곳을 헤매고 있었던 것 같은, 그런 기분이 되었다. 그렇다고 지난 얼마간 있었던 곳을 부정적으로 생각한다는 의미는 아니다. 그곳에서 내 인생 최대의 상처를 입고 보니 그러한 사건이 발생한 공간도 떠올리고 싶지 않게 된 것이다.

공연연습중인 상아아트홀에 도착했다. 그곳에도 봄기운이 도착해 있었다. 공연장의 외관을 뒤덮은 담쟁이 넝쿨의 새순이 파릇파릇 돋아나고 있었던 것이다. 상처로 일그러진 마음에 작게나마 위로가 되는 보기 좋은 풍경이었다. 공연장 안으로 들어갔더니 멤버들이 벌써 연습에 열중하고 있었다. 그동안 나는 개인사정 핑계를 대고 연습에 불참했던 것이다. 조연출이 나를 포함해 3명이나 되기 때문에 나 하나 불참하는 건 공연에 큰 지장은 없었다.

"오랜만이야. 개인적인 문제는 잘 해결 됐어?"

무대에서 연습을 진행하던 안창수가 나를 발견하고 큰 소리로 물었다.

"덕분에 잘 해결됐어요. 이제 안 빠져도 될 것 같아요."

"다행이군. 오늘은 진행이 어떻게 되는지 좀 보고, 다음 연습 때부터 적극적으로 해줘."

"고맙습니다!"

객석에 앉으려고 자리를 찾는데, 객석 한 가운데 모자를 눌러 쓴 남자가 나를 향해 손을 들어보였다.

"이리와 앉지."

장하림이다. 잘 나가는 연예인답게 그의 포스는 남달랐다. 군청색의 점퍼에 찢어진 청바지… 그리고 영문이 휘갈겨진 모자… 미국 캘리포니아에 가면 자주 볼 수 있을 것 같은 모습이었다.

나는 살짝 웃으며 그의 옆자리에 앉았다.

"채수희라고 했지? 우리 악수나 좀 하지."

"안녕하세요?"

나는 손 끝만 살짝 내밀 듯이 했는데 그는 내손을 와락 잡고 흔들었다.

"지난번 연기 하는 모습 잘 봤는데 왜 이번에는 안 해?"

"제가 사정이 있어서요."

"내가 예언 하나 할까?"

내 눈을 뚫어지게 바라보며 난데없는 질문을 그가 던져 나는 일순 당황했다.

"네? 예언이요?"

"그래, 예언."

"어떤…"

"채수희, 자네는 연기자가 될 거야."

"왜 그렇게 생각하세요?"

그는 무대 쪽을 가리키며 말했다.

"내가 그동안 마차 회원들을 쭉 지켜봤는데, 연기로 대성할 사람은 드물어. 왠 줄 알아? 모두가 연기를 하고 있기 때문이야."

"연기자가 연기를 하는 게 당연하지 않나요?"

"아니야. 진짜 연기자는 말이야. 연기를 하면 안 되고 인생 자체가 연기와 같은 것이어야 해."

"너무 수준 높은 말씀이라 이해를 못하겠어요."

"연기를 구태여 하지 않아도 관객으로 하여금 어떤 식의 감정을 불러일으키는 사람이 있어. 그런 사람이 나중에 진짜 연기자가 된다고."

"제가 그렇다는 말씀이세요?"

"그래."

그때 나는 그의 말을 나 나름대로 해석해 보려고 애썼다. 그것은 내가 겪은 사랑과 배신과 실연의 아픔이 내 얼굴의 어딘가에 묻어있기에, 그것이 다른 사람과는 달리 어떤 사연이 있을 법한 이미지를 불러일으켜 남달리 감수성이 탁월한 장하림의 눈에 띄었던 것은 아니었을까. 물론 나는 속마음을 드러내지 않으려 애쓰고 있었지만 가슴 저 밑바닥까지 침잠해 있는 아픔은 아무리 노력해도 숨길 수 없는 것일지 모른다. 그렇다면 그의 말이 맞다. 진짜 연기자는 연기를 하는 것이 아니라, 관객의 내면에 있는 감정을 끄집어내는 것이기에 내가 구태여 연기를 하지 않고 표현을 하지 않아도 나의 아픔에 공감케 하는 그런 것이 정말로 내게 있다면 나는 훗날 연기자가 될지도 모른다.

"만일 자네가 연기자로 성공한다면 자네와 나는 사회라는 큰 무대에서 함께 공연할지도 모르지."

그리고 그는 다른 일정이 있다며 공연장을 나갔다. 기분이 묘했다. 마치 서부영화 속의 주인공이 의미를 알 수 없는 마지막 말 한 마디를 남긴 후 말을 타고 황야 저편으로 달려나가는, 그런 분위기였다. 혹시 그냥 멋있게 보이고 싶어서 남들은 모를 것 같은 이상한 말을 지껄이고 가버린 건 아닐까.

무대에서 진행되는 대학연극제의 공연 연습을 얼마쯤 지켜보다가 제3자도 아니면서 참관만 계속하는 건 멤버들에게 안 좋게 보일 수 있다는 생각에 오늘은 그만 돌아가기로 했다. 안창수에게 양해를 구하고 밖으로 나오는데 뒤에서 누가 날 불렀다.

"선배님!"

김준성이 달려오고 있었다.

"안녕하세요? 그동안 안 오셔서 보고 싶었어요."

"반가워!"

"제가 쓰고 있는 희곡 스토리가 있어서요. 작품 분석력이 뛰어난 선배님 의견을 듣고 싶었다고요."

"깡패와 여대생?"

"아니오. 그것 말고 다른 거요."

"뭔데?"

"이번에도 러브 스토리인데요. 배경이 미국의 로스앤젤레스예요. 그곳에 사는 교포2세 여자가 주인공이고요. 그녀는 19살 때 어떤 남자를 만나 사랑에 빠져요. 남자를 너무나 사랑해서 남자에게 몸도 주고, 남자가 하는 일도 도와줘요. 하지만 남자에게는 다른 여자가 있었던 거예요. 어느 날 여자가 우연히 그 남자가 다른 여자와 모텔에서 나오는 걸 목격해요. 충격을 받은 여자는 삶의 의미를 잃고 콜걸이 되는 그런 이야기인데, 어때요?"

머리 끝이 쭈뼛쭈뼛 서면서 혈압이 급상승 하는 게 느껴졌다.

"그런 것 말고 좀 신선한 이야기를 만들어 보라고! 넌 어쩜 그렇게 상상력이 빈약하니?"

"그 뒤의 이야기는 재밌을 거예요. 좀 더 들어보세요."

"관둬!"

나는 빽 소리를 지르고 공연장을 빠져나왔다.

38

나는 25살 여름에 대학을 졸업했다. 정상적인 동급생들은 한 해 전에 졸업했지만 나는 23살 7월부터 1년간 캐나다에서 어학연수를 받느라 1년이 늦어졌다. 어학연수의 일반적인 목적은 어학공부와 스펙 관리를 위한 것이지만 내 경우에는 다른 목적이 하나 더 있었다.

첫 남자의 배신으로 인한 쓰라린 상처다. 그것은 단지 실연을 당했다는 것 하나에만 국한된 게 아니라, 나의 정체성과 나의 세계관에 손상을 입혔다. 나는 그때 22살의 어린 나이였지만 세상 돌아가는 것에 대해서는 어느 정도 안다고 자부하고 있었다. 나의 이성과 나의 합리성을 추호도 의심치 않았다는 것이다.

하지만 그 일로 인해 내가 얼마나 타인에 대해 피상적으로 알고 있는지를 깨달았다. 그런 일을 겪었다고 내가 세상에 대해 어떤 단정을 내리는 것은 섣부른 것이다. 다만 나는 내가 가진 기준이 틀렸다는 것은 확실히 알 것 같았다. 쉽게 말하면 어떤 것인지는 모르지만 이것이 아니라는 건 알겠다는 것이다.

캐나다에서 연수를 받는 도중, 그 남자로부터 딱 한 번 편지가 온 적이 있었다. A4용지로 3장이나 되는 장문의 편지였지만 나는 건성으로 훑어보고 쓰레기통에 버렸다. 대충 그것은 실수였으며 여전히 자기는 나를 사랑한다는 내용이었던 것 같은데, 그가 무슨 말을 하더라도 믿을 수 없었고, 그의 마음을 이해해 보려고 노력하는 것 자체가 어떤 식의 수렁으로 빠져들어가는 것이라는 경각심이 들어 끝까지 읽지 않았던 것이다.

친구들에게는 절대로 알리고 싶지 않았지만 사람이라는 게 그토록 중요한 일을 감추는 것에는 한계가 있기 마련이라 어느 날 박희준과 통화를 하다가 그녀가 내게 애인에 대해 묻기에 사실대로 털어놓을 수밖에 없었다. 나는 그녀에게 다른 친구들에게는 알리지 말라고 신신당부했지만 정확히 2시간도 지나지 않아 그녀는 나머지 두 친구들에게 스포츠 중계를 하듯이 내게 들은 것을 고스란히 전달했다고 한다.

"걔들이 자꾸 나한테 캐묻는 거야. 수희에게 무슨 안 좋은 일이 있지 않았냐고. 그래서 말을 안 할 수가 없었어."

박희준은 그렇게 변명했지만 사실은 그녀가 먼저 빅뉴스라고 호들갑을 떨면서 없는 이야기까지 덧붙여서 떠벌리는 그림이 그려지는 건 왜인지 모르겠다. 막상 친구들이 모두 알고 나니, 차라리 홀가분한 면도 있었다. 무언가 중요한 사정을 숨기고 사는 것은 역시 내 삶의 방식과는 거리가 있는 것이었다.

"남자가 꼭 있어야하니? 남자가 없으면 실패한 인생이야? 아니잖아. 영미 봐봐. 남자랑 살면서 얼마나 속을 썩고 사니? 우리 사총사 한 번 모여서 여행이나 가자. 너를 위로하기 위한 것도 있고, 우정을 돈독히 하기 위해서라도 말이야."

박희준은 강원도 쪽에 부모님이 구비해 놓은 콘도가 있으니 넷이 여행을 가자고 제안 했다. 다른 두 친구에게는 다 이야기를 해 놓았다는 것이다. 여자 넷이 낯선 곳을 여행하면 더 우울해질지 모른다는 염려가 한 켠에 생겨 잠깐 망설였지만, 셋이 가기로 했다는데 나만 빠질 수 없어 가겠다고 했다.

23살 봄의 일이다. 그때의 여행은 두고두고 기억에 남을 만큼 낭만적인 것이었다. 성나라가 운전하는 차를 타고 고속도로를 달렸는데 열린 차창으로 밀려드는 봄향기 가득한 바람을 맞자니, 떠나기를 잘했다는 생각이 들었고, 이번 여행을 주선한 박희준에게 고마웠다. 설악산 중턱에 있는 콘도에 여장을 풀고 간단히 요기를 하자마자 우리는 속초 바닷가로 달려갔다.

철 이른 바닷가에는 드문드문 여행객들이 있었다. 우리 사총사는 나란히 팔짱을 끼고, 모래밭을 걸어 바다 가까이까지 걸어갔다. 눈이 시리도록 파란 바닷물이 나를 안아주고, 내 눈물을 닦아주고, 내 마음을 어루만져주는 듯해, 나는 남에게 들킬세라 고개를 돌리고 눈물을 글썽였다. 그것을 캐치한 박희준이 내게 말했다.

"수희야! 저 바다를 향해 하고 싶은 말을 죄다 해 버려! 그러면 훨씬 좋아질 거야!"

하지만 나는 아무 말도 생각해 낼 수가 없었다.

"할 말이 없어."

"그럼 욕이라도 해!"

"남이 들으면 이상한 년이라고 할 거야."

"지금 남의 시선이 문제니?"

그건 그렇다는 생각이 들었다. 나는 팔짱을 풀고, 세 명의 친구들을 뒤로 한 채 바닷가로 걸어갔다. 바다 가까이에 서서 손을 확성기처럼 모아서 입에 대고 바다를 향해 큰 소리로 외쳤다.

"개새끼! 개새끼! 개새끼!"

뒤의 친구들이 쟤 욕 잘한다면서 키들키들 웃는 소리가 들렸다. 지들이 시켜놓고 놀리는 건 또 뭐람.

나는 울어서 퉁퉁 부은 얼굴로 친구들에게 돌아왔다. 그러자 세 명은 누구랄 것 없이 나를 안아주었다. 어쩌면 그녀들도 내색은 안 했지만 이런저런 상처 속에 스물세 살이 되었을지 모른다. 여고 때 품었던 세상에 대한 기대는 어느덧 하나 둘씩 무너지고, 이제 세상이라는 정글 속으로 뛰어들어야 하는 시기가 닥쳤다는 두려움이 그때 우리들 사이를 관통하고 있었던 것 같다.

여행에서 돌아온 나는, 캐나다로 어학연수를 떠나기로 마음먹었다. 다른 건 몰라도 교육비와 관련한 지출이라면 아깝게 생각하지 않는 부모님은 흔쾌히 동의해 주셨다. 1년간의 어학연수지만, 막상 한국을 떠난다고 생각하니 사소한 일상들이 다르게 보였다. 학업에 정진할 수 있고, 어학연수라는 사치도 누릴 수 있게 해준 부모님에게 새삼 감사하는 마음이 생겼다.

힐튼에서의 피아노 알바는 그동안 잠깐 쉬었다가 여름방학 전까지 몇 달간을 더 했다. 김범주가 가끔 그곳을 찾아왔다. 마담에게 볼 일이 있어서라고 늘상 말을 했지만 눈치로 보아서는 나를 보러 온 것인 듯 했다. 그가 특별히 부담스러운 언행을 하는 게 아니라 연주가 끝나면 몇 마디씩 대화를 나누고는 했다.

"왜 깡패가 됐어요?"

"먹고 살기 위해서지."

"피! 먹고 살기 위해서라면 다른 좋은 일도 많잖아요."

"내가 직장인이 되어 매일 새벽같이 일어나 출근을 한다고 생각해 봐. 어울릴 것 같아?"

그러고 보니 도저히 상상이 안 되었다.

"그건 그래요."

"수희, 이건 알아줘. 난 내가 깡패라고는 전혀 생각 안 한다는 것. 난 어디까지나 비즈니스를 하고 있다고. 다만 남들과는 약간 방법의 차이가 있을 뿐이지."

"변명할 것 없어요. 내가 아저씨하고 결혼할 사람도 아닌데. 상관 없잖아요."

"누가 뭐라 그랬어?"

"호호호."

확실히 그와 나는 전에 비해 격의 없는 사이가 되었다. 깡패 두목인 그와 내가 이런 식의 대화를 나누는 현실을 생각하면 진짜 격세지감이 느껴진다. 몇 가지 이유가 있을 것이다. 그가 내가 생각했던 것처럼 악당은 아니라는 것도 있고, 나 자신이 최기우에게 심한 배신을 당해 그와는 정반대의 스타일인 김범주에게 점수를 더 주는 면도 있을 것이며, 최기우와 박윤진이 모텔에서 나오는 걸 목격한 그날 술을 진탕 마시고 그의 나이트 클럽에서 함께 춤을 추었던 경험이 그와 나 사이의 갭을 약간은 줄여주기도 했을 것이다.

그렇다고 나의 경계심이 완전히 없어진 건 아니다. 절대로!

"내가 아저씨를 좋아하는 일은 죽을 때까지 생기지 않을 거예요."

나는 그가 기대심을 갖는 듯하면 가끔 한 번씩 태클을 건다. 그럴 때 마다 그는 도둑질하다가 들킨 소년처럼 얼굴이 빨개져 말을 더듬고는 했다.

"무슨 말인지는 알겠지만 그렇게 못을 박을 필요는 없잖아."

"유비무환!"

"알았다고."

인간 대 인간으로 보면 그는 내게 고마운 사람이었다. 마차의 후원금을 내주었고 피아노 알바를 하게 해 주었고 돈까지 꿔주었다. 참고로 돈은 아직 안 갚았다. 나중에 학교를 졸업하고 취직해서 월급을 받는 입장이 되면 갚겠다고 했다. 다들 내가 나쁘다고 하겠지? 하지만 그는 내가 대화 상대가 되어 주는 것만으로도 만족하고 있다. 이것도 내가 가진 재산이라면 재산 아닐까. 그러고 보니 내가 마음껏 이기적일 수 있는 유일한 상대가 그였다.

하여간 그런 사람이기에, 나는 여름방학이 시작되고 캐나다로의 어학연수를 2주 가량 남겨두었을 때 그에게 저녁을 사겠다고 제안했다. 물론 그는 흔쾌히 반겼다. 나는 만에 하나라도 그가 오해하면 안 된다는 경각심에 친구와 함께 나갈 생각이었다. 그런데 나의 단짝인 박희준은 방학이 시작되자마자 가족들과 해외여행을 떠나버렸고 조영미는 동거남과 싸워서 우울증에 빠져 있다는 것이다.

남은 건 성나라 뿐이었다. 그녀와 나 사이에 무슨 불편한 게 있는 건 아니었지만 다른 친구들에 비해 약간 거리감이 있는 건 사실이었다. 그녀의 왕성한 생활력은 언제나 나를 기죽였다.

"너 미쳤니? 깡패 두목하고 왜 밥을 먹어?"

나이트 클럽에서 소동을 기억하고 있는 성나라는 기겁했다. 나는 그가 악당은 아니며, 마차의 연극에 후원을 해서 간단히라도 답례를 해야 하는 사정을 대충 설명해주었다.

"그럼 나는 그냥 네 곁에 앉아만 있으면 되지?"

"물론이지."

"네가 부탁을 하니까 가기는 하겠지만 영 찜찜해."

성나라는 찜찜해 하면서도 내가 인간관계에서 그다지 실수할 사람은 아니라는 걸 알기에 나의 부탁에 응해주었다. 그러나 성나라는 나의 부탁에 마지 못해 나온 것이 절대로 아님을 나는 나중에야 알게되었다.

약속 장소는 신촌의 소 한 마리라는 고깃집이었다. 김범주가 먼저 와서 기다리고 있었다. 나와 성나라가 들어가 인사를 하자, 그는 생각 못 한 동행이 있다는 걸 알고는 약간 당황하는 기색이었다.

"친구예요. 고등학교 때부터 단짝."

"어서와요."

"안녕하세요?"

밝고 활기차게 인사 하는 성나라에게서는 상대가 깡패 두목이라는 것에서 오는 경계심은 찾아볼 없었다. 이런저런 이야기를 나누며 고기를 굽기 시작했는데, 성나라는 놀랍게도 젓가락으로 고기 한 점을 뒤적뒤적해서 노릇노릇하게 익힌 후, 김범주의 접시에 살포시 담아놓는 것이었다.

"고기는 식으면 맛이 없어요. 어서 드세요."

"고맙습니다."

"어때요? 맛있게 구워졌죠?"

"그러네요."

조신한 미소를 입가에 흘리며 우적우적 고기를 씹어먹는 김범주를 지그시 바라보는 성나라는 마치 이날을 기다리기라도 했던 것처럼 행동하고 있었다.

물론 김범주는 일편단심 나만 바라보고 있었다.

"수희가 1년간 캐나다로 가면 힐튼에서 피아노 치는 모습을 당분간은 볼 수 없겠군."

"기억 날 거예요. 정말 좋은 아르바이트였는데."

"그렇다니 정말 다행이군."

"그 외에 여러 가지로 감사했어요."

"잘 다녀와요. 건강한 모습으로 다시 보자고."

식사를 끝내고 밖으로 나와 택시를 잡아타는 나와 성나라를 향해 환하게 웃으며 손을 흔드는 그의 모습에서 깡패 두목의 이미지는 찾아볼 수가 없었다. 그에 대해 좋은 기억을 안고 떠나게 되어 다행이라고 생각했다. 최기우와의 그런 일이 있다보니, 타인에 대한 불신감이 강하게 자리 잡고 있었는데, 김범주는 떠나는 순간까지 일관된 모습을 보여주었다.

만일 그가 남들이 기피하는 직업이 아니었다면 어땠을까. 설령 어떤 괜찮은 사람이 있더라도 세상은 나 혼자 사는 게 아니다. 가족이 있고 친구가 있고 그 밖에 사회와 관계를 맺은 많은 사람들이 있는데, 그들에게 나의 남자를 당당하게 소개시켜줄 수 없다면 역시 주저할 수밖에 없는 것이다.

23살의 여름, 나는 여러 가지 사연을 남기고 한국을 떠나 캐나다로 갔다. 캐나다의 7월은 한국의 봄 날씨와 비슷했다. 밴쿠버 공항에서 빅토리아로 가는 택시 안에서 창 밖을 내다보니 사진 속에서만 접했던 컬러풀한 도시 풍경이 스쳐지나가고 있었다. 캐나다에 대한 나의 첫 인상은 정제되고 고착된 곳이라는 것이다. 한국 역시 경제 성장이 이루어지면서 도로도 잘 정비되고 고층 빌딩도 많지만, 어딘가 발전하고 있는 단계에 있다는 인상이라면 캐나다는 이미 어느 경지에 이르러 완숙한 단계에 있다는 인상을 주었다. 거리의 사람들 역시 한국과 비교하면 너무나 느긋한 모습이었다.

나는 어학연수 기관에서 제공하는 기숙사에 묵었다. 2인 1실로 나의 룸메이트는 윤애리라는 22살의 여학생이었다. 나보다 한 살이 아래였지만 나보다 영어 실력이 월등히 뛰어나 실생활에 적잖은 도움을 받을 수 있었다. 2층 침대의 1층을 그녀가, 내가 2층을 사용했는데, 늦은 밤이면 그녀는 전화기를 품에 안고 한국에 있는 자신의 남자 친구와 밀어를 속삭이고는 했다.

"자기, 보고 싶어, 어쩌구저쩌구, 쪽쪽, 흐응, 아잉, 흐으응,"

이런 식의 간드러진 대사가 내가 자고 있는 2층 침대의 아래 칸에서 매일 밤 들린다고 생각해보라. 절에서 수행중인 비구니라도 딴 생각이 들지 않을 수 없을 것이다. 그렇다고 바늘로 허벅다리를 찌를 수도 없는 노릇이라, 나는 잠 못 들고 뒤척인 적이 적지 않았다. 나중에 그녀는 나를 의식해서인지 전화 데이트의 시간을 초저녁으로 바꾸었다.

캐나다에서 딱 한 번 캐나다 남자의 대시를 받은 적이 있었다. 딱 한 번뿐이라고 했다고 그들의 눈에 내가 매력 없는 여자로 보였으리라고 오해는 마시라. 나는 어학원과 숙소와 도서관만 왕복했기 때문에 남에게 빈틈을 보이지 않았을 뿐이다,라고 하는 것은 물론 내 생각이고 그들이 어떤 생각인지 내가 어찌 알겠는가.

그때 나는 공원에서 도시락으로 싸 온 샌드위치를 먹고 있었는데, 저쪽에서 자전거를 타고 놀던 한 남자가 자전거를 손으로 끌며 내게 다가와 말을 붙였다. 적당히 모범적이면서 적당히 놀기도 좋아할 것 같은, 전형적인 중류층 캐나디안이었다.

"where are you from?"

"korea…"

"I am 25. How old are you?

"23…"

"You are a beautiful Korean woman. I know a little about Korea because my grandfather participated in the Korean War. I wanted to see you when I had a chance."

여기서 나는 결정적으로 꿀 먹은 벙어리가 되었다. 그는 내가 영어에 능통한 것으로 오해하고 주저리주저리 거리면서 내 옆에 앉았는데, 나는 그가 지껄인 단어들의 의미를 필사적으로 헤아리며 진땀을 흘리고 있었다. 나 나름대로 영어 실력은 남들에게 뒤지지 않는다고 자부했지만 그것은 한국에서만 통용되는 실력이었다.

"Am I making you uncomfortable?"

discomfort와 uncomfortable의 차이점이 뭐더라? 심리 상태를 표현할 때는 주어+be동사+목적어라고 배웠는데… 왜 문법과 다른 거지???? 몰라! 모르겠다고! 나는 해석을 포기하고 조용히 일어나서 집을 향해 걸어가기 시작했다. 그는 이유를 모르고 나를 얼마쯤 쫓아왔다.

"Why? Do not you want to talk to me?"

나는 이 고문에서 해방되는 유일한 길은 솔직해지는 일 뿐이라는 생각에 돌아서서 그에게 큰 소리로 외쳤다.

"I'm not English! OK?"

그 며칠 후 어학원에서 돌아와 보니 편지가 도착해 있었다. 놀랍게도 김범주로부터 온 편지였다.

수희 양, 내가 보낸 편지를 받고 화를 낼지도 모르겠다고 생각했어. 그래서 안 쓰려고 했어. 그런데 후배 한 명이 자꾸 쓰라고 해서 말이야. 게다가 남에게 편지를 쓰는 건 생전 처음이라 무슨 말을 써야 좋을지도 모르겠어.

캐나다라고 했지? 미국 위에 있는 나라라는 것 말고는 몰라. 그래서 후배에게 물어봤더니 '추운 나라'라고 해. 추운 나라에서 혼자 공부하려면 정말 고생하겠어. 나라면 못 할 거야. 어려서부터 공부는 싫었으니까. 공부를 잘하는 사람은 공부를 못하는 사람의 마음을 모르겠지? 아무 것도 귀에 들어오지 않는 교실에 교과서를 펴고 앉아 있으면 내가 외계인이 된 기분이었어.

그런데 그곳에서도 피아노를 치고 있어? 피아노 이야기를 꺼낸 이유는 수희 양이 힐튼에서 피아노를 칠 때 멋졌기 때문이야. 그 광경을 보고 있으면 눈물이 날 것 같았어. 다시 또 그 모습을 볼 수 있을까? 그러기를 바라 정말로…

시시한 이야기만 늘어놓아서 미안… 하지만 정말로 하고 싶은 이야기는 쓸 수가 없어. 그럼 잘 지내기를…

편지지에 연필로 꾹꾹 눌러 쓴 편지였다. 지운 자국이 무수히 있는 것으로 미루어, 이 짧은 편지를 쓰느라 얼마나 고생을 했을지가 짐작되었다. 나는 편지를 주머니에 넣고 밖으로 나갔다. 기숙사 한 켠에는 내 소유의 자전거가 한 대 있었다. 운동을 위해 구비해 놓은 자전거였다.

나는 자전거를 타고 거리로 나갔다. 캐나다의 9월은 춥지도 덥지도 않은 날씨였다. 자전거를 달리는 내 얼굴로 미풍이 불어와 얼굴과 목과 귓가를 간질이며 지나갔다. 이상했다. 김범주로부터 편지가 왔다면 당연히 부담스러워야 할 텐데 그렇지 않았다. 이 사람이 왜 내게 편지를 보낸 거야? 주소는 어떻게 알았지? 편지 내용이 왜 이래? 라고 호들갑을 떨어야 정상인데, 나는 오히려 차분해졌다. 이상한 일이다, 정말 이상한 일이다…

39

"형님, 형님이 좋아하실만한 선물을 하나 갖고 올라갑니다."

사무실에 출근하자마자 1층에 있는 기성범이 인터폰으로 연락을 해와 뜬금없는 말을 했다.

"뭔 소리야?"

"하여간 보시면 알아요."

이 자식이 또 무슨 싱거운 소리를 하려나 하고 기다렸다. 기성범은 사무실로 들어와 내 얼굴을 보고 배시시 웃었다.

"오늘 한턱 단단히 쏘셔야 합니다."

"나 성격 급한 거 몰라? 빨랑 용건부터 밝혀."

"좋습니다!"

기성범은 테이블위에 사진 한 장을 탁 올려놓았다. 그런데 자세히 보니 그건 사진이 아니라 엽서였다. 외국의 어딘가로 보이는 드넓은 호수와 그 너머의 산이 그림처럼 멋지게 찍힌 사진이 한 면에 가득 찼는데, 그 하단을 보니 단풍잎 모양의 국기가 있었다. 단풍잎 모양의 국기라면… 내가 아무리 가방끈이 짧아도 캐나다의 국기라는 건 알고 있다… 그렇다면 이 엽서를 보낸 주인공은…?

나는 후다닥 엽서를 뒤집었다.

　'편지 감사히 잘 받았습니다. 건강하게 잘 지내세요.
　캐나다 빅토리아에서 채수희.'

짧은 두 문장이었지만 채수희에게서 온 엽서라는 것을 확인하는 순간 심장이 거세게 박동을 시작하고 입가에는 저절로 함박웃음이 지어졌다. 만일 내가 이 나라의 왕이라면 오늘 특별히 모든 죄수를 사면했을 것이다. 물론 이 엽서만으로 그녀가 내게 관심이 있다고 추측하는 건 너무 앞서가는 것이다.

하지만 나는 그녀에게 편지를 쓰고 그 편지를 부칠 때, 그녀가 어떻게 생각할지 판단이 안 되어 심하게 마음을 졸였다. 그녀가 캐나다로 떠나기 전에는 서로 대화도 나누고 식사도 하는 등 그 전보다 확실히 사이가 좋아졌고, 그녀의 나에 대한 경계심도 거의 다 사라져가는 와중이었는데 내가 괜한 짓을 해서 모든 노력이 수포로 돌아가는 것은 아닌가 했던 것이다.

"내가 뭐랬어요? 무조건 편지를 보내라고 했죠? 하여간 형님에게는 내가 있어야 한다니까."

"네 말이 맞다 성범아. 뭐 먹고 싶냐?"

"도로 쪽에 아구찜 가게가 문을 열었던데…"

"좋다, 오늘 점심은 내가 쏜다."

괜한 소리가 아니다. 나로 하여금 편지를 쓰도록 만든 것은 기성범이었다. 나는 그녀가 내 편지를 받고 불쾌하게 생각할까봐 몇 번이나 쓰려다가 말았었다. 기성범은 그런 나를 독려했다.

"형님이 독수공방 하는 과부예요? 아니, 아무런 교류도 없이 1년을 기다리는 게 말이 되냐고요. 편지를 보내세요. 그쪽에서 싫다면 그걸로 접으면 되잖아요."

그 말도 맞다는 생각에 편지를 쓰기는 했으나, 아예 사랑 고백을 하라는 기성범의 요구에는 한참 못 미치는 수준이었다. 아무리 당당하려 해도, 어둠의 세계에 있는 내가 명문대학 23살의 여대생을 넘본다는 것에 대해 자신을 가질 수가 없었다.

막상 편지를 우송하고 나서도 마음을 졸이기는 마찬가지라 차라리 배달 사고가 생겨서 내 편지가 그녀에게 도착이 안 되기를 바라기도 했다. 그런데 그녀로부터 답장이 온 것이다. 나는 기성범을 내보내고 엽서를 다시 한번 찬찬히 들여다보았다. 그녀가 손 글씨로 쓴 짧은 몇 마디의 문장을 나는 읽고 또 읽었다. 그녀가 직접 나를 위해 엽서에 글씨를 쓰는 장면이 머릿속에 그려졌다. 황홀했다, 눈물이 흐를 정도로…

그때 전화벨이 울렸다.

"사장님, 접니다."

홍세민이었다. 그의 목소리를 듣는 순간 나는 현실로 돌아왔다. 나는 그가 어떤 이유로 내게 전화를 했는지 잘 알고 있었다. 그는 안영표의 후광 아래 매니지먼트 사업을 확장시키는 중이었다. 최근 그는 3인조 여성 댄스 그룹을 만들어 공중파 텔레비전의 진출을 도모했는데, 다른 매니지먼트사에서 이들을 빼가려 한다는 것이었다. 연예 사업에 지대한 관심을 가진 안영표가 이 문제로 내게 직접 전화를 걸어온 적도 있었다.

내가 말했다.

"영표 형님과 엊그제 통화했어요. 그쪽이 믿는 게 있긴 있더라고요. 천호동파라고 신흥 조직이 있는데, 걔들이 뒤에서 조종하고 있어요."

"어떻게 처리해야 좋을까요?"

"걔들이 이 바닥을 잘 몰라서 집적거리는 것 같은 데, 조만간 해결해야죠."

"알겠습니다. 기다리겠습니다."

최근 조직들이 연예 사업에 진출하는 경우가 많아졌다. 마약이나 사채업이 당국의 철저한 감시로 위축되는 상황이다 보니 대박 가능성이 높으면서 비교적 당국의 감시가 소홀한 편인 연예계 쪽에 주먹들의 관심이 집중되고 있는 것이다.

그러다 보니 조직 간 경쟁도 치열해 질 수 밖에 없었다. 하지만 주먹 세계라고 무조건 힘으로 해결하는 건 아니다. 폭력은 언제나 최후의 수단이어야 한다. 위험 부담이 크기 때문이다. 그런 것도 있고, 사실 요즘의 나는 피를 보는 상황을 피하고 있기도 했다. 어쩌면 채수희가 나를 그렇게 만들고 있는 건지도 모르겠다.

나는 다음날 기성범과 차동만, 그리고 남들에게 위압감을 주기 적당한 덩치 5명을 대동하고 문제의 매니지먼트사를 찾아갔다. 강남의 압구정동이었다. 전형적인 샐러리맨 타입의 직원들은 한눈에도 범상치 않은 덩치들이 우르르 사무실로 밀고 들어오니 겁을 집어먹고 우왕좌왕했다.

"사장 좀 오라고 해."

나는 소파에 털썩 주저앉았고, 나머지는 나를 중심으로 빙 둘러섰다. 안쪽에서 40대 중반의 남자가 뛰어나왔다.

"어디서 왔습니까?"

"개새끼야, 지옥에서 왔다."

기성범이 주먹을 휘두르는 시늉을 했고 나는 그를 말리는 척 했다.

"때리지 마. 일단 말로 해봐야지. 좀 앉아보슈."

사장은 오금이 저린 얼굴로 건너편에 앉았다.

"사람이 사회에서 밥 먹고 살면서 상도의라는 게 있어야 되잖아. 안 그래? 그런 게 없으면 짐승이잖아."

"무슨 말씀인지 모르겠습니다. 무슨 일로 그러시죠?"

"우리가 키운 3인조 댄스가수… 성범아 이름이 뭐랬지?"

"소녀들입니다."

"맞어, 소녀들 말이야. 너네가 빼가려고 한다면서."

"그건 그렇지 않습니다. 걔들이 먼저 우리에게 딜을 해 왔고요. 이 계통에서 스카웃은 정상적인 비즈니스입니다."

"씨발, 말로 안 통하네."

나는 후배들에게 사장을 붙잡도록 한 다음, 발로 가슴을 찼다. 약골인 듯해서 힘을 빼고 가볍게 찼는데, 그 정도에도 그는 눈이 충혈 되었고 가쁘게 숨을 쉬었다.

"오늘은 이 정도만 하고 갈게. 내가 다음에 여기 다시 오면 그땐 이 정도로 안 끝내. 알았어?"

사장은 일단 살고 봐야겠다고 생각했는지 네네 그러면서 고개를 연신 끄덕였다. 배후에 천호동파가 있으니 그쪽에 연락을 취할 것이다. 하지만 신흥조직인 그들이 AYP에 대항하기는 어려울 것이었다.

차를 타고 한국관으로 달리는데 어딘가 찜찜했다. 나는 살아오며 폭력으로 사람을 굴복시킨 경우는 수없이 경험했다. 그게 나의 직업이다. 게다가 오늘의 폭력은 그야말로 애들 장난 수준이었다. 그런데도 이상하게 마음이 불편했다. 이런 묘한 기분은 난생 처음이었다. 그런 심정으로 창 밖을 내다보고 있는데, 길가의 건물 하나가 눈에 들어왔다. 성당이었다. 나는 운전을 하고 있는 차동만에게 차를 세우라고 지시했다.

"왜요? 볼일이 있으세요?"

"잠깐 기다려. 금방 올 테니까."

나는 차에서 내려 성당 안으로 들어갔다. 그곳에는 아무도 없었다. 아주 어렸을 때 과자를 준다기에 교회를 간 적은 몇 번 있었지만 10살이 넘은 이후에는 가본 적이 없었다. 나는 천천히 성당 앞으로 걸어갔다. 그렇다고 내가 갑자기 죄책감을 느꼈다거나, 아니면 신에게 용서를 빌고 싶다거나, 그런 것은 아니었다.

나도 내가 왜 이러는지 이유를 알 수 없었다. 마음이 심하게 불편했고, 가슴 저 아래 어딘가에서 슬픔의 덩어리가 차고 올라오는 듯한, 그런 느낌이 강하게 들었다. 기도 같은 것도 한 적이 없으므로, 그곳에서 내가 할 수 있는 건 그냥 우두커니 서 있는 것이었다. 사무실로 돌아왔을 때도 기묘한 기분은 사라지지 않았다. 나는 채수희에게 편지를 쓰기로 했다. 부치지 못할 지도 모른다. 하지만 그녀에게 편지를 쓴다는 것만으로도 나 자신이 정화되는 기분이었다.

40

어릴 때, 공부는 못했지만 꿈은 있었어. 나는 자동차 수리공이 되고 싶었어. 동네에 카센터가 있었는데 그곳에서 일하는 수리공이 괜찮아 보였나봐. 요즘 그때 생각이 나. 만일 내가 기술을 배워 자동차 수리공으로 평범하게 살고 있다면 어떨까. 잘 실감이 안 나. 아마 지금과는 전혀 다르게 살고 있겠지. 그동안 나는 한 번도 내 인생을 후회해 보지 않았어. 그만큼 내 인생에 자신이 있어서는 아니야. 다른 생각을 할 여유가 없어서였어.

매일 어딘가로 출근을 하고, 집에 돌아오면 아내가 밥을 차려주는, 그런 인생이 내게도 가능할까하고 생각해봤어. 안될 건 없지만 지금은 쉽지 않아. 그러려면 많은 걸 버려야 하니까.

누군가 나를 믿어주는 사람이 있다면 할 수도 있겠지. 누군가, 내가 사랑하는 누군가가 곁에 있다면 말이야. 그 한 사람이 없어서 인생은 괴롭다,라는 말이 신문의 책 광고에 써 있었어. 그래, 나만 그런 게 아니라, 거의 모든 사람이 그런 인생을 원하는지도 몰라. 정말로 행복한 인생을 사는 건 쉽지 않은 일이겠지.

공부하기도 바쁜 수희 양에게 이런 시답지 않은 내용을 적어보내
려니 정말 부끄러워. 어쩌면 부치지 못하고 버릴지도 모르겠어.
하지만 거짓말은 하나도 쓰지 않았어.

안녕. 잘 지내기를…

나는 그의 두 번째 편지를 지하철 안에서 읽었다. 기숙사가 있는 페어필
드에서 어학원이 있는 러들린 스트리트로 가는 8호선 전철이었다. 아침에
기숙사를 나올 때 우편함에서 그가 보낸 편지를 발견하고 가방에 챙겨두
었었다. 그로부터 두 번째 편지를 받는 내 입장은 미묘했다.

그와 연인으로 교제하고 싶은 마음은 아직 없다. 하지만 내 속에서는 그
가 정말로 어떤 사람일까 하는 호기심이 언제부터인가 고개를 들고 있었
다. 그는 확실히 내가 아는 남자들과는 다르다. 다르다는 것 때문에 기피
해왔던 것인데, 지금은 그 다르다는 것이 나의 관심을 촉발 시키고 있었
다. 어쩌면 최고의 남자라고 생각했던 최기우에게 배신당한 반작용으로,
전혀 다른 인물인 김범주를 다시 보는 것일지도 모른다.

나는 정신을 차려야겠다는 생각으로 고개를 세차게 흔들었다. 나의 마음
이 그에게 조금씩 열리는 건 사실이지만 아직 나는 그에 대해 아는 게 많지
않다. 이번 편지에는 답장도, 엽서도 보내지 않을 것이다.

그런데 그날 어학원에서 공부를 끝내고 기숙사로 돌아 왔을 때의 일이
다. 사실 나는 원래 방과 후에는 어학원 부속의 도서관에서 개인 공부를
하고 좀 늦은 시간에 기숙사로 돌아오는 편인데, 그날은 공부에 열의가 안
나 다른 날보다 몇 시간 일찍 돌아왔다.

방문의 손잡이를 돌려보니 잠겨 있기에 별 생각 없이 열쇠로 문을 열고

들어갔는데, 방 안에는 내가 상상하지도 못했던 광경이 기다리고 있었다. 방 안에는 룸메이트인 윤애리와 한 남자가 침대위에 엉겨 붙어있었던 것이다. 그렇다, 그것은 엉겨 붙어 있는 것이었다. 완전히 벌거벗은 몸으로 서로를 부둥켜안고 있는 모습은 나를 잠깐 동안 넋이 나가게 만들었다. 나뿐 아니라, 그들도 몇 초 동안 얼어붙은 채 내 얼굴을 쳐다보기만 했다.

그러다가 윤애리가 먼저 비명을 지르며 남자를 밀쳐내고 옷을 입기 시작했고 남자도 허둥지둥 옷을 걸쳐 입기 시작했다. 나 역시 정신을 차리고 잽싸게 문을 닫고 밖으로 나왔다. 시바, 완전 미친년이네!라는 말 밖에는 안 나왔다. 1인실이라면 혹시 모르겠지만, 엄연히 다른 사람과 공동으로 사용하는 2인실에 자기 남자친구를 불러서 즐기는 건 규정 위반이기도 했지만 그전에 비매너였다.

윤애리가 대충 걸쳐 입고 쪼르르 나를 쫓아왔다.

"죄송합니다. 늦게 오시는 줄 알고…"

나는 됐다고 말하고 기숙사를 나갔다. 화가 났지만 막상 사과를 받고 나니 누그러졌다. 윤애리와 그녀의 남자 친구가 나가려면 밖에서 시간을 보내야 했다. 얼마나 걸릴까? 설마 이 와중에도 아까 나 때문에 못한 걸 마저 하려고 하는 건 아니겠지?

자전거를 타고 공원으로 갔다. 벤치와 잔디밭은 남녀 커플들의 차지였다. 서구의 사람들은 남녀의 애정행각에 참견을 안 한다. 그러다 보니 공개된 이런 공원에서도 농도 짙은 장면을 어렵지 않게 볼 수 있다. 어떤 커플은 딥키스를 하고 있고 어떤 커플은 서로의 옷 속으로 손을 집어넣고 있었다.

기숙사에서 룸메이트의 애정행각을 목격하고 이곳으로 피신을 왔는데,

여긴 더하면 더했지 덜하지 않았다. 마음을 비우려면 다른 것에 집중할 필요가 있었다. 나는 김범주의 편지를 꺼내서 한 번 더 읽어보았다.

'매일 어딘가로 출근을 하고, 집에 돌아오면 아내가 밥을 차려주는, 그런 인생이 내게도 가능할까 하고 생각해봤어. 안될 건 없지만 지금은 쉽지 않아. 그러려면 많은 걸 버려야 하니까.'

이 구절은 마음에 들었다. 그가 어떤 의도로 이 내용을 쓴 건지는 모르겠지만 진정성 있게 다가왔다. 매일 어딘가로 출근하고 집으로 돌아오면 아내가 밥을 차려주는 그런 인생은 보통 사람의 삶이라고 흔히 말한다. 모두가 그렇게 살고 있지만 그것의 가치에 대해서는 대부분 모른다. 그것이 소중하다고 생각하지 않기 때문에 불행해지는 것일 수도 있다.

김범주는 그의 높은 사무실에서 날마다 창밖을 바라보며, 거리를 오가는 사람들을 보고 자신도 그런 삶을 살고 싶다고 생각했는지 모른다. 지금보다 더 성공하고 싶다거나, 혹은 더 부자가 되고 싶다는 게 아니라 자신이 가진 것을 버리고 싶다고 말하는 남자는 이미 그것만으로 평범하지 않은 것이다.

그런 생각을 하며 벤치에 앉아 시간을 보내는데, 누가 내게 말을 걸어왔다.

"아뇽하세요?"

서툰 한국말이었다. 고개를 들어보았더니 낯이 익었다. 맞다. 얼마 전 내게 영어로 대시를 했던 훈남 캐나디안이었다.

"날씨가 참 조죠?"

그런데 왠 한국말? 아! 내가 영어를 못한다고 했더니 어딘가에서 한국말을 배워 말을 걸어온 것이다.

"아, 그래요. 날씨 좋아요. 안녕하세요?"

내가 대꾸를 해 주자, 그는 용기를 얻었는지 서툰 한국말로 말을 시작했다.

"내 이름은 젬스 아반다예요. 당신 이름 머예요?"

"채수희."

"당신, 아름다워요. 당신께 할 말 이써요. 할 말 이써요…"

더듬더듬이나마 한국말로 말을 건네오던 그는 여기서 갑자기 외운 걸 잊어버린 듯 헤매기 시작했다. 그는 괴롭다는 듯 머리를 흔들었다. 나도 그에게 호감은 있었다. 하지만 말이 안 통하면 아무 것도 할 수 없다. 커뮤니케이션이 이렇게 중요한 것이다. 나는 괴로워하는 그를 뒤로 하고 기숙사로 발길을 돌릴 수 밖에 없었다.

기숙사의 내 방 앞에서 조마조마했다. 30분 전의 황당한 일이 기억에 남아 문을 열었을 때 아직도 두 사람이 그 상태로 있을지 모른다고 생각한 것이다. 하지만 막상 문을 열고 들어가보니, 생각 못 한 분위기가 연출되어 있었다.

방 안의 작은 테이블위에 요리가 차려져 있고, 윤애리와 그녀의 남자 친구가 나를 반갑게 맞이한 것이다.

"아까는 정말 죄송했어요. 제가 사과하는 마음으로 저녁을 준비했어요. 아직 식사 안 하셨죠? 함께 먹어요."

남이 차린 식사를 처음 보는 남자와 함께 한다는 건 부담스러운 일이지만, 윤애리의 성의를 외면하기 어려웠고, 무엇보다 내가 간절히 먹고 싶어

64

하던 김치찌개가 있었기 때문에 거절할 수가 없었다.

식사를 하며 이야기를 나눠보니 윤애리와 애인은 고등학교 때부터 커플이었다고 한다. 4년간을 늘 함께 지내다 보니 난생 처음 따로 떨어져 살 수밖에 없었던 지난 몇 개월이 너무나 힘들었다는 것이다. 그래서 캐나다로 달려올 수 밖에 없었는데 너무 절박한 상황에서 만나다보니 비매너라는 걸 알면서도 기숙사 안에서 일을 벌일 수 밖에 없었다고, 남자가 쑥스럽다는 듯 웃으며 말했다.

"기왕 왔으니 함께 여행도 다니고 맛있는 것도 실컷 먹으려고요."

"부럽네요."

진심이었다. 슬픈 일이지만 어학 연수건 유학이건, 경제적 여건에 따라 이곳에서의 생활풍속도가 달라진다. 나도 허리띠를 졸라매야 할 정도로 어려운 축은 아니지만, 눈앞에 있는 두 사람처럼 여유를 부릴 입장은 아니었다. 내게는 애인이 없기도 했지만, 설령 애인이 있더라도 이곳까지 불러들이는 사치를 부릴 수는 없었다. 김치찌개는 맛있었지만 윤애리와 나는 그냥 룸메이트 이상의 관계로 친해지지는 어려울 것 같다는 생각이 들었다.

식사를 마치고 두 사람은 산책을 하겠다며 기숙사를 함께 나갔다. 그때가 10시가 넘은 시각이었기 때문에 모텔로 가려는 게 아닌가 싶었다. 내 예상대로 그들은 돌아오지 않았다. 나는 새벽에 눈이 떠져서 일어나 앉았다. 나는 엽서를 쓰기로 하고 테이블에 앉았다. 뭐라고 쓰면 좋을지 바로 생각이 안 나 잠시 고심하다가 마침내 엽서 위에 글씨를 쓰기 시작했다.

41

좋은 내용의 편지 감사히 잘 받았습니다. 건강하세요!

이번에도 이름을 빼면 두 문장뿐인 엽서였다. 남이 보면 '이게 뭐야?'라고 할 정도로 건조한 문장이었다. 하지만 내게는 어떤 장문의 편지보다 더 가치가 있었다. 왜냐하면 이 엽서는 내가 그녀에게 보낸 편지의 답장이었기 때문이다. 한밤중에 산에서 길을 잃었다고 생각해봐라. 그때 저쪽에서 보일 듯 말 듯 한 작은 불빛을 발견한다면 얼마가 기쁘겠는가.

이번 엽서에는 나이아가라 폭포의 사진이 있었다. 지난번의 사진과 나란히 놓고 보니 더욱 멋진 그림이 되었다. 나는 가문 대대로 내려오는 보물이라도 되는 듯이, 두 장의 엽서를 책상 서랍 깊숙이 넣어두었다.

그 주의 수요일에 골치 아픈 사고가 하나 터졌다. 새로 들어온 종업원이 횡령을 해서 도주한 것이다. 이필성이라는 이름의 22살짜리 신입이었는데, 클럽의 음향기기 교체를 맡겼더니 그 돈을 갖고 날라버렸다고, 차동만이 내게 보고했다. 내가 노발대발 하자, 차동만은 책임지고 잡아오겠다고 말했다.

정확히 이틀 후 오전에 차동만이 내게 전화해 이필성을 잡았다고 보고했다. 나는 샤워를 하고나와 거울을 보며 손마디를 꺾었다. 오랜만에 몸을 풀 기회였다. 나는 한국관의 기강 확립을 위해서라도 가혹한 대가를 치르게 하지 않으면 안 되겠다고 생각하고 있었다.

그런 생각으로 차를 몰고 한국관으로 달리는데 불현 듯 얼마전 성당에 갔던 일이 떠올랐다. 그때 나는 매니지먼트 사장을 폭행하고 돌아오는 길이었다. 그때 나는 정말 살아오며 단 한 번도 느껴본 적이 없는 불쾌하고 기묘한 기분이 들어 성당을 찾아야만 했던 것이다.

그때의 그 일이 나를 구속했다. 폭력으로 굴복 시키는 것이 나의 일이다. 수리공이 기계를 고치는 것처럼, 나도 지금까지 내 일을 해 왔을 뿐이다. 그것은 싫다거나, 혹은 마음에 안 든다거나 하는 이유로 안 할 수 없는 일이다. 그 일이 하기 싫다면 밥 숟가락을 놓아야 한다. 그걸 알지만, 또다시 그때의 그런 기분을 체험하면 어쩌나 하는 불안이 나를 부담스럽게 했다.

한국관에 도착했을 때 나는 한 풀 꺾여 있었다.

"창고에 묶어두었습니다."

나는 차동만을 따라 창고로 갔다. 이필성은 무릎을 꿇은 채 밧줄에 묶여 있었다. 내가 아직 손대지 말라고 지시했기 때문에 구타의 흔적은 없었다. 다만 자신이 어떤 시련에 직면할지를 다 알고 있기 때문에 사시나무 떨 듯 떨고 있었다.

"형님이 본보기를 보여줘야 합니다. 안 그래도 요즘 군기가 영…"

기성범이 내 뒤에서 말했다. 그들은 알고 있는 것이다. 내가 평소에는 온순한 편이지만 한 번 화가 나면 무섭게 돌변한다는 것을… 게다가 돈을 횡령하는 일은 더욱 용서할 수 없는 행위였다.

내 뒤에는 기성범과 차동만만 있는 게 아니었다. 한국관의 종업원들 가운데 상당수가 도열해 있었다. 배신의 결과가 어떤 것인지를 보여줄 기회라는 생각에 기성범과 차동만이 그들을 불러 참관토록 했을 것이다.

여기서 주저하는 모습을 보이는 건 위험한 일이다.

"저것 좀 가져와."

나는 손가락으로 공구함을 가리켰다. 기성범이 창고 구석으로 뛰어가 공구함을 가져다가 내 앞에 놓고 뚜껑을 열었다. 여러가지의 연장 가운데 나는 뺀치를 집어들었다. 울면서 잘못했다고 사정하는 이필성의 손을 붙잡게 하고, 나는 뺀치로 가운데손가락의 손톱을 뽑아버렸다.

뒤처리를 차동만에게 맡기고 사무실로 올라왔다. 그 지랄 같은 기분이 또다시 엄습해왔다. 나는 그 더러운 기분에서 벗어나고 싶어 다급히 책상 서랍을 열고 두 장의 엽서를 꺼냈다. 캐나다에서 채수희가 보내 온 엽서였다. 간단하고 형식적인 인사말밖에 없었지만 나는 그걸 읽고 또 읽었다. 그러자니 좀 나아지는 것 같았다.

다음날 나는 시내에서 홍세민과 점심을 함께 먹었다. 홍세민이 지난번에 매니지먼트사의 문제를 해결해 준 답례로 식사를 사겠다기에 내가 흔쾌히 응했던 것이다. 내 쪽에서는 기성범과 차동만이 동행했고 홍세민 쪽에서는 매니지먼트사의 직원 두 명이 함께 나왔다.

"김 사장님 덕분에 잘 해결됐고 말입니다. 잘 지켜봐주십시오. AYP의 명성에 누가 되지 않도록 회사를 잘 키울 생각이니까요."

홍세민과 그쪽의 직원 두 명을 보고 있으니까 나와 후배 두 명과는 어딘가 다른 분위기라는 생각이 계속 들었다. 한 마디로 건달이 아니라 멀쩡한 사회인의 이미지가 강하게 느껴진다는 것이었다. 물론 나는 그런 내색을 하지는 않았다.

"나는 잘 모르지만 앞으로 연예기획사업이 전망이 좋다더라고요. 우리 영표 형님도 관심이 많아요."

"잘 보셨습니다. 지금 돈이 이쪽으로 엄청 몰리고 있어요. 되는 사업이니까요. 잘 되면 영화도 제작하고 해외도 진출할 수 있어요."

그때 나도 모르게, 내 입에서 내 속마음이 드러나는 말이 튀어나왔다.

"잘 되면 나도 그쪽으로 갈아타야겠네요."

기성범이 술잔을 입으로 가져가려다가 놀란 얼굴로 물었다.

"형님이요? 형님이 매니지먼트 사업을 하신다고요?"

홍세민도 당황한 얼굴이었다.

"김 사장님이 그런 생각이 있으신 줄은 몰랐네요."

나는 기왕 뱉은 말이기 때문에 주워 담기보다는 내 생각을 밝히는 쪽으로 가자고 생각했다.

"당장은 아니고요. 나중에 내가 할 일이 있을 것 같아서 말입니다."

"김 사장님이 확고하게 결정을 하신다면 제가 자리는 마련할 수 있어요."

차동만이 내 눈치를 보며 말했다.

"영표 형님이 허락할까요?"

"모르지."

홍세민이 넉살 좋게 말했다.

"나도 김 사장님처럼 인간적인 분과 함께 일하고 싶네요."

"말이라도 고맙습니다."

그날은 그렇게 정리 하고 헤어졌다. 술자리에서 우발적으로 나온 말이었지만 그 속에는 근래 나 자신의 심리적인 변화가 고스란히 담겨 있었다. 철들고 계속해왔던 조직의 행동대장 역할을 떠나고 싶었다. 물론 그것이 쉬운 일은 아니다. 내가 폭력을 쓰고 타인을 협박하여 원하는 바를 얻는 것은, 다른 사람이 일을 해서 원하는 것을 얻는 것과 기본적으로는 동일한 것이다.

지금까지 나는 사람을 죽이는 것 말고는 어떤 폭력에도 양심의 가책이라는 걸 느껴보지 못했다. 아니, 왜 그런 걸 느껴야 하는지 몰랐고, 그런 걸 느끼는 사람이 있다는 것도 믿을 수가 없었다. 내가 살기 위해서는 어떻게 살아도 상관없는 것이며, 그것이 내가 사는 세상의 질서였다.

하지만 언제부터인가 예전에는 느껴보지 못한 기분이 종종 들고는 했다. 이유는 알 것도 같고 모를 것도 같다. 그것은 채수희라는 여대생을 좋아하기 시작한 후 생긴 변화였다. 그녀를 생각하는 것만으로 내 속의 어딘가가 바람에 흔들리는 갈대처럼 흔들리기 시작했다. 그 흔들림은 일에도 영향을 미쳐 나의 폭력으로 상대가 내지르는 고통스러운 비명이나 절규가, 예전과는 달리 나를 약하게 만들고 있었다.

그 며칠 후 안영표로부터 전화가 왔다.

"홍 사장에게 대충 이야기 들었는데, 너 매니지먼트 사업에 관심이 있었어?"

"아, 그냥 한번 이야기 해 본 거예요."

"하기야 네 능력이면 그쪽 가서도 잘 할 거야."

"감사합니다."

"하지만 아직은 아니야. 아직은 AYP가 확실히 자리 잡은 게 아니잖아. 아직은 여기서 네가 할 일이 많아."

70

"알고 있습니다."

"하여간 언제 술 한잔 하면서 허심탄회하게 이야기를 해보자고."

"그러죠."

안영표로서는 긴장하지 않을 수 없을 것이다. 지금의 내 역할을 대신할 사람이 조직에는 없다. 홍세민의 매니지먼트사도 기본적으로는 안영표의 영향 아래 놓였다고 하지만, 한국관처럼 자신이 좌지우지할 수 있는 사업이 아니었다. 그것은 좀 더 사회의 양지 쪽에 다가간 사업이었다. 내가 그쪽으로 자리 이동을 한다면 지금처럼 부리기는 어려울 것이라는 계산을 그도 하고 있을 것이다.

그 며칠 후의 일이다. 저녁 7시쯤 되었을 때 한국관이 잘 돌아가는지를 확인하기 위해 클럽으로 내려갔다. 여느 때처럼 손님이 만원이었고, 스테이지의 공연도 잘 진행되고 있었다. 나는 클럽을 가로질러 관계자들만 출입이 가능한 통로를 통해 복도로 나갔다. 복도의 끝에는 주방이 있었다. 주방 안을 살펴보니 종업원들이 바쁘게 일하느라 내가 나타난 것도 모르고 있었다.

나는 그들을 방해하지 않도록 조심하면서 우측 통로로 나갔다. 그곳에는 엘리베이터가 없어 비상계단을 통해 1층으로 올라가서 엘리베이터를 이용해야 한다. 철문을 열자 거의 수직에 가까운 비상계단이 나타났다. 그곳에 첫 발을 내딛는 순간, 등 뒤에서 철문 열리는 소리가 들려 이쪽으로 올 사람이 없는데 하고 이상하게 생각하며 뒤를 돌아다보자마자 눈 앞에서 번쩍 하는 빛이 나면서 시퍼런 칼날이 정면으로 날아왔다.

나는 본능적으로 머리를 뒤로 젖혔다. 눈앞에서 후잉하는 소리와 함께 칼날이 허공에 큰 원을 그으며 지나갔다. 계단에 엉덩방아를 찧고 올려다

보니 내 앞에 방금 칼을 휘두른 남자가 서 있었다.

"더러운 새끼!"

후드티의 모자를 덮어쓰고 있었고 이곳의 조명이 약해서 얼굴이 잘 안보였지만 어딘가 낯이 익었다.

"개새끼 죽어!"

이번에는 그가 나의 복부를 노리고 칼을 휘둘렀다. 나는 앉은 자세에서 한 바퀴를 구르며 피했다. 칼날은 내가 방금 앉아 있던 계단에 땡그렁 소리를 내며 부딪쳤다. 그는 칼을 자신의 몸 깊숙이 당겼다가 다시 나를 향해 휘둘렀다. 나는 순간적으로 그의 손목을 쳐내면서 당수로 그의 목을 가격하려 했다. 하지만 나의 손날은 그의 어깨 근처에 부딪쳤다. 그와 나는 서로 자리를 바꾼 채 마주섰다.

그의 얼굴을 다시 한번 보고, 누군지 알아차렸다.

"신태영!"

"그래! 나 신태영이다! 더러운 새끼! 지만 살겠다고 삼원이 형님을 그렇게 만들어?."

그는 윤삼원의 직계 부하였다. 대충 알 것 같았다. 윤삼원이 나에게 린치당하고 폐인이 된 후, 이자가 그 복수를 하려는 것이다.

"말로 하자."

"좆같은 소리 하지마, 죽어, 씨발넘아!"

그는 칼을 앞세우고 내 쪽으로 달려들었다. 그의 손목을 노리고 손을 뻗었는데 칼날이 손에 잡히면서 손바닥이 갈라지는 고통이 느껴졌고, 핏물이 순식간에 뿜어졌다. 나는 칼날을 손으로 잡은 채, 다른 손으로 그의 목을 감고 다리를 지렛대 삼아 그를 내동댕이쳤다. 나는 쓰러진 그의 위로 올라타 얼굴을 주먹으로 계속 때렸다. 2분가량을 정신없이 때리자 잠잠해졌다. 그가 기절했음을 확인하고 일어섰다. 여차했으면 목숨이 날아갈뻔 했다. 이런 곳이다. 내가 죽이지 않으면 내가 죽는, 그런 세계에 나는 서 있다.

42

성당에 갔어. 그렇다고 내가 신자가 된 건 아니야. 그냥 그러고 싶었어. 기도도 할 줄을 모르기 때문에 우두커니 서 있다가 돌아왔어. 물론 마음속으로 바라는 건 있지. 하지만 바라는 걸 말해버리면 안 좋다는 이야기를 언젠가 들은 일이 있기 때문에 말하고 싶지 않았어. 성당에서도 말이야.

그러고 보니 내가 어떤 인생을 살고 싶은지 아는 사람은 아무도 없는 거야. 아니, 사실은 나 자신도 확실히는 몰라. 그냥 지금의 이런 인생과는 다른 인생을 살고 싶다고 막연하게 생각하고 있어. 그런데 정말로 그런 인생이 있는 것일까. 전에 지하도를 걷는데 은행의 광고판 그림을 보았어. 두 남녀가 자신의 아이와 함께 초원 위에서 밝게 웃는 그런 사진이었어. 나는 우두커니 서서 사진을 보며 어떻게 하면 저런 인생을 살 수 있을까 하고 생각했어.

이제 알 것 같아. 나는 지금보다 더 성공하고 싶다거나, 더 돈을 벌고 싶은 게 아니라는 거야. 나는 지금보다 더 나은 사람이 되고 싶어. 남들이 어떻게 사는지 나는 몰라. 나는 내 인생에 대해서만

말하고 싶어. 그래, 나는 달라지고 싶어. 조금씩이라도 말이야. 수
희, 날 응원해줘.

오늘도 결국 내가 정말로 하고 싶은 말은 쓰지 못했어.

수희! 건강히 잘 지내기를 바래.

그에게 엽서를 보내는 것이 과연 잘하는 짓인지 나 자신도 헷갈렸다. 하
지만 막상 그로부터 세 번째 편지를 받고 나니 보내기를 잘했다는 생각이
들었다. 사람 사이의 관계라는 것이 알고나면 다 목적이 있는 것이기에,
그와 편지나 엽서를 주고 받는 것이 위험한 일이 될 수도 있다는 걸 나는
알고 있었다.

하지만 막상 그의 편지를 읽고 나면 그러한 부담감은 눈 녹듯 사라지고
는 한다. 그것은 그의 장점이었다. 그는 실제로도 그렇고 편지의 내용에서
도 그렇고, 상대를 절박하게 필요로 하는, 그런 것이 없다. 내가 어느 날 그
에게 '나 내일 결혼해요'라고 말한다면 잠깐은 화를 내고 당황해 하겠지
만, 그 시간이 지나면 잊어버릴 것 같은, 그런 분위기가 그에게는 있었다.

만일 그의 편지가 나에 대한 애절한 구애로 일관했다면 나는 그 무게감
을 이기지 못해 엽서를 보내기는커녕, 그로부터 날아오는 편지를 차단해
버렸을 것이다. 왜냐하면 내게는 지금 남의 감정까지 생각할 여유가 없기
때문이다. 그의 편지가 나의 마음에 사랑의 불씨를 일으키지 못하는 것은
분명하다. 어떤 여자라도 이런 식의 편지를 받고 상대를 사랑하게 되지는
않을 것이라 본다. 다만 그의 편지가 내게는 어떤 식의 위로가 되는 면이
있었다. 그것이 그를 외면하지 못하게 만드는 이유일 것이다.

내 안에는 아직 사랑의 상처가 자리하고 있었다. 그것을 극복하기위해

이 먼나라까지 왔지만, 그것은 한 순간에 치유 될 수는 없는 것이다. 그 사랑의 상처 안에는 여러 가지 것들이 복합적으로 녹아들어 있다. 단지 실연했다는 한 가지만이 아니라 배신감과 모멸감, 나 자신에 대한 실망… 그리고… 이건 정말 고백하고 싶지 않지만, 아직도 그 남자에 대한 미련과 그리움이 남아 있고, 그것을 필사적으로 부정하고 싶어하는 감정까지 모두 그 안에 담겨 있어서, 어떤 작은 계기가 있어 상자의 뚜껑이 열리기라도 하면 그 모든 잡다한 감정들이 활화산처럼 터져나와 나를 흔들어댈 것 같았다.

그런 와중이었기 때문에 자신의 현재를 벗어나고 싶어 하는 솔직한 그의 고백은 나를 차분하게 만들었다. 어쩌면 나와는 전혀 다른 환경에서 자랐고, 전혀 다른 곳에 있는 그의 내면을 조금씩 알아가는 것에 흥미를 느끼는 것인지도 모르겠다.

"편지 읽어요?"

윤애리가 방금 샤워를 끝낸 얼굴로 들어와 수건으로 머리를 털며 내게 물었다. 나는 2층의 내 침대에 누워 김범주에게 받은 편지를 읽다가 딱히 숨길 일도 아닌데 그냥 습관적인 행동으로 편지를 감췄다.

"애인한테 왔나 보다."

"아니오. 애인 없어요."

윤애리는 그냥 별 뜻 없이 물어본 것이라는 듯, 더 이상 캐묻지 않고 다른 이야기를 했다.

"저기, 내일, 부탁이 하나 있어서요."

"무슨?"

"내일이 일요일인데, 갈 곳이 없어서요. 제 남자친구 좀 데리고 오려고 하는데, 괜찮죠?"

이년의 말을 제대로 번역하자면 '내일 남자친구랑 단 둘이서 뜨거운 시간을 보내야 하니까 알아서 해' 라는 것일 것이다.

"제 남자 친구가 재밌는 구석이 있어서 함께 있으면 수희 씨도 즐거울 거예요."

정말로 내가 두 사람 사이에 끼어 있으면 아마 눈치 없는 시어머니 취급 당할 것이다.

"안 그래도 내일 산에 바람 좀 쐬러가려고 했어요."

"그래요? 그럼 잘됐네요."

시바, 예의상으로라도 두 번은 물어봤어야 하는 거 아냐? 하여간 그래서 나는 다음날 예정에도 없는 산행을 하게 되었다. 하기야 딱히 결정을 안 했을뿐, 기왕 캐나다에 왔으니 출국 전에 풍경이 멋지기로 소문난 캐나다 산을 한번쯤은 올라가봐야겠다고 생각하던 와중이기는 했다.

캐나다에는 세계적으로 유명한 국립공원이 많이 있다. 밴프 국립공원, 엘크 아일랜드 국립공원, 재스퍼 국립공원, 워터튼 레이크 국립공원 등등 여행 경험이 없는 사람이라도 한 번쯤은 들어봤을 법한 유명한 관광지들이다. 하지만 내 입장에서 그런 유명한 관광지는 그림의 떡이다. 돈이 많이 들기도 하지만, 그런 곳은 거리도 먼 데다가 면적도 광대해서 당일치기는 불가능하다. 나중에 내가 운 좋게 떼돈이라도 벌어 다른 것 일체 신경 안 쓰고 여유작작하게 여행이나 다니며 살 수 있다면 모르겠지만 말이다.

사실 캐나다는 워낙 나라 전체의 경치가 수려한 곳이라 딱히 국립공원이 아니더라도 여행 기분을 충분히 느낄만한 곳이 수두룩하다. 내가 어학연수를 받고 있는 빅토리아만 하더라도 온화한 기후와 항구 도시로서의 명성으로 많은 관광객이 찾아오는 곳이다.

다만 이곳은 다운타운 중심의 도시라서 자연 중심의 여행을 하려면 외곽으로 나가야 한다. 나는 가이드 북을 펼쳐서 몇 군데의 후보지를 놓고 고심하다가 최종적으로 더글라스 마운틴을 가기로 결정했다. 나는 다음날 8시에 집에서 출발해 버스를 타고 30분가량을 달려, 더글라스 마운틴 입구에 도착했다.

일요일이라 적지 않은 사람들이 산행을 준비하고 있었다. 집에서 나올 때는 여자 혼자 여행을 한다는 것 때문에 신경이 쓰였는데, 막상 도착해 보니 그것이 완전히 기우였다는 걸 알게되었다. 그곳에 있는 상당수의 사람들이 혼자였고, 혼자 온 여자도 많았다. 여러 사람이 어울려 왁자지껄하게 떠들며 산을 오르는 게 등산이라고 생각하는 한국 사람이라면 이해 못할 풍경이었다.

산을 오르고 있다. 정상으로 향하는 길은 완만했고, 잘 정비되어 있었다. 길의 양쪽으로는 곧고 높은 나무들이 호위병처럼 빽빽이 늘어서 있었다. 고작 10분을 오르기 시작했음에도 등줄기에 땀이 흐르는 게 느껴졌다. 아무리 완만한 걸음이라고 하더라도 산행을 하면 피로가 느껴질 수밖에 없다. 육체적 피로의 장점은 복잡한 머리를 단순화 시키는 것이라고, 예전에 들은 일이 있다. 맞는 말이다.

두 다리의 종아리 쪽이 무척 아팠지만, 정상이 가까워질수록 묘한 성취감이 느껴졌고, 머리도 맑아졌다. 산행을 시작한지 40분만에 정상에 도착했다. 정상에는 이곳이 정상임을 알리는 표지판과 보도블록이 깔린 광장이 있었다. 그곳에 서니 도시와, 그 도시 너머의 바다가 한 눈에 내려다보였다.

크게 심호흡을 하고, 그림 같은 경치를 감상하며 서 있는데 등 뒤에서 남자 목소리가 들렸다.

"please…"

화들짝 놀라 돌아다보았더니 캐나디안으로 추정되는 훈남이 카메라를 들고 셔터를 누르는 시늉을 하고 있었다. 그도 혼자 온 사람이라 내게 사진 촬영을 부탁하는 것이다. 나는 흔쾌히 오케이라고 대답하고 카메라를 건네받아 그의 독사진을 찍어주었다. 사진을 찍는데 '역시 이쪽 애들은 잘생겼어'라는 생각이 절로 들었다.

카메라를 돌려주자 그는 내 눈을 지그시 바라보며 더듬더듬 말을 건넸다.

"Where are from?"

그가 내게 관심을 가지고 건네는 질문이라는 걸 직감적으로 알아차렸다.

"I'm Korean."

"It's beautiful."

날더러 이 남자가 아름답다고 한다. 딱히 그와 잘 되기를 바라는 그런 게 아니더라도, 잘생기고 매너 있는 금발의 남자가 관심을 보이면 누구나 설레기 마련일 것이다. 그 순간 얼마전 기숙사 근처의 공원에서 있었던 일이 생각났다. 내가 영어에 능통한 줄 알고 말을 붙인 또 다른 캐나디안과의 사이에 있었던 해프닝 말이다.

그 일이 마음에 앙금으로 남았던지, 나는 만일 비슷한 상황이 또다시 닥치면 나 자신의 상황을 솔직하게 고백하기로 마음 먹고 있었다.

"Sorry. You are a very good person. But I do not speak English well. I can not do it except for a very simple sentence."

대충 나는 영어에 능통하지 못하니 알아서 꼬셔라,라는 이야기였다. 이정도면 내 입장이 충분히 전달되었을 것이라고 생각했는데, 그는 잠시 아무 말도 안 하고 생각에 잠겨 있더니 생각지도 못했던 말을 쏟아냈다.

"Désolé, Vous êtes une très bonne personne. Mais je ne parle pas bien l'anglais. Je ne peux pas le faire sauf pour une phrase très simple. Parlez-vous français?"

정신없이 쏟아낸 그의 말을 단 한 글자도 이해 못하지만 프랑스어라는 건 확실히 알 수 있었다. 프랑스인이라면 대개 영어에도 능통하지만 가끔 예외도 있는 것이다. 커뮤니케이션이 안 되면 썸씽은 불가능하다. 그와 나는 서로를 멀뚱히 쳐다보다가 애매한 웃음으로 마무리하고 돌아섰다. 말풍선 속의 엄마가 샘통이라는 표정으로 '공부하러 왔으면 공부나 해야지!' 라고 놀리는 듯했다.

하산을 시작했을 때 날씨가 불안정했다. 정상에 있을 때만 하더라도 쨍쨍하던 햇볕이 갑자기 사라지고 먹구름이 내려앉으며 때이른 어둠이 산 전체를 뒤덮어버렸다. 그럼에도 설마 비가 오겠나 하고 터무니없이 낙관하며 걸어내려가는 나를 혼내기라도 하려는 듯, 갑자기 소나기가 쏟아지기 시작했다.

일기예보에는 비 온다는 말이 전혀 없었기에 우산도 우비도 준비해 오지 않았다. 나는 쏟아지는 소낙비를 고스란히 맞을 수밖에 없었다. 살에 닿는 빗물은 차갑고 날카로웠다. 캐나다의 빅토리아는 기후가 온화한 지역이지만, 그래도 겨울이 다가오는 시기였다. 추워서 몸서리가 쳐 졌고, 손과 발이 시렸다.

왜 그랬는지 알 수 없지만 그때 나는 울고 있었다. 어쩌면 쏟아지는 빗물에 가려 누구도 내 눈물을 볼 수 없기 때문에 침잠해있던 슬픔의 덩어리들이 터져 나오는 것을 구태여 참지 않았던 건지도 모르겠다. 나는 잘 해왔다. 캐나다로 어학연수를 떠나와 누구 못지않게 열심히 공부했고, 기숙사 생활도 잘했다. 하지만 실연과 배신의 상처를 완전히 극복한 것은 아니었다. 그가 보낸 편지를 제대로 읽지도 않고 쓰레기통에 던져버리는 일은 쉽게 할 수 있었다. 하지만 그 모든 기억도 그처럼 쉽게 정리할 수 있는 건 아니다. 그런 사람이 있다면 그것은 아마 로봇일 것이다.

강의를 들으면서, 전철로 통학하면서, 자전거를 타고 마음껏 달리면서, 그리고 산을 오르면서, 나는 내 자신과 치열하게 싸우고 있었던 건지도 모른다. 고지를 점령하려는 적병들처럼, 고통의 기억들은 나의 빈틈을 치열하게 비집고 들어왔다. 그들의 총칼은 나의 심장을 찌르고 구멍을 내며, 너는 어딜 가도 행복할 수 없어,라고 윽박지르는 듯 했다.

그 말은 맞았다. 그래서 나는 이 낯선 땅에서 비를 맞고 울고 있는 것이다. 눈물은 뜨겁게 흘러, 나의 뺨을 타고 목 언저리를 지나 가슴속으로 흘러들어갔다. 소나기가 쏟아지는 이 와중에도 산을 오르는 대단한 사람들이 있어, 그들은 맞은편에서 걸어오다가 나를 발견하고는 서양인들 특유의 밝은 인사를 건네오기도 했다. 외롭고 비참한 이런 기분 속에서도, 이성은 멀쩡하게 살아 있어, 그들에게 일일이 응대를 했고, 그래야만 하는 나 스스로에게 이질감을 느꼈다.

애인이나 배우자가 바람을 피웠을 때 그 현장으로 찾아가 불륜의 상대를 때리고, 머리채를 잡아 흔들고, 악다구니를 치는 보통의 사람들처럼, 나는 왜 그러지 못했던 것일까. 그랬더라면, 그렇게라도 했더라면, 그랬더라면 지금 덜 아파하고 있을지도 모르겠다. 그럴 수 없는 나 자신은, 어쩌면 최기우뿐 아니라 이 세상 누구에게도 이해받을 수 없는 것일까.

산의 입구에 도달했을 때쯤 비가 그쳤다. 옷이 젖어 어딘가 따뜻한 곳에 가서 뜨거운 커피라도 마시고 싶었다. 다행히 오두막 모양의 카페가 있었다. 그곳에 들어가 주문을 하고 앉아 있으니, 따뜻한 공기에 휩싸이며 머릿속의 혼란이 가라앉는 듯했다. 나는 아메리카노를 마시며 김범주의 편지를 다시 한번 읽어내려갔다.

> 이제 알 것 같아. 나는 지금보다 더 성공하고 싶다거나, 더 돈을 벌고 싶은 게 아니라는 거야. 나는 지금보다 더 나은 사람이 되고 싶어. 남들이 어떻게 사는지 나는 몰라. 나는 내 인생에 대해서만 말하고 싶어. 그래, 나는 달라지고 싶어. 조금씩이라도 말이야. 수희, 날 응원해줘.

더 나은 사람이 되고 싶다는 구절에 붙들렸다. 단순한 내용이지만 이런 걸 생각하는 사람은 많지 않다. 정작 중요한 것은 내가 김범주의 생각을 평가할 입장이 아니라는 것이다. 나 역시 지금보다 더 나아지고 싶었고, 과거의 모순에 찬 나 자신을 기억에서 지우고 싶었다. 새롭게 시작하고 싶어, 이 낯선 나라에 온 것이다.

43

번번이 편지를 보내주셨는데 달랑 몇 글자의 엽서만 보내 죄송하
네요.
이 엽서가 마지막이 될 것 같아요. 조만간 이곳에서의 일정이 모
두 끝나 한국으로 돌아갑니다. 안녕히.

채수희가 보낸 세 번째 엽서는 지난 두 번의 엽서와는 다른 점이 있었다.
우선 문장이 3개나 되었다. 그게 별거냐고 하겠지만 적어도 내게는 엄청난
의미가 있었다. 글자 수가 늘어났다는 건 그것만큼 나에 대해 생각했다는
것이 되는 것이다. 또 하나는 그녀가 드디어 돌아온다는 사실이다.

그녀가 이곳으로 온다. 딱 1년만이다. 어떻게 변했을까. 설마 캐나다에
서 사귄 남자친구와 나란히 내 앞에 나타나는 건 아니겠지? 사실 나는 그
녀가 그곳으로 날아간 뒤부터 조마조마했었다. 이제 24살이 된 그녀라면
얼마든지 또래의 남자친구를 사귈 수 있다. 그런다고 내가 그녀에게 화를
낼 권리는 없다.

그것은 어쩔 수 없는 일이다. 이것은 내 성격의 문제인데 그것이 아무리 가치가 있고, 욕심이 나는 대상이라도, 내 수중에 들어올 수 없는 것이라면 빨리 잊어버리려고 하고 그렇게 살아왔다. 대부분의 성격은 장단점이 있는 것이다. 나 같은 이런 성격으로 잃는 것도 있겠지만 반대로 그런 성격 때문에 얻는 것도 있는 것이다. 깡패치고 삶의 철학이 제법이라고 생각하는 사람도 있겠다. 폭력을 쓰는 것은 나의 일이지, 그것이 나 자신은 아니다. 버스 운전수는 버스를 운전하는 것이고, 학생은 공부를 하는 것이고, 깡패가 직업인 나는 주먹을 쓰는 것이다. 모두가 자신의 일에 최선을 다하듯이 나도 그렇다.

지하 주차장으로 내려갔다. 그곳에는 미국에서 공수된지 일주일밖에 안된 할리데이비슨 오토바이가 있다. 내게는 취미가 하나 있는 데, 그것은 속도를 즐기는 일이다. 전에는 자동차로 속도를 즐겼는데 오토바이를 몰아보고는 홀딱 반해 오토바이 매니아가 되었고, 바이크 라이더들의 꿈이라고 하는 할리를 구입하게 된 것이다.

할리를 몰고 거리로 나갔다. 한국관이 있는 유흥가에서 20분을 달리면 자유로가 나온다. 출퇴근 시간이 아니라면 충분히 속도를 낼 수 있는 곳이다. 시원하게 뻗은 도로를 마주하니 가슴이 뻥 뚫리는 듯한 청량감이 느껴졌다.

액셀을 더 당기자, 부웅 하는 소음과 함께 다른 차량을 치고 나갔다. 속도계가 120 언저리에서 바르르 떨고 있었다. 달리고 있는 것이 아니라 날고 있는 듯한 느낌이 든다. 이것이 자동차와 바이크의 다른 점이다. 바이크를 달리면 공기를 몸으로 체감하기 때문에 마치 공중에 떠 있는듯 하다. 이것에 중독되면 바이크를 끊을 수 없다고 한다.

액셀을 한 번 더 당겼다. 180…이 정도 속도에서는 속도감이 오히려 사라진다. 마치 무중력에 접어든 느낌마저 든다. 나는 대체로 여기까지가 맥시멈이었는데, 오늘은 무슨 이유에서인지 속도를 더 높이고 싶어, 액셀을 끝까지 당겨보았다.

200…220…260…290…이쯤되면 절정에 이르는 그 느낌이 된다. 섹스를 할 때의 클라이맥스 같은 것이다. 가슴이 벅차오르면서 터질 것 같은 희열이 느껴졌다. 그러나 이 속도는 잠깐이다. 끝없이 평지만 있는 미국 같은 도로가 아니면 잠깐 희열을 맛보고 내려가야 한다. 사정을 할 때의 순간이 잠깐이듯이 말이다.

한국관으로 돌아와 보니 뜻밖의 손님이 나를 기다리고 있었다. 홍세민이 한국관 정문 앞에 서 있다가 내가 도착하자 반색을 하며 악수를 청해왔다. 나는 직원에게 오토바이를 주차시키도록 하고 그와 사무실로 올라갔다.

"좋은 취미 가졌네요."

여직원이 내 놓은 차를 입으로 가져가며 홍세민이 말했다.

"재밌어요. 홍 사장님도 한번 타 봐요."

"안 그래도 전에 와이프에게 오토바이를 사겠다고 하니까 과부 만들 생각이냐고 쌍심지를 켜서 못 샀습니다."

"바쁘실 텐데, 어쩐 일입니까?"

홍세민은 내 쪽으로 상체를 기울이며 조용히 말했다.

"개인적인 용건이라서 말입니다."

"뭔데요?"

홍세민은 머뭇거리다가 어렵게 용건을 꺼냈다.

"우리 와이프가 말입니다. 좀 나대는 성격이라, 내가 사는 아파트에서 부녀회의 열성 회원인데요. 아파트 부녀회에서 수익 사업으로 바자회를 했다고 해요. 그것도 좀 크게 벌린 모양이에요. 그러다 보니 지역 노점에서 냄새를 맡고 들어와 장사를 했다네요. 남자들이라면 그냥 별일 아니라고 생각하고 넘어갔을 텐데 말입니다. 여자들이다 보니 왜 남의 바자회에 들어와 장사를 하느냐고 따지다가 시비가 크게 붙었다 이 말입니다. 그런데 대개의 노점상들이 또 만만한 인간들이 아니잖습니까?"

대충 알 것 같았다. 박한 이익을 먹고 사는 노점들은 대개 악바리 근성에 절어 있기 마련이다. 그걸 모르는 여자들이 그들의 자존심을 건드렸으니 벌집을 쑤신 거나 다름없이 되어버린 것이다. 노점상들이 진을 치고 여자들과 아이들을 협박하고 있다는 것이다. 그 방법이 교묘해서 경찰도 손을 못 쓰는 상황이라고 한다.

"아주머니들이 상대를 잘못 고르셨네요."

"그러게 말입니다. 여자들이 뭘 몰라서요."

다른 사람이라면 몰라도 홍세민의 부탁은 거절할 수 없었다. 만일 내가 지금의 생활을 바꾸려고 한다면 그것은 이 사람이 빠삭하게 알고 있는 연예기획사 쪽이 가장 현실적이었다. 그것을 알고 있기 때문에 내게 부탁을 해 온 것이리라.

"지역은?"

"마포 만리동입니다."

대개의 노점들 배후에는 조직폭력배가 있기 마련이다. 마포 쪽이라면 기성범이 잘 아는 지역이었다. 이런 일은 시끄럽게 해결하면 안 되고, 건달끼리의 네트워크로 해결책을 찾아야 한다.

"알겠습니다. 내가 좀 알아볼게요."

홍세민은 고맙다고 몇 번이나 말하고 내게 자신의 사무실을 방문해 달라고 부탁했다.

"김 사장님이 지난번에 저희 회사의 큰 문제를 해결해 주셔서 말입니다. 직원들이 한번 뵙고 싶다고요."

"그래요? 안 그래도 사무실이 어떻게 생긴 곳인지 궁금했어요."

내가 긍정적으로 나오자 홍세민이 반색을 하며 말했다.

"그렇다면 오늘 가시죠. 바쁘신 일 없으면 제가 모시겠습니다."

나는 그러기로 했다. 매니지먼트사라는 곳은 내가 지금까지 살아온 환경과는 다른 환경일 것이었다. 한 마디로 말하면 비교적 정상적인 사람들이 모여서, 비교적 정상적인 일을 하는 사람들이라는 것이다. 홍세민이라는 인간 역시 암흑계와 밀접하게 연관된 사람이기는 했지만 건달 출신은 아니었다. 그런 이유로 내게는 홍세민과, 그가 운영하는 매니지먼트사에 대해 어느 정도 동경이 있었다고 말 할 수 있었다.

홍세민의 차를 타고 청담동에 있는 매니지먼트사를 찾아갔다. 입구에는 'feeling'이라는 사명이 아크릴판으로 붙어 있었다. 사무실 안에는 하얀색의 와이셔츠 차림으로 일을 하는 대여섯 명의 남자 직원들과 두어명의 여자직원들이 있었다.

사무실 중앙에 있는 소파에 홍세민과 마주 앉았다. 여직원이 내온 커피를 마시며 사무실을 둘러보았다. 벽면에는 이 회사의 연예인들 사진이 쭉 걸려 있었다. 사진들이 모두 현란하게 컬러풀해서 눈이 시릴 정도였다. 홍세민이 사진 가운데 가장 커다란 사진을 가리키며 설명했다.

"쟤들이 우리 회사가 밀고 있는 3인조 댄스 그룹입니다. 지금은 준비만 하고 있는데, 아마 다음 달쯤에는 공개할 것 같습니다. 벌써 반응이 좋습니다."

나는 홍세민의 말을 건성으로 들으며 사람들을 살피고 있었다. 책상에 앉아 업무를 보는 사람들이 내게는 신기하게 보였다. 아마 저들은 저마다 가정이 있을 것이다. 아침에 출근해 하루 종일 일을 하고 퇴근하면 가족과 시간을 보내는, 그런 것이 그들의 낙일 것이다.

　"김 사장님이 우리 회사에 오시면 난 대환영입니다. 아예 대표 자리를 양보할 생각도 있고요. 그렇지 못하더라도 이사 정도는 하셔야죠."

　"그렇게 되면 좋지만 당장은 어려워요. AYP에서 내가 할 일이 많아서요."

　"하여간 언제건 말씀만 하시면 준비해 놓겠습니다."

　"고맙습니다."

　퇴근 시간이 되자 홍세민이 내게 직원들과 함께 한잔 하자고 제안했다. 나 역시 그러고 싶은 생각이 있어서 흔쾌히 그러자고 했다. 그들과 함께 간 술집은 일식집이었는데, 고급스러운 곳은 아니었고 근처의 직장인이 주로 찾는 평범한 곳이었다. 그곳에는 말끔한 차림의 샐러리맨들이 삼삼오오 모여 술잔을 기울이고 있었다. 이곳저곳에서 와자지껄하게 잡담을 나누는 소리가 들려왔고 개중에는 큰 소리로 웃음을 터트리는 사람들도 있었다. 그런 분위기에 있다보니 나 자신도 평범한 샐러리맨 가운데 하나 같다는 생각이 슬며시 들었다.

　홍세민이 데리고 나온 두 명의 직원은 모두 20대 후반이었다. 사무실 일과 외부 매니저 일을 동시에 하고 있다고 하는데, 확실히 때깔 면에서 한국관의 후배들과는 전혀 달라보였다.

　"말씀 많이 들었습니다."

　두 명 가운데 이은상이라는 이름의 직원이 얼굴을 붉히며 내게 말을 걸었다.

"어떻게?"

"입지전적인 인물이시라고."

"그래봐야 건달이죠."

조인수라는 이름의 다른 직원이 끼어들었다.

"아니죠. 건달도 건달 나름 아니겠습니까."

"그렇게 봐준다면 고맙고."

두 사람이 나를 바라보는 시선은 범접하지 못할 대상이라도 보는 듯한 분위기가 있었다. 하기야 드라마에서나 볼 법한 전설의 주먹이 눈앞에 있으니 그들이 어렵게 생각하는 것도 이상한 건 아니다. 하지만 나는 오히려 눈앞의 두 사람이 부러웠다. 하루 종일 일을 하고, 일이 끝나면 동료들과 술잔을 기울이며 잡담을 나누고, 집으로 돌아가면 아내가 왜 맨날 술이냐고 잔소리를 해대는… 그런 삶이 마주 앉은 두 사람과, 이 술 집 안에 떠돌고 있었다. 손을 뻗으면 금방이라도 잡힐 것 같은 그런 삶이지만 그리로 가는 길을 나는 잘 모른다.

나의 존재로 인해 그 자리에서의 화제는 주먹 세계에 대한 것이 주로 오갔다. 1950년대를 주름잡았던 김두한, 이정재부터, 비교적 최근의 인물이라고 할 수 있는 김태촌, 조양은까지, 시대를 풍미한 주먹들의 화려한 영웅담이었다. 하지만 그들 가운데 말년이 비참하지 않은 인물이 없다는 것을 나는 잘 알고 있었다. 십중팔구 나 역시 그렇게 될 것이다.

룸살롱으로 모시겠다는 홍세민의 청을 거절하고 택시를 타고 집으로 향하는데 어딘가 쓸쓸하고 외롭다는 생각이 들었다. 인생의 결말이 뻔히 내다보임에도 어떻게 해볼 수 없는, 그런 답답함이 가슴 언저리에 뭉쳐있는 듯 했다.

44

　나는 25살 여름에 대학을 졸업했다. 대학 졸업의 실질적인 의미는 이제 보호의 울타리 안에서 밖으로 내보내진다는 것을 의미한다고 할 수 있을 것이다. 당연한 말이지만 울타리 안에서는 울타리 밖의 세상을 모른다. 선배들로부터 사회라는 곳은 이렇다 저렇다 귀가 따갑도록 다양한 충고를 들었지만 자기 스스로가 경험하지 않으면 알 수 없는 것이다.

　나는 학교에서 마차라는 연극 동아리에 나름대로 열심히 참여했기에 연극을 하고 싶다는 욕구가 항상 있기는 했지만 그 말은 누구에게도 꺼낼 수가 없었다. 연극을 하겠다는 것과 서울역 앞에서 노숙을 하겠다는 것이 거의 비슷한 의미로 취급되고 있었다. 매스컴에 보도되는 걸 보면 '연극인은 끼니를 걱정해야 할 정도로 어렵지만 내일의 꿈을 위해 인내하고 있는 선량한 사람들'이라는 것이었다. 나는 좀 덜 선량하더라도 그렇게 되고 싶지는 않았다.

　취업 준비를 해야 한다는 핑계를 대고 6개월을 내리 놀았다. 나의 부모님은 대놓고 나를 구박하지는 않으셨다. 그러나 성인군자가 아닌 한, 취업 못 한 자식이 신경 쓰이지 않을 수가 없었을 것이다.

"초조해 하지 마. 다 때가 있는 법이라서 될 때가 되면 어련히 되지 않겠니?"

무심한 듯 흘려서 말하는 엄마의 그런 말이, 너 왜 빨리 취직 안 해? 언제까지 놀거야?라고 원색적으로 다그치는 말보다 더 아프게 폐부를 찌르는 것은 왜인가. 나라고 손 놓고 판판히 놀기만 한 것은 아니다. 대기업과 방송국 등 소위 인재들이 몰린다는 곳에 입사 원서를 넣어보기는 했다. 물론 되려니 하는 기대도 안 했지만, 하나같이 1차에서 불합격 처리되는 걸 몇 번 겪으면서 확실히 내가 선택 받은 사람은 아니구나라는 걸 실감하고 있었다.

놀라운 소식이 하나 있다. 성나라의 결혼이다. 그녀는 졸업과 동시에 화장품 판매 회사의 영업사원으로 취직을 했고, 또 그것과 거의 비슷한 시기에 결혼을 했다. 남자는 스포츠 용품 판매 회사의 영업사원이라고 한다.

"우리 진우 씨와 내가 얼마나 죽이 잘 맞는 줄 아니? 데이트 비용을 아끼려고 은행에서 만나 자판기 커피를 마시며 데이트를 하고 극장이나 공연장 대신 구청에서 하는 공짜 문화 강좌를 함께 들으며 사랑을 키웠다고."

결혼식장에 나란히 선 그들을 보니 북한이 핵무기를 쏴서 남한이 불바다가 되더라도 둘은 열심히 화장품과 스포츠용품을 팔러 다닐 것 같은, 그런 찰떡궁합이라는 생각이 들었다. 조영미는 나와 처지가 가장 비슷하다. 동거하는 남자 때문에 속을 썩으면서도 여전히 헤어지지 못 하고 있고 졸업 후 취직이 안 되어 알바를 뛰고 있다. 옷을 신경 써서 차려 입고 시내를 걸으면 뭇남성들이 그녀를 쳐다보느라 우왕좌왕하는 게 눈에 보일 정도로 탁월인 미녀인 그녀의 인생이 왜 그다지도 안 풀리는지는 나도 잘 모르겠다.

그런 측면에서, 마치 세속을 떠나 있기라도 한 것처럼 비현실적인 것에 심취해 세월을 보내고 있는 박희준이 현명한 것인지도 모르겠다. 그녀는 학교를 졸업했음에도 자신이 취업이나 결혼과는 무관한 존재라도 되는 듯이 살고 있었다. 그녀의 초지일관한 모습에, 나는 정말로 그녀가 세속을 떠난 초인일지도 모르겠다는 생각도 해 보았다.

박희준은 엉뚱하게도 6개월간 인도 여행을 하고 돌아와 뉴 에이지 철학자인 라마와 오쇼 라즈니쉬, 그리고 티벳의 지도자 달라이 라마의 사상에 대해 열변을 토했다.

"지금까지 인류가 쌓아온 물질문명으로는 진정한 행복을 찾을 수가 없어. 영적 공허가 온 누리를 뒤덮고 있는 거 안 보이니? 패러다임이 변하고 있다고. 태양과 행성의 회전순환운동이 끝나려면 2만 6천 년이 걸리는데, 지금이 바로 그 변화의 시기야. 그래서 이걸 new age라고 불러."

그녀의 말이 맞다면, 나는 왜 하필 2만 6천 년의 마지막 지점에 태어나야 했는지 통탄스러울 수 밖에 없었다. 내가 실연을 당한 것도, 취직을 못한 것도, 모두 태양과 행성의 회전순환운동과 관련이 있다고 믿어버리면 머릿속은 단순하게 정리가 된다. 빌어먹을, 태양과 행성의 회전순환운동 같으니라고!

"너 깡패 두목한테 관심 있지?"

new age 사상에 대해 한참 늘어놓고 제풀에 지쳤는지 말이 없던 박희준이 느닷없이 내게 던진 질문이었다.

"먼 소리?"

나는 얼토당토않은 말이라는 듯한 태도를 취했지만 속으로는 뜨끔했다. 관심이 있다는 표현은 어폐가 있었지만, 그동안 마음속에 변화가 생긴 건 엄연한 사실이었다. 이런 내 감정은 누구에게도 털어놓지 않았는데 박희준이 어떻게 안 것일까. 이상한 것에 심취하더니 정말로 신기가 생기기라도 한 것인가.

"후후, 살아보니 말이야. 사람 사는 건 뻔하다는 생각이 들어서 말이야. 무슨 말이냐 하면 어릴 때는 세상 남자들이 다 자기에게 관심이 있을 것 같지만 그건 한순간에 불과한 것이고, 정말로 인연이 되는 사람은 손으로 꼽을 정도로 극소수라는 거야. 그러니 너도 최기우와 안됐다면 그다음 타자는 깡패 두목 아니겠느냐는 거지."

이 정도에 이르렀다면 더 숨길 필요가 없다는 생각에, 캐나다에서 김범주의 편지를 받고 좋은 감정이 생겼다는 사실을 털어놓았다.

"남의 시선이 뭐가 중요해? 깡패 두목이건 뭐건, 자기하고 맞는 사람이면 그게 인연이잖아."

"아직 그렇게 진지하게 생각하는 건 아니야."

"단순무식한 남자가 의외로 좋은 남자일지도 몰라."

박희준이 다시 보였다. 그녀는 지금 평범한 모습으로 앉아 있지만 갑자기 시야가 아득해졌다가 다시 밝아지면 그녀의 머리에서 후광이 비추고 금방이라도 두 마리의 물고기를 오천 마리로 바꾸고 다섯 개의 떡을 오천 개의 떡으로 바꾸는 놀라운 기적을 보여줄 것처럼 보이는 것이었다.

캐나다에서 돌아온 후 김범주를 만난 일이 있다. 그 매개가 된 것은 힐튼의 윤 마담이었다. 그녀는 오랜만에 얼굴이나 보고 싶다며 한번 들를 수 있겠느냐고 말했다. 내가 피아노 아르바이트를 할 때 잔소리 한 번 한 적이 없는 그녀이기에 나는 흔쾌히 그러겠다고 하고 어느 저녁에 힐튼을 찾아갔다.

그곳에서 김범주가 나를 기다리며 앉아 있었다. 예전이라면 이런 의도적인 만남에 대해 화를 냈을지도 모르겠지만 그때의 나는 전혀 싫은 내색을 하지 않았다. 아니, 싫기는커녕, 오랜만에 마주한 그가 정겹기까지 했다.

"정말로 성당에 갔어요?"

"그랬어."

"어땠어요?"

"그걸 뭐라고 하지? 자기 죄를 고백하는 거…"

"고해성사?"

"맞아. 그걸 했는데, 내가 살아오며 죄지은 거를 고백했더니 너무 죄가 많아서 용서를 받으려면 기도를 5백번 하고 성경을 처음부터 끝까지 열 번은 읽어야 한다더군."

"그래서 했어요?"

"기도 두 번은 했지. 성경책도 첫 페이지는 읽었고."

"호호호."

"캐나다에서 남자친구 안 생겼어?"

"그런 게 왜 궁금해요?"

"남자 친구 생겼을까봐 초조했어."

"내가 캐나다에 놀러간 줄 알아요? 더 좋은 조건으로 취업을 하려고 공부에 매진했다고요."

이야기를 하다 보니 김범주와 언제 이런 분위기가 되었지? 하고 스스로도 놀랄 정도로 자연스럽게 대화를 나누고 있었다. 하지만 경계심은 여전히 있다. 나는 그가 행여라도 앞서서 생각할까봐 촉수를 곤두세웠다.

"수희도 취업을 해야 하나?"

"그럼요."

"수희는 취업 같은 거 신경 안 쓰고 사는 사람인 줄 알았어."

"그런 사람은 아저씨 밖에 없을 거예요."

"연극 열심히 하던데, 그쪽으로는 전망이 없나?"

"내가 엄청난 부자라면 가능하겠죠."

"그래도 하고 싶은 일을 하며 사는 게 좋은데…"

그날 그가 집까지 바래다주겠다기에 그가 운전하는 차를 탔다. 그는 힐튼에서와는 달리 상당히 긴장하고 있었다. 차 안이라는 밀폐된 공간에 단둘이 있게 되니 그런 듯했다. 핸들을 잡은 손이 떨리고 있는 게 눈에 들어와 이러다가 사고라도 나는 거 아닌가 하는 걱정도 들었다. 어쩐지 분위기를 풀어줘야 할 것 같아 내가 그에게 물었다.

"왜 깡패가 됐어요?"

그는 잠시 생각해보다가 대답했다.

"그냥 적성에 맞아서가 아닐까."

"그 직업도 적성 같은 게 있어요?"

"물론이지!"

"사람도 많이 때려봤겠네요?"

"난 나쁜 놈만 때려."

"피! 거짓말!"

"진짜야. 난 언제나 정의의 편이라고."

"이 세상에 정의의 편이 어딨어요?"

"하하, 그건 그래."

집으로 돌아와 내 방에 누웠을 때 머릿속이 복잡해졌다. 김범주가 나를 좋아하는 걸 잘 알고 있으면서 그와 교류를 계속 하는 일이 과연 온당한가 하는 것이다. 그렇다면 나는 그를 어떻게 생각하고 있으며, 그와 교제할 의사가 있는가? 라고 자문을 해 보았다.

딱 부러지게 대답 할 수가 없었다. 하기야 사람의 마음이라는 게 자로 잰 듯이 딱 나눌 수 있는 건 아니며, 미래는 알 수 없는 것이다. 여전히 그의 직업이 꺼림직하지만 그의 인간됨은 어느 정도 신뢰할만하다고 생각하고 있었다. 어쩌면 그것은 내가 절절히 사랑했던 최기우와 그런 식으로 끝나 나 자신의 감정을 불신하는 것의 반작용일지도 모르겠다. 남녀 사이에 사랑의 감정은 중요한 것이지만, 그것은 때로 이성의 눈을 멀게 할 수도 있는 것이다.

그 며칠 후에 반가운 사람이 나를 찾아왔다. 가구점을 지키고 앉아 있는데, 군복을 입은 남자가 쓱 들어오더니 내게 거수 경례를 했다.

"충성!"

"누구시죠?"

"뭐야? 내 얼굴을 잊어버린 거야?"

군모를 벗은 그는 바로 조영태였다. 그 얼굴만으로는 도무지 예전의 조영태를 상상할 수가 없었다. 군대에서 악질 선임을 만나, 죽도록 고생만 했는지는 몰라도, 그전보다 10년은 더 나이가 들어보였다. 그 때문에 그는 나에게 허물없이 대했으나 나는 선뜻 말을 놓기가 어려울 정도였다.

"오랜만이네."

나는 간신히 인사말을 했을 뿐인데 그는 마치 단짝 친구라도 만난 것처럼 호들갑스럽게 반가움을 표했다.

"와! 너 정말 예뻐졌다! 잘 지냈어? 그건 그렇고, 내가 너한테 편지를 다섯 번도 넘게 보냈는데 넌 달랑 엽서 한 장만 보내고 말았지? 어떻게 그럴 수가 있는 거냐? 내가 보고 싶지도 않았어? 난 네가 그동안 결혼이라도 한 줄 알았다고!"

나는 그를 가게 안의 소파로 데려가 차를 한 잔 내줬다.

"내가 휴전선에서 철책 근무를 했잖아. 그런데 내가 자대 배치 받은지 4개월째 되는 어느 날, 북한에서 무장 공비가 쳐들어왔어. 부대에 비상이 걸리고, 나 역시 완전 무장을 하고 공비를 잡으러 갔어. 눈앞에서 막 총탄이 날아다니고 크레모어가 터지고, 정말 죽는 줄 알았다니까!"

왜 그리도 간첩이나 무장 공비가 자주 쳐들어오는지 모르겠다. 대학 때도 예비역들의 단골 레퍼토리가 간첩이나 무장 공비와 처절하게 싸웠다는 무용담이었다. 군대 가기 전이나 전역한 후에나 삐쩍 마른 체구는 별로 변한 게 없는 조영태가 과연 무장공비와의 살벌한 총격전을 정말로 벌였을까. 아니, 남들 다 하는 고된 훈련을 별 탈 없이 받기나 한 것일까. 혹시 적응에 실패하고 밥 짓고 설거지하는 곳으로 빠진 건 아니었을까.

"한 번쯤 면회를 갈까하고 생각한 적도 있어. 친구라면 그 정도는 해줘야 한다고 생각했으니까. 하지만 나도 캐나다에서 공부하고 올 초에 돌아와서 말이야."

"알아. 이야기 들었어."

"이야기를 들었다고? 누구에게?"

"누구긴, 수영이지."

수영이는 나의 남동생이다. 그렇다면 조영태와 친하게 지낸 나의 남동생이 나에 대한 이야기를 미주알고주알 떠들었을지도 모르겠다.

"너의 남자 이야기도 들었어. 일부러 물어본 건 아니었고, 어떻게 이야기를 하다 보니 그런 이야기도 듣게 되었어."

역시!

"원래 운동권 애들이 이기적이야. 물론 나라위해 좋은 일 하는 건 인정하겠지만 자기네가 하는 일 말고는 다 하찮다고 생각하는, 그런 게 걔들에게는 있걸랑."

조영태는 위로랍시고 하는 거겠지만 내게는 전혀 도움이 안 되었다.

"다 지난 일이야."

"이게 다 내가 군대에 가 있었기 때문에 생긴 일이야. 내가 네 옆에 있었다면 절대로 그런 일은 없었을 거라고."

나는 화제를 바꾸고 싶었다.

"남자가 군대를 가는 게 당연한 거지. 네가 3년 동안 고생한 덕분에 내가 잘 지낼 수 있지 않았니?"

"그건 그래. 새벽4시에 일어나서 밥 하고 국 끓이느라 죽는 줄 알았다니까."

뭐? 군대에서 밥하고 국을 끓여?

"아니, 취소! 취소! 딱 한 번 취사병에 지원나간 적이 있어서 말이야."

이 인간은 정말로 군대에 적응 못해서 취사병으로 빠졌구만. 역시 관상은 무시 못 하나보다. 조영태의 얼굴 어디에도 늠름한 군인의 기상은 찾아볼 수가 없어 계속 이상하다고 생각하는 와중이었는데, 취사병이었다고 하니 퍼즐이 딱 들어맞는 느낌이 들었다.

모자를 벗고 한참 머뭇거리던 조영태가 떨리는 목소리로 말했다.

"언제 영화 같이 안 볼래?"

"나하고?"

"군대에서 가장 하고 싶었던 게 여자랑 영화 보는 거라서…"

"너 여자 친구 많잖아?"

"걔들은 그냥 친구지!"

"그럼 나는 그냥 친구가 아니야?"

"그걸 내 입으로 말해야겠냐?"

군대를 막 제대한 친구를 위해 영화 한 편 함께 보는 건 그다지 어렵지 않다. 하지만 지금 나는 18살도 아니고 21살도 아니고, 26살이다. 내 행동에 책임을 지지 않으면 안 되는 나이라는 것이다. 조영태와 사귈 생각이 없으면서 데이트를 하는 건, 그에게나 나에게나 마이너스가 되는 행동이 될 것이다.

내가 진지하게 고개를 젓자, 조영태는 알겠다고 대답하고 일어섰다. 잘 있으라는 인사를 남기고 힘없이 가게를 나가는 조영태를 보며 미안한 생각이 살포시 떠올랐다. 잘 생각해보면 조영태는 좋은 친구다. 하지만 남녀 사이에는 그것만으로는 부족한 것이다. 남자건 여자건, 상대를 편하게 해 준다는 것은 큰 장점이지만 어느 단계 이상으로 가까워지기 힘들다는 게 함정이다. 그것과는 상관없이, 10대 때부터의 친구인 그를 다시 만나 정말 반가웠다. 그 반가움을 있는 그대로 표현할 수 없는 내 입장을 그가 이해해 준다면 얼마나 좋을까.

45

지금의 생활을 벗어나고 싶어 하는 속마음을 비웃기라도 하듯, 주먹을 써야 하는 일이 연속적으로 터졌다. 캅스라는 이름의 경호 업체가 있는데, 이곳은 개인의 신변보호를 해주는 회사였다. 1990년대부터 부유층 사이에 신변보호를 보디가드에게 맡기는 경우가 늘어나 관련 업계에서 가장 규모가 큰 캅스는 그 덕을 톡톡히 보고 회사가 성장했다고 한다.

그런데 문제는 회사의 이익이 늘어나다 보니 경영진들 사이에서 경영권을 두고 심각한 분쟁이 발생했다는 것이다. 이곳의 본부장인 권기현이라는 사람은 태권도 학과 출신인데, 대개 운동학과 출신이면서 선수 생활에서 빛을 못 보면 주먹 세계로 빠지기 마련이다. 이 사람 역시 표면적으로는 캅스의 직원이었으나 실질적으로는 안영표와 끈끈하게 연계 되어 있었다.

권기현은 안영표에게 도움을 요청했다. 일이 잘 마무리되면 1억을 주겠으니 자신이 회사를 가로채는 데 협력해 달라는 것이다. 안영표는 알겠다고 하고 내게 지시를 내렸다.

"내일 캅스 사무실에서 이사회 회의가 있다는데 가서 엉뚱한 결과가 안 나오게 겁만 줘."

경영권 교체는 4인의 이사진이 회의를 통해 결정하는데, 회의 결과가 권기현에게 유리하게 나오도록 실력 행사를 하라는 것이다. 나는 10명의 수하를 거느리고 캅스로 쳐들어가 경비를 핑계로 회의실 주변을 에워싸고 이사진들을 압박했다.

일은 잘 진행되어 권기현의 의도대로 현 경영진이 물러나고 권기현 쪽의 사람들이 경영을 맡게 되었는데, 정작 문제는 여기서부터 복잡해졌다. 권기현이 안영표에게 약속한 1억을 안 준 것이다. 화장실 갈 때와 나왔을 때가 다른 것처럼, 막상 골치 아픈 문제가 해결되고 나니 입장이 달라진 것이다.

두 사람은 개인적으로 꽤 친분이 있는 사이였기 때문에 처음부터 극단적인 방법을 쓸 생각은 없었고, 말로 해결하려고 몇 달 시간을 보냈던 모양이다. 그런데 이 과정에서 서로 감정의 골이 깊어져 버렸다. 원래 아주 모르는 남남보다 잘 아는 사람이 한 번 틀어지면 무서운 법이다.

"이 개새끼가 아주 은혜도 모르고, 개상놈의 새끼네. 범주야, 어떻게 해서라도 이 새끼한테 1억을 받아내라. 잘 되면 내가 딱 절반을 너한테 줄게."

그다음 날 나는 부하들을 데리고 캅스로 쳐들어가 사무실을 집기를 부수고 권기현을 닦달했다. 그런데 권기현이 운동학과 출신들이 대부분인 직원들을 동원해, 이쪽과 저쪽 사이에 난투극이 벌어졌다. 내 쪽에서도 부상자가 나오고 저쪽에서도 부상자가 나왔다. 그런 소동을 겪은 뒤에야 안영표와 권기현이 만나서 쇼부를 봤다. 6천만 원 선에서 끝내기로 한 것이다. 물론 그 절반은 내 차지가 되었다.

그 일이 마무리되고 일주일쯤 지났을 때다. 나와 친분이 있는 장병량이라는 사람이 사무실로 찾아왔다. 이 사람은 나이가 60대 중반으로, 지역 유지인 데다가 돈도 많은 사람이었다. 주로 부동산 사업으로 돈을 모았는데, 이 사람도 내 도움을 적지 않게 받았다. 재개발 사업을 추진할 때 주민 간에 갈등이 생기면 내가 부하들을 동원해 해결해주고는 했던 것이다.

"거지같은 인간들이 생떼를 쓰니 말이오. 좋게 말로 하려고 해도 말귀를 알아먹어야지. 수고스럽겠지만 김 사장이 좀 나서 주셔야겠소."

R아파트가 30년이 지나 재개발을 추진 중인데, 90퍼센트의 주민들은 재개발에 동의를 했지만 나머지 10퍼센트가 보상비 인상을 요구하며 사업을 막고 있다는 것이다. 주민들을 선동하는 대표적인 사람이 이학수라는 사람인데, 쥐뿔도 없으면서 입만 살아 있다고 장병량은 분통을 터트렸다.

이학수는 직업이 없는 사람이었다. 명문 대학을 나오기는 했지만 그동안 직장생활도 거의 안 하고, 배운 게 있으니 자칭 인텔리라고 자부하며 살아왔다고 한다. 생계를 와이프에게 맡기고 룸펜으로 살던 그는 R아파트의 재개발 사업이 추진되자 일생에 단 한 번 자신의 존재를 인정받을만한 일이 생겼다고 생각한 모양인지, 재개발 반대 단체를 만들어 터무니없이 무리한 보상비를 요구하고 있다는 것이다.

이런 사람을 잘못 건드리면 벌집을 쑤신 것처럼 될 수가 있다. 건달들이 전면에 나서면 안 되고, 주민 사이의 갈등으로 보이게 해야 했다. 마침 며칠 후 재개발의 찬성파와 반대파가 모여 토론 하는 재개발 대책회의라는 것이 예정되어 있었다. 그날 나는 부하들을 데리고 회의에 참석했다. 예상대로 이학수가 주동이 된 반대파는 재개발 반대를 집요하게 선동하고 있었다.

"입 닥쳐, 개새끼야!"

마치 주민인 것처럼 위장한 나의 부하들이 반대파를 급습했다. 찬성 쪽이 대부분인 주민들 입장에서는 그동안 집요하게 반대 운동을 한 이학수 일파가 눈엣가시처럼 얄미웠기에, 그들이 피투성이가 되도록 두들겨 맞는 광경을 보며 경찰을 부르기는커녕, 오히려 카타르시스를 느꼈을 것이다. 특히 이학수는 발목이 부러지고 코뼈가 내려앉는 중상을 입었다.

나중에 경찰이 개입했지만 폭력 조직이 개입했다는 증거가 없어, 주민들 사이의 분쟁으로 처리가 되었다. 물론 반대파 조직은 완전히 와해되어 재개발 사업이 순탄히 진행 되게 되었다고, 나중에 장병량에게 이야기를 들었다.

그 일이 마무리되고 얼마 안 지나서 또 다른 사고가 터졌다. 한국관 종업원이면서 AYP의 하부조직원인 윤홍빈이라는 부하가 있는데, 그는 한국관에서 발생한 폭력 사고로 6개월간 징역을 살고 출소 했다. 조직을 위한 사고로 형을 살았기 때문에 내가 부하들과 함께 교도소 앞으로 가서 그를 마중했다. 그를 데리고 술집에 가서 떠들썩하게 출소 기념 파티를 열었는데, 너무 시끄럽게 두들기고 놀다 보니 다른 술집 손님들과 시비가 붙었다.

나는 적당한 선에서 자제시키려고 했지만 혈기왕성한 부하들을 통제하는 것에는 한계가 있었다. 저쪽도 주먹깨나 쓰는 부류다 보니, 이쪽과 저쪽이 뒤엉켜서 개싸움이 되어버렸다. 이 일로 한국관 종업원 3명이 입건되었고, 그중에는 방금 출소한 윤홍빈도 포함되었다. 그다음 날 나는 차동만을 불러 종업원들 숙소에 '술 먹고 싸우지 말자'라는 큼지막한 표어를 붙여놓으라고 지시했다.

그 무렵 홍세민이 경영하는 매니지먼트사 'feeling'을 방문했다. 사실 첫 방문 이후 몇 번이나 찾아가 홍세민과 이런저런 잡담을 나누고는 했었다.

그 이유는 그곳의 분위기와 사람들이 한국관과는 전혀 달라, 그곳에 앉아 있는 것만으로도 나 자신이 그럴듯해지는 느낌이 들었기 때문이다. 매니지먼트사라는 게 비즈니스의 논리만으로는 해결이 안 되는 문제들이 많아 홍세민 역시 나의 방문을 반겼다.

사무실에서 잡담을 나누다가 홍세민이 한잔 하자기에 일식집으로 자리를 옮겨 술잔을 기울였다.

"김 사장님이 관심 가질만한 이야기가 있어서 말입니다."

"그래요?"

"저희 매니지먼트사가 시작에 불과하지만 잘 되고 있습니다. 아직 밤무대 중심이지만 이번 댄스 그룹을 시작으로 공중파 쪽으로 진출할 예정인데, 반응이 좋아요."

"다행이네요."

"그런데 저희 필링은 가수들 위주라서 말입니다, 한계가 있어요. 그래서 연기자들을 매니지먼트 하는 사업도 하고 싶은데 말입니다. 이게 음악과 연기는 분야가 전혀 달라요. 연기자들을 매니지먼트 하려면 따로 회사를 만드는 게 낫다고 직원들이 말을 하더라고요."

나는 그 방면에 아는 게 없었기 때문에 홍세민의 이야기를 듣기만 했다. 그런데 어떤 면이 내가 관심을 가질만하다는 건지 아직은 알 수 없었다.

"그래서 자회사를 만들어 보면 어떻겠는가 하는 의견이 있어요. 김 사장님이 대표를 맡으시고…"

나는 귀가 솔깃해져서 되물었다.

"내가 대표를 맡아요?"

"잘 하실겁니다."

"내가 뭘 안다고…"

"실무는 저희가 하는 거니까 문제없어요."

홍세민은 그동안 나를 겪으며 내가 그쪽 분야에 진출하고 싶어하는 걸 눈치채고 이런 제안을 하는 것이다.

"영표 형님이 말려서 말이에요."

"이 일을 굳이 안 사장님에게 알릴 필요는 없죠."

"그럼 비밀로?"

"당분간은 비밀로 하고요. 어느 정도 체계만 갖추면 AYP와 상관없이 독자적으로 할 수 있어요."

홍세민의 눈빛과 나의 눈빛이 마주치면서 공감의 감정이 흘렀다. 그나나나 안영표 라인에서 벗어나고 싶어하고 있었던 것이다. 매니지먼트 사업이라는 게 한 번 대박을 치면 엄청난 돈이 굴러들어오고, 상장까지 하면 누구도 못 건드린다고, 홍세민이 설명했다. 다만 초기 자본을 구하는 게 문제인데, 그의 말투로 미루어 그 문제는 내가 해결해주기를 바라는 것 같았다.

그 며칠 후 홍세민을 다시 만났다. 나는 기성범을 데려갔고, 그는 부하 직원인 이상은이라는 20대 후반의 남자 직원을 데리고 나왔다. 스폰을 물색하는 게 급선무였는데, 뜻밖에도 기성범이 아는 사람 가운데 연예계에 관심이 있으면서 재력을 갖춘 사람이 있다는 것이었다. 강남에서 예식장을 크게 하고 있는 50대인데, 젊을 때 꿈이 연예인이라 말만 잘하면 넘어올 것 같다는 것이다.

처음 홍세민에게 그와 같은 제안을 받았을 때는 반신반의했는데, 일이 긍정적인 방향으로 진행되면서 나 자신이 내심 바라던 삶의 변화도 구체화되어가고 있었다. 그쪽 일은 그쪽 일대로의 애로가 반드시 있겠지만 지금처럼 피를 보지 않으면 안 되는 그런 일은 아닐 것이다. 무엇보다 채수희 앞에 당당히 나설 수 있는 그런 일이라는 것만으로도 인생을 걸만 했다. 그렇다. 지금 나의 모든 생활은 그녀를 염두에 두고 있는 것이다.

46

박희준이 결혼을 한단다. 그렇다, 모두가 알고 있는 바로 그 박희준이다. 명상, 단식, 동양철학, 뉴 에이지… 그 다음은 뭘까 하고 궁금해 하던 차였는데, 그녀는 내게 결혼청첩장을 건네주며 '그렇게 됐어'라고 한 마디를 던졌다. 그녀 스스로도 자신의 결혼이 뜬금없다고 생각했던 모양이다.

뉴 에이지를 설파하던 그날 신기까지 보이는 듯해서, 어쩌면 머지않아 신내림을 받고 예약을 안 하면 만날 수 없는 용한 점쟁이가 될지 모른다고 생각한 그녀가 결혼을 하다니! 그것도 나보다 먼저!

역시 인생은 반전의 연속이다. 다른 사람은 몰라도 박희준만은 결혼이라는 세속적인 굴레를 결코 받아들이지 않을 것이라고, 그래서 어느 한 켠에서는 연애와 결혼의 유혹에 넘어가지 않고 자신만의 세계에 빠져 사는 그녀가 대단하면서 측은하다고까지 생각했던 건 모두 나의 쓸데없는 오지랖이었던 거다. 역시 인생의 변치 않는 진리는 '너나 잘해!'다.

그녀의 결혼 상대는 사업가라고 하는데 무슨 사업인지는 설명을 안 하고, 특별한 것이라고 얼버무렸다.

"작년에 내가 인도에 여행간 적 있다고 했잖니? 사실은 그때 만났어. 그렇다고 그때 사랑이 싹튼 건 아니고, 그냥 객지에서 같은 나라 사람 만나니까 경계심이 없어져서 주소랑 연락처를 교환했어. 그러다가 몇 달 전에 연락이 와서 만났고… 그래서 이렇게 된 거지 뭐."

그녀는 마치 결혼이라는 중대사를 중고 자동차 사고파는 것처럼 쉽고 단순하게 설명했다. 남자 문제로 지옥에서 천국으로, 천국에서 지옥으로, 몇 번이나 곤두박질 치는 경험을 한 나로서는 그녀의 단순담백한 설명에 경외감마저 들었다. 어쩌면 태양과 행성의 회전순환운동이 끝나는 시기라는 이 시점에서는 박희준처럼, 그렇게 쿨하게 살아야 맞는 건지도 모르겠다.

나는 남의 애인에 대해 심각하게 생각해 본 적이 없는데, 박희준에게 결혼 청첩장을 받고는 과연 그녀의 그는 어떤 사람일지에 대한 궁금증이 꼬리를 물고 이어졌다. 인도에서 만났다면 그 나라는 철학의 나라이니 긴 머리에 긴 수염, 그리고 옷은 도포 같은 걸 길게 걸쳐 입지는 않았을까? 아니면 예전에 본 탐정만화의 주인공처럼 둥글고 큰 뿔테 안경을 쓰고 상의 포켓에 돋보기를 꽂고 다니는 남자는 아닐까?

그런데 막상 만나본 박희준의 결혼 상대자는 놀랍게도 '정상'이었다. 더플코트를 입고 나온 그는 키도 컸으며 아주 빼어난 미남은 아니더라도, 준수하다는 표현에 걸맞는 외모였다.

"이런 말씀을 드리면 엉뚱하다고 하실 텐데, 사실 제가 인도에 가기 전에 유명한 무당을 만난 적이 있어요. 그렇다고 일부러 찾아간 건 아니고, 아는 분이 소개해줘서 만나 이야기를 했는데, 그분 말씀이 제가 인도에 가면 평생의 반려자를 만나게 될 거라고 하더라고요."

그게 박희준이라는 것이다. 두 사람의 특별한 러브스토리를 맞은 편에서 듣고 있는 나, 그리고 조영미와 성나라는 누가 특별히 그렇게 하라고 강요한 것도 아닌데 박희준과 아이들이라는 그룹에서 아이들 역할을 맡은 나머지 세 명 같은 포스가 되어 있었다. 시바, 인생 역전 순식간이라니까!라는 말이 입 안을 맴돌다가 사라졌다.

"어쩐지 사기꾼 같지 않니?"

박희준이 애인과 함께 먼저 커피숍을 나가자마자 성나라가 한 마디를 던졌다. 조영미도 동조했다.

"하긴 너무 반듯해서 이상하기는 해."

하지만 내 생각은 달랐다.

"아닐 걸. 박희준이 보통 아이가 아니잖아. 속이 텅 빈 사기꾼과는 결코 결혼하지 않을 거야."

"그렇다면 다행이고. 나는 착해빠진 박희준이 괜히 못된 남자에게 걸려들었을까봐 걱정돼서 말이야."

성나라의 말은 언제나 반대로 해석해야 한다. 아마 이년은 박희준이 결혼 3개월만에 자기에게 전화를 걸어와 울고불고하며 '남자는 겉만 봐서는 모른다고 왜 진작 말해주지 않았니?'라고 화를 내더니 다시 3개월이 지나서는 '이혼 후 재산 분할'이라거나 '이혼 후의 양육권' 같은 문제에 대해 꼬치꼬치 물어봐주기를 애타게 바라고 있을지도 모른다.

그건 그렇다고 해도 사실 성나라는 우리 가운데 가장 먼저 결혼도 했고 현재 가장 건실한 결혼생활을 유지하고 있는 친구였다. 얼마 전 그녀의 아들 백일에 갔다왔는데, 그녀나 그녀의 남편이나 생활의 풋풋함이 묻어 있는 모습으로 살아가고 있어 은근히 감동적이었다.

이제 나만 남았다. 조영미의 경우는 아직 정식으로 결혼식을 올린 건 아니지만 대학 1학년 때부터 동거 하고 있으니 기혼자로 분류해야 마땅하므로, 성나라에 이어 박희준까지 결혼을 앞두고 있다면 남은 것은 나뿐인 것이다.

이제 26살이고, 얼마 있으면 서른이다. 몇 년 전만 하더라도 서른이라는 나이는 실감이 안 날 정도로 멀어 보였는데, 지금은 그 턱밑에 다다른 느낌이었다. 취업, 연애, 결혼… 그 어느 하나에서도 성공하지 못하고 있는 나는 '샐리가 해리를 만났을 때'라는 영화에서 샐리가 울며 하던 말을 떠올리지 않을 수 없었다. 그때 그녀는 해리에게 안겨 '이제 마흔이 얼마 안 남았다'라고 울먹이며 말했었다. 나로서는 마흔은 잘 모르겠고, 눈앞에 다가온 서른이 거의 공포로 다가왔다. 서른 살로 바뀌는 첫 날 아침에 일어나 거울을 보면 얼굴이 할망구처럼 폭삭 늙어 있는 것은 아닐까.

5월을 계절의 여왕이라고 한다는데 바로 그때 박희준의 결혼식이 있었다. 차를 몰고 강남의 예식장으로 달리는데, 불과 얼마 전 피고 진 벚꽃잎들이 아스팔트를 덮고 있어 차를 몰고 지나가자 분수처럼 눈부시게 날리었다.

결혼식장 입구에서 조영미와 성나라를 만나 신부대기실로 달려갔다. 순백의 웨딩드레스를 입은 박희준은 확실히 내가 알던 그 박희준이 아니었다. 외모를 가꾸는 일에 심드렁해서 역시 세속을 떠난 사람은 다르구나라고 생각해왔는데, 내가 안 보는 곳에서는 남 못지않게 꾸미고 다니기라도 했다는 듯이, 오늘의 그녀는 주인공답게 아름다웠다.

신부 대기실에서 신부가 친구들과 나눌 법한 그런 이야기를 정신없이 쏟아내고, 나와 친구들은 로비 쪽으로 나왔다. 바로 그때 결혼식장 안으로 낯익은 남자 한 명이 들어오는 게 눈에 들어왔다. 놀랍게도 그는 김범주였다.

너무나 격식에 맞춰 입어서 오히려 도드라지는 모습의 김범주는 사방을 둘러보다가 나와 눈이 마주치자 손을 들어 보이고는 성큼성큼 걸어왔다.

"수희 친구가 결혼을 하는데 내가 빠질 수는 없잖아."

"누구든 결혼식에 참석하는 건 자유니 내가 뭐라고 할 일은 아닌데, 어떻게 아셨어요?"

"윤 마담이 말해주던 걸."

힐튼을 몇 번 더 찾아간 적이 있는데, 그때 윤 마담에게 박희준의 결혼에 대해 말했던 일이 생각났다. 나를 만날 건수를 틈틈이 노리던 사람이니 기회라고 생각했을 것이다. 김범주가 나타나자 조영미와 성나라는 안 하던 짓을 했다. 나와 김범주를 번갈아 쳐다보며 '나중에 봐'라고 하며 비켜주는 게 아닌가. 가만! 왜 이래? 이 사람은 내 애인이 아니라고!

"친구가 결혼한다니 싱숭생숭하겠어."

"이제 나만 남았어요."

"원래 진짜는 마지막까지 남는 사람이잖아. 가장 늦는 대신 가장 좋은 사람과 결혼하게 될지 누가 알아."

이 사람 은근히 말발 좋네,라는 생각이 절로 들었다. 게다가 너무나 자연스럽게 나를 리드해서 사람들 사이를 나란히 걷도록 유도하고 있었다. 커플이라는 것을 기정사실화 하려는 작전이라는 생각이 확 들어 나는 다급히 말했다.

"친구들에게 가야 해서! 나중에 봐요!"

"나중에 봐!"

박희준의 결혼식은 무난했다. 무난해서 실망한 건 아니지만 박희준이라면 어딘가 남다른 결혼식을 꿈꾸었을지도 모른다고 생각한 건 사실이었다. 그렇다고 두 사람이 나란히 번지 점프를 한다거나 물속에서의 수중 결혼식을 한다거나… 그런 걸 기대한 건 아니고 평범한 걸 거부하며 사는 사람이니 어디 한 군데에서는 그녀다운 기지가 발휘될 수도 있다고 보았던 것이다. 어쩌면 박희준은 결혼식이라는 행사가 중요한 게 아니므로 오히려 남들처럼 평범하게 하고 넘어가자고 생각했을지도 모르겠다.

박희준이 신랑과 폐백을 간 사이, 나는 친구들과 뷔페에서 점심을 먹고 함께 식장 안의 커피숍으로 갔다. 그런데 커피숍 문을 열고 들어가는 순간, 뒤에서 누가 내 팔을 건드려 불렀다. 걸음을 멈추고 뒤를 돌아보았는데, 그곳에는 낯익은 남자가 우뚝 서 있었다.

"오랜만이야."

최기우였다.

"잠깐 이야기 좀 할까?"

앞장서서 가던 조영미와 성나라가 기묘한 분위기의 나와 최기우를 번갈아보더니, 우린 빠져줄게,라는 듯한 표정으로 가 버리는 것이었다. 가만! 왜이래? 난 이제 이 사람과 아무 사이도 아니라고!

"수희네 집에 연락해서 여기 온 걸 알았어. 이 기회가 아니면 영원히 이야기를 못 할 것 같아서… 잠깐이면 돼."

어쩔까 하다가 나 자신의 태도를 확실히 못 박을 필요가 있다는 생각에 그를 따라 테이블에 마주 앉았다. 그는 냉수를 한 모금 마시고 머뭇거렸다. 다 끝났는데… 눈앞에서 다른 여자와 모텔에서 나오는 걸 목격한 나에게 무슨 할 말이 남아 있는 걸까. 그래놓고도 설득이 가능하다고 생각한 것일까.

"나 자신과의 싸움에서 지고 말았어."

최기우의 목소리는 젖어 있었다. 그것은 가식은 아닐 것이다. 하지만 그렇다고 자신의 모든 것을 이해해주는 상대가 어딘가 있으리라고 생각해서는 안 된다. 그것은 끔찍한 판타지다.

"그녀가 끈질기게 내게 연락을 해 왔고, 나를 찾아왔어. 물론 나는 그때마다 거절 의사를 분명히 했지. 하지만 그것에도 한계가 있었어. 게다가 오래 사귄 상대였기 때문에 감정적으로 익숙하고, 서로를 잘 안다는 것도 있었어. 너의 눈을 피해 잠깐 만나서 이야기나 해보자고 하는 것이 네가 그날 본 그런 모습으로 되어 버렸어. 그날이 운수가 억수로 안 좋은 날이었던가봐. 딱 한 번 그런 것인데, 마치 오랫동안 그런 관계로 지내온 것처럼 그렇게 보일 수 밖에 없는 그런 것이 되어버렸으니까. 정말 죽고 싶었고, 실제로 죽으려고도 했다면 믿을 수 있겠어?"

이제 확실히 알 것 같았다. 이 사람은 이것이 삶의 패턴이다. 만일 내가 그를 용서해 다시 이전으로 돌아간다해도, 또 언젠가는 똑같은 상황이 반복될 것이다. 그것이 박윤진일 수도 있고, 그녀가 아닌 또 다른 누군가일 수도 있다. 자신의 사적인 영역을 확실히 정리하지 못하는 사람이라는 걸 나는 왜 이제야 알았을까.

바로 그때 커피숍 안으로 반가운 사람이 들어왔다. 김범주였다. 물론 반갑다고 하는 것은 이 상황에서 그렇다는 것이다. 백 마디의 말보다 단 한 가지의 확실한 행동이 나 자신을 표현하는 확실한 방법이다.

"오빠, 여기에요!"

나는 김범주를 향해 활짝 웃으며 손을 흔들었다. 김범주는 내가 자신을 오빠라고 부르는데다가 반기기까지 하는 걸 보고는 입이 진짜 무슨 만화 주인공처럼 양 옆으로 쫘악 벌어졌다. 나는 최기우에게 쿨하게 말했다.

"이야기 다 했어요?"

"응…"

최기우는 나와 김범주를 보며 얼버무렸다.

"이야기 다 하셨으면 저는 이만."

나는 일어서서 김범주의 팔짱을 끼고 커피숍을 나갔다. 그가 이런 나를 보며 어떤 기분일지를 생각하니 그동안의 마음고생이 어느 정도는 사라지는 느낌이었다. 하지만 새로운 문젯거리가 닥쳤다. 김범주의 팔짱을 낀 것은 보통 문제가 아니었다. 그동안 나 자신이 그에게 호의적으로 대하기는 했지만 어떤 선 이상은 못 넘어오도록 하고 있었다. 그런데 오늘 최기우에게 확실한 의사 표현을 하기 위해 김범주의 팔짱을 껴버린 것이다.

결혼식장 밖으로 나와 이제 됐다고 냅름 팔짱을 풀어버린다는 건 너무 얍삽하다는 생각에 그냥 그 상태로 거리를 걸었다. 그도 말이 없었고 나도 말이 없었다. 하필 계절은 봄이라 남녀가 팔짱을 끼고 거리를 걷기에 너무나 안성맞춤이었다. 길 옆으로 공원이 있어 그곳에 심어진 벚꽃나무의 가지가 그와 나의 머리 위로 지나갔고, 방금 어린이집 셔틀 버스에서 내린 노란 유니폼의 아이들이 병아리처럼 조잘거리며 그와 나 사이를 지나갔다.

"수희! 지금 나 꿈꾸고 있는 거 아니지?"

힐끗 그의 표정을 보니, 김범주는 정면을 또렷이 주시한 채 얼어있었다. 그 표정이 애처로움을 불러일으켜 나는 도저히 팔짱을 풀 수가 없었다.

"꿈일지도 모르죠!"

"만일 꿈이라면 깨고 싶지 않아!"

최기우 때문에 어쩔 수 없었다고 했지만 아무리 그렇다고 하더라도 싫은 사람의 팔짱을 낄 리는 없을 것이다. 그렇다, 나는 김범주가 싫지 않았다.

아직 그가 좋다고까지는 말 할 수 없겠지만, 언제인가부터 그가 친근하게 느껴졌고, 종종 그를 생각하는 때가 있었다. 오늘 그의 팔짱을 낀 것은 평행선만 달리던 와중에 내가 먼저 날린 일격이었다.

"저기 극장이 있네?"

김범주는 길 건너편의 극장을 쳐다보았다. 살짝 서로에게 한 발 더 다가간 이 상황에서는 어떤 행동이 좋을지 나도 판단을 잘 못 내리고 있었는데, 역시 영화 관람은 무난한 선택이라는 생각이 들었다. 하지만 극장은 우리의 첫 데이트를 응원해 주지 않았다. 며칠 전 개봉해서 화제를 뿌리고 있는 영화는 매진이었고, 표가 있는 다른 영화는 극장 간판을 보는 것만으로도 오싹한 스릴러 영화였다. 스릴러 영화는 공짜표가 생기더라도 보지 않을 정도로 기피했지만, 다른 선택이 없었으므로 표를 끊고 들어갔다.

끔찍한 두 시간이었다. 영화의 내용은 주인공이 어린시절 괴한에 의해 가족을 모두 잃는 충격적인 경험을 하는데, 나중에 성인이 된 후 최면을 통해 그때의 기억을 되살려 범인을 추적한다는 것이었다. 죽이고 죽는 장면이 계속 반복되었고 나중에 주인공이 복수심에 사로잡혀 범인에게 자신이 당한 것과 똑같은 행위를 하는 장면에서는 도저히 영화를 볼 수 없어 눈을 감고 있었다.

하지만 김범주는 달랐다. 이 사람은 이 영화를 어떻게 보나 궁금해 슬쩍 살펴봤더니 시종 눈을 크게 뜨고 스크린을 주시하며 영화에 몰입했고 끔찍하고 처참한 장면에서는 감탄사까지 연발하고 있었다. 그 모습을 보니 조금 전에 팔짱을 끼고 봄길을 나란히 걸었을 때의 낭만적인 기분이 온데간데없이 사라져버렸다.

영화가 끝나고 극장에서 나오자, 김범주는 아직 영화의 감흥에서 빠져나오지 못한 얼굴로 침을 튀겨가며 말했다.

"범인의 얼굴에 끓는 기름을 부을 때 말이야. 그 장면이 재밌는데, 너무 짧은 것 같지 않았어? 칼로 얼굴을 난자하는 장면은 실감이 나기는 하는데 좀 약해. 눈을 도려내는 장면을 넣었으면 더 좋았을 걸 그랬어."

"어련하겠어요!"

"왜 그래? 영화 재미없었어?"

"하여간 오늘 영화 보여줘서 고마워요."

"가려고?"

"그래야죠."

"차라도 한 잔 하고 가지…"

끔찍한 영화를 본 것이 그의 책임은 아니라는 생각에 그렇게 하기로 했다. 그래서 나는 김범주와 난생 처음 커피숍에 마주 앉았다. 여전히 이래도 되나라는 염려가 있기는 했지만 아직까지 이 사람이 내게 특별히 아니다라는 생각이 들게 한 게 없어 이 정도는 괜찮을 것 같았다.

"이것 좀 봐주겠어?"

김범주는 테이블 위에 명함을 한 장 꺼내서 올려놓았다. 〈대한기획 김범주〉라고 적혀 있었다.

"수희가 캐나다에 있을 때 내가 편지를 썼잖아. 그때 쓴 내용은 모두 나의 진심이었어. 언젠가부터 다른 일을 하고 싶었어. 수희도 알고 있는 것처럼 나는 지금까지 남들이 기피하는 어두운 직업을 갖고 살아왔어. 하지만 이젠 달라지고 싶어. 마침 아는 사람이 내게 매니지먼트사업을 제안하더군. 아직 준비 단계이기는 하지만 잘 성사되면 나도 남들에게 떳떳한 일을 하며 살 수가 있어."

그 이유는 굳이 그가 말을 안 해도 알 것 같았다. 나를 위해서라는 것이다. 나와의 결혼을 위해 어두운 과거를 청산하고 새로운 직업을 찾으려는 것이다. 그것은 적절했다. 그가 나쁜 사람은 아니라는 걸 알지만 남들에게 내세울 수 없는 그런 직업을 고수한다면 나는 그를 받아들이기 어려울 것이다. 물론 그의 생각대로 일이 잘 진행되리라는 보장은 없을 것이다. 하지만 그런 노력이 나로 하여금 긍정적인 쪽으로 한 발 더 다가가게 하는 건 사실이었다.

나는 빙그레 웃으며 말했다.

"그럼 이제 좋은 분 만나서 결혼만 하면 되겠네요?"

"그렇지!"

"소개시켜 줄까요?"

"수희 같은 여자라면… 대신 아주 똑같아야 해. 얼굴도 마음도!"

김범주는 얼굴을 붉히며 웃었다. 커피숍을 나와 그가 바래다주겠다기에 택시를 타고 집까지 왔다. 그는 너무나 매너 있게 나를 집까지 데려다주고 아무런 머뭇거림도 없이 깨끗하게 돌아섰다. 나중에 생각해보니 그에 대한 나의 사랑은 바로 그 순간 시작되었던 것 같다.

47

좋은 사람에 대한 기준은 사람마다 다를 것이다. 내가 그때 생각한 좋은 사람이란 나 자신을 좋은 방향으로 변화하게 만드는 사람이었다. 채수희가 내게는 그랬다. 그녀를 알고, 그녀와 결혼하고 싶다고 생각한 이후, 나는 많은 변화를 겪었다. 직업도 바꾸고 싶었고, 과격하고 극단적인 성향도 바꾸고 싶었고, 주의깊고 세밀하지 못한 성격도 바꾸고 싶었다. 중요한 것은 그것이 나를 좋은 방향으로 진전시킨다는 것이다.

그러면 안 되겠지만, 설령 그녀가 나를 차버린다고 하더라도, 그녀가 나 자신에게 세상의 양지쪽으로 나아가야겠다는 의지를 불러일으켰으므로 여전히 그녀는 내게 좋은 사람으로 남을 것이었다. 그런 사람을 나는 살아오며 처음 만났다.

건달 세계에서 자리 잡고 살아가는 동안 내게는 미래에 어떻게 살아야겠다는 계획 같은 것이 전혀 없었다. 당장 눈앞의 현실을 돌파하고, 눈앞의 현실에 반응하는 것이 내가 할 수 있는 모든 것이었다. 어느 날 갑자기 적의 기습을 받아 개죽음을 당한다 하더라도 그것은 어쩔 수 없었고, 그런 각오는 늘 되어 있었다.

나는 이 세계의 수많은 영웅들을 알고 있다. 주먹 하나로 성공해서 정계까지 진출한 인물도 있고, 갑자기 출현해 수많은 주먹들을 잠재우고 이 세계를 재패한 입지전적인 인물도 있다. 건달들에게 그들은 우상이었다. 하지만 정작 그들의 말로는 예외없이 비참했다. 한때 부자가 되기도 했지만 죽을 때는 생활비조차 없어, 행려병자들이 머무는 병원에서 혼자 생을 마감하는 게 보통이었다.

건달들은 그런 것에 대해서는 심각하게 생각하지 않는다. 오직 그들이 화려했을 때만 상기하며, 자신들도 그렇게 되려고 부단히 노력한다. 만일 사랑하는 사람을 만나지 못했더라면 나 역시 그렇게 살려 했을 것이다. 하지만 그녀를 만나 가슴속에 사랑의 불씨가 타오르면서 내게는 목표가 생겼다.

그것은 나도 남들처럼 살겠다는 것이다. 남들이 기피하지 않는 직업을 갖고, 남들처럼 이른 아침 집을 나와 하루 종일 일 하고, 퇴근하면 집으로 돌아가 가족과 시간을 보내는… 내가 죽이지 않으면 내가 죽는 그런식의 극단적이고 파괴적인 인생이 아닌… 그런 평범한 인생을 살고 싶었다.

그리고 그것이 어느 때부터인가 실현 가능한 꿈으로 다가오기 시작했다. 도저히 나와는 인연이 안 될 것 같았던 채수희가 나에게 호의를 보였고, 마침내 함께 팔짱을 끼고, 함께 영화 감상을 하고, 커피숍에 마주 앉아 내가 계획한 미래를 그녀에게 들려주는 꿈 같은 일이 내게 실제로 일어난 것이다. 나는 이 사랑의 불씨가 행여라도 꺼질까봐 마음을 졸이며, 한편으로 내가 계획한 미래를 차근차근 구체화시키는 작업에 들어갔다.

홍세민이 제안한 연기자 중심의 매니지먼트사의 이름은 '대한기획'으로 정해졌다. 그 무렵 홍세민과 주점에서 만났는데 그때 그는 영화배우인 민영구를 데리고 나왔다. 그 방면에 문외한인 나도 그의 이름과 얼굴을 알고 있을 정도로 잘 알려진 스타 연예인이었다. 홍세민의 말에 따르면 만일 대한기획이 자리를 잡으면 민영구가 본인은 물론, 자신의 수하에 있는 연예인들을 끌어오겠다고 약속 했다는 것이다.

그렇다면 서둘러야 한다는 생각에 기성범을 재촉해서 이쪽에 투자하겠다는 투자자를 만났다. 서울과 지방에 예식장을 10개 이상 소유하고 있는 방노진이라는 사람이었다. 젊을 때 영화배우 지망생이었다고 들어서 핸섬한 중년일 것이라고 짐작했는데 뜻밖에도 그는 55살의 나이가 믿어지지 않는 노안인 데다가 한쪽 눈이 약간 기형적으로 일그러져 있어서 첫 인상이 안 좋았다. 관상을 맹신하는 건 아니지만, 이 사람은 생긴 대로 논다는 말을 증명하듯이 시작부터 의심을 드러냈다.

"나이트 클럽을 운영한 사람이 매니지먼트사를 운영하는 게 어딘가 좀 미심쩍다 이말이요. 해당 분야에서 일정 기간 복무를 했어야 하는 게 사업의 기본이잖소."

그를 소개해준 기성범이 화를 냈다.

"사장님! 이제와서 왜 딴 소리를 하세요? 민영구라고 아시죠? 그 양반도 영입을 해 놓았으니 염려 마세요."

"아니, 이제와서 안 하겠다는 건 아니야. 생각을 좀 해 보겠다는 거지."

역시 나는 비즈니스에는 취약점이 있었다. 한시라도 빨리 사업을 본 궤도에 올려놓고 싶은 나는 이 의심 많은 중늙은이를 두들겨 패서 돈을 뜯어내고 싶은 마음이 굴뚝 같았다. 하지만 그랬다가는 골치 아픈 문제가 생길 수 있다고 기성범이 만류 해서 계속 참고 있었다.

방노진이 투자를 할 듯 말 듯 계속 줄다리기를 해서 그의 신뢰를 얻으려고 각종 인허가 서류를 떼고, 사무실도 구하고, 민영구를 비롯한 몇 명의 유명 연예인들을 데려다가 상견례를 시켜주기도 했다. 그 정도에 이르자, 그는 투자 약속을 했다. 하지만 또 무슨 의심이 들었는지 결정적인 순간에 발을 빼겠다고 했다. 이번에는 가족 핑계를 댔다. 가족이 위험하다고 말린다는 것이다.

화가 치밀어 올랐다. 3개월 동안 그의 환심을 사려고 갖은 노력을 했는데 이제와서 못 하겠다고 하는 건 이쪽을 농간한 것이라는 생각밖에는 안 들었다. 이건 배신이었다. 건달이 가장 싫어하는 게 배신이다.

처음에는 야산 같은 곳으로 끌고 가 어디 한 군데가 부러지도록 패려고 했다. 그다음 순간 폭력의 세계에서 떠나려는 마당에 그렇게까지 하고 싶지 않다는 회의가 들어 자제했다. 그다음에는 어딘가에 감금 시켜놓고 가족에게 위해를 가하겠다고 협박하는 방법을 생각했다. 이렇게 하면 폭력을 안 쓰고도 목적을 달성할 수가 있다. 하지만 이것도 내키지 않았다. 나도 결혼을 하면 가족이 생긴다는 것에 생각이 미친 것이다.

심각하게 갈등하다가 성당을 찾아갔다. 요즘 심경이 복잡할 때면 종종 찾아와 머리를 식히고는 했던 곳이다. 한 번인가는 고해성사를 하기도 했었다. 오늘도 고해성사를 해 보기로 했다. 성당의 구석에는 고해성사를 하는 장소가 있었다. 다행히 내가 성당을 찾은 시간이 고해성사를 하는 시간이었다.

"신부님! 저를 배신한 인간이 있는 데 이놈이 먼저 잘못을 했으므로 몇 대 두들겨 패는 건 괜찮을까요?"

"안 됩니다! 형제여, 하나님은 어떤 폭력도 허락하지 않으셨습니다."

"그래도 참을 수가 없는데 어찌하면 좋을까요?"

"나쁜 마음이 사라질 때까지 성경책을 읽고 찬송가를 부르세요."

지난번과 마찬가지 대답이었다. 성경책을 읽는 건 너무 힘들 것 같아 포기하고 서점에서 찬송가를 사서 사무실로 돌아왔다. 어릴 때 몇 번 교회를 간 적이 있어 아는 찬송가가 있었다. 남이 들으면 웃기는 일이 될 것 같아, 문을 걸어 잠그고 소리를 낮춰 찬송가를 불렀다. 똑같은 곡을 열 번쯤 불렀으나 마음은 달라지지 않았다.

그때 신도 배신자에 대한 응징은 용서해줄 것 같다는 생각이 갑자기 들었다. 그 다음날 나는 출근하는 방노진을 납치하듯 차에 태워 교외로 달렸다. 그의 양쪽에는 한국관에서 가장 흉폭하게 생긴 두 명이 포진해 있었다. 그가 수틀리는 대답을 할 때 마다 그들은 주먹으로 방노진을 가격했다.

"배신자는 죽어야 해. 너뿐 아니라 네 가족도 몰살시켜 버릴거야."

평생 돈밖에 모르고 살아온 이 중늙은이는 자기 인생이 정말로 여기서 끝나버리는 줄 알고 애걸했다.

"잘못했소. 목숨만 살려주면 해달라는 대로 하겠소."

나는 야외에서 차를 세우고 그를 끌어내 투자 계약서에 사인하게 했다. 나는 그가 어떤 일이 있어도 경찰에 신고를 못 한다는 걸 알고 있었다. 그는 구린 데가 한 두 군데가 아니었고 나는 그 약점을 이용한 것이다. 투자금이 들어오고 그 며칠 후 사무실에서 개업식이 열렸다. 홍세민도 왔고, 민영구와, 그가 데리고 온 연예인들도 왔고, 차동만과 기성범을 비롯한 내 후배들, 그리고 방노진도 왔다. 나는 이제 매니지먼트사의 사장으로 새로운 출발을 시작했다.

그 주의 목요일에는 한국관에 대한 안영표의 정산일이었다. 새로운 출발을 하기는 했지만 아직 내 존립 근거는 한국관이었다. 나는 혹시라도 안영표가 의심하지 않도록 평상시와 다름없는 깍듯한 자세로 그를 맞았다.

"난 여기만 오면 기분이 좋아."

"감사합니다, 형님."

"되는 놈은 어찌되든 된다니까. 난 처음부터 네가 대단한 놈이라는 걸 알았어."

"다 형님 덕분이죠."

클럽 안에서 안영표는 여느 때처럼 수익금을 챙기고, 클럽 안을 한 바퀴 둘러보았다. 바로 뒤에서 그를 따라가며 나는 묘한 긴장감에 사로잡혀 있었다. 그럴 리는 없다고 보지만, 혹시 이 사람이 내가 자기 모르게 다른 사업을 시작한 걸 눈치채는 건 아닌가라는 불안감이 계속 들었다. 사실 안영표가 알아도 할 수 없다고 생각하고 있었다. 배신 행위가 아니기 때문에 대충 둘러댈 생각이었고, 내 입지로 보면 그 정도는 가능하다고 보고 있었다. 그렇더라도 뭔가 중요한 걸 숨기고 있다는 불안감이 안 들 수가 없었다.

안영표가 떠나고 나는 사무실로 돌아와 의자에 파묻혔다. 긴장이 풀리면서 채수희가 떠올랐다. 나는 며칠 전 그녀와 두 번째 데이트를 했다. 그녀의 친구 결혼식에서 만난 후 다시 만날 방법을 강구하다가 그녀가 아직 취업에 성공하지 못한 것이 생각나 그녀에게 전화를 걸어 그 문제로 할 말이 있다고, 만나서 이야기를 하자는 식으로 말을 했다. 취업 문제가 그녀에게 그만큼 중요해서인지 아니면 그녀가 나를 좋아하기 시작해서인지는 모르겠지만 뜻밖에도 그녀는 흔쾌히 응했다.

그녀를 만나러 가는 나는 거추장스러운 것들을 다 벗어던지고, 온전히 나 자신으로 돌아가는 듯한, 그런 기분이 들었다. 전철에서 내려 약속장소로 가기 위해 시내 한복판의 거리를 걸었다. 나 혼자 이런 곳을 걷는 것도 드문 일이었다. 거리를 걷는 사람들과 가끔 어깨를 부딪치기도 하고, 아르바이트생이 나눠주는 전단지를 받아 보기도 하면서, 묘한 해방감 같은 것에 휩싸였다.

커피 전문점에 들어가 그녀를 기다렸다. 다른 테이블을 보니 대부분 남녀 커플들이었다. 나도 채수희와 저런 사이가 되려면 얼마나 시간이 흘러야 할까. 감을 잡을 수 없었다. 또, 그것은 내가 원한다고 되는 일도 아니었다.

"안녕하세요?"

어느새 그녀가 들어와 딴 생각에 빠져 있는 내게 인사를 건넸다. 나도 인사를 하고 커피를 주문하러 가려는데, 그녀가 나를 막고 본인이 커피를 주문하러 갔다. 커피를 가져와 테이블에 올려놓고 그녀가 내게 물었다.

"제 취업에 대해 할 말이 있다고 하셨죠? 저를 취직이라도 시켜주려는 것인가요?"

"그럴 수도 있지."

"하지만 나는 남과 싸우는 일은 자신 없다고요."

"지난번에 내가 한 말 잊었어? 난 과거를 청산하고 새로운 일을 시작하려 한다고."

"그건 정말 잘 생각하셨어요."

"내가 새롭게 하려는 일은 매니지먼트 사업이야. 그런데 사실 난 아무것도 몰라."

"차차 배우면 되잖아요."

"그래야겠지."

나는 잠시 머뭇거리다가 용건을 이야기했다.

124

"수희가 날 좀 도와줬으면 좋겠어."

"내가요?"

"기획실장 자리가 공석이야. 그 일을 맡으면 어때? 어차피 취업도 해야 되니까."

즉흥적으로 생각한 일은 아니었다. 홍세민과 한국기획의 조직 인선을 논의하면서 대표는 내가 맡기로 하고 영업부장은 홍세민 회사에서 매니저 일을 하고 있는 이은상이, 업무부장은 내 쪽의 사람인 기성범이 맡기로 합의가 되었다. 그런데 남은 자리가 기획실장이었다. 홍세민에 따르면 기획실장은 트렌드를 잘 아는 여자여야 한다는 것이었다. 나는 그 순간 채수희를 떠올렸다. 연극을 했으므로 업무 관련성도 있었다. 나는 홍세민에게 그 자리의 인선은 내게 맡겨달라고 말을 해두었다.

채수희의 표정은 퍽 심각해졌다. 하기야 내가 그녀라도 심각해지지 않을 수 없을 것이다. 매니지먼트 사업이라면 자신이 하고 싶은 일과 가깝다는 장점이 있지만 반면에 불안정 하다는 문제가 있었다. 게다가 아직은 초기 단계였다.

"생각해볼게요."

"그래."

"어쨌든 제게 그런 제안을 해주신 일은 고마워요."

나를 바라보는 그녀의 눈동자가, 마치 수정 구슬처럼 빛나고 있었다. 내 주위에는 이렇게 밝은 인상의 사람이 없었다. 내게는 그녀가 짙은 어둠 속에서 빛나는 촛불 같았다. 나는 그 빛에 의지해, 어둠을 빠져나가려 하는 것이다.

그날은 그렇게 헤어졌다. 사실 그녀에게 기획실장 제안을 한 것은 당장

할 필요는 없는 일이었는데 그렇게라도 만나서 이야기를 나누는 시간을 갖고 싶었기 때문에 그랬던 것이다. 무작정 데이트 신청을 하면 그녀가 순순히 받아들이지 않을 것 같다고 생각했던 것이다. 그렇게라도 만나서 이야기를 나눠보니, 확실히 그녀의 나에 대한 태도가 전과 달라졌음을 알 수 있었다. 상대가 마음을 열고 나를 대하는 것은 본능적으로 알아차리게 마련이었다. 나를 바라보는 그녀의 눈길과, 말, 행동거지 하나하나에서 나에 대한 믿음이 느껴졌고 그것으로 인해 나는 무한한 기쁨을 느꼈다.

그 얼마 후 휴대폰이라는 게 등장해 나의 연애에 큰 도움을 주었다. 그 무렵 첨단 기기들이 등장해 많은 것이 변했는데 인터넷도 그때부터 퍼졌고 휴대폰도 그중 하나였다. 채수희 역시 휴대폰을 사용한다는 소식을 듣고 나는 그녀의 번호를 알아내 그녀에게 첫 문자를 보냈다.

'요즘 바빠?'

과연 그녀에게 어떤 답장이 올지를 초조한 마음으로 기다렸다. 하지만 아무리 기다려도 그녀에게 답장이 오지 않았다. 그럼 전화를 걸면 되지 않느냐고 말하는 사람도 있겠지만, 그녀의 마음이 변하지 않을지 극도로 초조해하고 있는 그때의 나는 무작정 전화를 거는 일이 수영으로 한강을 건너는 것보다 어려웠다.

그녀의 답장이 안 오자 나의 마음은 어둡게 가라앉았다. 그녀의 마음이 변해버린 건 아닐까. 역시 건달에 불과한 내가 그녀를 사귄다는 건 무리한 일이었던 것일까. 별별 생각들이 머릿속을 어지럽혔다.

이대로 있으면 심장 발작이라도 일으킬 것 같아 지하의 종업원 숙소로 내려갔다. 떡대들이 네댓 명 모여 여느 때처럼 고스톱을 치고 있었다.

"승님! 얼굴색이 환하여."

내가 들어서자 지배인인 주장우가 한 마디 했다. 벌써 소문이 돈 모양이었다. 다른 애들도 내 얼굴을 보고 히죽히죽 웃었다.

"성범이 형님이 글대요. 곧 있으면 날 잡는다고."

"걔가 뭘 안다고."

"앗따 승님, 좋은 일은 나눌수록 배가 된다 안하요."

"알았으니까 그만해."

"승님 부끄럼 억수로 타시네요."

주장우는 사람은 나쁘지 않은데 절제가 안 되는 인간형이었다. 나는 정색을 하고 한 마디 했다.

"그만 하라고!"

"앗! 지송합니다."

다시 고스톱 패가 돌았다. 나는 간이 의자에 앉아 애들이 고스톱 치는 광경을 구경하고 있었다. 하지만 속마음은 온통 휴대폰에 집중이 되어 있었다. 바로 그때 삐리리 하는 휴대폰 문자 수신음이 울렸다. 나는 감전된 사람처럼 화들짝 놀라, 휴대폰에 손을 가져갔다. 당연히 채수희에게 답장이 온 것으로 생각했으나 그게 아니었다. 종업원 가운데 곽원우가 자신의 휴대폰을 꺼내서 문자를 확인하며 말했다.

"형님 죄송합니다. 저희 집사람에게 온 문자입니다."

"누가 뭐랬어?"

"형님이 휴대폰을 꺼내시기에…"

"아니야. 휴대폰 산 지 얼마 안 돼서 그냥 본거야."

"아, 예."

그 순간은 그렇게 좋게 넘어갔지만 잠자코 있자니 짜증이 밀려왔다.

"야, 니들 클럽 청소는 하고 노는 거냐?"

내가 정색을 하자 주장우가 머리를 긁적이며 대답했다.

"시방 개장 시간이 안 되어서 더 있다 하려고 했습니다만 지금 할까요?"

"노는 건 좋은 데, 할 일은 제 때 하고 하라고."

"죄송합니다."

종업원들은 서둘러 고스톱 판을 걷고 밖으로 나갔다. 내 눈치를 보는 그들을 보니 미안한 마음이 들었다. 안 그래도 나를 어려워하는 놈들인데 괜한 잔소리를 했다는 생각이 든 것이다. 종업원 숙소를 나와 한국관 밖으로 나갔다. 문자를 보낸지 40분이 넘었음에도 채수희에게는 아직 답장이 없었다. 그 앞에서 10분가량 서성이다가 포기 하고 사무실로 올라가려는데, 삐리리 하고 문자 수신음이 울렸다.

'운전 하느라 지금 확인했어요. 왜요? 안 바쁘면 데이트라도 하자고요?'

그녀가 보낸 문자를 몇 번이나 되풀이해서 읽으며 사무실로 들어가 그녀에게 전화를 걸었다. 그녀의 차분한 목소리가 마치 오래 알고 지낸 사람처럼 친근하게 다가왔다. 그녀와는 이번 주 토요일에 만나기로 했다. 나는 그날 그녀에게 프로포즈를 해야겠다고 생각했다.

48

나는 대학 초년생이었던 스물한 살에 첫사랑을 앓았다. 상대는 나보다 다섯 살이 많은 복학생이었다. 그 사랑은 첫사랑다웠다. 애닳아하고, 토라지고, 때로 혼자일 때보다 더 지독하게 외롭기도 한, 그런 사랑이었다. 누가 그랬던가. 사랑이란 자신의 판타지를 상대에게 투영한 것에 불과하다고. 일견 맞는 말이다. 하지만 천재 과학자가 아닌 이상 차가운 이성으로만 누군가를 사랑할 수는 없다.

나는 그와 헤어지고 시간이 어느 정도 지나서야 나의 사랑과, 내가 사랑한 그라는 사람을 어느 정도는 객관적으로 바라볼 수 있었다. 사랑에 빠졌을 당시는 그 사람이 아니면 다른 누구와도 함께할 수 없을 것 같았고, 오직 그만이 최고라고 믿었지만, 막상 헤어져 내 속의 열정이 빠져나간 뒤에 돌이켜보니, 그것은 사랑에 빠져 이성의 눈이 먼 나의 환상이었다. 그 사랑에는 자연스러운 삶의 향기가 없었다.

그는 사회운동에 복무하며, 훗날에는 정치인이 되겠다고 했다. 그때 나는 그의 꿈이 찬란해보여 그가 그것을 이루도록 조력하는 것이 내 길이라고 믿었다. 하지만 나는 배신당했다. 나는 왜 그렇게 아팠을까, 하고 거듭 생각해보았더니 사랑 이전에 사람과 사람 사이에 있어야 할 신의가 없었고, 그것이 배반당했기 때문이라는 걸 알았다.

그가 그렇다면 세상의 모든 남자들이 그럴지도 모른다는 생각에 나는 마음의 문을 걸어 잠그고, 두 번 다시 연애를 하지 않으리라 마음 먹었다. 물론 그렇다고 독신으로 살겠다는 건 아니었다. 다만 결혼이 우선 순위에서 밀려났다는 것이다. 언젠가는 결혼을 해야겠지만 그것이 인생에서 가장 중요한 요소는 아니라고, 나는 생각하고 있었다.

그런 와중에 또 다른 남자가 내게 손을 내밀었다. 그와의 만남은 말 그대로 우연한 것이었다. 물론 세상일이라는 것이 우연 아닌 것이 없다고 하지만, 사실 인생의 중요한 일들 대부분은 우연을 가장한 필연인 경우가 많다. 왜냐하면 사회라는 것은 씨줄과 날줄처럼 엮여있어서 대부분의 사람은 정해진 길을 가고, 정해진 사람을 만나기 때문이다.

그는 어떤 면에서 내 인생 밖에 있던 사람이었다. 그래서 그가 내게 다가왔을 때의 내 기분은 마치 영화 속의 인물이 스크린 밖으로 뛰쳐나와 나를 향해 걸어오고 있는 듯한 그런 기분이 들었었다. 처음 그를 알았을 때 나는 그가 내 앞을 서성이다가 곧 사라질 것으로 생각했고, 그러기를 기다렸다. 그 이상도 이하도 결코 아니었다.

게다가 그때 나는 사랑의 열병을 앓고 있던 무렵이었다. 그랬기 때문에 그의 관심은 나를 성가시게 했으며, 그가 내미는 도움에 대해서도 전혀 고마움을 느낄 수 없었다. 누군가를 받아들인다는 것은 간단한 문제가 아니다. 더구나 그는 사람들이 기피하는 세계의 사람이었다. 그가 아무리 친절하고 예의바르더라도 그가 어둠의 세계에 있다는 선입견은 없어지지 않았다.

하지만 나의 사랑이 배신으로 끝나고, 그 고통과 혼미의 시간에 그가 그만의 방법으로 내 마음의 문을 두드려 나로 하여금 그를 새로운 눈으로 보게 만들었다. 캐나다에서 여러 차례 보낸 그의 편지가 나를 움직였다. 그때의 나는 상처로 엉망이 되어 그곳으로 도망치듯 떠났던 것인데 그가 보낸 몇 줄의 간단한 문장들이 기묘하게도 나를 치유해주고 있었다. 그의 편지에는 나에 대한 절절한 구애 같은 것이 전혀 없었다. 그랬음에도 그의 편지를 읽으면 그의 나에 대한 진실한 감정이 느껴져, 몇 번이나 북받쳐 오는 감정을 느끼고는 했었다.

'이런 사람이라면…'

이런 사람이라면 내가 어떤 모습을 보여도 괜찮지 않을까. 한국으로 돌아오는 비행기 안에서 나는 그의 편지를 차근차근 다시 읽어내려가며 그런 생각을 했던 것 같다. 아니, 자연스럽게 그런 생각이 떠올랐다고 하면 더 정확할 것 같다.

그 후 한국에서 그와 만나며 그의 한결 같은 모습이 나를 안심시켰다. 첫사랑이 아니더라도 스물여섯 살이 되고 보니 그동안 만났던 많은 사람들이 너무나 쉽게 변하기도 하고, 때로 한 꺼풀만 벗기면 전혀 다른 모습이 되고는 하여 과거에 가졌던 사람에 대한 인식이 너무 안이했다고 반성하는 와중이었는데, 그는 그렇지 않았다. 이렇게 변하겠지라고 하는 나의 선입견은 번번히 깨졌다.

만일 내가 그를 사랑한다면 그것은 사랑에 빠진 것이 아니다. 그를 사랑하지 않을 도리가 없었다고 하면 비슷할 것이다. 겨울에서 봄이 올 때, 어느 날 갑자기 날이 따뜻해지는 건 아니다. 추위가 물러가는 척하다가 다시 추워지기도 하고, 어느 날은 한겨울처럼 폭설이 쏟아지는 경우도 있다. 하지만 그것은 잠깐이다. 그렇더라도 계절은 어김없이 겨울에서 봄으로 넘어간다.

그에 대한 나의 감정도 그랬다. 그는 일관됐을지 몰라도, 나는 그러지 못했다. 이 글에서는 독자들이 쉽게 이해할 수 있도록 나의 그에 대한 감정을 정리해서 표현하고 있지만, 사실 나의 마음은 수없이 들쭉날쭉했다. 내가 지금 뭐하고 있는 거지? 어떻게 그런 사람을 사랑할 수가 있지? 이 사람이 어떻게 내게 이런 표현을 할 수가 있지? 내가 지금 무슨 짓을 하고 있는 거지? 그런 생각들이 시도 때도 없이 들고 일어났고, 때로 하루에도 몇 번씩이나 마음이 변하기를 반복하기도 했다.

하지만 겨울에서 봄으로 넘어가는 계절의 변화처럼, 내가 그를 반려자로 받아들이는 것은 오래전에 예정된 일처럼 자연스럽게 다가오고 있었다.

'요즘 바빠?'

내가 그에게 휴대폰 번호를 알려준 후 그에게 처음 받은 문자였다. 간단한 문자였지만 사실 그것은 그와 내가 어떤 선을 넘는다는 의미가 있는 중요한 순간이었다. 그전에도 몇 번 만나기는 했지만 그때는 다른 이유가 있었다. 물론 서로에 대한 호감이 내적으로 있었기에 가능했겠지만 적어도 만나는 목적은 사적인 데이트가 아니었다. 내가 호의적인 내용의 답장을 보내면 그가 어떤 심정이 될지, 그가 어떻게 나올지, 뻔히 예측되는 상황이기 때문에 쉽게 답장을 보낼 수가 없었다.

여자의 속마음은 알기가 어렵다고 푸념하는 남자들이 적잖이 있을 텐데, 그들의 진지함에 그와 같이 응대를 하지 않으면 안 되는 단답형 사회라면 여자들의 설 자리는 없어질 것이다.

'운전하느라 지금 확인했어요. 왜요? 안 바쁘면 데이트라도 하자고요?'

답장을 보내자마자 그에게 전화가 걸려왔다. 그의 목소리는 떨리고 있었고, 나 역시 긴장되었다. 그가 데이트 신청을 했을 때, 나는 순순히 응했다. 이제 나에게 그는 그냥 아는 남자가 아니었고, 그에게 나 역시 그냥 아는 여자가 아니었다. 인생에서 가장 중요한 일을 결정해야 할 시간이 눈앞에 다가와 있었다.

그날은 금요일이었다. 신촌의 S서점 앞에서 6시에 만나기로 했는데, 약속시간이 되자 그가 차를 타고 나타났다.

"아직 저녁 안 먹었지? 식사나 하며 이야기하자고."

그는 나를 태우고 교외로 달렸다. 7월이라 늦은 오후임에도 대낮처럼 환했다. 열어놓은 차창으로 싱그러운 바람이 밀려들어 나는 눈을 지그시 감고 바람에 얼굴을 맡기기도 했다. 첫 데이트임에도 나는 긴장하지 않았다. 마치 오래 알고 지낸 친구와 함께 있는 것처럼 부담이 없었다. 이유가 뭘까? 하고 생각해보았으나 답은 떠오르지 않았다.

4차선의 도로를 20분쯤 달리다가 샛길로 접어들었다. 아름드리 나무가 양옆으로 도열해 있는 좁은 도로를 5분쯤 달리다가 하얀색의 건물이 있는 주차장으로 들어가 주차를 했다. 그곳은 한정식집이었다.

"사장님! 어서오세요!"

그와 내가 들어서자 사장으로 짐작되는 50대 남자가 입구에서 환하게 맞아주었다. 그와 나는 별실로 들어가 자리를 잡았다. 뭔가 특별한 이야기를 하려나 보다 했으나 그는 그냥 일상적인 이야기만 했고 그가 그러다 보니 나 역시 그렇게 응대를 했다.

"창희동에 오래 살았어?"

"그곳, 그 집에서 태어나 지금까지 살고 있어요."

"나도 창희동이 고향이야."

"그래요?"

"예전에는 동네를 가로지르는 개천이 폐수였는데 지금은 많이 달라졌더군."

"맞아요. 한 동네 사람이었다니 기분이 묘해지네요."

"뭔가 인연이 있으니까 그렇지 않을까?"

"글쎄요."

주문한 한정식이 나왔을 때, 그가 내게 수저와 젓가락을 건네주었는데, 그때 그의 손이 눈에 들어왔다. 그동안 몇 번 만났음에도 그의 손을 자세히 본 것은 처음이었다. 손만 본다면 깡패 두목이 아니라 피아니스트라고 해도 믿을 것 같았다. 하기야 피아니스트 중에도 깡패 두목 같은 손을 가진 사람이 있을 테니 특별할 건 없다.

"일어나지."

식사를 끝내자마자 그가 먼저 일어서기에 나도 따라서 일어설 수 밖에 없었다. 사랑 고백이나 무슨 프로포즈 같은 걸 한다면 지금의 이 분위기가 좋다고 생각하고 있었기에 좀 당황스러웠다. 그런데 그는 주차장으로 걸어갈 때 내게 뚱딴지 같은 부탁을 해왔다.

"나, 좋아하는 여자와 꼭 해 보고 싶은 게 있어."

겁이 덜컥 났다. 설마 지금 당장 어딘가로 들어가자는 건 아니겠지?

"어떤…?"

"나와 놀이공원에 가주겠어?"

나는 순간 폭소를 터트렸다. 깡패 두목과 놀이공원은 너무나 절묘하게 언발란스했기 때문이다.

"부탁이야."

"그렇게 간절히 원하시니 해 드리고 싶지만 시간이 너무 늦어서 문을 연 곳은 없을 거예요."

시간은 8시 가까이 되어 날이 어두워져 있었다.

"아니, 내가 아는 곳이 있는 데, 관리인을 잘 설득하면 탈 수 있을 거야."

잘 아는 놀이공원이 있다는 것도 이상하고 관리인을 설득하면 된다는 것도 이상했지만 그 나름의 생각이 있는 듯 하여 알겠다고 대답하고 그의 차를 탔다. 10분쯤 뒤에 도착한 곳은 놀이공원이 맞았다. 하지만 흔히 생각하는 대규모의 놀이공원이 아니라 교외의 유원지에 만들어진 소규모의 사설 놀이공원이었다. 내 예상대로 문이 굳게 잠긴 채 그 너머에 있는 기구들은 어둠 속에 정지해 있었다. 더구나 주변의 풍경도 횅뎅그렁해서 그와 나는 낯선 곳에 둘만 남겨진 기분이 되었다.

그는 나더러 잠깐 기다리라고 말한 후 입구의 철문으로 가서 주먹을 쥐고 두드리기 시작했다. 그러자 안쪽 관리실에 불이 켜지더니 어두워 나이를 분간할 수 없지만 노인으로 추정되는 남자가 꾸부정한 모습으로 달려왔다.

"안 오시는 줄 알았어요."

노인은 약속이 되어 있다는 듯 아무런 이의도 없이 문을 열어주었다. 김범주는 나를 향해 돌아보더니 싱긋 웃으며 어서 들어오라는 손짓을 했다. 연애 경험이 전무한 저 사람은 좋아하는 여자와 놀이공원에서 노는 것에 대한 강한 판타지가 있어서 이런 상황을 일부러 준비한 것일까. 아니면 놀

135

이공원 안에 준비된 무언가가 기다리고 있는 것일까.

어찌 되었건 여기까지 따라왔으니 그의 의도에 맞춰주자는 생각에 나는 그를 따라서 놀이공원 안으로 들어갔다. 그는 나를 놀이기구 가운데 하나로 데려갔다. 그 앞의 표지판에는 '회전바구니'라고 쓰여져 있었다. 바구니 모양의 탈 것이 커다란 수레에 여러 개 달려 있어, 수레가 회전하면 그에 따라 바구니가 바닥에서부터 공중까지 회전 하는 기구였다. 가장 기본적인 놀이기구로, 대규모의 놀이공원에는 없는 고전적인 기구였다.

그때 갑자기 조명이 켜지고, 회전바구니가 작동하기 시작했다. 영업이 끝난 시간에 오직 두 사람만을 위해 조명을 밝히고 기계를 작동시키려면 그 비용이 만만치 않을 거라는 생각이 들었다. 그에게는 미안한 이야기지만, 그 순간 나는 역시 깡패 두목은 깡패 두목이구나라고 생각할 수밖에 없었다. 좋아하는 여자와의 데이트를 위해 레스토랑을 통째로 빌리는 영화를 본 적이 있는데, 그것과 비슷한 일이 나에게 현실로 닥친 것이다.

그런데 막상 그와 나란히 회전바구니 안에 앉아있다 보니, 이 커다란 놀이공원 안에 오직 그와 나뿐이고, 이 모든 것이 나를 위해 준비한 것이라고 생각하니 은근히 설레기 시작했다. 이런 경험은 결코 흔치 않은 것이다. 아마 내가 이 경험을 친구들에게 들려주면 그 애들은 반드시 시샘에 빠질 것이다.

그런 생각을 하고 있을 때 기구의 수레가 움직이기 시작하면서 그와 나를 태운 바구니도 천천히 올라가기 시작했다. 나는 거의 본능적으로 움찔하며 그의 팔에 매달렸다. 김범주는 그런 나를 바라보며 웃었다. 그의 밝은 표정이 모든 것을 말해 주는 듯 했다. 이거야! 이게 바로 내가 바라던 상황이었어, 라고!

그런데 그게 다가 아니었다. 바구니가 천천히 상승해서 정점에 이르렀을 때, 갑자기 정지해버린 것이다. 아래를 내려다보니 수십 미터는 되었다. 이것 역시 김범주가 준비한 연출의 한 장면이라고, 당연히 그렇게 생각했는데, 황당하게도 그는 당황하고 있었다.

"아니, 이게 왜 여기서 서지?"

"뭐라고요? 이것 각본에 나온 상황 아닌가요?"

"그럴 리가! 잘못되면 어쩌려고 이런 계획을 세웠겠어."

절대로 각본이 아니라는 걸 확인이라도 시켜주려는 듯이, 저 아래의 바닥에서 관리인이 달려와 사색이 된 얼굴로 이쪽을 향해 외치고 있었다. 무슨 말인지는 잘 안 들려 모르겠지만 하여간 무슨 문제가 생겼다는 건 틀림 없었다. 아래를 내려다보니 다리가 후들거리고 이가 부딪치며 와드득 소리가 났다. 김범주의 팔에 매달린 나의 손에는 더욱 힘이 들어갔다.

"이제 어떡해요?"

"그러게. 이거 정말 난감하군!"

"119에라도 전화를 걸어야겠어요."

"아니, 119에는 관리인이 연락을 했을 테니, 잠깐만 기다리자고."

그런데 이 아슬아슬한 상황에서 김범주는 갑자기 내 손을 지그시 잡았다.

"지금 로맨틱한 기분 낼 때가 아니잖아요!"

"수희! 사랑해!"

"제발! 그런 이야기는 나중에!"

김범주는 금방이라도 떨어져버릴 것 같아 두려움에 떨고 있는 나는 아랑 곳 하지 않고, 주머니에서 상자 하나를 꺼냈다. 놀랍게도 그 안에는 반지가 들어 있었다. 그는 반지를 나의 손에 끼워주었다. 바로 그 순간 놀이공원의 끝에서 슈슈슉 하는 소리와 함께 빛의 덩어리들이 공중으로 쏘아올려졌다. 그것은 축포였다. 빛의 덩어리들은 내 앞의 몇 미터 거리에서 작열하며 빛의 조각들을 뿜었다. 갑자기 놀이공원 안이 대낮처럼 환해졌다. 나를 휩쌌던 두려움은 순식간에 사라지고, 마치 우주 한복판을 유영하고 있는 듯한 판타스틱한 분위기에 나는 압도되었다.

49

박희준에게 세 번이나 전화를 걸었지만 통화를 못했다. 세 번째 전화를 걸어 신호음이 가는 도중 그녀가 요즘 요리 학원에 다닌다고 했던 말이 생각나 시간을 확인해보니 한참 강의를 듣고 있을 시간이었다. 요즘의 박희준은 여러모로 나를 놀래킨다. 느닷없는 결혼도 그렇고, 결혼 상대자가 너무나 정상적인데다가 준수하기까지 한 훈남이라는 것도 그렇고, 결혼 후에는 언제 내가 신비주의에 심취했느냐는 듯이 전업주부로 열과 성을 다하고 있다.

그녀의 남편은 요즘 주가를 올리고 있는 벤처 사업가라고 한다. 인터넷을 이용한 사업이라고 하는데, 박희준이 한참 설명을 해 주었지만 나는 이해를 못했다. 이해를 못하는 나를 한심하게 생각하지 마시라. 그때는 인터넷이 이제 막 시작되어 빠르게 확산되던 때였으므로 그걸 어떻게 사업에 이용하는 건지 내가 알 리 없는 것이다. 천리안, 나우누리 때와는 비교가 안 되는 속도에, 어떻게 이런 게 가능한가하고 놀라는 게 일이었던, 그런 때였다.

20분 뒤에 박희준에게 연락이 왔다.

"수희야! 방가!방가! 나 지금 학원 끝나고 집에 가는 길이야. 우리 집에 놀러 오면 내 요리 실력이 얼마나 늘었는지 알려줄 만한 맛있는 거 해줄게!"

지난 번에도 그녀가 실력 발휘하겠다면서 주꾸미제육덮밥인지 뭔지를 만들어줬는데, 짜서 억지로 먹었던 일이 있었다. 억지로 먹으면서 '너 정말 요리 실력 많이 늘었구나,'라고 칭찬을 해 주지 않으면 안 되는 괴로운 상황은 겪어보지 않은 사람은 모를 것이다. 하지만 지금은 좀 나아졌겠지! 하는 너그러운 마음으로 나는 그녀의 집에 가기로 했다.

전철을 탔다. 박희준이 사는 양재동으로 가려면 종로에서 3호선으로 갈아타야 한다. 전철에서 내려 환승을 위해 지하도를 걷는데, 사람들의 구두 발자국 소리가 새삼스럽게 귀에 들어왔다. 그 소리가 어젯밤의 축포 소리와 닮았다고 나는 순간적으로 생각했고, 그것은 나로 하여금 자연스럽게 어제의 기억을 떠올리게 했다.

형형색색의 불꽃놀이 폭죽이 밤하늘에 작열하며 한밤중의 놀이공원이 갑자기 대낮처럼 밝아졌다. 도대체 이 한 순간을 위해 얼마나 많은 준비를 했을까. 나중에 물어보니 이벤트 회사에 의뢰를 해 벌인 행사였다고 한다.

그 현란한 쇼가 벌어지는 가운데 김범주는 내게 프로포즈했다.

"나는 많이 모자란 사람이지만 너 한 사람은 행복하게 해 줄 수 있어."

나중에 물어보니 이 대사 역시 이벤트 회사에서 창작해 준 것이라고 한다. 하지만 그 순간은 감격했다.

"나와 결혼해 주겠어?"

그의 진지한 눈빛과 말에, 나는 눈시울이 뜨거워져, 떨며 대답했다.

"어떻게 거절을 할 수 있겠어요, 어떻게…"

그와 나는 포옹했다. 그를 받아들이면서도 한 켠에는 불안과 의구심이 있었는데, 그 순간 그것들은 흔적도 없이 사라지고, 나는 온전히 그의 사람이 되기로 작정했다.

3호선 전철을 타고 박희준의 집으로 달리는 중에도, 나는 어젯밤의 눈부신 환희와 감동을 추억하고 있었다. 역시 여자는 순간순간의 감동에 의존해서 살아가는 것일까. 영화 속에서나 가능할 것 같은 그런 빅 이벤트속의 주인공이 바로 나였다는 사실이 꿈만 같고, 아직도 실감이 나지 않았다. 적어도 그 순간에는, 막상 결혼했을 때 그가 돌변해 술과 노름에 빠져 가정을 내팽개치는 악덕 남편이 되더라도 용서해줄 수 있을 것 같은, 그런 아량이 생겼다. 오해는 마시라. 그 순간의 감정이 그렇다는 것이지 실제로 그러겠다는 건 아니다. 전혀!

오늘의 요리는 인도의 치킨커리볶음밥이란다. 톡 쏘는 듯한 냄새가 진동을 하는 가운데 인도의 정통 커리를 만들며 박희준은 내게 설명해 주었다.

"인도 음식 제대로 만들어 먹으면 다른 요리는 못 먹어. 이거 중독성이 있걸랑. 나, 인도 여행 갔을 때 몇 번 먹어보고 완전히 반했잖아."

그녀의 말에 홀려, 나는 몰래 침을 삼키며 기대했다. 시간이 오후 1시로, 한참 출출할 때이기도 했다. 박희준은 자신은 학원에서 먹고 왔다며 내 몫의 치킨커리볶음밥을 식탁위에 올려놓았다. 일단 외양은 근사했다. 닭고기와 각종 야채, 파인애플, 토마토와 인도산 커리가 혼합된 오늘의 요리는 이국적이었다.

실력이 늘었구나,라고 생각하며 한 숟가락을 입에 넣었는데, 인도 정통 커리의 독특한 맛과 향은 괜찮았지만 그녀의 고질적인 병폐는 여전했다. 간을 못 맞춘다는 것이다. 지난번에는 너무 짰고 이번에는 너무 싱거웠다.

"어떠니? 솔직하게 대답해줘."

정말로 솔직하게 대답하면 나중에 내 욕을 바가지로 할 것이다.

"굿! 너 정말 요리 학원 다닌 보람이 있구나!"

"그렇지? 좋아할 줄 알았어."

"학원이 어디니? 나도 거기 다녀야겠는 걸."

"호호호! 그 정도로?"

양은 왜 그리도 많은지 모르겠다. 밍밍한 데다가 쓸데없이 퀄리티만 높은 치킨커리볶음밥을 먹는 내내, 다음에 올 때는 점심시간을 피해야겠다고 다짐하고, 또 다짐했다.

박희준의 집은 복층 원룸이었는데, 신혼부부가 살기에는 부족하지 않았다. 그 집의 장점은 테라스가 있다는 것이다. 베란다를 개조해서 만든 테라스는 지금과 같은 초여름에 차 한 잔 하기 적당한 장소였다. 나는 그곳에서 박희준이 내 준 인도차를 마시며 그녀와 담소했다.

"어떠니? 결혼 생활이?"

"어때 보여?"

"내막은 모르지만 보기에는 좋아 보여."

"그럭저럭이야."

"후후, 말은 그렇게 하지만 속으로는 너무 좋아서 미칠 지경 아냐?"

"너야말로!"

나는 찔끔했다.

"내가?"

"우리 사이가 하루 이틀 된 사이니? 눈빛만 봐도 안다고. 그러니 다 털어놓아보라고."

박희준의 예리한 눈을 보니 털어놓지 않을 수가 없을 것 같았다. 아니, 사실은 오늘 이곳에 온 이유가 어제의 대사건을 누군가에게 자랑하고 싶어서였지만 그렇다고 내가 먼저 말을 꺼내면 너무 노골적인 것 같아 적당한 기회를 기다리고 있었던 것이다.

내 말을 다 들은 박희준은 그녀 특유의 소프라노 톤으로 즐거운 비명을 질렀다.

"뷰티풀! 그레이트!"

"좋아할 일만은 아니야. 얼떨결에 수락 하기는 했는데, 나 정말 잘한 짓인지 모르겠어."

"호호호, 이제와서 싫다고 하면 어제 행사 비용 다 물어내라고 할지도 모르잖아."

"설마!"

"너도 그 사람에게 푹 빠져있으면서 왜 딴소리를 하니?"

그 말은 맞았다. 내가 흔들리고 있다고 한 건 그냥 하는 소리에 불과했고, 나는 이제 어떻게 해 볼 수 없이 그에게 사로잡혀있다고 말하면 적당한 표현일 것이다. 어제의 행사는 그러한 나의 마음에 그가 날린 결정적인 한 방이었다. 정말 너무나 적절한 타이밍이라, 어떻게 빼고 자시고 할 여유조차 없이 되어버렸다.

"나이 차도 아주 무리가 있는 건 아니고, 외모도 준수하고… 직업이 좀 그래서 그렇지만…"

박희준이 말꼬리를 흐리는 투에 반발심이 생겼다.

"이제는 깡패 두목 아니야."

"그럼?"

"매니지먼트사 대표야."

"그래? 그럼 됐네."

"깡패 생활 때려치고 매니지먼트 사업을 새로 시작한다는 데, 나더러 기획실장을 맡으랬어."

"완전 꿩 먹고 알 먹고네."

"좋게 생각하면."

박희준은 갑자기 말이 없어졌다. 어제의 환상적인 프로포즈 이야기를 듣고 질투심이 솟구쳐 그래봐야 깡패 두목이라는 것으로 위안을 삼으려 했으나, 그것마저 아니라는 게 밝혀지면서 우울 모드에 접어든 것이라고 믿고 싶지는 않았다. 다행히 박희준은 '그만 가줘. 나 지금 혼자 있고 싶어'라고 말하며 나를 매몰차게 내 쫓는 교양 없는 짓은 하지 않았다.

"그런 걸 보면 전생이라는 게 정말 있을지도 모르겠어."

나의 말에 박희준은 뜬금없다는 표정으로 물었다.

"갑자기 웬 전생?"

"예전에 내가 너한테 최면으로 전생 퇴행 받은 적 있잖아? 기억하니?"

"맞아, 생각나."

"그때 너에게는 숨겼지만 사실 최면 마지막에 나의 결혼 상대자로 나온 사람이 바로 김범주였어."

"헉! 정말이야?"

"그때는 말도 안 된다고 생각했는데, 막상 그 사람과 이렇게까지 되고나니 전생이라는 게 무시할 게 아니라는 생각이 드는 거 아니겠니?"

박희준은 갑자기 벌떡 일어났다.

"그렇다면 한 번 더 해 보자!"

"가능하겠어?"

"물론이지! 나도 궁금하니까 빨리 해보자!"

사실 그때의 전생 퇴행은 김범주가 내 결혼 상대자라는 것에 충격을 받아 중간에 그만두어, 결혼 후의 전개를 확인 못 했다. 영화로 비교하면 절반쯤 보고 갑자기 극장에서 나와 버린 거나 마찬가지다. 과연 전생에 그와 나의 인연은 어디까지인지가 갑자기 궁금해져 나는 박희준의 제안에 흔쾌히 응했다.

나는 소파에 누웠고 박희준이 내 곁에 앉아 최면을 유도했다. 지난번과 마찬가지로 몇 번 실패하고 최면 속으로 빠져들었다. 지난번과 똑같은 전생이었다.

나는 삼국시대 이전의 한반도 북부에 존재했던 '루한'이라는 나라의 공주였다. 하지만 현대에 익숙해진 그런 공주가 아니었고, 그런 여자가 아니었다. 그 시대의 여자들은 남자 못지않게 능동적이었으며, 활동적이었다. 나는 남자들처럼 말 타기를 즐겼고 칼과 활을 잘 다루었다.

나는 나이가 차, 결혼 적령기가 되었다. 그때 '여한'이라는 나라의 양모수 왕자가 내게 청혼했고 나는 그를 받아들였다. 하지만 결혼을 앞두고 내가 속한 '루한'은 오랑캐인 '갈' 나라의 외침을 받았다. 나라가 멸망할 위기에 처했을 때 여한의 양모수가 군사들을 이끌고 달려와, 침입자들을 무찌르고 루한을 구했다.

나와 양모수는 평화로운 봄날 결혼식을 올렸다. 궁내의 모든 사람들이 참석했고 다른 나라의 사신들도 참석했고 일반 백성들도 먼발치에서 예식을 지켜보았다. 나는 천천히 나의 낭군에게로 다가갔다. 나의 낭군은 환한 얼굴로 나를 향해 두 팔을 벌렸다. 이번에도 확실히 그는 김범주였다. 물론 얼굴은 전혀 달랐지만 최면 퇴행을 받고 있는 나는 그가 김범주임을 직감으로 알 수 있었다.

그와 나는 별도로 준비가 된 아름다운 방에서 서로를 포옹하고 하나가 되었다. 뜨거운 정사가 끝나고, 나는 그의 품에 안긴 채 마냥 행복해 했다. 그는 내게 약속했다. 절대로 당신 외에는 한 눈을 팔지 않겠노라고. 나는 그의 진심에 감동해 뜨거운 눈물을 흘리며, 나 역시 죽는 날까지 당신 한 사람만을 사랑하겠다고 말해주었다.

다음날 나는 그를 따라 그의 나라인 여한으로 갔다. 내가 성에 도착하자 여한의 백성들이 몰려나와 기쁘게 나를 맞았다. 그 얼마 후 군주인 양모수의 아버지가 승하하자 양모수가 왕의 자리에 올랐다. 양모수는 군주로 서 훌륭한 능력을 발휘해 나라를 안정 시켰고 백성들의 추앙을 받았다. 나 역시 국모로서 최선을 다해 내조를 했다.

하지만 머지않아 여한은 적의 침략을 받았다. 북쪽의 오랑캐인 '사마'라는 나라였다. 그들은 여한의 성을 포위하고 항복을 요구했다. 이때 양모수가 스스로 앞장서서 적과 싸워 그들을 물리쳤다. 하지만 사마국은 포기하지 않고 또다시 침략해왔고, 이때도 양모수가 선봉에 서서 격퇴했다.

양모수는 사마국을 멸망시키지 않으면 전쟁이 계속되리라는 걸 알고 군사를 이끌고 사마국을 친히 점령하러 나섰다. 하지만 적의 매복에 걸려 양모수와 친위부대가 깊은 산중에 갇혀 버린다. 나는 전령에게 이 소식을 듣고 과감한 결단을 내렸다.

"내가 남은 병사들을 이끌고 폐하를 구출 하러 가겠다!"

신하들이 결사적으로 말렸지만 내가 아니면 누구도 진심으로 양모수를 구하지 않을 것임을 알고 전장에 나아가기로 한 것이다. 궁의 수비는 왕자에게 맡기고 나는 수천의 병사를 이끌고 전진해갔다. 나는 말타기는 물론이고 활과 칼에도 능해 병사들을 지휘하는 데 어려움이 없었다.

반나절을 꼬박 달려 양모수가 고립된 산에 도착했다. 산은 기암괴석이 즐비하고 산 봉우리와 산봉우리 사이에 협곡이 있는 험준한 곳이었다. 협곡 깊숙한 안쪽에 양모수와 친위부대가 갇혀 있었고 그 양쪽을 적군이 포위하고 있었다.

나는 유인 작전을 구사했다. 소규모의 병사들을 계곡 인근까지 보내서 적을 자극하고, 그들을 이쪽으로 유인해 오도록 한 것이다. 작전은 제대로 먹혀들어서 적군의 대열이 흐트러졌다. 나는 그 틈을 노려 매복해 있는 적군을 기습했다. 불시에 기습을 당한 적군은 큰 타격을 입고 길을 비켜주었다.

나는 마침내 나의 남편인 양모수 왕을 구출하는 데 성공했다. 궁으로 돌아온 양모수는 전열을 재정비해서 다시 한 번 사마국을 공격했다. 열흘간이나 치열한 공방전이 계속되어 적도 수많은 사상자를 냈고 이쪽도 그랬다.

최후의 승자는 우리 여한이었다. 양모수가 이끄는 용맹한 병사들이 목숨을 아끼지 않고 전투를 벌여 사마국을 점령하는 데 성공했다. 사마국의 왕은 끌려나와 만인이 보는 가운데 양모수 왕에게 잘못을 빌며 여한의 신하국이 되겠노라고 맹세했다.

다시 궁으로 돌아온 양모수는 이번 전쟁의 1등 공신이 나라고 했다. 내가 용감하게 적진을 뚫고 들어가 자신을 구했기 때문에 전쟁에서 이길 수 있었다는 것이다. 그와 나 사이의 사랑과 믿음은 더욱 두터워졌다. 그때는 이 행복한 순간이 영원히 계속될 것으로만 생각했다. 하지만 나는 얼마 후 병마에 사로잡혔다.

나는 고열에 시달리며 방 안에서 누워 지내야 했다. 양모수가 날마다 나를 찾아와 간호했지만 차도가 없었다. 나는 머지않아 죽게되리라는 것을 예감할 수 있었다. 죽는 것은 그다지 두렵지 않았으나 사랑하는 사람과 이별해야 한다는 생각에 가슴이 미어졌다. 양모수는 흐느끼며 내게 말했다.

"단 몇 년만 더 살아 있어주오. 당신이 이대로 떠나면 나 역시 더는 살 수가 없을 것 같소."

나 역시 흐느끼며 말했다.

"폐하, 당치 않은 말씀입니다. 백성들을 위해서라도 당신은 건강히 오래 사셔야 합니다."

"당신이 없는 데 다른 게 다 무슨 소용이오."

"내가 저 세상에 가면 폐하를 지켜드리겠어요."

양모수의 지극한 간호에도 불구하고 나는 시름시름 앓다가 마침내 임종을 앞두게 되었다. 양모수도 체념한 듯 낮은 목소리로 내게 말했다.

"마지막으로 내게 해주고 싶은 말이 있다면 해보구려."

나는 그의 눈을 바라보며 말했다.

"다음 생에 또 만나기로 약조해 주세요. 이번 생에서는 이렇게 아쉽게 이별 하지만 다음 생에 다시 만나면 오랫동안 행복하게 살기로 해요."

"약조하겠소. 꼭 그렇게 합시다."

그는 소리 없이 울었고 나 역시 나는 그를 남겨두고 떠나야 한다는 사실에 숨죽여 울었다.

그 생에서의 내 삶은 그렇게 끝났다. 최면에서 빠져나와 눈을 떠보니 나의 눈자위는 눈물로 얼룩져 있었다. 내 곁에서 나를 지켜보았던 박희준도 훌쩍훌쩍 울고 있었다. 나는 집으로 돌아오는 전철 안에서 실제처럼 생생했던 전생 퇴행 장면을 생각하며 넋 나간 듯 앉아 있었다. 정말로 전생이 존재하는 것인가. 김범주를 만난 것은 전생에서부터 이어져 온 깊은 인연에 의해서인가. 전생에서의 짧았던 사랑이 아쉬워, 이번 생에 다시 만나 오래도록 사랑을 나누도록 태어나기 전에 계획했던 것은 아니었을까.

물론 전생이 정말로 있다고 믿는 건 바보 같은 일이겠지만, 내가 체험한 전생에서의 사랑이 너무나 절절해 단순한 판타지에 불과한 것으로 치부할 수가 없었다. 특히 양모수의 말투라거나 행동거지 같은 것들이 현실의 김범주와 너무나 닮았다는 생각이 들었다. 아니, 닮은 게 아니라, 온전히 두 사람은 동일 인물이었다. 신비주의에 빠져서 좋을 게 없다는 경계심이 드는 한편으로, 어쩌면 그와의 만남이 전생에서부터 이어져온 깊은 인연에 의한 것일지도 모른다는 생각이 내면의 한 켠에 살포시 자리를 잡았다.

50

 누구에게나 모든 일이 다 잘 될 것 같은 순간이 있을 것이다. 특히 오래 기다려온 어떤 바람이 눈앞에 현실로 모습을 드러낼 때, 누구나가 설레고 흥분될 것이다. 나는 아직도 실감이 안 난다. 이벤트를 전문으로 하는 회사에 의뢰해서 가장 비용이 많이 드는 최고의 프로포즈 이벤트를 기획했을 때만 하더라도 결과를 예측할 수가 없었다.

 하지만 나의 도전은 보란 듯이 성공했다. 채수희는 나의 프로포즈를 수락했고, 나는 그날 처음으로 그녀와 뜨거운 포옹을 할 수 있었다. 지금의 세계를 벗어나려고 시작한 새로운 사업도 순항하고 있었다.

 "지금 여러 군데에서 투자 문의가 오고 있습니다. 잘 되면 영화 제작도 할 수가 있을 것 같아요. 김 대표님도 영화 한 편이 대박을 터트리면 큰 돈이 들어온다는 거 잘 아시죠?"

 홍세민은 나를 안심시키려는 것인지, 아니면 정말로 잘 되고 있는 건지는 알 수 없었지만 좋은 소식을 연달아 전했다. 사실 나로서는 그 방면에 문외한이기 때문에 구체적인 내용은 몰랐다. 하지만 시류라는 것을 보면 확실히 매니지먼트 사업이 전망이 밝다고 할 수가 있었다. 매니지먼트사들이 앞다투어 창업되고 있었고 대기업에서도 이쪽에 투자 움직임이 활발했다. 그런 걸 보면 발 빠르게 뛰어든 것이 현명했다는 생각이 들었다.

노크 소리가 나고 문이 열리면서 기성범과 차동만이 함께 들어왔다.

"형님, 의논 좀 드리려고…"

기성범이 심각한 얼굴로 내게 말했다.

"무슨 일인데?"

"잠깐이면 됩니다."

차동만 역시 심각했다. 나는 의아한 얼굴로 그들과 소파에 마주앉았다. 먼저 기성범이 무거운 어조로 용건을 설명했다.

"매니지먼트 사업 말입니다, 형님. 저희야 형님이 시키는 일이면 죽으라고 해도 죽을 사람들이니 당연히 도와드리겠다는 생각인데 말입니다. 문제는 안영표 형님에게는 비밀로 하고 추진하는 일이라서 말입니다. 일이라는 게 아무리 비밀을 유지해도 언젠가는 새어 나갈 것이기 때문에 형님이 AYP를 벗어난 사업을 한다는 소리가 그분 귀에 들어가면 과연 그분이 어떻게 나올지 말입니다. 그게 걱정이 돼서 말입니다."

"저도 그렇습니다. 그래서 나중에 문제가 커지기 전에 지금 시점에서 안영표 형님께 사실대로 이야기를 하고 동의를 먼저 구하는 게 낫지 않나 하고 있습니다."

나는 고개를 끄덕였다. 두 사람 입장에서는 충분히 생각할 수 있는 문제였다. 안영표도 나름의 네트워크를 통해 조만간 나의 사업 소식을 접할 것이었다. 내가 그 문제에 대해 생각을 안 하고 있는 게 아니었다.

"너희들이 걱정하는 건 잘 알고 있어. 하지만 우리가 추진하고 있는 게

AYP의 사업과 무관한 건 아니야. 다만 지금은 준비 단계여서 비밀에 부치고 있을 뿐이라고. 사업이 제 궤도에 오르면 당연히 안영표 형님께 보고도 드리고 의논도 해야지. 지금 사업이 어떻게 될지도 모르는 상황에서 말씀을 드렸다가 나중에 잘못되면 책임이 나에게 돌아올 수 있잖아. 안 그래?"

"듣고 보니 맞는 말씀입니다."

"저희가 쓸데없는 걱정을 했네요."

두 사람은 안심이 된다는 얼굴이었다. 그들이 아무리 내 사람들이라고 하더라도 AYP의 안영표를 배신한다는 건 생각할 수 없는 일이었다. 안영표를 배신한다는 건 죽음과 마찬가지였다. 나의 설명으로 모든 의혹이 해소된 건 분명 아닐 것이다. 다만 내가 안영표를 배신하려는 게 아니라는 걸 확인했기 때문에 무거운 부담감에서 벗어날 수 있었을 것이다.

그런데 바로 그날 뜻밖의 불청객이 나를 찾아왔다. 나는 보통 사무실에 오전 11시쯤 도착해 처리해야 할 것들을 처리하고 점심을 먹은 후 2시간가량 바이크로 라이딩을 즐긴다. 가까운 거리에 자유로가 있어 그곳을 질주하고 돌아오는데, 그날도 그렇게 라이딩을 끝내고 주차장으로 내려가 바이크를 주차 시키고 돌아섰을 때였다. 갑자기 누가 불쑥 나타나 내 앞을 가로 막았다. 혹시 누가 나를 기습하려는 것이거나, 혹은 경찰이 찾아온 것인가 하고 일순 긴장했지만 상대는 순진하게 생긴 20대의 청년이었다.

"당신이 김범주야?"

그는 내게 도전적으로 말했다. 하지만 뿔테 안경까지 쓴 데다가 체격도 너무나 빈약해서 도무지 나와 대등하게 싸울 상대라는 생각이 안 들었다.

"넌 누구야?"

"나? 수희 친구야!"

152

"채수희?"

"그래."

채수희의 친구라는 말에 나의 경계심은 무뎌졌다.

"그런데 무슨 일로 날 찾아왔지?"

내가 좋게 말했음에도 그는 여전히 내게 적대적인 자세로 대답했다.

"당신 같은 사람이 어떻게 수희를 넘볼 수가 있어?"

"내가 어때서?"

"당신 깡패잖아. 내가 다 알아봤다고!"

대충 생각해보니 이놈은 채수희의 친구이거나, 혹은 그녀를 짝사랑하는 남자인데, 그녀가 나와 결혼을 하게된다는 소식을 듣고 분기충천해서 찾아온 것인 듯 했다. 그런데 정말로 이 친구가 채수희와 가깝다면 내가 함부로 대할 수가 없었다. 그렇지 않더라도 가볍게 한 대 툭 치면 어딘가가 부러져버릴 것 같은 약골의 남자가 두 주먹을 움켜쥐고 방방 뜨는 걸 보니 웃음 밖에 안 나왔다.

"어, 조심하라고. 나 깡패 아니야. 싸움도 못 해. 그러니 좀 봐줘."

"웃기지 마! 내가 다 알아봤다고 했잖아. 당신이 깡패라는 건 이 동네 사람들이 다 알고 있더군!"

"그건 헛소문이야. 보다시피 이 클럽을 운영하는 사업가라고."

"거짓말 그만 하시지! 무슨 수를 써서 수희를 농락했는지 모르겠지만 내가 있는 한 당신 같은 사람과는 안 돼!"

"그래서 어쩌려고?"

"수희에게 더 이상 손대지 마! 알았어?"

이를 바득바득 갈며 두 주먹을 불끈 쥔 모습을 보니 호락호락하게 물러

설 상황이 아니라는 생각이 들었다. 난감해 하고 있는 데, 주차장 입구에서 쩌렁쩌렁한 목소리가 들렸다.

"형님 왜 그러세요?"

기성범이 이쪽으로 걸어오고 있었다. 약골의 남자는 기성범을 보더니 순식간에 겁먹은 표정을 지었다. 사실 기성범의 싸움 실력은 가장 처지지만 외모만 보면 전형적인 조폭처럼 양옆으로 퍼져 있어 일반인들이 그를 보면 오금을 저리고는 한다. 그에 반해 나는 적어도 외모는 샤프한 편이었다.

"넌 뭐야?"

기성범이 일갈하자 약골은 뒷걸음질을 치다가 뒤에 있던 자동차에 부딪쳐서 그대로 주저앉았다. 그의 우스꽝스러운 모습 때문에 나와 기성범은 동시에 웃음을 터트렸다.

"형님 이 친구 뭐예요?"

"나랑 한판 붙으러 왔대."

"그래요?"

기성범은 주저앉아 있는 약골남에게 말했다.

"우리 형님과 한판 하기 전에 나랑 먼저 해야 되겠어."

진지하게 약골남에게 걸어가는 기성범을 내가 제지했다. 나는 기성범의 귀에 대고 대충 상황을 설명해주었다. 채수희와 나와의 관계를 다 알고 있는 기성범은 사연을 듣고는 헛웃음을 터트렸다.

"조영태가 그곳까지 갔어요?"

사무실로 올라와 채수희에게 조금 전 주차장에서의 일을 설명했더니 놀란 목소리로 말했다. 약골남의 이름이 조영태라는 것이다. 나는 조금전 기성범에게 조영태를 조용한 곳으로 데려가 잘 타이르도록 지시해 놓았다.

154

"아휴, 내가 미쳐! 아마 그 애가 내 친구들과도 친하니 그 애들에게 범주 씨와의 일을 전해 듣고 찾아갔나보네요."

"나쁜 친구는 아닌 것 같은데…"

"착하기는 해요."

"어쩌지? 내가 수희를 포기하겠다고 말하지 않으면 안 돌아가겠다는데."

"내가 전화를 할게요."

조영태가 아무리 채수희와 오래된 친구라고 하더라도 결국 남의 일인데 여기까지 찾아온 이유는 따로 있으리라는 생각이 들었다. 자기도 좋아한 여자이므로 질투심이 생긴 것이다. 그렇다고 대놓고 질투심을 드러낼 수는 없으므로 내 직업 탓을 하는 것이리라. 이런 경우 잘 설득하는 것밖에는 방법이 없었다.

한국관 건너편의 커피숍에 기성범이 조영태를 데리고 있었다. 내가 혹시라도 사고로 이어지지 않도록 하라고 지시를 내렸기 때문에 기성범이 잘 구슬리고 있는 중이었다. 채수희가 그에게 연락 주겠다고 했는데, 그랬음에도 별 효과가 없었던 모양인지, 내가 나타나자 조영태는 여전히 불만 가득한 눈초리로 나를 쏘아보았다.

"자네 술 좀 하나?"

내 질문에 조영태가 삐딱하게 대답했다.

"왜요?"

"한잔 하면서 이야기를 좀 해보자고."

"좋습니다! 나도 당신에게 할 말이 많으니까!"

조영태가 호기롭게 나와, 나는 일단 그를 데리고 커피숍 2층에 있는 호프집으로 데려갔다. 몇 잔의 맥주를 마시자, 조영태는 내게 채수희는 자신이 아는 가장 순수한 여자라며 제발 손을 떼라고 읍소했다. 나는 그의 말에 동의하며, 그걸 알기 때문에 최선을 다해 그녀를 지켜주겠으니 안심하라고 타일렀다. 그러는 사이 쌓이는 빈 잔이 늘어나고 그와 나는 누가 먼저랄 것 없이 만취해버려 갑자기 격의 없이 되어버렸다.

"도대체 이해가 안 된다고! 어떻게 수희가 당신 같은 깡패하고 사귈 수가 있냐고!"

조영태는 혀가 심하게 꼬부라진 목소리로 내게 삿대질까지 하며 따졌다. 하지만 주차장에서 처음 대면했을 때의 그런 적대감을 드러내는 모습은 아니었다.

"임마! 깡패, 깡패 하지마! 깡패에게도 순정이 있고 사랑이 있다고!"

"양심이 있으면 수희에게 손 떼!"

"못 해!"

그렇게 설전을 벌이다가 2차로 가서 논쟁을 더 해 보자며 일단 호프집을 나왔다. 나보다 술을 더 마신 조영태는 거리로 나오자 갈지자로 휘청거렸다. 내가 부축하자 그는 내가 친한 친구라도 되는 듯이 어깨동무를 해 왔다.

"아저씨… 그건 그렇고 평소에 궁금한 게 있었는데… 깡패 생활하면 돈 잘 벌어요?"

"깡패 나름이야. 잘 버는 놈도 있지만 그렇지 못한 놈도 있어."

"아항! 깡패 세계도 텐 프로가 있구만."

"그렇지 텐 프로지!"

나는 아는 후배가 경영하는 룸살롱으로 그를 데려갔다. 조영태는 난생 처음 이런 곳에 오는 듯, 화려한 룸 안에서 눈이 휘둥그레졌다. 나는 그곳에서 그와 적당히 대작을 하다가 슬며시 밖으로 나와 조영태에게 여자를 한 명

붙여주라고 지배인에게 지시했다. 이 정도면 조영태 문제는 해결되었다고 생각하고 룸살롱 밖으로 나오는 데 조영태에게서 휴대폰이 걸려왔다.

"아저씨, 전데요."

"그래."

"지금 여자가 들어왔는데요. 기왕 붙여주는 거 좀 괜찮은 여자로…"

"마음에 안 들어?"

"제 스타일이 아니라서요."

"알았어."

나는 지배인에게 전화해 텐 프로급의 여자로 다시 들여보내라고 지시했다. 이건 뇌물이다. 뇌물을 먹은 조영태는 더 이상 채수희 문제로 나를 괴롭히지 않을 것이다.

51

차는 대관령의 가파른 고갯길을 오르고 있었다.

"전생? 불교에서 말하는 그 전생 말하는 거야?"

"심각한 거 아니고, 그냥 믿거나 말거나 그런 정도."

"나하고 수희하고 전생에 부부로 나왔다고? 재밌네. 이야기 좀 더 해봐."

"싫어요. 괜히 심각하게 생각할까봐."

채수희는 자신이 먼저 전생 이야기를 꺼내놓고 내가 이야기를 더 해달라고 하자 대충 얼버무리려 했다.

"그럼 하나만 물어볼게. 자기하고 나하고 부부였던 전생이 어떻게 끝나?"

"내가 먼저 죽어."

"흐흑!"

"그래서 미워죽겠어요. 아저씨는 왕으로 잘 먹고 잘 살고 나는 젊은 나이에 죽고."

그녀, 채수희는 정말로 화가 난 것 같은 표정을 짓고 창밖을 바라보고 있었다. 그런 그녀를 바라보는 것만으로도 나는 기분이 좋아졌다. 목적지는 속초였다. 내가 여행을 제안했고 그녀가 함께 바다를 가면 좋겠다고 해서 속초로 함께 여행을 떠나게 된 것이다.

그녀가 내 여자라는 게 아직 실감이 잘 안 난다. 어느 날 그녀가 변심해 나를 차버릴지도 모른다는 생각이 시도 때도 없이 들었다. 하지만 그런 일은 일어나지 않았다. 나의 여행 제안에 그녀는 말없이 고개를 끄덕이는 것으로 동의해 주었다. 모든 것이 순풍에 돛단 듯 흘러가고 있었다.

"아저씨!"

"아저씨가 뭐야? 애인 사이에!"

"그럼 뭐라고 불러요?"

"오빠!"

"10살 이상 차이가 나는데 어떻게 오빠가 돼요?"

"그럼 자기!"

"그건 더 이상해!"

"그러니까 그냥 오빠라고 하라니까."

"해볼게요… 오빠…!"

"하하하, 기분 좋다!"

"오빠! 나를 다 잡은 물고기라고 생각하는 거지? 그러다가 큰코다쳐. 결혼을 앞두고 깨지는 커플이 얼마나 많은데."

"날 버리고 도망치려고?"

"맘이 변하면 도망칠 수도 있지."

"도망치면 지구 끝까지 가서라도 잡아올거야."

"무서워!"

"하하하!"

"호호호!"

그녀와 나는 동심으로 돌아가 웃고 떠들었다. 내 인생에 이런 행복감은 처음이었다. 늦은 여름의 더운 공기를 가르며 달리는 자동차가 어둠을 뒤로하고 밝은 새 세상을 향해 힘차게 질주하는 듯이 느껴졌다.

오전 10시에 출발해 휴게소에서 점심을 먹고 속초에 도착했을 때는 2시가 넘었다. 짐도 있었고 운전을 하느라 피곤하기도 해서 먼저 방을 잡기로 했다. 나는 일단 차를 해안가의 모텔에 주차시켰다. 이제 곧 사랑하는 사람과 모텔에 함께 묵는다고 생각하니 나는 서서히 떨리기 시작했다. 하지만 차에서 내려 모텔 쪽으로 걸어갈 때 그녀는 내 기대감을 산산조각 내는 한 마디를 던졌다.

"방은 두 개 잡을 거죠?"

나는 도둑질하다가 들킨 사람처럼 놀라서 우물쭈물 거렸다.

"두 개? 하나를 잡아야지…"

"뭐라고요? 아직 결혼도 안 했는데 어떻게!"

그녀의 얼굴 표정으로 미루어 떠보는 게 아니었고, 만일 내가 방을 하나만 잡으면 도망쳐버릴 듯한 분위기였다. 하지만 남녀 커플이 모텔에 와서 각방을 쓰는 건 정말 웃기는 일이라는 생각이 들었다.

"수희! 무슨 생각을 하는지 모르겠지만 나는 수희가 원하지 않으면 아무 짓도 안해. 날 못 믿겠어? 게다가 여행 온 남녀가 각방을 쓰겠다고 하면 주인이나 종업원들이 이상하게 생각하지 않겠어?"

"그건 그렇지만…"

"걱정 말고 날 믿으라고."

채수희는 더 이상 고집을 부리지 않았다. 방을 잡고 설악산을 먼저 가 보자고 의기투합해 짐을 풀자마자 밖으로 다시 나왔다.

속초에서 20분가량 차를 달리자 설악산 입구가 나왔다. 4시 가까운 시간이었음에도 관광객들로 북적였다. 울긋불긋한 옷차림으로 서성이는 그들을 보니, 확실히 내가 그들과는 다른 세상에서 살아왔다는 것이 실감났다. 여유를 갖고 여행을 해본 기억이 없었다. 나는 그동안 무엇엔가 붙들려 있었던 것이 아닐까.

채수희와 나란히 케이블카가 내려오기를 기다리며 사람들 속에 서 있자니, 나 자신도 어엿한 사회의 일원으로 살아가고 있음을 확인하는 것에서 오는 뿌듯함이 가슴속에 차 올랐다.

"난 설악산은 처음이야. 수희는?"

"난 두 번째. 고등학교 수학여행 때 왔어요."

"추억이 새롭겠군."

"추억이요? 호호호. 2박 3일 동안 술에 쩔어 있어서…"

"여고생이 술을?"

"지금도 술은 못 마시는데, 그때는 암 것도 모르면서 그냥 객기로 마셨어요. 소주 한 병을 다 마시고 기절했지. 그 이후 어떻게 수학여행을 보냈는지 기억에 없어. 오빠는 수학여행 때 어땠어?"

"그냥 그랬어."

나는 대충 얼버무릴 수 밖에 없었다. 고등학년 1학년 때 학교 교사를 폭행하고 소년원에 들어가 4년을 보냈다. 수학여행의 추억도, 고교시절의 추억도, 친구와의 우정도, 졸업의 기쁨도 내겐 없다. 사랑하는 사람과 여행을 왔다는 사실 때문에 잠시 잊었던 어두운 기억이 또다시 떠오르려 하고 있었다.

그런 내 마음을 알고 있기라도 한 듯, 케이블카의 문이 열리고 사람들이 이동을 시작할 때, 채수희는 조용히 내 손을 잡아주었다. 그녀의 따뜻한 손을 잡고 걷기 시작하자 잠깐 나를 긴장시켰던 어두운 과거의 기억들은 흩어져 사라지고, 나는 다시 평상심을 되찾았다.

케이블카가 움직이고 서서히 정상을 향해 미끄러지듯이 올라갈 때도 그녀와 나는 맞잡은 손을 놓지 않았다. 나의 온 신경은 그녀의 손에 집중되어, 무슨 재밌는 말이라도 해야 한다는 생각이 들었지만 아무 말도 할 수가 없었다. 이런 나를 그녀가 지루한 사람이라고 생각하면 어떻게 하나 하는 조바심도 생겼는데 그녀는 전혀 그런 생각을 하고 있지 않았다.

"오빠, 나 지금 너무 행복한 거 있지."

"다행이네."

"그래서 걱정돼. 너무 행복하면 그다음에는 안 좋은 일이 생기잖아."

"안 좋은 일? 어떤 거?"

그녀는 곰곰 생각하다가 웃음을 터트리며 말했다.

"갑자기 지진이 난다거나, 외계인이 지구를 침공한다거나!"

"지진은 모르겠지만 외계인 따위는 내가 한 방에 보낼 수 있어!"

"외계인도 오빠가 깡패 두목인 걸 알면 안 건드릴거야."

"깡패 두목이라는 말 좀 안 할 수 없냐?"

"깡패 두목! 깡패 두목! 깡패 두목!"

"그만!"

"호호호."

케이블카가 목적지에 도착했다. 그곳에서 10분 남짓을 걷자 설악산 정상이 나왔다. 정상의 최고 지점은 커다란 바윗 덩어리였는데, 그곳은 출입

금지였고 그 아래의 평평한 부분까지만 접근할 수 있었다. 그곳의 거의 모든 사람들이 커플들이었다. 젊은 커플도 있었지만 머리가 희끗희끗한 나이든 커플도 있었다.

나와 채수희는 손을 맞잡은 상태로 천천히 바위 위를 걸었다. 산의 정상에서만 느낄 수 있는 서늘한 바람이 불어와 그녀와 나를 훑고 지나갔다. 사람이 접근할 수 있는 마지막 지점까지 가, 사랑하는 여자의 손을 잡고 산 아래를 내려다보았더니, 마치 나 자신이 세상을 다 가지기라도 한 것 같은 우쭐한 기분이 들었다. 허황된 것만은 아니다. 내가 꿈꾸었던 인생의 목전에 와 있었다.

"오빠도 언젠가는 변하겠지?"

그녀의 목소리가 우울한 듯 느껴져, 나는 일부러 큰 소리로 말했다.

"천만에! 세상 남자가 다 변해도 나는 안 변해!"

"남자들은 다 똑같잖아."

"하늘에 맹세할게! 영원히 너만 사랑한다고!"

"더 예쁜 여자가 나타나도?"

"물론이지!"

"더 나이 어린 여자가 나타나도?"

"물론이지!"

채수희는 나의 단호한 대답을 듣고 안심이 된다는 듯, 내 팔에 매달려 몸을 기대왔다. 나는 팔을 벌려 그녀를 안았다. 서로를 안은 채 그녀와 나는 말없이 산 아래의 풍경을 쳐다보았다.

그런데 바로 그때 등 뒤에서 누군가 내게 말을 걸었다.

"실례지만…"

30대 중반의 남자가 내게 말을 걸려 하고 있었다.

"김범주 씨 아니신가요?"

"그렇습니다만, 누구시죠?"

"형님, 접니다!"

그는 활짝 웃으며 내 손을 맞잡았다.

"저 김동아예요. 기억 안 나세요?"

김동아… 그러고 보니 낯익은 이름이었고 낯익은 얼굴이었다. 하지만 바로 생각이 안 나 머뭇거릴 수밖에 없었다.

"레드 클럽에서요."

그의 입에서 레드클럽이라는 말이 나오는 순간 잊고 있었던 기억이 떠올랐다. 20대 초의 나는 AYP의 전신인 불나방 조직원으로 룸살롱에서 지배인을 하고 있었는데 그곳 이름이 레드클럽이었고, 그때 이 친구가 내 밑에서 종업원으로 일했었다. 월급도 제때 못 받고 일하던 때라 무척 고생스러운 시절이었다.

"김동아! 생각난다!"

"이제야 생각나시나보군요. 저는 바로 형님을 알아봤어요."

"어떻게 지내니?"

"저 지금 택시해요."

"택시? 택시 운전?"

"네."

"그랬구나."

"와이프하고 오셨나 봐요?"

"아니야."

"그럼 애인?"

"응."

"저는 집사람하고 왔어요."

김동아는 바위 쪽에 서 있는 여자를 눈짓으로 가리켰다.

"형님도 많이 변하셨어요."

"그럼 벌써 15년도 더 지났는데."

그때 그는 18살이었다. 지방에서 갓 올라와 내 밑에서 일했는데 나도 별 볼 일 없을 때였지만 그래도 불나방의 정식 조직원인 데다가 지배인의 직함을 갖고 있다는 이유로 그는 나를 무척 따랐었다. 주먹도 잘 쓰는데다가 성격도 붙임성이 있어 정식 조직원으로 등극하는 건 시간 문제였는데, 그의 아버지가 서울로 올라와 그를 억지로 고향으로 끌고 가는 바람에 조직원이 되려 했던 그의 꿈은 물거품이 되었었다.

"형님 한번 꼭 만나고 싶었어요."

그때 내가 잘해줬다고 생각해서인지 그는 나를 붙잡고 더 이야기를 하고 싶어 하는 눈치였다. 하지만 채수희와 쉽지 않은 여행을 온 지금은 그럴 여유가 없었다.

"나도 만나서 반가웠다. 다음에 인연이 되면 또 보자."

"네, 그래요."

그는 아쉬워하며 나와 악수를 나누고 저쪽에서 기다리고 있는 자신의 와이프 쪽으로 갔다.

"누구야?"

"아는 후배."

"오랜만에 만난 것 같은데, 나 때문에 방해받은 거 아냐?"

"아니야."

그 일은 그렇게 정리가 된 것으로 생각했다. 그런데 나와 채수희가 설악산 정상의 관람을 마친 후 케이블카를 타고 설악산 입구로 내려갔을 때, 뜻밖에도 김동아가 그곳에서 나를 기다리고 있었다.

"형님 이제 헤어지면 언제 다시 만날지 모르는 데 잠깐 자판기 커피라도 한 잔 해요."

난감했다. 무슨 다른 의도는 아닌 것 같았고, 오랜만에 나를 만나서 이야기를 좀 더 하고 싶어 하는 듯했는데 매정하게 자를 수가 없었다. 내 곁의 채수희를 쳐다보았더니 그녀는 쿨하게 말해주었다.

"여기서 기다릴 테니 잠깐 이야기 하고 오세요."

"그래도 되겠어?"

"그럼요."

김동아 역시 자신의 와이프에게 양해를 구하고 나를 커피 자판기 앞으로 데려갔다.

"아버지 때문에 강제로 집으로 돌아가 처음에는 농사를 지었고 그다음에는 다시 서울로 올라와 기술을 좀 배우려고 했어요. 하지만 놀던 가락이 있다 보니 적응이 안 되는 거 있죠? 툭하면 싸움질을 해서 경찰서 유치장을 들락날락했어요. 조직 출신들이 흔히 하는 말이 어둠의 세계에서 손 씻고 평범하게 살아가고 싶다는 건데, 그건 현실을 잘 모르고 하는 말이에요. 방법만 다를 뿐 너저분하기는 사회도 마찬가지더라고요. 차라리 조직에서 대놓고 주먹을 쓰던 시절이 좋았어요. 하여간 직장을 다니면 몇 달을 못 버티겠더라고요. 이놈의 성질 때문에."

잠깐만 이야기를 들어준다는 생각이었는데 김동아의 말이 길어져 난감

166

했다. 그렇다고 오랜만에 만난 후배의 말을 중간에 자르기도 뭣했고, 조직을 나가 사회인으로 살아가는 그의 고충에 관심이 생기기도 해 일단 그의 말이 끝나기를 기다렸다.

"욱하는 성미 때문에 좋은 기회도 많이 놓쳤어요. 식당에서 종업원으로 일할 때는 사장이 나를 잘 봐서 따로 지점을 내 줄 생각도 있었나 봐요. 그런데 결정적인 순간에 제가 손님과 대판 싸우는 바람에 기회가 날아가 버렸잖아요. 손님이 나한테 함부로 대해서 나도 맞대응 했던 건데, 지금 생각하면 그러면 안 되는 거였어요. 그렇게 살다 보니 서른이 될 때까지 아무 것도 남은 게 없더라고요. 결혼은 일찍해서 애까지 있고… 할 수 있는 거라고는 막노동밖에 없는 거예요."

조직에서 나가면 어떤 삶을 살게 되는지를 그는 실감나게 설명하고 있었다. 그의 말대로 건달 생활을 청산하고 새 삶을 살겠다는 '좋은 의도'를 이해해줄 사람은 이 세상 어디에도 없는 것이다.

"아버지가 돌아가시면서 돈이 좀 생겨서 그걸로 택시 하나 사서 지금 하고 있어요. 그런데 이것도 오래는 못 할 것 같아요. 그러다보니 옛날 생각이 나는 거예요. 18살의 철없던 시절이었지만 그래도 그때는 의리로 뭉쳤잖아요."

"그건 그렇지."

"형님 생각도 많이 했어요. 나한테 잘해주셨는데…"

"나 한국관에 있는 거 알지?"

"알고 있어요."

"언제 연락 한번 줘. 오늘은 이만 하고."

"그래도 되겠어요?"

"괜찮아."

"오늘 안 바쁘시면 저녁에 술 한잔 어떠세요?"

"오늘은 안 돼."

"그럼 잠깐만 기다리세요."

김동아는 나를 기다리게 하고 관광용품을 파는 가게 안으로 들어갔다가 한참만에 나오더니 내게 선물 꾸러미를 내밀었다.

"지금 제가 해드릴 게 이것밖에 없네요."

그가 준 선물은 이 지역 특산품이라는 마른 명태 세트였는데 가격표를 보니 상당한 고가였다. 나는 고맙다고 말하고 그와 악수한 후 헤어졌다. 그리고 나는 채수희가 기다리고 있을 케이블카의 매표소 앞으로 뛰어갔다. 그런데 당연히 그곳에 있어야 할 그녀의 모습이 보이지 않았다. 혹시 내가 너무 늦어서 가버린 건 아닌가 하고 시간을 확인해보니 20분이나 지나 있어 아차 싶었다.

정말 화가 나서 가버렸을 수도 있을 시간이었다. 나는 그곳에서 5분가량 기다리다가 그녀에게 전화를 걸어보았다. 하지만 신호만 길게 이어질 뿐 그녀의 목소리는 건너오지 않았다. 다리에 힘이 빠지면서 결국 올 것이 왔다는 생각이 들었다. 그녀처럼 젊고 아름다운 여자를 소유할 자격이 내게 있는 것인가. 그런 생각이 종종 들었고, 어쩌면 나의 행운은 어느 순간 흔적도 없이 사라질지 모른다는 두려움이 늘 있었다. 그것이 지금 현실화 되었다는 부정적인 생각이 나의 이성을 마비시켜버려, 한동안 무엇을 해야 좋을지 몰라 그 자리에 그냥 서 있었다.

정신을 차리고 주차장으로 달려갔다. 내 차는 그대로 주차되어 있었다. 차 키를 내가 갖고 있으므로 그것은 당연한 일이었다. 그렇다면 택시를 타고 갔다는 말이 된다. 어디로 갔을까? 다시 전화를 걸어보았는데 이번에는 신호조차도 가지 않고 전화기가 꺼져 있다는 멘트가 흘러나왔다.

차를 몰고 숙소인 모텔로 달렸다. 단숨에 계단을 뛰어올라가 방문을 열어보았는데 그곳에는 나의 마음을 더욱 어둡게 만드는 증거만이 남아 있었다. 그녀의 짐이 말끔하게 사라져버린 것이다. 그렇다면 그녀는 설악산 입구에서 택시를 타고 이곳에 와 자신의 짐을 챙겨 사라졌다는 말이 된다. 그녀가 떠났다는 게 확실해졌다.

모텔 안에는 나 혼자 있었지만, 마치 수많은 사람들이 나를 지켜보는 듯한 착각에 빠졌다. 그들이 내게 손가락질을 하며 '너 같은 깡패가 감히 그녀를 넘봐?'라고 비아냥거리는 듯 느껴졌다. 역시 나는 그냥 살아왔던 대로 살아가야 하는 운명인 것인가. 저열한 욕지거리를 하고, 함부로 폭력을 쓰고, 경찰에 늘 쫓겨다녀야 하고, 내가 죽이지 않으면 내가 죽는, 그런 세계가 아니면 내가 설 자리는 없는 것인가.

나는 머리를 흔들었다. 아직 아무 것도 분명하게 드러난 게 없다. 나는 모텔을 나가 차를 몰고 거리를 내달렸다. 아직 이 지역을 벗어나지는 못했을 시간이다. 고속버스 터미널에 가면 찾을 수 있을지 모른다. 서둘러야 한다.

날은 어두워져 있었다. 밤의 공기 저편에서 그녀와 나누었던 농담들이, 웃음소리들이 메아리가 되어 들려오는 듯했다. 그것은 나를 살아 있게 만드는 것들이었다. 그녀의 웃음소리가 내 영혼을 흔들어, 나를 어엿한 인간으로 만들었다. 그녀가 없으면 나는 살아있어도 살아 있는 게 아닌 존재가 되어버릴 것 같았다.

이대로 그녀를 보낼 수는 없다. 나는 다짐하며 액셀을 밟은 발에 힘을 주었다. 차는 빠른 스피드로 질주해 출발한지 10분도 되지 않아 고속버스터미널에 도착했다. 주차를 시키고 황급히 안으로 들어가 대합실로 달려갔다. 하지만 그곳에서 내가 찾는 그리운 얼굴은 만날 수가 없었다.

벌써 떠나버린 것인가. 나는 한 번 더 그녀에게 전화를 걸어보았다. 이번에도 받지 않았다. 후회가 쓰나미처럼 밀려들었다. 십수 년 전에 알던 우연히 만난 후배의 넋두리를 들어주는 게 그토록 중요했던 것인가. 20분이라면 결코 짧은 시간이 아니다. 그 시간 동안 혼자 우두커니 서서 내가 돌아오기를 기다렸을 그녀의 마음이 느껴져 가슴이 시렸다. 할 수만 있다면 시계를 거꾸로 돌려, 다시 설악산 정상에서 그녀와 시간을 보내던 때로 돌아가고 싶었다.

이곳에 더 있어봐야 소용없다는 자각이 들어 나는 주차장으로 가서 차에 오르고 모텔로 달렸다. 혹시 그곳에 있지 않을까. 짐을 챙겨 떠났다면 다시 모텔로 돌아올 리가 없다고 생각했지만 그러면서도 실낱같은 기대가 생겼다. 그러자니 마음이 초조해져 나는 스피드를 높여 밤의 도로를 질주했다.

모텔 주차장에 차를 세우고 모텔 안으로 들어가려는 데, 입구 오른쪽에 사람이 서 있는 게 눈에 들어왔다. 체형을 보니 여자였지만 그쪽은 어두운 곳이라 누군지 알 수 없었다. 나는 혹시 하는 마음으로 그쪽으로 걸어갔는데 놀랍게도 그녀는 채수희였다. 그녀가 돌아왔음을 확인 하는 순간 나는 마치 죽었다 살아난 사람처럼 기쁨에 휩싸였다,

"수희!"

"그냥 가려다가 마지막 인사나 하려고 왔어요."

"미안해! 정말 미안해!"

"아저씨를 성가시게 만드는 나 같은 여자는 가버리는 게 좋잖아요."

"내가 잘못했어,"

나는 그녀에게 다가가 그녀의 손을 잡았다.

"그냥 가버리려다가… 아저씨처럼 여자의 마음을 모르는 사람은 내가 아니면 평생 혼자 살 거라는 생각에…"

그녀는 말을 채 끝내지 못하고 눈물을 삼켰다. 나 역시 가슴이 뜨거워지며 눈에서 눈물이 주루룩 흘렀다. 그녀와 나는 마치 무엇엔가 이끌리기라도 했던 것처럼 자연스럽게 서로를 안았다. 그녀는 나의 가슴에 얼굴을 묻고 흐느꼈고 나는 그녀의 머리칼에 이마를 대고 흐느꼈다.

그녀와 나는 모텔 방 안으로 들어가, 서로를 안고 키스 했다. 나는 불도 켜지 않은 어둠 속에서 그녀의 옷을 벗겼다. 달빛에 반사된 그녀의 나신은 조각상처럼 완전무결했다. 그녀와 침대위에 누웠을 때, 창 밖에서는 밤바다의 파도 소리가 들려오고 있었다. 그 소리가 내게는 우리 두 사람의 결합을 축하하는 환호처럼 들렸다.

52

그녀와 나는 다음날 아침 일찍 일어나 속초 바닷가로 갔다. 철 지난 늦여름의 바닷가에는 인적이 드물었다. 두 명의 여자가 사진을 찍고 있었고 노인 한 명이 모래밭을 뒤지며 쓸만한 것들을 줍고 있었다.

아직 9월 초였지만 이른 아침의 공기는 다소 차가운 편이었다. 바닷바람이 불어오자 채수희는 내 팔에 몸을 기대왔다. 나는 그녀를 안고, 천천히 바다 쪽으로 갔다. 어제와는 전혀 다른 세상이 내 앞에 펼쳐져 있는 듯이 느껴졌다. 나는 마흔을 한 해 앞둔 나이였지만 이제야 어른이 되었다는 생각이 들었다. 물론 여자를 품에 안은 것이 처음은 아니지만, 이 여자와 언제까지나 함께 하고 싶다는 생각이 들게 한 것은 이 여자가 처음이었다.

"오빠, 약속 잊지 않았겠지?"

"어떤 약속이었지?"

"앞으로 깡패 세계를 떠나겠다고 약속했잖아."

"한 번 더 약속할게. 수희를 걱정하게 만드는 그런 일은 하지 않을 거야."

"자, 약속!"

채수희는 새끼손가락을 내 앞에 내밀었다. 나는 빙그레 웃으며 나의 새끼손가락을 그녀의 새끼손가락에 걸었다. 바닷가를 산책하고 식당에서 아침을 먹은 후 그녀와 나는 모텔로 돌아와 한 번 더 정사를 나누고 알몸으로 나란히 누워 미래의 계획을 세웠다. 결혼은 내년 봄쯤 하기로 했고 그 후 둘이 함께 매니지먼트 사업에 전념하자고 했다. 채수희의 꿈이 연극배우였기 때문에 직무 관련성도 있었다. 어쩐지 그녀가 주도하면 회사도 번성할 것 같은 낙관적인 생각이 들었다.

그날 오후 2시에 속초를 출발해 5시에 서울에 도착했다. 채수희를 집 앞까지 바래다주고 집으로 돌아가는데 여행의 피로가 몰려왔지만 기분만은 황홀했다. 집으로 돌아와 일단 한숨 자고 늦게라도 한국관에 나가야겠다고 생각하고 침대에 파묻혔다. 죽음에 가까운 깊은 잠을 자는 도중, 휴대폰 소리가 요란하게 울려 비몽사몽 간에 휴대폰을 집어서 귀로 가져갔다. 그러자 마치 지옥의 사자라도 되는 듯한 무거운 음성이 건너왔다.

"뉴스 봤냐?"

안영표는 다짜고짜 그렇게 물었다.

"아니, 못 봤는데, 왜요?"

"난리 났어. 노효만이 기자 회견을 해서 그때 그 일을 폭로했다고."

"네?"

나는 순간적으로 무슨 말인지를 이해 못했다. 노효만이 누군지도 기억에 없었고 그때 그 일이 무얼 말하는지도 알 수 없었다.

"노효만 말이야. 사이비 기자."

사이비 기자라는 말에 몇 년 전의 일이 슬그머니 떠올랐다. 안영표의 지시로 사이비 기자를 폭행한 적이 있었다. 그때 대기업 회장이 청부한 중요한 일이었기 때문에 상당히 가혹하게 폭력을 휘둘렀었다.

"그때 몇 대 조진 다음에 약을 써서 정신병원에 입원 시켰다고 했잖아. 그걸 모조리 폭로 했다니까."

"그럼 어떻게 되는 거죠?"

"이 자식이 아직 우리 쪽에 대해서는 뭘 모르는 것 같아. 막연하게 MJ 회장이 청부했을 거라는 생각에 폭로를 했어. 일단 뉴스를 좀 봐. 그 다음에 이야기하자."

나는 알겠다고 대답하고 통화를 마쳤다. 채수희와의 로맨틱한 감정은 순식간에 사라져버리고 숨 막히는 가혹한 현실 앞에 잠시 망연자실했다.

나는 9시가 되기를 기다렸다가 텔레비전을 켰다. 아나운서가 오프닝에 노효만의 기자 회견 소식을 소개했을 정도로 비중 있게 다루어졌다. 본 뉴스가 시작되어 세 번째 꼭지로 이 사건이 보도되었다. 전과 4범의 사이비 기자라는 말은 어디에도 없었고 3년 전 대기업인 MJ기업 대표의 비리를 취재하던 중 조직 폭력배에게 납치되어 정신병원에까지 수감되었다는 노효만의 주장을 자세하게 보도했다. 그동안 무서워서 숨어살았습니다,라고 노효만은 울면서 읍소했다. 그가 대기업의 비리를 미끼로 수 억 원을 갈취했다는 내용 역시 뉴스에는 나오지 않았다.

순간적으로 이것은 쉽게 해결될 문제가 아니라는 감이 왔다. 그동안 다양한 사건에 연루되었지만 지금까지는 운 좋게 잘도 살아왔었다. 아니, 사실은 삶에 그다지 집착이 없는 편이라 설령 개죽음을 당해도 할 수 없지 않느냐는, 그런 식의 인생이었다. 하지만 지금은 다르다. 나는 지금 어두운 터널을 벗어나 밝은 세상으로 나아가려는 와중이었다.

빠르게 옷을 챙겨 입고 한국관으로 갔다. 기성범과 차동만도 소식을 들어 알고 있었다. 그들도 잔뜩 긴장했다.

"그때 아무래도 예감이 안 좋더라고요. 배운 놈이라 그냥 안 넘어갈 수도 있다고 생각했어요."

"지금 그딴 소리 해봐야 소용없잖아!"

내가 화를 내자 기성범은 고개를 숙였다.

"죄송합니다."

"대기업 회장이 관여한 사건이라 뉴스에서 크게 다루는 것 같습니다."

차동만의 심각한 분석도 이 마당에는 도움이 안 되었다.

"그런 거 말고, 무슨 대책 없냐?"

"노효만 이 새끼를 납치해 올까요?"

기성범은 지시만 내리면 당장이라도 실천할 수 있다는 의지를 드러냈다. 나는 그에게 어이없이 되물었다.

"지금 그게 가능하겠냐?"

나와 기성범, 차동만이 머리를 맞대고 대책회의를 했지만 뾰족한 수가 없었다. 지금으로 서는 운에 맡기는 수밖에 없었다. 3년 전 일이었기 때문에 경찰도 쉽게 단서를 찾지는 못하리라는 계산이 섰다. 그때 사설 도박장에서 노효만을 납치했기 때문에 도박장 업주였던 조승수를 입막음하는 게 지금 할 수 있는 일이었다. 나는 차동만에게 조승수를 수배해 보라고 지시를 내렸다.

자정이 다 되었을 때 안영표로부터 연락이 왔다.

"내가 MJ 쪽과 이야기를 해 봤어. 그쪽에서는 자신들과 무관하다는 것으로 방침을 정하고 밀고 나가려는 모양이야. 그런데 내 생각에는 쉽지 않을 것 같애. 아무리 날고 기는 MJ그룹이라고 하더라도 여론이 안 좋으면 경찰과 검찰에서 수사에 들어가지 않겠어?"

"그럼 우리도 걸리겠네요."

"그렇다고 봐야지. 씨발 MJ야 대기업이니까 약간 타격만 받는 정도겠지만 우리 AYP는 개작살나는 거야. 안 그렇겠냐?"

"그렇죠."

안영표의 목소리는 떨리고 있었다. 그의 이런 모습은 처음이었다. 노효만의 폭로가 얼마나 엄청난 대미지를 주고 있는지 알 수 있었다. 최악의 경우 AYP도 해체되고 나와 안영표를 비롯한 조직원들이 모두 감방에 가게 될 수도 있었다.

"도마뱀이 말이야. 위험하면 꼬리를 자르고 도망치잖아?"

안영표의 목소리가 낮아졌다.

"그런 것처럼… 위험할 때는 최소한의 희생을 하고… 조직을 살려야 해. 내 말 이해하겠니?"

"네…"

"당장 무슨 복안이 있다는 건 아니고, 일반론적인 이야기를 하는 거야."

"알고 있습니다."

"그래, 나중에 다시 이야기하자."

그에게는 바로 이해한다고 대답했지만 그의 말이 어떤 의미인지를 제대로 이해한 건 약간 나중이었다. 도마뱀이 꼬리를 자르듯이 최소한의 희생이 필요하다고 한다면 그것은 희생양을 말하는 것이었다. 그렇다면 그게 누구인가. 강회장이나 안영표가 희생양을 자처할 리는 없고, 그렇다면 노효만의 폭행과 납치를 주도한 나만 남는다.

어차피 조직의 생리란 그런 것임을 잘 알고 있고, 설령 개죽음을 당하더라도 할 수 없다고 생각하며 이길을 달려왔다. 하지만 지금은 다르다. 나는 어떻게 해서건 밝은 곳으로 나아가려 하는 와중이고, 그것이 내 손안에 들어 있다고 생각하고 있다. 만일 나 혼자 총대를 매야 하는 상황이 된다면 과거처럼 물불 안 가리고 조직에 충성하지만은 않을 생각이었다.

나는 머리를 흔들었다. 아직 닥치지 않은 일에 대해 부정적인 예단을 가질 필요는 없다. 노효만이 폭로를 했다고 게임이 그걸로 끝난 것도 아니다. 이 사건의 배경에는 대기업인 MJ가 있고 건달 조직 가운데는 가장 성공한 AYP가 있다. 이들이 앉아서 당하지만은 않을 것이다. 그렇게 생각했지만 초조함이 사라지지는 않았다.

다음날 한국관에 출근하자마자 차동만이 입구에서 나를 기다리고 있다가 사무실 안으로 따라들어왔다.

"조승수하고 연락이 됐습니다."

"어떻게 됐어?"

"경찰에 쫓기고 있다고 합니다."

예상대로였다. 노효만은 전체를 모른다. 오직 자신이 폭행되고 정신병원에 갇힌 기억밖에 없을 것이다. 그가 유일하게 기억하는 것은 조승수가 운영하는 사설 도박장에서 폭행이 시작되었다는 것뿐일 것이다. 그 사실을 경찰에 알렸을 테니 경찰은 당연히 조승수를 잡으려 할 것이다. 조승수가 경찰에게 쫓기고 있다는 사실은 중요한 정보였다. 아직 경찰은 전모를 전혀 모르고 있다는 것이다.

"어떻게 이야기를 했냐?"

"내가 그랬죠. 경찰에 잡혀도 대충 둘러대라고."

"대충 둘러대는 것 정도로는 안 되고, 스토리를 만들어야지. 노효만이

상습적으로 트릭을 써서 폭행했다는 식으로 말이야."

"그렇게 이야기를 했죠."

"그랬더니?"

"돈을 요구하더라고요."

"얼마나?"

"10억이요."

어찌보면 당연한 요구였다. 조승수는 AYP와 간접적으로 관련이 있기는 했지만 정식 조직원은 아니었다. 어찌보면 총대를 매는 일인데, 아무런 금 전적 대가 없이 할 리가 만무했다.

"적당히 쇼부를 본다고 하더라도 몇 억은 줘야 될 것 같은 데요."

그 정도 돈은 내 선에서 처리할 수도 없거니와, 그것으로 해결이 되겠느 냐는 것이 딜레마였다. 이 문제를 의논하려고 안영표에게 전화를 걸었는 데, 그는 뜻밖의 이야기를 꺼냈다.

"노효만과 MJ의 강회장 쪽이 물밑에서 접촉중이야."

"네?"

"노효만 이 사기꾼 새끼가 바라는 게 뭐겠어? 돈이잖아. 그러니 더 이상 문제 삼지 않는다는 조건으로 MJ 쪽에 거액을 요구했다는 거야. 봐라, 어 제 폭로 이후 방송 보도가 별 진전이 없잖아?"

그건 그랬다. 어제 뉴스의 파급력으로 보면 오늘쯤은 난리가 났어야 정 상인데, 오히려 보도의 비중은 줄어들고 있었다.

"노효만이 변호사를 통해 MJ 쪽에 먼저 손을 벌린 것 같아."

"그럼 어떻게 되는 거죠?"

"일단 기다려봐야지."

역시 대기업이 그냥 대기업이 아니었다. 경찰이나 검찰도 움직일 수 있는 힘이 있는 것이다.

"조승수하고는 네가 직접 만나서 이야기를 해봐."

"알겠습니다."

노효만이 MJ에게 매수되고 조승수의 매수에도 성공한다면 의외로 싱겁게 문제가 해결될 수도 있었다.

나는 차동만에게 지시했다.

"당장 조승수를 만나야겠어. 지금 어딨어?"

"전라도 쪽에 숨어 있다는 데 정확한 곳은 이야기를 안 해줘요."

"조승수에게 원하는 걸 들어줄 것 같은 뉘앙스로 이야기를 해서 나하고 만나게 해줘. 내가 그쪽으로 가겠다고."

"알겠습니다.

"지금 바로."

"네."

차동만이 조승수와 통화 해서 나와의 약속 장소와 시간을 정했다. 나는 지금 당장 출발해서 만나고 싶었지만 그가 개인적인 문제가 있다고 해서 이틀 후로 약속을 정했다. 그때까지 그가 경찰에 안 잡힌다는 보장이 있는 것도 아니었지만 행운을 비는 수밖에는 없었다. 아직 안심할 단계는 전혀 아니었지만 빠져나갈 구멍이 보인다는 점 때문에 약간은 안도가 되었다.

다음날은 채수희와 만나기로 했다. 조승수를 만나러 전주로 출발하기 3시간 전이었다. 나는 그녀와 만나기로 한 카페에 10분가량 먼저 도착했다. 광화문 세종문화회관 근처에 있는, 조금 조숙한 분위기의 카페여서 옛날 노래가 흘러나왔다. 처음 듣는 노래였고 나 자신이 음악을 전혀 몰랐지만 어쩐지 옛날 노래 같았다는 것이다.

　지나가버린 과거의 기억 속에서 우리는 무얼 얻나
　노래 부르는 시인의 입을 통해서 우리는 무얼 얻나
　오늘은 또 순간처럼 우리 곁을 떠나고
　운명은 약속하지 않는데
　또 오는 그 하루를 잠시 멈추게 할 수도 없는데
　시간은 영원 속에서 돌고 우리 곁엔 영원한 게 없는데

　내 처지 때문일까. 처연한 곡과 노랫말에 마음이 끌렸다. 특히 운명은 약속하지 않는다는 구절이 와닿았다. 어떤 글이라거나, 혹은 시, 노랫말 같은 것이 좋다고 느끼는 것은 그것이 주는 현실감 때문일지도 모르겠다. 정말로 운명이란 아무 것도 약속하지 않는 것이다. 나는 몸뚱이 하나만 갖고 태어났다. 어둠의 세계라지만 그래도 어쨌거나 자수성가한 것이라고도 볼 수 있다. 이렇게 살다가 어느 날 거리에서 처참하게 죽어가더라도 그다지 아쉬울 게 없다고 생각해왔었다. 그런데 채수희를 만나고 모든 것이 달라졌다.
　그녀는 나에게 구원의 빛이 되었다. 그녀가 나를 잘 알아서 의도적으로 나를 변화시켰다고는 생각하지 않는다. 다만 그녀의 존재 자체로 인해 나는 내가 살아온 방식이 잘못되었음을 자각했고, 그녀에게 좀 더 떳떳하게 다가가려면 변해야 한다는 걸 알았다. 이제야 방향을 제대로 잡았다고 생각하는 와중에 노효만 사건이 터져버린 것이다. 역시 운명이라는 바다는 누구에게도 순항을 허락하지 않는 것인가.
　채수희가 들어왔다. 그녀는 지금 계절에 잘 어울리는 검정색의 가죽 자

180

켓을 입고 있었다. 속초에서 돌아온 후 처음 만나는 것인데, 그때보다 좀
더 성숙해진 듯 보였다.

"식구들에게는 아직 오빠 이야기 못 했어. 어떻게 이야기를 해야 좋을지
좀 더 생각이 필요해서."

"잘 했어. 아직 시간이 있으니 천천히 해."

"어쩌면 의외로 아버지는 오빠를 좋아하실지도 몰라."

"그래?"

"왜냐하면 아버지는 젊었을 적에 고생을 많이 하셨거든. 당신이 그랬으
니 오빠처럼 평범하지 않은 인생을 산 사람에게 호의적일 수도 있잖아."

"내 직업도 이야기할 거야?"

"그건 안 돼."

채수희와 이야기를 나누다보니 머리가 맑아지는 기분이었다. 복잡한 여
러 가지 문제들로 혼미한 상태에서 그녀와의 대화는 나 자신을 생활인의
한 사람으로 돌아가게 했다.

"그 친구는 어때?"

"누구? 조영태?"

"응."

"오빠가 어떻게 구워삶았는지 모르겠지만 오빠에 대해 나쁘게 이야기
안 하던 걸. 조폭도 조폭 나름이라나 뭐라나. 도대체 어떻게 한 거야?"

"남자끼리만 통하는 방법이야."

"흥!"

그녀가 그동안 도움받은 것에 대한 답례라며 저녁을 샀다. 철판구이집
에서 근사한 저녁을 대접 받고 디저트로 차까지 마셨다. 조승수를 만나러

밤 기차를 타야하기 때문에 그녀와 더 시간을 보낼 수 없는 게 아쉬웠다. 나는 그녀를 차에 태우고 그녀의 집까지 바래다주었다. 그녀의 가게인 가구점 앞에서 가볍게 포옹을 한 번 하고 그녀는 가게 안으로 들어갔고 나는 지켜서 있었다.

그녀의 아버지인 것으로 짐작되는 중년 남자의 목소리가 밖에까지 들려왔다. 왜 늦게 다니냐고, 흔히 아버지가 다 큰 딸에게 하는 잔소리 같은 것들이었다. 어쩌다 한 번 늦은 걸 갖고 너무 한다고, 지지 않고 툴툴거리는 채수희의 목소리도 밖으로 흘러나왔다. 나는 마치 천국의 입구에 서 있는 듯한 묘한 감정으로 그곳에 우두커니 서 있다가 돌아섰다.

53

이제 나의 두 번째 사랑에 관해 쓰려고 한다. 그 사랑은 첫사랑과는 달랐다. 달라도 너무나 달랐다. 지금 생각해 보면 나의 첫사랑은 나의 이상을 상대에게 투영한 것이 아니었을까 생각한다. 물론 사랑이란 어느 정도 상대에 대한 환상이 있을 때 이루어지는 것이고 나이가 어릴 때는 더욱 그럴 수 있다. 한번 사랑에 눈이 멀면 그를 있는 그대로 보지 않고 그의 세계에 빠져들어, 그의 불완전한 부분까지 장점으로 미화시켜버린다.

그 사랑에서 빠져나왔을 때, 그를 알게 되었다. 그 사랑은 뜨겁다거나 설렌다거나 하는 것 없이 다가왔다. 마치 추적추적 내리는 가랑비에 어느새 옷이 젖어버리는 것처럼, 나는 그에게 익숙해졌다. 내가 그를 사랑하게 된 결정적인 이유를 한 마디로 말하라고 한다면 이렇게 말 할 수 있을 것 같다. 그에게는 내가 필요했다고…

소녀 취향이 있는 나이 어린 여자들이 종종 사내다움의 상징이랄 수 있는 빗나간 남자에게 반하기도 하는데, 나는 전혀 그렇지 않았다. 나는 그가 어둠의 세계에서 남들이 기피하는 일을 하며 살아가는 사람이었기 때문에 그에 대해 알려고 하지도 않았고 그를 나와 무관한 사람으로 만들려 무던히 노력했다.

하지만 운명이란, 인연이란, 아무리 부정하려고 하더라도 언젠가는 맺어지는 것인가 보다. 그는 내게 구원의 신호를 보냈다. 그렇다. 그것은 SOS였다. 그렇다고 그가 대놓고 내게 그런 식의 이야기를 한 건 아니었지만, 그가 내게 했던 행동들, 말, 편지… 그런 것들은 일관되게 내게 말하고 있었다. 내겐 네가 필요하다고…

그 사랑을 받아들이면서 첫 번째 사랑과 어떻게 다르며, 첫 번째 사랑의 어떤 부분에 문제가 있었는지를 알게 되었다. 사랑이란 서로에게 다가가는 것만이 전부가 아니다. 상대를 변화시켜야 하고, 그 변화의 방향이 좀 더 밝고 긍정적인 쪽이어야 하는 것이다. 그래야만, 설령 사랑이 깨지더라도 좋은 기억으로 남겨지는 것이다. 저 사람은 내가 사랑하는 사람이기 때문에 어떻게 행동하더라도 상관없다라고 하는 식의 사랑은 나중에 잘못되었을 때 서로에게 회복하기 어려운 상처를 남긴다.

그 사람이 현재 어떤 일을 하고 있고 어떤 처지에 놓여 있는지와는 상관없이, 나로 인해 변화하고 있다면 그것을 붙잡아야 한다. 내가 그를 위해 할 일이 있고 그가 나를 절박하게 필요로 한다는 것은 나 자신에게 새로운 삶의 의미를 부여했다. 나도 변화하는 것이다.

그런 시각으로 그를 바라보니, 전에는 안 보이던 것들이 보이기 시작했다. 그는 기본적으로 드라이한 사람이고, 이성보다는 감정이 앞서는 사람이다. 아마 그런 면이 그를 그 세계로 이끌었을 것이다. 하지만 자꾸 만나고 교류하면서 알게된 게 하나 있었다. 그의 내면에는 어린아이 같은 면이 있다는 것이다. 그렇다고 자기 멋대로라는 의미가 아니다. 그 세계에서 그

나이까지 살아왔다면 온갖 세상 풍파를 다 겪었을 것임에도 그의 내면에는 천진스러운 부분이 있었다.

언젠가 그는 말했다.

"나는 깡패가 안 되었다면 보일러 수리공이 되었을 거야. 언젠가 내가 사는 아파트에 보일러가 고장 나서 보일러 수리공을 불렀는데, 그가 일하는 모습이 묘하게 흥미로웠어. 보일러만 잘 고치면 누가 뭐라는 사람도 없을 것 아냐. 보일러 수리공은 선택 받은 직업이야. 내가 볼 때 보일러 수리공은 전생에 좋은 일을 많이 했기 때문에 그 직업을 갖게 된 것 같아."

또 그는 말했다.

"나는 군대를 안 갔다와서 군생활이 어떤지 전혀 몰라. 그런데 군대를 안 갔어도 민방위 교육은 받아야 했어. 커다란 강당 같은 곳에 천 명이 넘는 사람들과 함께 교육이라는 걸 받는데 말이야. 그때 영화를 틀어줬어. 우리나라의 역사와 발전상 같은 거였어. 그런데 그걸 보고 있자니 우리나라가 잘 되어야 한다는 생각이 들면서 눈물이 흐르는 거 있지? 깡패가 애국심에 눈물을 흘린다는 게 나 스스로가 생각해도 웃겼어."

투박하고 거친 커다란 바위 속에 반짝반짝 빛나는 보석이 존재할 수 있는 것처럼, 그에게는 그만의 개성이 있었다. 그것이 나의 호기심을 발동하게 만들었고 다음에는 관심이 생겼고 그다음에는 사랑의 감정이 싹트고, 사랑의 감정은 조금씩 자라더니 어느새 가지를 내고 잎을 틔워 나를 사로잡은 것이다.

"그래요? 그게 바닥이 고르지 못하면 그럴 수가 있어요. 아무튼 죄송하고요. 제가 바로 가서 확인하겠습니다."

아버지가 진땀을 흘리며 전화를 받고 있었다. 열흘 전에 모 학원에서 책상과 의자를 30개씩이나 대량 구매를 했는데, 가구 공장과 학원 사이에 중개를 맡은 아버지는 짭짤한 수익을 거둔 만큼 뒤처리로 신경을 꽤 써야 했다. 학원장이 여자였는데, 나도 여자이기는 하지만 대개 전문직 여성들이 그러하듯이 결벽증에 가까울 정도로 완벽을 요구해서 벌써 몇 번이나 애프터서비스를 해줘야 했다. 오늘도 또 무슨 문제가 생겼다고 전화를 걸어와 아버지를 호출한 것이다.

"제가 같이 가드릴까요?"

상대가 여자라 대처가 어렵다고 푸념하던 게 생각나 내가 도움을 자청한 것이다. 아버지는 내가 동행하면 정말로 도움이 되겠다고 생각한 듯 거절하지 않았다.

"그래줄래?"

나는 아버지가 운전하는 트럭을 타고 20분을 달려 문제의 학원에 도착했다. 도대체 어떤 여자인가 하고 봤더니 외모에서도 까탈스러움이 묻어나왔다. 큰 키에 둥그런 금테 안경을 쓴 모습의 도회적인 여자였다.

"개강이 일주일 밖에 안 남았는데, 큰일 났어요. 의자가 도무지 수평이 안 맞잖아요. 보세요. 이렇게 흔들려서 어떻게 수업을 하겠어요?"

학원장은 신경질적인 말투로 의자를 흔들어보였다. 아버지는 일단 알겠다고 말하고 쪼그려 앉아 의자가 정말로 수평이 안 맞는지 확인을 해 보았다. 하지만 내가 대충 살펴봐도 의자에 무슨 문제가 있는 것처럼 보이지는 않았다.

"사장님 이 정도는 어느 회사 제품이나 마찬가지예요."

아버지의 말에 학원장의 눈꼬리가 치켜올라갔다.

"어머머? 그럼 이제 와서 나 몰라라 하시겠다는 거예요?"

186

"아니죠. 정말로 문제가 있다면 교환이라도 해 줘야겠지만 이 정도는 어쩔 수가 없다는 거죠."

"이렇게 흔들리는 데 어떻게 그냥 넘어가요?"

아버지는 난감하다는 듯 잠시 고민을 하다가 말했다.

"정 그러시다면 내가 손을 좀 볼게요."

"그래주세요."

학원장의 까탈스러움이 생각만큼 심하지는 않았는데, 어쩌면 내가 있어서 그랬을지도 모르겠다. 아무리 안하무인의 여자라도 딸자식 앞에서 상대를 막대하기는 어려웠을 것이다. 그리고 나 자신이 여자라서 그렇게 생각하는 것이겠지만 아무래도 여자의 일처리 방식이 남자와 같을 수는 없을 것이고, 까다로운 만큼 다른 면에서는 장점도 있다고 생각한다.

아버지는 연장을 가져와 의자를 거꾸로 세워놓고 장도리로 쾅쾅 내려치기 시작했다. 한두 개도 아니고 30개나 되는 의자를 일일이 그런 방식으로 수평을 맞추는 일은 내가 봐도 중노동이었다. 나 나름대로는 아버지를 거들어주려고 분주히 움직였는데, 별 도움이 되지는 못한 것 같다. 오전에 시작한 일은 중간에 점심을 먹고 오후에 접어들어서야 끝났다.

다시 돌아가는 차 안에서 미안한 마음이 살포시 들었다. 그 오랜 시간 동안 함께 살면서 아버지가 밖에서 어떻게 일을 하는지는 자세히 알지 못했다. 집에 고급 가구를 들이는 집들은 다 중산층 이상의 계층들이라 요구사항도 많을 것이다. 아버지가 그들의 비위를 맞추려면 자존심 상하는 일도 적잖이 있었을 텐데, 나는 그동안 그런 쪽으로는 생각을 해보지 못했던 것이다. 대학을 졸업한지 1년이 넘어가는 데 아직 취업을 못한 일이 새삼 신경 쓰였다.

"네 엄마에게 이야기 듣기로는 새로운 애인이 생긴 것 같다던데… 맞냐?"

이성을 사귀는 일은 정말 숨기기가 어려운 일인가 보다. 김범주가 나보다 10살가량이나 많은데다가 직업도 특수한 사람이라 부모님에게 어떻게 설명을 해야 좋을지 몰라 말을 안 하고 있었는 데 엄마는 도대체 어떻게 알았을까. 내가 잠꼬대 하는 걸 엿 듣기라도 한 것인가.

"그냥… 관심 있는 사람은 있어요."

"뭐하는 사람인데?"

바로 대답하기 곤란한 질문이 날아왔다.

"좀… 달라요."

"흑!"

아버지는 차를 급정거시켰다. 그렇다고 영화에서처럼 갑자기 도로 한복판에서 급브레이크를 밟은 건 아니고, 마침 신호등 앞이었다.

"또 사상이 이상한 사람이냐?"

"그건 아니에요!"

"그럼?"

진땀이 흘렀다. 물론 대충 둘러대면 넘어갈 일이겠지만 어차피 나중에라도 알게 될 일이기 때문에 어느 정도는 사실대로 이야기해야 한다고 생각했다.

"세상에는 여러 종류의 사람이 있잖아요? 그렇죠? 그 사람들이 다 가치관이나 살아가는 방식이 다른 거잖아요."

"그래서 뭐 하는 사람인데?"

"청소년기를 좀 불우하게 보냈나 봐요."

"설마 건달은 아니겠지?"

188

"비슷해요."

"흑!"

아버지는 밥먹다가 돌을 씹었을 때 같은 소리를 내며 신호가 바뀌었음에도 차를 출발 시키지 않고 그대로 정지해 있었다. 화를 내지도 않고 나를 쳐다보지도 않고 시선을 앞에 고정 시킨 채 운전대를 붙들고 멍하니 앉아 있는 아버지는 넋이 빠진 듯 보였다.

"아버지? 괜찮으세요?"

뒤차들이 빵빵거리기 시작하자 정신을 차린 아버지는 다시 차를 출발시켰다. 차가 한적한 도로로 접어들었을 때 아버지가 조용히 말했다.

"네가 태어났을 때 점쟁이를 찾아가 사주팔자가 어떤지 한 번 봤어. 그런데 점쟁이가 5분 동안 심각한 표정으로 너의 사주를 들여다보더구나. 그러더니 이렇게 말했어. 무슨 살이 있다고. 그 살 때문에 남들과는 다른 인생을 살 거라고. 이제 보니 일리가 있는 것 같다."

그런가, 하고 나는 생각했다. 사주를 제대로 본적은 없지만 내가 생각해도 내 인생이 다른 사람과는 확실히 다른 것 같다. 겨우 26살이 되었을 뿐인데도 이렇다면 앞으로 남은 인생은 어찌 풀릴지 나 자신도 예측할 수 없었다.

"아버지, 모래시계 재밌게 봤다고 했죠?"

그 당시 최민수라는 걸출한 배우가 깡패로 출연한 모래시계라는 드라마가 선풍적인 인기를 끌었었다.

"최민수 말이에요. 깡패지만 의리 있고 매너 좋고 인간성도 좋잖아요."

"드라마와 현실이 같냐?"

"때론 드라마 같은 현실도 존재하는 거예요."

"좋다! 그런데 그 드라마의 마지막이 어떻게 끝나디?"

갑자기 말문이 막혔다. 모래시계의 마지막은 슬픈 비극이었다. 주인공인 최민수가 사형을 선고 받고 형장의 이슬로 사라졌던 것이다.

"아버지! 그건 드라마니까 그렇죠!"

아버지는 깊은 한 숨을 내쉬며 침묵 모드로 접어들었다. 그러나 어찌되었건 어려운 숙제 하나를 끝냈다는 안도감이 들었다. 김범주를 부모님에게 어떻게 소개해야 좋을지 몰라 고민하고 있는 와중이었는데, 일단 가장 큰 걸림돌인 그의 직업 문제를 솔직히 털어놓았으므로 그를 나의 애인으로 공식화하는 첫발은 내딛은 셈이 된 것이다.

집에 도착하자마자 성나라로부터 전화가 걸려왔다. 그녀는 다짜고짜 긴 한숨부터 내쉬었다.

"푸후! 사는 게 팍팍하니 친구 생각할 틈도 없는 건 이해하겠다만 이러다가 영영 남남이 되는 거 아닌가 모르겠어서 말이야."

그러고 보니 친구들이 뭉친 것도 1년이 넘어가는 것 같다. 나이 드는 탓도 있을 거고 다들 짝이 맺어지다보니 친구 생각할 틈이 적어진 탓도 있을 것이다. 하지만 동성친구는 남편, 혹은 애인과는 전혀 다른 이유로 만나는 것이다. 애인에게 못 하는 이야기도 친구에게는 털어놓을 수가 있지 않는가.

내가 동조하자 성나라가 나머지 두 명에게도 전화를 돌려 약속이 정해졌다. 박희준이 결혼 후 집들이도 제대로 못 했다는 그럴 듯한 핑계가 있어 그녀의 집에서 만나기로 했다. 성나라는 어디 조용한 커피숍을 원했지만 박희준이 고집을 부려 그녀의 집으로 장소를 정했다는데, 정작 그녀가 고집을 부린 이유는 따로 있음을 그곳에 가서야 알게 되었다.

"갈비찜은 선물 들어온 게 있어서 해 봤고, 스테이크는 그냥 마트에서

파는 걸로 했어. 낙지볶음은 어제 저녁에 우리 신랑 해 주고 남은 게 있어서 했고 아귀찜은 이번에 학원에서 배운 거라 한번 해봤어, 호호호."

박희준은 '너무 잘했다고 질투까지는 하지 말아줘'라는 뉘앙스가 담긴 부끄러운 미소를 세 명의 친구들에게 지어보였다.

"아니? 이걸 다 언제 했니? 너 정말 결혼하고 달라졌구나!"

"와! 진짜 음식 잘하는 유명한 식당에 온 것 같아!"

성나라와 조영미는 누구랄 것 없이 찬사를 연발했다. 당연했다. 아직 먹기 전이니까! 언제나 그렇지만 박희준의 요리는 비주얼이 죽여준다. 본격적인 식사가 시작되고 아직 채 맛을 제대로 음미하기 전의 5분 동안은 나도 너한테 배워야겠다느니 이래서 여자는 결혼을 해야 한다느니 하는 찬사가 계속되었다.

하지만 식사가 계속되면서 찬사는 띄엄띄엄 줄어들더니 어느 순간부터 어색한 침묵이 식탁을 뒤덮었고, 그 후 성나라는 아침을 늦게 먹고 나왔다는 핑계를 대며 숟가락을 놓았고, 조영미는 요즘 뱃살이 나오는 것 같아서라는 핑계를 대고 숟가락을 놓았다. 이 와중에 나까지 그럴 수가 없어서 '그럼 나 혼자 배터지게 다 먹어야겠네!'라고 오버하며 박희준을 위기에서 구출해주려 최선을 다했다. 나중에 셋이 집으로 돌아가는 길에 성나라와 조영미는 너무 달아서 억지로라도 먹기가 힘들었다고 고백했다. 젠장, 그럼 난 뭐람?

식사가 끝나고 테라스로 가서 차를 마셨다. 박희준이 내 온 커피를 마시며 밖을 내다보니 가로수에서 떨어진 낙엽들이 거리에 흩날리고 있는 게 눈에 들어왔다. 계절은 정말 어김없다. 벌써 가을이고 얼마 있으면 겨울… 그리고 한 해가 가고 새로운 해가 시작되겠지.

"다들 알고 있니? 우리 넷이 처음 만난 게 벌써 10년이 됐다고."

조영미의 진지한 말에 성나라가 놀란 듯 되물었다.

"10년? 정말이니?"

"고등학교 1학년 때 같은 반으로 만났으니 햇수로 딱 10년이지."

그랬다. 여기 모인 네 명은 고등학교 1학년 때부터 3학년까지 내내 같은 학급에 편성이 되었다. 박희준과는 그녀가 수학을 천재적으로 잘해서 내가 틈틈이 문제 풀이를 부탁하면서 친해졌고, 조영미와는 매점에서 주전부리를 함께 사 먹으며 친해져 1학년 내내 셋이 어울렸으며, 성나라는 1학년 때는 그냥 급우 정도의 사이였다가 2학년 때 그녀의 소개로 Y단체의 청소년 모임에 참여하면서 친해졌다.

"다들 바쁜 건 알겠지만 그렇더라도 1년에 한두 번은 만나야 하는 거 아냐? 나도 막상 결혼하고 나니 애 키워야지 남편 챙기고, 시댁 챙겨야지, 정말 눈코 뜰 새 없이 바쁘지만 시간을 쪼개서라도 우리들의 우정은 지켜야 한다고 봐. 친구라도 안 만나면 도무지 낙이 없지 않겠어?"

성나라의 말에 다들 고개를 끄덕였다. 맞는 말이다. 서로 흉금을 터놓을 수 있고, 이해관계 없이 웃고 떠들 수 있는 오랜 친구는 인생에서 정말 소중한 것이다.

박희준이 성나라의 말에 동의를 표했다.

"수희까지 결혼을 눈앞에 두고 있으니 이제 다들 가정을 갖는 건데, 정말 무슨 수를 내지 않으면 얼굴 보기 힘들겠어."

성나라가 눈을 반짝였다.

"수희가 결혼을? 언제? 누구랑? 그 깡패 두목?"

깡패 두목이라는 말이 심하게 거슬렸지만 꾹 참고 고개를 끄덕였다.

"그렇게 됐어."

"잘 생각했어. 요즘 같은 세상에 직업의 귀천이 어딨니?"

이상하게 성나라의 말은 도무지 나를 위한 조언으로 들리지가 않았다.

"우리 작은 외삼촌이 젊었을 적에 밀수범이었잖아. 감옥에서 10년 살고 나온 다음에는 개과천선해서 지금은 애 낳고 잘 살아."

더는 듣고 있을 수가 없었다.

"밀수범? 왜 하필 밀수범과 비교를 하니?"

"호호호! 그냥 외삼촌 생각이 나서 말한 거야. 삐졌니?"

"됐어!"

성나라는 부리나케 수습에 나섰다.

"괜히 말이 이상한 쪽으로 흘렀는데, 내가 오늘 하고 싶은 말의 요점은 다들 결혼을 했어도 우리의 우정을 영원히 계속 간직하며 살았으면 좋겠다는 거야."

다들 고개를 끄덕이며 동의를 표했다.

"그런데 나이가 어릴 적에는 모르겠지만 나이가 들어서 일부러 시간을 쪼개는 게 여간 어려운 게 아니잖아? 그래서 우리 네 명이 만날 수 있는 동기 부여를 할 필요가 있을 것 같았어. 그렇다고 계 같은 걸 할 나이는 아니고, 대신 해외 여행을 목표로 정하고 보험을 들면 어떻겠니? 매년 일정 금액을 적립하면 5년 후에 함께 해외의 유명 여행지에서 풍족하게 휴식을 취할 수 있는 상품이 새로 나왔다고 하더라고."

성나라는 가방을 열어 팸플릿을 꺼냈다.

"내가 무슨 보험 영업이라도 하는 줄 오해할 수도 있겠는데, 그게 아니라 지인의 부탁이 있기도 했고, 우리 네 명을 결속시키는 데 딱 맞는 상품이라서 소개하는 거야."

아무도 말이 없었다.

"별로니? 그럼 해외 유명 뮤지션들의 콘서트를 관람하는 상품은 어떠니? 이건 보험료도 저렴한데다가 비행기 비즈니스 클래스와 유명 호텔에서의 숙식을 제공한다고 해. 이것도 별로야? 알았어, 그냥 지인의 부탁이 있고 해서 말이야, 호호호!"

조년은 나중에 생활이 어려워지면 친구도 인신매매단에 넘길지 몰라, 라는 말이 입 밖으로 나오려는 걸 간신히 참았다. 성나라가 무슨 다른 의도를 갖고 오늘의 모임을 주선했다고는 누구도 믿고 싶지 않았다. 아니, 설령 그렇다고 하더라도 그녀의 오지랖이 아니면 네 명이 모이기 힘들다는 걸 잘 알기 때문에 모두가 그러려니 하고 넘어가 주었다.

그날 집으로 돌아가는 길에 조영태의 전화를 받았다.

"흠흠, 잘 지내지? 나도 물론 잘 지내지! 내가 요새 연애를 하느라 바빠서 말이야. 하하하! 내가 연애한다고 하니 이상하냐? 그렇게 됐어. 소가 뒷걸음에 쥐 잡는다고 말이야. 나한테는 과분한 여자를 만났지 뭐야."

뜬금없이 자기 애인 생긴 이야기를 왜 나한테 하는지 이해 못 할 일이었지만 어쨌거나 잘된일이라고 축하해 주었다.

"너도 보면 놀랄 거야. 정말 예쁜 데다가 싹싹해서 말이야. 이 여자를 만나고 보니 지금까지 왜 내가 다른 여자에게 한 눈을 팔았는지 이해가 안 되고 한심하다는 생각이 드는 거 있지?"

그 다른 여자가 나였다는 거야, 뭐야? 슬슬 그가 내게 전화를 건 목적이 의심스러워지기 시작했다.

"역시 자기 짝은 따로 있는 거였는데 말이야. 여자친구가 생겨서 이제

194

하는 일도 잘 될 것 같고 앞으로 쭈욱 해피한 일들만 계속 될 것 같아, 하하하!"

나는 더 들어주는 게 바보 같다는 생각이 들어 알았다고 하고 통화를 정리했다. 어쩌면 조영태는 자신에게 애인이 생겼다는 걸 내가 알면 질투심을 느낄거라고 생각했던 건지도 모르겠다. 그런데 정말로 애인이 생기기는 한 걸까? 그러면 잘된 일이겠지만 어쩐지 공연한 말 같다는 생각이 떠나지 않았다.

전철에서 내려 집으로 걸어가다가, 문득 오늘 김범주와 한 번도 통화하지 않은 게 생각났다. 그의 프로포즈를 받고 서로의 목소리도 안 듣고 넘어간 날은 하루도 없었다. 그가 내게 전화를 거는 게 보통이었고, 내가 그를 원할 때는 문자를 보내면 그가 전화를 걸어주고는 했다.

'오빠, 밥 먹었어?'

문자를 보내면 5분도 지나지 않아 전화가 걸려오기에 이번에도 그러겠지 하고 전화벨 소리를 기다렸는데, 이상하게 10분… 20분이 지나도 잠잠했다. 나는 집에 거의 다 도착했을 때 그에게 전화를 걸었다. 하지만 신호만 가고 받지 않았다. 시간은 저녁 8시였다. 사무실에 있을 시간이기에 이번에는 한국관 사무실로 전화를 걸어보았다. 하지만 이번에도 신호만 가고 받지 않았다. 처음 있는 일이었다. 별일이 있을 리 없다고 생각하면서도 마음 한 켠에 불안이 싹텄다.

54

"이것 좀 먹어, 배고플 텐데…"

맞은 편의 오 형사가 주머니에서 김밥 한 줄을 꺼내 테이블위에 올려놓았다. 그때까지는 생각을 못하다가 막상 김밥을 보니 갑자기 허기가 느껴지는 듯 해, 몇 개를 손으로 집어먹었다. 경찰서 취조실 치고는 분위기가 꽤 밝은 편이었다. 아마 이 경찰서가 지어진지 몇 년 안 되어 그럴 것이다.

"너 잘 뛰더라."

오 형사는 씨익 웃었다.

"어려서 육상을 좀 해서요."

"어쩐지…"

오 형사의 나이를 가늠해 보니 나보다 서너 살쯤은 위일 것 같았다. 강력계 소속이라서 그런지 경찰답지 않게 팔목에는 금빛의 팔찌가 걸려 있었다.

"우리 서로 안 피곤하게 하자. 오케이?"

"그래야죠."

"조승수가 다 불었으니까 네가 발뺌해 봐야 고생만 한다고."

"내가 원래 거짓말을 못하는 사람이니까 걱정 안 해도 돼요."

"그래?"

오 형사는 다시 한 번 미소를 지었다. 그러나 평범한 미소가 아니라 '놀고 있네'라는 의미가 담긴 조소처럼 내게는 보였다.

나는 조승수와 담판을 지으러 전라도의 전주까지 내려갔다가 경찰에 체포되었다. 전주로 가는 열차 안에서 동행한 차동만이 도시락을 두 개 사왔는데, 하필 유통기간이 지난 도시락이었다. 바로 교환하기는 했지만 왜 하필 우리가 산 것만 그 모양이었던 건지 찜찜했다. 어쩌면 지금과 같은 상황을 예견하는 상징이 아니었던가 싶다.

조승수와의 연락은 차동만이 맡고 있었다. 두 사람은 예전부터 막역한 사이였다. 전주역에 내려, 차동만이 조승수와 통화를 주고 받았다. 경찰의 추적을 받고 있는 조승수는 조심스러워 하며 30분 뒤에 연락을 주겠다고 했다. 그래서 역에서 기다리며 나는 조승수와의 협상을 머릿속에 그려보았다. 어차피 경찰이 수배를 하고 있다면 언제 잡혀도 잡힐 것이므로, 그를 이용해 이 사건을 무마하려는 것이 나와 안영표의 생각이었다. 불법 도박장에서의 사소한 트러블로 사건을 축소하려는 것이다.

그것을 잘 알고 있는 조승수는 10억을 요구해왔다. 그의 입장에서는 어차피 감옥을 갈 것이기 때문에 AYP로부터 거액을 뜯어내는 게 낫다고 본 것이다. 나는 10억은 무리고, 3억가량에 쇼부를 볼 생각이었다. 이 정도라면 안영표도 어쩔 수 없다고 생각하고 내놓을 것이라고 보았다.

30분이 지나도 연락이 안 와 나는 차동만에게 연락을 해 보라고 지시했다.

"완산동에 있는 완산 공원에서 2시에 만나기로 했습니다."

지금이 11시였으므로 3시간이 남아 있었다. 시간이 많이 남아 전주 시내를 관광하고 그 유명하다는 전주비빔밥으로 점심을 먹었다. 식당을 나와 택시를 타고 약속 장소에 갔다. 완산 공원은 인공적으로 조성된 공원이 아니라 야트막한 봉우리의 산 전체를 공원으로 조성한 곳이었다. 바로 그 입구에 전주 한옥마을이라는 유명한 관광지가 있어, 나와 차동만은 관광객인 것처럼 그곳에서 시간을 보내다가 3시가 다 되었을 때 완산 공원 입구로 갔다.

공원의 입구에는 나무로 만들어진 커다란 안내도가 서 있었다. 바로 그곳이 조승수와 만나기로 한 곳이었다. 3시 정각이었으므로 안내도 앞에 나란히 서서 조승수가 나타나기를 기다리고 서 있었다.

"저기 오네요."

차동만이 손가락으로 가리키는 곳을 쳐다보았더니 그곳에는 5명쯤 되는 등산객 남자들이 걸어오고 있었고 그보다 몇 발자국 앞의 오른편으로 신사복을 입은 조승수가 이쪽을 향해 손을 흔들며 걸어오고 있었다. 몇 년 전 본 적이 있음에도 막상 얼굴을 보니 기억이 안 났다. 조승수와 간단히 악수를 하고 공원 입구에 있는 커피숍으로 걸어가려다가 문득 이상한 생각에 힐끗 뒤를 살폈더니 조금전 조승수의 뒤쪽에서 걸어오던 5명의 등산객들이 이쪽을 향해 걸어오고 있는 게 보였다. 등산객이라면 당연히 반대편의 산길로 가야 맞는 것이고, 등산객치고는 표정들이 너무 심각했다. 그 순간 동물적인 예감이 확 들었다.

"경찰이다."

나는 조승수와 차동만에게 알리고, 뛰기 시작했다. 그러자 내 직감대로 등산객으로 위장한 형사들은 바로 나와 두 명을 쫓기 시작했다. 나는 비탈

길을 달려서 한옥 마을을 가로 질러 뛰었다. 숨이 턱 밑까지 차올랐고 두 다리가 마비되는 듯했다. 이렇게 허무하게 끝낼 수는 없다고 계속 생각했다. 언젠가는 파멸이 오리라 늘 생각해왔다. 하지만 지금은 아니다. 채수희의 얼굴이 눈앞에 어른거렸다. 지금 잡히면 다시는 그녀를 만날 수 없을지 모른다는 절박한 생각에 나는 더욱 필사적으로 뛰었다.

한옥마을이 끝나는 지점에는 화단이 있고 그 앞을 철책이 막고 있었다. 나는 몸을 날려 철책을 뛰어넘었다. 하지만 다리가 걸려 화단 위를 뒹굴었다. 몸을 일으켜보려 했지만 다리가 움직여주지 않았다. 두 명의 형사가 달려와 나를 덮쳤다. 그들은 나의 얼굴을 바닥에 처박고 양 손을 뒤로 넘겨 수갑을 채웠다. 나는 경찰차를 타고 밤새 달려 서울의 경찰서로 왔다.

"김범주! 우리 서로 얼굴 붉히지 말고 쉽게 가자."

오 형사는 자세를 고쳐 앉으며 내게 말했다.

"노효만을 폭행한 이유가 뭐야? 물론 너 혼자 한 일은 아닐 것이고, MJ의 나문석 회장 지시지? 물론 중간에는 AYP 보스인 안영표가 있을 거고. 내 말 맞지?"

경찰이 아니더라도 유추할 수 있는 내용이었다. 경찰이 노리는 건 역시 MJ 나문석이었다. 대기업 회장을 잡아야 생색이 날 것이다.

"잘못 짚으셨네요. 어디서 무슨 이야기를 들었는지 모르겠지만 나는 노효만이라는 사람을 알지도 못하고 MJ니 나문석이니 하는 말도 처음 들어요."

"조승수가 다 털어놨어. 네가 노효만 폭행하고 납치했다고."

"그 사람이 왜 그런 말을 했는지 모르겠지만 나는 모르는 일이니 죽이건 살리건 마음대로 하쇼."

"그럼 조승수를 왜 만나려고 했어?"

"예전에 알던 사이인데 할 말이 있다고 해서 만나려고 했을 뿐이에요."

"좋은 말로는 안 되겠군!"

오 형사가 정색을 했다. 그의 취조 방향을 가만히 들어보니 구체적인 내용은 전혀 모르고 있는 듯했다. 나는 안영표에게 노효만이 MJ측과 접촉중이라는 정보를 들은 바가 있었다. 그렇다면 현재 경찰도 노효만으로부터 기자 회견 내용 이상의 것은 얻어내지 못하고 있을 가능성이 높았다. 내가 입을 다물면 이들은 난처해질 것이다. 노효만을 폭행한 것조차 잡아떼기는 했지만 조승수가 붙잡힌 이상 그것까지 모르쇠로 일관할 수는 없고, 그때 가서 적당한 핑계를 댈 생각이었다.

"김범주, 잘 생각해서 대답해야 해. 네가 수사에 협조해주면 우리도 구태여 너를 잡아넣을 생각은 없어. 너의 대답 여하에 따라 바로 집으로 갈수도 있다고. 알겠어?"

달콤한 유혹이었다. 아마 누구라도 이 상황에서는 흔들릴 것이다. 채수희가 다시 눈앞에 어른거렸다. 이 사람이 진심으로 하는 말이라면 나는 당장에라도 집에 돌아갈 수 있다는 것이다. 그러면 이전의 생활로 돌아갈 수 있다. 하지만 내 입에서는 마치 흔들리는 나 자신을 곧추세우기라도 하려는 것처럼 정반대의 대답이 흘러나왔다.

"나도 그러고 싶습니다. 하지만 아는 게 있어야 대답을 하죠. 안 그래요?"

"정말 이럴 거야?"

"씨발, 그러니까 마음대로 하라고!"

"어리석은 놈!"

오 형사는 나를 노려보고 취조실을 나갔다. 그 후 다른 형사가 들어와 나의 범죄 혐의를 추궁했다. 조승수를 취조해 얻은 정보를 바탕으로 노효만의 폭행과 납치에 내가 개입했음을 밝혀내려는 것이었다. 노효만에 대한 폭행과 납치는 정황 증거가 너무 분명해 빠져나가기 어렵겠으나, 나중에 자백하더라도 일단 버틸 때까지는 버텨야 한다는 생각에 묵비권을 행사했다.

그날 밤 구속영장이 신청되었고 다음날 구속이 결정되었다. 나는 경찰서에서 호송차를 타고 유치장으로 갔다. 생애 두 번째 감옥생활의 시작이었다. 첫 번째는 고등학교 2학년 때 학교 교사를 폭행하고 소년원에 들어갔을 때였다. 20년의 시간은 감옥조차 변하게 만든 듯 했다. 구치소의 시설이나 교도관의 언행 같은 것이 그때와는 비교할 수 없이 달라져 있었다. 구치소의 시설도 현대적이었고 교도관들은 사근사근한 존칭을 사용하고 있었다.

교도관을 따라 구치소에 들어가자, 거구의 사내가 벌떡 일어서더니 내게 90도로 상체를 숙여 인사를 해왔다.

"형님!"

"누구지?"

"형님 저 모르시겠어요? 양재동 망치라고 하면 알겠죠?"

"알겠다! 기억난다! 이름이 박용식이었지?"

"맞아요, 형님!"

내가 25살로 AYP의 전신인 불나방파에 있을 때 양재동에서 독고다이로 주먹을 잘 쓰는 친구가 있다고 해서 직접 만나 불나방으로 픽업을 해 온 일이 있었다. 혼자 5명을 상대한 적도 있다는 데, 종종 망치도 휘두른다고 해서 망치라고 불렸다. 내 밑에 몇 년 있다가 AYP로 조직이 개편될 무렵 자신은 적응을 못할 것 같다며 조직을 떠났었다.

"뭣들 하고 있어? 씨부랄 것들아, 어른이 오셨으면 인사를 해야지!"

박용식이 일갈하자, 구경만 하고 있던 수감자들이 벌떡 일어나 내게 상체를 숙여 인사를 했다.

"됐어, 뭐 자랑이라고…"

"이리로 앉으시죠."

당연하다는 듯이 나는 구치소의 가상 상석에 '모셔졌다.' 한국 사회가 인맥으로 연결되어 있는 것처럼 건달 세계도 마찬가지다. 이 방안의 수감자는 모두 6명이었는데, 나와 박용식을 비롯한 4명이 주먹 세계에 있는 건달들이어서 중간 보스인 내가 자연스럽게 왕초 대우를 받았다.

박용식과 이야기를 해 보니 그는 강남의 신흥 조직인 벌떼파에 들어가 최근까지 활동했다고 한다. 구치소에 온 사연은 조직과는 상관이 없었다. 그는 아파트에 사는 데, 바로 위층에서 층간 소음이 심하게 들려 항의하러 뛰어올라갔다가 싸움이 붙어 딱 한 대 가볍게 친 것이 턱뼈에 금이 가는 바람에 구속 되었다는 것이다. 내 구속 사유를 묻기에 나도 도박장에서 시비가 붙었다고 대충 이야기를 해 주었다.

밤새 취조를 받은 피로가 몰려와 일단 잠을 청했다. 하지만 잠은 오지 않으면서 가슴이 답답했다. 과연 언제까지 갇혀 있을지 감이 안 왔다. 구속 기간만 몇 달이 될 것이고 실형을 선고받으면 최소 몇 년은 썩어야 한다. 그렇다면 채수희와의 결혼은 물거품이 되는 것이며, 새로운 인생 계획도 포기해야 한다. 하지만 희망이 전혀 없는 건 아니다. 내가 조직을 위해 총대를 매면 AYP에서는 나의 석방을 위해 나서줄 것이다. 그렇다고 판사까지 움직일 수는 없겠지만 괜찮은 변호사를 선임해 가벼운 형을 받도록 도움을 줄 것이다. MJ의 나회장이 노효만의 매수에 성공한다면 사건은 대폭 축소될 수도 있었다. 내가 건달임에 비해 전과가 한 번 밖에 없었기 때문에 잘하면 집행유예로 빠질 수도 있었다. 그렇더라도 당분간은 이곳에서 나갈 수 없다.

다음날 기성범이 면회를 왔다. 보통 드라마나 영화에서는 수감자와 면회 온 사람이 큰소리로 대화를 나눌 수 있는 것처럼 묘사가 되고는 하는데, 실제로는 육성이 아니라 마이크와 스피커를 통해 대화를 나누어야 하며, 대화 내용도 녹음이 되어 재판에 관련된 이야기는 피해야 한다.

"형님 고생 많으십니다."

기성범은 눈물을 훌쩍거렸다.

"됐어, 어쩔 수 없는 일이잖아."

"영표 형님이 곧 나오게 만들거라고 하셨어요."

"그래야지."

"하필 형님 결혼을 앞두고 이런 일이…"

"내가 팔자가 세잖아."

"어제 한국관으로 전화 왔었어요."

"누가? 채수희가?"

"네."

그녀가 나를 찾았다는 말을 들으니 가슴이 뛰고 조바심이 생겼다.

"뭐라고 했어?"

"일단 출장갔다고 둘러댔죠."

"잘했어. 다음에 또 전화가 오면 갑자기 중요한 일이 생겨 외국으로 갔다고 해."

"네."

막상 그렇게 말을 하고 나니 지금의 상황에서는 적절한 방법이라는 생각이 들었다.

"형님, 몸 잘 챙기세요."

"물론이지."

"형님 나오면 제가 한턱 쏠게요. 바닷가로 가서 형님 좋아하는 회하고 쐬주 한 잔 해야죠."

"고맙다."

내 걱정을 해 주는 기성범을 보니 눈물이 핑 돌았다. 룸살롱 지배인 시절부터 함께 했던 친구였기에 친형제처럼 서로를 잘 아는 사이였다. 몇 마디 더 주고 받고 면회시간이 다 되어, 기성범은 내게 상체를 꾸벅 숙여 정중한 예를 표하고 면회실을 나갔다.

다음날 오전에는 변호사와의 면담이 있었다. 변호사를 만나는 장소인 변호사 접견실은 면회 장소와는 전혀 달랐다. 3평의 비교적 넓은 공간에 테이블과 의자가 있었고, 밀담도 가능해서 변호사와 마주앉아 솔직한 이야기를 나눌 수가 있었다.

"송정인이라고 합니다."

명함을 주기에 읽어보니 문외한인 내게도 익숙한 대형 로펌 소속의 변호사였다. 간단한 인사를 나누고 그는 바로 본론으로 들어갔다.

"경찰서에 들렀다가 오는 길인데, 노효만에 대한 폭행 및 납치는 인정하시는 편이 유리합니다."

"그래요?"

"그렇습니다. 다만 노효만이 주장하는 투약 및 강제 정신병원 입원은 증거가 없기 때문에 재판과정에서 인정 받기 어려울 겁니다. 그렇다면 단순 폭행 정도로, 잘하면 집행유예도 가능합니다."

내가 예상했던 시나리오였다.

"조승수 씨가 운영하는 도박장에 들렀다가 트러블이 생겼다고…"

송정인은 교도관 눈치를 보며 말끝을 흐렸다. 나는 그가 원하는 바를 알아차렸다. 무조건 부인하기 보다는 단순 폭행 사건으로 축소하자는 것이다.

"그렇죠. 도박장에 들렀다가 시비가 붙어서…"

"그럼 쌍방 폭행 가능성도 있겠네요."

"네, 그쪽에서 시비를 걸어서…"

"의뢰인께서도 맞았고…"

"그렇죠. 나도 맞았고…"

"그러니까 조승수 씨가 운영하는 도박장에 게임하러 갔다가 노효만이라는 사람과 시비가 붙은 거죠?"

"그렇죠."

"노효만 씨가 기자회견에서 주장한 내용은 전혀 근거가 없는 것이고…"

"그럼요."

역시 대형 로펌의 변호사답게 머리 회전이 빨랐다. 처음 경찰에 체포되었을 때의 암담함이 차츰 사라지고 올가미에서 벗어날 수 있다는 희망이 생기기 시작했다. 다음날 검찰에 가서 조사를 받을 때 나는 송정인과 말을 맞춘 내용대로 자백을 했다.

"노효만을 폭행한 건 사실입니다. 하지만 그건 우발적인 일이었습니다. 평소 친분이 있는 조승수의 도박장에 게임을 하러 갔다가 시비가 붙었습니다."

검사는 쓰게 웃으며 물었다.

"시비? 갈비뼈가 부러지고 졸도까지 했다는데?"

"나도 다쳤습니다."

"납치는?"

"납치라니요. 요즘 그런 게 가능합니까? 어디 조용한 곳에 가서 합의를 하려고 했던 거예요. 그걸 납치라고 합니까?"

"노효만의 주장은 이상한 약을 투약 해서 정신병원에 강제 입원까지 시켰다는데?"

"영화 같은 이야기네요. 나는 전혀 모르는 일입니다."

"그럼 조승수는 왜 몰래 만나려고 했어?"

"몰래라니요? 백주 대낮에 후배를 만나는 것도 안 되나요?"

"잘도 둘러대는군!"

검사는 내 말을 전혀 안 믿는 듯했지만 딱히 다른 증거를 제시한 건 없었다. 노효만이 MJ에 매수된 게 확실한 듯 했다. 경찰과 검찰은 냄새는 나는데, 증거가 없으므로 수사에는 한계가 있을 수밖에 없을 것이었다. 게다가 시간이 지나면서 매스컴에서는 이 사건을 더 이상 중요하게 다루지 않고 있다는 이야기를 변호사로부터 들었다.

나는 감방으로 돌아와 다소 홀가분한 기분으로 드러누웠다. 내 옆의 박용식도 바로 어제 최조를 받았다고 하는 데 상대가 합의금을 세게 요구해서 아무래도 쉽게 못 나갈 것 같다며 긴 한숨을 내쉬었다.

"형님은 어떨 것 같아요?"

"변호사가 잘 하면 집행유예라는데 어떨지 나도 모르지."

"변호사가 그랬으면 집행유예네요."

"그러면 좋지."

늦은 오후가 되자 아직 식사도 안 했는데, 모두가 드러누워 잠을 자거나,

아니면 그냥 뒹굴뒹굴하며 시간을 보내고 있었다. 폭력으로 들어온 마민
호가 '사랑의 미로'라는 노래를 흥얼거렸다. 적어도 올해 안에는 나갔으면
좋겠다는 생각이 간절하게 들었다. 상황은 분명히 좋아졌다. 하지만 아직
장담은 할 수 없었다.

55

"해외 출장이라고요? 어디로 갔다는 거죠?"

"저희도 자세히는 모르고요. 갑자기 긴급한 일이 생겼다는 말만 들었어요."

"그래서 언제 오는데요?"

"조만간 오실 겁니다. 조금만 기다려주세요."

목소리만으로도 언젠가 만난 적이 있는 김범주의 부하라는 걸 알 수 있었다. 그의 목소리로 미루어 그도 내가 김범주의 애인이라는 걸 알고 그렇게 대답 하는 것 같았다. 첫 번째도 그랬고 이번에도 그는 김범주가 갑자기 중요한 사정이 생겨 해외에 갔다는 대답을 반복했다. 그곳이 어딘지, 이유가 무언지, 언제 오는지… 그런 것에 대해서는 모른다는 대답으로 일관하고 있었다.

전화를 끊고 나니 머릿속이 어수선해졌고 혼란스러워졌다. 아무리 긴급한 일이라고 하더라도 내게 일언반구도 없이 떠나버린다는 건 말이 안 되는 일이었다. 말이 안 되는 정도가 아니라 있을 수 없는 일이었다.

우리는 어려서부터 매사에 긍정적인 자세를 견지하라고 배웠다. 하지만 어떤 이해할 수 없는 일이 닥쳤을 때 긍정적으로 받아들이기보다는 부정적인 생각을 먼저 하는 게 보통의 사람이다.

나도 그렇다. 김범주가 연락두절되고 행방도 묘연했을 때 가장 먼저 떠오르는 생각은 '내가 이 사람에게 차인 거 아냐?'라는 것이었다. 물론 내가 그와 사귀기로 결심했을 때는 그럴 사람이 아니라는 확고한 믿음이 있었기 때문이었다. 그런데 이런 상황에 처하고 보니 그동안 그에 대해 내가 알고 있었던 것들이 모래성처럼 허물어져 버리고 전혀 다른 이미지가 떠오르는 것이었다.

그럴 리가 없다고, 정말로 피치 못할 사정이 생겼을 거라고, 마음 한 켠에서 기대와 희망이 남아 있기는 했지만 이미 한 번의 쓰라린 배신을 경험한 뒤였으므로 마치 운명이라도 되는 것처럼 나는 또다시 사랑에 실패했다는 생각이 들풀처럼 마음을 온통 뒤덮어, 그에 대한 믿음이 설 자리는 거의 없었다.

처참한 자기 모멸감이 솟구쳐 몸서리가 쳐졌다. 한 번도 아니고 두 번씩이나… 나는 왜 이런 말도 안 되는 상황에 처하는 것인가. 마치 마음의 어딘가에 쇠꼬챙이 같은 것이 있어서, 숨을 쉬고 움직일 때마다 그것이 폐부를 찌르고 있는 것 같은 고통이 들고 일어났다. 아직 분명한 건 없다, 이럴 때일수록 침착해야 한다,라고 하는 냉철한 이성으로 지탱해 보려 했지만 기다려봐야 소용없고 더 나빠질 것이다,라고 하는 생각이 힘을 얻어 나의 자존감은 사정없이 무너져내리고 있었다.

아무리 기다려도 그에게서 연락은 없었고, 달리 해 볼 수 있는 것도 없었다. 무작정 집 밖으로 나갔다. 박희준에게 연락을 했더니 그녀도 내 문제에 버금가는 골치 아픈 문젯거리에 직면해 있었다.

"우리 시어머니 미친 거 아니니? 사사건건 간섭을 하는 통에 스트레스가 장난 아니야. 우리 신랑이 지금 회사가 좀 어렵거든. 그런데 그게 내가 내조를 잘 못해서 그렇다는 거야. 이게 말이 되니? 그럴려면 왜 결혼을 시켰지? 그냥 자기가 데리고 살지. 어떻게 해야 좋을까?"

내 이야기는 꺼낼 틈도 없이 박희준의 하소연만 10분 넘게 들어주다가 위로랍시고 몇 마디를 해주고 통화를 끝냈다. 성나라나 조영미에게는 연락할 생각이 들지 않았다. 전화번호부를 살피다 보니 조영태라는 이름에 시선이 고정되었다. 그의 나에 대한 일방적인 구애를 번번히 거절해 놓고 지금처럼 아쉬울 때 그를 찾는 건 너무나 이기적이라는 생각이 들었지만 어차피 사람은 이기적일 수밖에 없어서인지, 그의 이름을 누르고 말았다. 내가 외출했다가 생각이 나서 전화를 걸어봤다고 했더니 그는 지금 회사라고 했다.

"제대로 취직을 한 건 아니고 선배가 다니는 회사에 잠깐 사람이 필요하다고 해서 말이야. 그런데 네가 웬일로 나한테 먼저 전화를 했어? 혹시 애인과 잘 안 되어 나한테 하소연이라도 하고 싶은 거 아냐?"

"천만에! 잘못 짚었어!"

"아니면 어딘가에서 내가 오늘 월급을 받는 날이라는 정보를 들은 건 아냐?"

"오늘이 월급날이야?"

"응!"

"잘됐다! 술 사줘!"

"술? 못 마시잖아."

"1년에 한 번은 마셔."

"오늘이 그날?"

"그래."

"1년에 한 번 마시는 술을 나한테 부탁하는 게 어쩐지 으스스하네."

갑자기 화가났다.

"그럼 관둬!"

휴대폰 폴더를 덮자마자 바로 전화가 걸려왔다.

"미안! 네가 갑자기 전화를 해 와서 그랬어. 나 6시에 끝나니까 이쪽으로 6시 30분에 오면 만날 수 있어."

나는 알았다고 하고 시내의 백화점에서 아이쇼핑으로 시간을 보내다가 그의 회사가 있다는 강남으로 갔다. 전철역에서 밖으로 나오자, 마치 영화관에서 영화가 끝나고 불이 켜졌을 때처럼, 갑자기 현실감이 밀려들었다. 수많은 젊고 화사한 남녀가 마치 세상에서 내 인생이 가장 재밌다고 과시하기라도 하는 것처럼 당당한 모습으로 거리를 활보하고 있었다. 그 모습이 내게는 10살 이상 연상인데다가 남들이 기피하는 어두운 세계의 남자에게 배신당한 가련한 여자는 땅만 쳐다보고 다니라고 강요하는 듯 보였다.

강남역 근처에서 조영태를 만났다.

"회사는 무슨 일 하는 회사야?"

"벤처라고 부르는 IT 계통 회사야. 선배가 창업했다고 직장 구할 때까지 당분간이라도 있으라고 해서 하고 있는데 내가 맡은 일은 그냥 알바 수준이야."

"그래도 뭐라도 하는 걸 보니 좋아 보여."

"내가 인간관계를 망치지는 않은 모양이야. 이런 자리라도 얻을 수 있는 걸 보면."

"망치다니! 넌 그 방면에서는 천재잖아."

"천재까지야!"

조영태를 따라 호프집으로 들어갔다. 맥주를 주문하고 나란히 앉아 있자니 쑬쭘하다는 생각이 문득 들었다. 누군가를 만나지 않으면 견딜 수 없어서 만나자고 했던 건데, 그가 아무리 편한 상대라고 하더라도 이성인 이상 내 속마음을 털어놓기는 주저할 수밖에 없었고, 그렇다고 뜬구름 잡는 이야기나 나누다가 헤어진다면 더 이상할 것 같은, 그런 애매한 상황이 되었다. 그러나 일단 맥주를 한 잔 마시자 워낙 주량이 세지를 않아서인지, 긴장이 풀어지면서 나도 모르게 김범주에 관한 이야기를 털어놓게 되었다.

"뭐라고? 그 사람이 갑자기 사라졌다고?"

"열흘째야. 연락도 안 되고 연락도 없어."

"그것 참 이상하네."

"나 차인 거지? 그렇지?"

"나야 모르지!"

"솔직하게 말해줘. 남자가 갑자기 연락을 끊을 때는 상대가 싫어져서지? 그렇지?"

그렇게 채근하면서도 조영태가 단호하게 맞다고 대답을 하면 상처를 받을 것 같아 내가 생각하지 못한 그런 대답을 해 주기를 은근히 기대했다.

"그건 잘 모르겠고… 넌 이상하게 남자 문제가 무지하게 꼬인다."

"나한테 문제가 있을까?"

"그러니까 나처럼 신체도 건강하고 정신도 건강하고… 대한민국의 평균적인 남자를 만나야지!"

"맞는 말이야."

내가 동의를 하자 조영태는 갑자기 침묵하며 나를 지그시 바라보았다. 벌써 맥주 두 잔을 마신 탓인지 그의 그런 시선이 싫지 않았다. 아니, 정확히 말하면 배신의 상처로 누더기가 된 마음이 그를 새롭게 보도록 하고 있다고 표현하면 맞을 것이다. 그러나 반대로 생각하면 내가 이런 처지가 되어야만 이성으로 보이는 남자이기에 그렇지 않을 때는 감당할 수 없다는 말이 되는 것이다.

"나 정말… 몸을 가누기 힘들 정도로 힘들어."

"너의 이런 모습은 처음 본다."

"솔직히 말할게. 만일 네가 지금 내 손을 붙잡고 아무 곳이나 가자고 하더라도 거절할 수 없을 것 같아."

조영태는 고개를 저으며 말했다.

"만일 너를 갖는 게 중요하다면 지금이 기회겠지. 그렇다고 너를 지켜주고 싶어서라거나 그런 건 아니야. 네가 날 정말로 사랑해서 이러는 게 아니라는 걸 알아. 만일 내가 너의 이런 약한 순간을 이용해서 널 갖는다면 지금까지의 좋은 친구 관계도 사라져버릴 거야."

조영태에게 이런 면이 있었나? 혹시 멋있게 말해서 점수를 따려는 건 아닐까? 나는 고맙다고 말하고 그만 일어서자고 했다. 택시를 타고 집으로 돌아오자마자 쓰러져 잠이 들었는데 아침에 일어나고 보니 어제의 어두운 기분은 상당 부분이 사라졌고 설령 내가 또다시 배신을 당했더라도 어쩔 수 없지 않느냐는 배포 같은 것이 생겼다.

그리고 깨달은 것이 하나 있었다. 내가 외롭고 힘들다고 다른 누군가에게 위로 받으려 하는 것은 절대로 좋은 선택이 아니라는 것이다. 혼자서는 도저히 감당할 수 없기에 다른 누군가에게 속마음을 털어놓고 싶은 것은 인지상정이겠지만, 그것은 또 다른 문제 거리를 양산하는 선택일 가능성이 농후한 것이다. 세상에는 조영태처럼 배려심 있는 사람만 있는 것이 아니다. 그렇게 생각하고 보니 어제는 정말 위험했다는 생각이 들었다.

아침을 먹고 가게에 나가서 앉아 있을 때 뜻밖의 사람으로부터 전화를 받았다. 휴대폰이 아니라 가게에 있는 일반 전화로 걸려온 전화였다.

"선배님! 저 모르겠어요? 김준성이요!"

바로 생각이 안 나서 머뭇거렸다.

"아니 벌써 저를 잊으셨나요? 마차의 김준성이라고요!"

그제야 생각이 났다. 내가 몸담았던 연극 동아리 마차의 후배였다.

"오랜만이야. 어떻게 지내?"

"저 복학하고 마차의 회장이 됐어요. 동아리 멤버들이 제가 아니면 할 사람이 없다고 하는 바람에…"

"그랬구나."

"초청장은 받으셨어요?"

"초청장? 무슨?"

"분명히 보냈는데…"

나는 카운터의 우편함을 뒤져보았다. 그곳에는 Y대학 연극 동아리 마차에서 내 앞으로 보낸 초청장이 있었다.

"미안! 지금에야 봤어!"

"그동안 침체기였잖아요. 기라성 같은 선배님들이 다 졸업을 해 버려서 공연도 전혀 못하고 동아리가 없어질 위기에 처했더랬어요. 그래서 제가 회장을 맡으면서 심기일전해서 이끌어보려고요. 새로 공연도 하고요. 선배님들을 모시고 조촐하게 새출발 하는 자리를 마련했어요. 다음주 월요

일이요. 참석하실 거죠?"

나 자신이 혼란스러운 탓일까. 마차의 후배로부터 전화를 받았고 초청을 받은 것 자체가 어떤 식의 그리움을 불러일으켰기에 나는 흔쾌히 가겠다고 했다.

연극에 빠져 열정을 바치던 대학시절이 떠올랐다. 불과 몇 년 전임에도, 마치 10년 이상 지난 것처럼 아득하게 느껴졌다. 만일 생계 문제만 어떻게 해결이 가능하더라도 연극을 계속 지망했을 것이다. 사실은 단지 먹고 사는 게 어렵기 때문에 그 길을 가지 않았던 건 아니다. 연극판에서 들려오는 소리들은 생계의 어려움만이 아니었다. 빽 없고 돈 없이 그 길을 걸으려면 여러 가지 부당한 처우를 견뎌야 한다는 소리를 숱하게 들어 도저히 엄두가 안 났던 것이다.

"새로 만나는 사람 있는 것 같더니, 어떠니?"

어느새 엄마가 옆으로 와 카운터 정리를 하며 내게 슬쩍 물었다. 그냥 물어보는 게 아니라 마치 내 문제를 다 알고 있으니 감춰봐야 소용없다고 말하는 듯이 느껴졌다.

"그냥 뭐…"

"잘 안되지? 내가 뭐랬니. 세상에 별난 남자 없어. 좋은 남자란 여자 속 안 썩히고 한 눈 안 파는 남자야."

"알았어."

"엄마 친구중에 은행에서 근무 하는 아들이 있대. 네 이야기를 슬쩍 꺼내봤더니 관심을 보이더라고. 어때? 한 번 만나볼래?"

다른 때 같았으면 됐다고 퉁명스러운 대답을 했을 텐데 이상하게 싫다는 말이 안 나왔다. 그렇다고 당장 만나겠다고 한 건 아니지만, 어떤 사람인지 만나보는 정도는 괜찮지 않을까라는 생각이 슬며시 들었다.

"요즘 같이 어려울 때 은행처럼 안정된 직장 다니는 남자 흔치 않아."

나는 나중에 이야기 하자는 말로 여지를 남겨두었다.

마차의 동아리 사무실은 예전 그 장소에 그대로 있었다. 다만 내부 인테리어가 확 달라져 있었다. 전에는 좋게 말하면 고풍스러웠고, 솔직히 말하면 구닥다리 분위기였으나, 지금은 새로 입주한 벤처 사무실처럼 반짝반짝 빛이 나는 분위기였다.

내가 들어서자 뜻밖에도 반기는 사람이 꽤 있었다. 김준성의 노력 때문이겠지만, 내가 활동할 때 활동하던 그때의 멤버들이, 몇 명만 빼고는 모두 자리하고 있었다. 그들과 인사를 하고 근황을 주고 받았는데 학교를 졸업하고 연극판에 들어간 멤버는 없었다. 동아리 회장이었던 안창수는 생뚱맞게도 정수기 회사의 영업팀장으로 일하고 있다고 했고 열성 멤버여서 연극판에 꼭 들어갈 것이라고 생각했던 조영제는 PC방을 차렸다고 하고, 희곡을 잘 썼던 한순애는 방송국의 드라마 작가 과정을 밟고 있다고 했다. 물론 그들은 모두 현실의 벽에 가로막힌 상태로, 마음속에는 아직 연극에 대한 열정이 뜨겁게 타오르고 있을 것이었다.

"선배님들! 자주 좀 뵙자고요. 내년 초에 공연하는 작품도 있어요. 그때도 초청장 보내드릴 테니 다들 꼭 참석해 주세요!"

김준성의 적극성이 미더워보였다. 사무실의 인테리어가 현대적으로 바뀐 것도 그의 노력일 것이다. 극단의 변화를 가장 잘 드러내는 건 공연할 작품의 성격일 것이므로 나는 그에게 다음 작품에 대해 물었다.

"공연할 작품은 정해졌어?"

"몇 가지 아이템이 있는데요. 유력한 작품 하나는 수행자에 관한 거예요."

"구체적으로?"

김준성은 나름 진지하게 설명했다.

"어떤 여자가 있어요. 이 여자는 세속적인 사랑에 인생의 모든 것을 걸어요. 하지만 남자에게 두 번씩이나 배신을 당해요."

두 번씩이나 배신당한 여자가 주인공이라는 말에 신경이 곤두섰다.

"좌절한 여자가 방황하다가 머리를 깎고 비구니가 되어 인생의 의미를 깨달아가는 이야기예요. 어때요?"

"넌 여전하구나!"

"네? 별로인가요?"

"요즘 여자들이 얼마나 약은데 두 번이나 배신을 당하겠니?"

"그런가!"

"하여간 별로 안 와닿네."

창가로 다가가 보니 그 앞의 소파에 깊숙이 파묻힌 남자가 눈에 들어왔다.

"채수희! 오랜만이군!"

나를 발견하고 빙그레 웃으며 일어선 남자는 장하림이었다. 그의 포스는 여전했다. 어쩌면 스타 연예인은 만들어지는 게 아니라 태어나는 것인지도 모르겠다. 그가 연예인 이외의 직업을 갖는다는 게 상상이 되지 않았다.

"선배님! 오랜만이에요!"

"전보다 훨씬 성숙해졌는 걸. 연애라도 하나?"

"연애할 여유도 없어요."

"그래?"

"그럼요. 백수 생활을 빨리 청산해야 되는데 큰 일 났어요."

"연기는 안 해?"

"누가 시켜줘야죠. 게다가 지금 제 나이면 늦었잖아요."

"진짜 연기자는 나이에 크게 구애를 안 받는다고."

"바람 넣지 마세요. 자신 없어요."

장하림은 지갑에서 명함을 꺼내 내게 건넸다.

"내가 회사를 하나 만들었는데 나중에라도 한 번 놀러오라고."

"고맙습니다만, 그럴 일이 있을지는 모르겠어요."

"인연이 된다면!"

"넵!"

장하림은 소파에 걸쳐 놓았던 청재킷을 집어서 걸쳐 입고 인사도 없이 동아리 사무실을 나갔다. 김준성이 그가 나가는 걸 뒤늦게 발견하고 불러 제꼈으나, 그는 뒤도 안 돌아보고 손을 공중으로 흔들며 계단을 내려갔다. 그야말로 바람 같은 사나이라고 부를만한 모습이었다. 나는 마지막까지 자리를 지켰고 회식자리에까지 참석 했다. 딱히 바쁜 일이 없어서이기도 했지만 학창시절의 낭만을 다시 상기하는 것으로 머릿속의 혼란을 잠재우고 싶었기 때문이다. 아무래도 졸업한 선배들이 다수 있다 보니 대화는 과거의 추억담으로 흘러갔다. 공연중에 실수했던 일, 선배들에게 기합받은 일, 공연 제작비 구하느라 고생했던 일… 그런 과거의 추억들을 되새기며 화기애애하게 웃고 떠들었다.

그러나 그들과 헤어지고 돌아오는 길에는 다시 우울이 찾아왔다. 그것은 단지 김범주에게 배신당했다는 단 한 가지 이유만이 아니라, 내 인생이 총체적으로 문제가 있고 나의 삶의 방식과 사랑의 방식에 결정적인 문제가 있어, 지금까지 그래왔던 것처럼 앞으로도 계속 이런 식의 시행착오 속에 살지도 모른다는 예감에 기인한 것이었다.

그런 기분으로 집에 도착해 가게 문을 열고 들어갔는데 며칠 전에 김준성이 보낸 초청장을 나중에야 발견한 일이 생각나, 카운터 한쪽의 우편함을 뒤적여보았다. 그런데 그곳에는 내 앞으로 온 국제 우편이 한 통 있었다. 주소와 이름이 영문으로 타이핑 되어 발신자를 바로 확인 못했는데, 자세히 들여다보니 그것은 김범주로부터 온 편지였다.

수희, 내가 갑자기 사라져서 놀랐지? 정말 미안해. 하지만 어쩔 수 없었어. 한국에서 사소한 문제가 생겨 다급히 출국할 수밖에 없었고, 법적인 문제로 휴대폰도 사용을 못하고 국제전화도 할 수가 없어서, 도저히 연락할 방법이 없었어. 마치 우리의 사랑을 누군가 방해하기로 마음 먹은 것처럼 일이 안 좋게 꼬여버리고 말았어. 자세한 설명을 할 수 없는 내 입장을 이해해줘.
나는 지금 모나코에 와 있어. 이곳에 아는 선배가 있어서 말이야. 수희는 노심초사 하고 있을 텐데, 나는 한가하게 외국 여행이나 하고 있다고 생각하니 정말 마음이 괴로워. 얼마 걸리지 않을 테니 날 용서해줬으면 좋겠어.
그런데 이 모나코라는 나라는 정말 작은 나라더군. 산 정상에 서면 나라 전체가 한 눈에 다 보일 정도야. 어제는 자동차를 타고 해안 도로를 달렸어. 이 도로는 아주 유명한 곳이라, 해마다 이곳에서 세계적인 자동차 경주 대회가 열린다더군. 물론 수희와 함께가 아니라 즐겁지 않았어. 언젠가 수희와 함께 이 도로를 달리고 싶다고, 계속 생각했어. 간절하게 말이야.
넉넉잡고 한 달만 기다려줘. 그때가 되면 다시 만나게 될 거야. 다시 한번 사과할게. 미안해, 그리고 사랑해.

56

    내가 갇힌 감방 안에는 나와 박용식 외에 4명이 더 있었다. 한 명은 21살로 주점 종업원으로 일하다가 손님을 폭행해서 들어왔다고 하는데, 폭력사범이라고는 믿기지 않게 수줍고 내성적인 모습이었다. 그런 그를 보면 예전의 내가 생각나고는 했다. 또 한 명은 32살로 양구파라는 폭력 조직의 조직원인데, 유흥가에서 보호비를 받은 것 때문에 붙잡혀 왔다고 한다. 다른 조직이라도 주먹 세계의 서열은 엄격하기에 이 둘은 나와 박용식에게 깍듯이 선배 대접을 하고 있었다.

    나머지 두 명은 잡범이라고 부르는 일반 사범들이었는데, 한 명은 성폭행범이었다. 감방에서 성 관련 범죄자는 같은 수인들 사이에서도 왕따를 당하는데, 그도 그걸 알고 있는지 성폭행이 아니라 합의에 의한 것이라고 주장했다. 나머지 한 명은 경제 사범이었다. 경제 사범이라는 건 법률 용어이고 사실은 사기꾼이었다. 사실 건달들은 다른 잡범들을 우습게보고 함부로 대하는 경우가 많은데, 이 사람은 워낙 말재주가 좋은 편이라 건달들에게도 호의를 샀다.

"내가 사기꾼이라고? 좋다! 내가 사기꾼이라고 칩시다. 그러면 이 대한 민국에 사기꾼 아닌 놈이 누가 있나? 대한민국이 다 썩어문드러졌는데, 나만 고고하게 어찌 사나? 서로 먹고 먹히는 게 이 나라 아닌가? 남이 날 물기 전에 내가 먼저 물어버린 것이지. 그게 왜 죄가 되냐고? 안 그렇소?"

대체로 사회에 대해 불만을 지니고 있는 수감자들은 김영철이라는 이름의 이 사람이 큰소리로 떠들어대는 것에 카타르시스를 느끼고 있었다.

"나처럼 먹고 살기 위해 죄를 지은 사람은 나중에 죽어서도 용서를 받는다 합디다. 대신 국회의원이나 장관처럼 큰 덩어리로 처먹은 놈들은 지옥의 유황불에서 영원히 고통 받는다고!"

밖의 교도관이 듣다못해 창살을 두드리며 주의를 주었다.

"김영철 씨! 그만 좀 해요! 당신 목소리가 다른 감방에까지 쩌렁쩌렁 울리잖소!"

"아이고! 아무리 감방이라도 말은 하고 살아야지!"

"그렇게 잘난 사람이 왜 이런 곳에 왔수?"

"잘난 사람은 감방에 있고 못난 놈은 밖에 있다지!"

"헐!"

교도관도 김영철의 말장난에 할 말을 잃은 듯 했다. 이런 풍경은 과거에는 상상도 못했던 일들이었다. 내가 소년원에 있었던 20년 전의 감옥에서 교도관은 지옥의 사신으로 통했다. 교도관의 지시에 말대답이라도 하면 무자비하게 구타를 당했고 그래도 반항하면 몸이 묶인 채 독방에 가두어졌다. 지금은 교도관이 언행을 잘못하면 바로 고발장이 날아오므로 그들도 조심할 수밖에 없을 것이었다.

김영철은 진짜인지 알 수 없었지만 자신이 부잣집 아들이었다고 자랑을 늘어놓았다.

"내가 지금 이런 몰골로 이런 곳에 있는 걸 보면 지하에 계신 우리 부모님이 대성통곡을 하실 거요. 내가 경기도 용인에서 태어났는데, 요샛말로 금수저라 이 말이요. 초등학교부터 방학이면 해외여행을 다니지 않았겠소. 미국은 내 집 드나들 듯이 드나들었고 유럽은 안가본 나라가 없다 이 말이오! 20대 때까지만 하더라도 부모님이 아직 힘이 있을 때라 오대양 육대주 안 가 본 곳이 없다오!"

"그걸 어떻게 믿어?"

유흥가에서 보호비라는 명목으로 갈취를 하다가 잡혀온 마민호가 의심스러운 눈으로 김영철에게 쏘아붙였다. 김영철은 펄쩍 뛰었다.

"아니, 내가 여기서 왜 거짓말을 하겠소? 거짓말을 해서 무슨 득이 된다고!"

나는 갑자기 생각나는 게 있어 그에게 다가앉으며 물었다.

"외국 여행을 많이 다녔으면 다른 나라에 대해서도 잘 알겠네?"

눈치 빠른 그는 이 감방 안에서 편하게 지내려면 나에게 잘 보여야 한다는 걸 캐치하고 고분고분 대답했다.

"물론이지요."

"그럼 당신이 돌아다닌 나라 가운데 어디가 가장 좋았수?"

그는 과거를 회상하는 듯 천정을 잠깐 바라보며 생각에 잠겨 있다가 대답했다.

"바로 모나코지요!"

"모나코?"

"그럼요. 여행자들 사이에서는 '모나코를 가보지 않은 사람은 여행에 대해 논하지 말라'라는 말이 있을 정도지요."

"그런 말이 있어? 못 들어봤는데?"

"이 지구상에서 가장 로맨틱한 나라가 바로 모나코 아니겠습니까?"

그리고 그는 꿈꾸듯이 말했다.

"지금도 눈을 감으면 그때가 생각납니다! 지중해의 따사로운 햇살을 받으며 모나코의 해안을 걷다보면 여기가 천국이구나! 라는 생각이 절로 듭니다! 아! 그때 죽었어도 좋았을 걸!"

죄목이 사기꾼이라 어디서 본 것을 그럴 듯하게 꾸며서 말하는 것일 가능성도 없는 건 아니겠으나, 그의 표정으로 미루어서는 정말로 모나코를 회상하는 듯 보였다. 나는 그를 내 쪽으로 데려와 모나코에 대해 더 자세한 설명을 하라고 채근했다.

"모나코는 말입니다, 지구상에서 두 번째로 작은 나라입니다. 얼마나 작은지 산 정상에 서서 내려다보면 한 눈에 나라 전체가 싸그리 보인다 이 말입니다. 인구도 4만 명이 채 안 되는 나라인데요, 한 해에 이 작은 나라를 방문하는 여행자가 5백만 명입니다. 이곳에 사는 사람들은 모두 알부자예요. 백만장자가 가장 많아서 3명 가운데 1명이 백만장자라고 들었습니다. 지상 천국이 있다면 바로 여기가 지상 천국 아니겠습니까.

내가 젊었을 때 이곳을 여행하고, 정말 다시 돌아가고 싶지 않았습니다. 하지만 한국에 처자식도 있고 직장도 있어서 돌아올 수밖에 없었어요. 지중해의 따사로운 햇볕을 받으며 모나코의 해안가를 걷고 있을 때 갑자기 '지금 죽어도 좋다'라는 생각이 드는 게 아니겠습니까. 그때 다짐 했습니다. 언젠가는 꼭 이곳에 와서 여생을 보내겠다고. 그런데 이런 처지가 되어 꿈을 이룰지 어떨지 모르겠네요."

나는 모나코라는 나라에 대해 전혀 알지 못했다. 물론 모나코라는 명칭은 어딘가에서 들은 기억이 있었지만 그것이 특정한 나라의 국명인지도 모르고 있었다. 그런데 김영철로부터 모나코라는 미지의 나라에 대한 설명을 듣다 보니 내 속에서는 하나의 이미지가 싹트기 시작했다. 그것은 김영철이 말한 대로 지상천국 같은 곳이다. 흔히 사람들은 자신의 현재가 괴롭고 고통스러우면 가보지 않은 미지의 세계를 그리며 그곳으로 훌쩍 떠나는 상상을 하고는 한다.

하지만 내가 이 나이가 되도록 깨달은 것이 있다면 지금 이곳의 문제를 다른 곳, 다른 사람을 통해 해결하려는 것은 어리석다는 것이다. 왜냐하면 어느 곳이나 정말로 중요한 것은 현실일 것이기 때문이다. 돈이 없으면 어느 곳을 가더라도 마찬가지일 것이고, 만일 돈이 많다면 구태여 다른 곳을 갈 필요가 없는 것이다.

하지만 김영철로부터 모나코에 대해 듣다 보니 어쩌면 그곳은 정말로 다른 곳일 수도 있겠다는 생각이 들기 시작했다. 나는 마치 맹인이 손의 촉감으로 대상의 모습을 어림잡아 추측하는 것처럼, 그에게 들은 정보를 바탕으로 미지의 나라를 상상하고 구체화 시켜나갔다. 그러다 보니 나 자신이 모나코라는 나라를 언젠가 가 본적이 있기라도 한 것 같은 착각이 들었고 나아가서 지금 내가 감방이 아니라 모나코에 있다는 이상한 착각도 언뜻언뜻 들고는 했다.

나는 채수희에게 내가 모나코에 있다는 가짜 편지를 쓰기로 했다. 최초에 이 아이디어는 기성범으로부터 얻었다. 그가 채수희의 전화를 받고 내가 갑자기 해외 출장을 갔다고 둘러댔다고 했는데, 그로서는 궁여지책으로 생각해 낸 것이겠지만 지금의 내 상황에서는 그것이 절묘한 해결책이 될 수 있었다.

피치 못할 사정으로 갑자기 해외에 갔다고 한다면 나의 갑작스러운 연락 두절을 설명할 수가 있게 될 뿐 아니라, 나의 자존감도 지킬 수가 있다. 그렇게 생각을 하고 과연 어떤 나라를 갔다고 해야 좋을지 궁리하는 와중에 김영철로부터 모나코에 대해 알게 되고 그로부터 그 나라에 대한 자세한 설명을 듣고는 바로 이것이다라는 생각이 든 것이다.

나는 나 자신이 모나코에 대해 잘 알고 있고, 나아가서 내가 지금 모나코에 있다는 착각까지 들어, 채수희에게 모나코에 있는 것처럼 편지를 쓰는 일이 어렵지 않을 것 같아졌다. 물론 이것은 거짓말을 하는 것이지만 때로 선의의 거짓말이라는 것도 있는 것이다. 만일 내가 고지식하게 감방 안에 있다고 한다면 그것은 오히려 그녀를 좌절하게 만드는 일이 된다. 물론 영원히 속일 수는 없겠지만 적어도 지금은 아니다.

편지를 보내는 건 어렵지 않다. 일반 면회에서는 불가능하지만 변호사를 접견할 때는 편지 전달이 가능하므로 변호사를 통해 기성범에게 해외 우편으로 위장하도록 지시를 해 놓으면 되는 것이다.

나는 그녀에게 편지를 쓰기 시작했다.

수희, 내가 갑자기 사라져서 놀랐지? 정말 미안해. 하지만 어쩔 수 없었어…

57

청담동에서 박희준을 만났다.

"우리 시어머니 정말 별나다니까. 내가 생일 선물로 가방을 사드렸는데 마음에 안 드는 눈치를 확 주는 거 있지? 유행이 지났다나 뭐라나. 아니, 그 나이가 유행 따질 나이니? 이제 1년도 안 되었는데 이렇게 나오면 앞으로 그 긴 세월을 어쩌면 좋니?"

박희준은 거리를 걸으며 구시렁거렸다. 대충 그녀의 이야기를 종합해보니 시어머니라는 분이 나이답지 않게 유행에 민감하고 신세대적인 감각에 젖어 있는 듯했다. 대개의 시어머니들은 너무 구닥다리라서 며느리와 갈등을 벌인다는데, 박희준은 그 반대라는 것이다.

"신랑 밥 해 주는 거부터 집 안 인테리어까지 시시콜콜 참견을 해서 아주 스트레스가 이만저만 아닌 거 있지?"

"신랑은 뭐래?"

"울 신랑은 이것도 아니고 저것도 아니고 그렇지 뭐. 중간에서 자기만 죽겠다고."

226

"그래도 시어머니인데 네가 맞춰줘야잖아."

"그러고 있으니까 스트레스를 받는다는 거야."

박희준이 시종 시어머니 흉을 보는 통에 내 이야기를 털어놓을 틈이 없었다. 나야말로 진짜 대박의 문젯거리를 안고 있었다. 결혼을 약속한 남자가 갑자가 실종되었다가 모나코에 있다는 편지를 보내온 것이다. 사정이 생겨 그럴 수밖에 없었다는데, 무슨 사정인지도 알 수 없었고 언제 다시 올지도 정확히 알 수 없었다. 물론 그가 나를 배신한 게 아니라는 것은 일단 다행스러운 일이기는 했다. 하지만 사정도 밝히지 않고 열흘간이나 실종 되었다가 뚱딴지 같이 모나코라는 잘 알지도 못하는 나라에서 불쑥 편지를 보내온 남자를 믿어야 할지 어떨지 판단을 내릴 수가 없었다.

정작 이런 문제가 생겼을 때 더욱 해결을 어렵게 만드는 것은 그와 내가 전혀 다른 세계에 속해 있다는 사실 때문이다. 만일 그가 내가 알고 있는 사회적 범위 내에 뿌리를 내린 사람이라면 어떤 식으로건 수소문해서 사실 파악을 할 수가 있을 것이었다. 하지만 그는 내가 알지도 못하고 알 수도 없는 장막 저편의 사람인지라 그가 그렇다고 하면 그런가 보다고 할 수밖에 없었다. 모나코가 아니라 남극에서 물개 사냥을 하고 있다고 하더라도 달리 어떻게 해볼 수가 없는 그런 입장이었다.

"넌 어떠니?"

횡단보도 앞에서 신호를 기다릴 때 박희준이 내게 물었다. 물론 그녀가 묻는 건 내 결혼 문제이다.

"안 좋아. 최악이야."

"정말?"

"그 사람 갑자기 사라졌다가 편지를 보내왔는데 지금 모나코에 있대."

"모나코?"

"그래."

"그럼 십중팔구 그거다."

"뭐가?"

"모나코가 어떤 나라인지 아니? 세계에서 두 번째로 작은 나라인데 국민들이 죄다 알부자야. 관광 산업으로 먹고 살거든. 그런데 이곳이 유명한 이유 가운데 하나가 바로 카지노야. 카지노 산업이 발달을 해서 전 세계의 도박꾼들이 죄다 모나코로 모여든다고 하던 걸. 그러니 그 사람이 지금 모나코에 있다면 백 퍼센트 카지노 때문이라는 거지."

역시 박희준이다. 나는 그렇게까지 자세히는 알지 못했는데, 그녀의 설명을 들으니 퍼즐이 딱 맞춰지는 느낌이 드는 것이었다. 도박에 빠져지내고 있으니 연락할 여유가 없었을 것이고 언제 돌아올지도 자기 자신도 알 수 없는 것이다.

"그럼 난 어쩌면 좋지?"

"뭘 어쩌면 좋니? 헤어져야지! 도박 중독은 알코올 중독보다 더 위험하대."

대부분의 사람은 남의 이성문제에 대해서는 명쾌한 조언을 잘도 내린다. 만일 남이 나같은 입장에서 조언을 구한다면 나 역시 단호하게 헤어지라고 대답했을 것이다. 그러나 당사자는 그처럼 명쾌해질 수가 없다. 설령 도박 중독이 아니더라도 갑자기 사라졌다가 불쑥 편지 한 장으로 안부를 전하는 남자를 믿고 결혼까지 하는 건 바보 같은 일임이 분명하다. 하지만 감정을 가진 사람으로서 나 자신은 그렇게 쿨 할 수가 없다. 어찌 되었건 나를 배신한 게 아니었고, 그나마 편지로라도 나에 대한 사랑과 그리움을 전한 김범주를 믿고 싶어하는 마음이 살포시 고개를 드는 걸 어쩌랴.

"봐서, 아직 확실한 것도 아니니까…"

나는 애매하게 말 끝을 흐렸다.

목적지에 도착했다. 오늘 박희준과 만난 이유는 그녀가 자신의 남편 회사를 함께 구경하자고 해서였다. 그런데 박희준은 자신의 남편이 무슨 일을 하는지에 대해 자세히 모르는 것 같았다. 내가 전에 물어봤을 때 그녀는 '잘 몰라, 컴퓨터로 뭘 하나봐…'라고 얼버무렸다. 하기야 컴퓨터라면 ON스위치 누르는 거 밖에 모르는 그녀나 나나 휙휙 돌아가는 컴퓨터 시대에 적응을 못하기는 마찬가지다.

박희준의 남편 회사는 정부에서 벤처 기업인들의 활동을 장려하기 위해 제공한 건물의 5층에 입주해 있었다. 박희준으로부터 전도유망한 벤처 사업가라는 이야기를 들은 터라 깔끔한 정장 차림이거나, 혹은 서양풍의 티셔츠와 청바지 차림의 남자가 동료들과 진지하게 일에 몰두해 있는 장면을 상상하며 사무실로 들어섰는데, 빡빡 소리가 날 정도로 열나게 담배를 빨아대며 컴퓨터 앞에서 스타크래프트라는, 요즘 시중에 대유행이라는 게임에 열중해 있던 남자가 화들짝 놀라 일어서며 우리를 맞았다.

"아, 어서오세요!"

"아휴 담배 연기! 경민 씨! 일은 안 하고 혼자 담배만 펴대고 있는 거야?"

자신의 친구에게 열심히 일하는 남편을 보여주고 싶었던 박희준은 사업가인지, 아니면 백수인지, 당최 구분이 안 되는 남편 모습에 신경이 곤두선 듯했다. 남자는 부랴부랴 쓰레기 더미들을 치우고 나와 박희준을 테이블로 안내했는데, 이야기를 들어보니 아직 준비 단계인 데다가 투자를 아직 못 받아 직원 채용도 못하고 하염없이 시간만 죽이는 입장이라고 한다.

남자는 모두가 정부 탓이라고 볼멘소리를 해 댔다. 벤처 붐을 일으켜놓고 제대로 안 도와준다는 것이다.

마치 대중을 상대로 정치인이 열변을 토하기라도 하는 것처럼, 그는 한국의 경제 정책을 비판하고, 정치인을 비판했다. 그의 말이 맞는지 틀리는지는 알 수 없었지만 나나 박희준에게 열변을 토해봐야 아무 소용없는데, 왜 저러나라는 생각이 어쩔 수 없이 들고 말았다. 평상시에는 주구장창 게임만 하다가 누가 찾아오면 한국의 경제와 정치를 마구 비판하는 것으로 소일하는 것이 그의 생활이라고는 믿고 싶지 않았다.

"경민 씨, 오늘 그동안 만든 것 보여준다고 했잖아."

"아, 그랬지."

남자는 나와 박희준을 컴퓨터 앞으로 데려가 자신의 사업 아이템을 설명해주었다. 첨단 작곡 프로그램이라는 것으로, 사용자가 허밍으로 노래를 창작하면 컴퓨터가 알아서 악보를 만든다는 것이다. 음표뿐 아니라 반주와 악기까지 자동으로 배열이 된다니, 아이디어는 나쁘지 않다는 생각이 들었다. 하지만 내가 막상 시연을 해 보았더니 프로그램이 제대로 작동도 하지 않았고 그래픽이라거나 조작 방법 같은 것이 너무나 조악해보였다. 남자는 그 모든 것을 정책의 실패 때문이라고 주구장창 주장했다.

"벤처 정책을 일관성 없이 하는 바람에 아무것도 제대로 못 하고 있다고요!"

만일 내가 무슨 이의를 제기하면 그가 더욱 흥분해 히틀러나 뭇솔로니처럼 광적인 일장 연설을 시작할지 모른다는 두려움에 나는 잠자코 듣기만 했다.

"경민 씨! 잘 알겠으니까 그만 하고, 식사나 해요."

박희준은 자신의 남편을 위해 준비한 도시락을 테이블 위에 꺼내 놓았다. 정성은 대단했다. 김밥, 주먹밥, 유부초밥, 햄치즈말이밥… 다양한 메뉴가 네모난 플라스틱 도시락 통 안에 담겨 있었다. 비주얼만으로도 군침이 돌았다.

"이걸 다 언제 했니?"

"늘 이렇게 해주는 건 아니야. 네가 온다고 해서 특별히 더 신경을 썼어."

남자는 입이 헤 벌어졌다.

"사실 예전에는 결혼을 해야 할지 말아야 할지 고민 했는데, 막상 해 보니 정말 하기를 잘했다는 생각이 드네요, 허허."

"정말?"

"물론이지!"

서로 눈을 맞추며 행복해하는 모습을 보니 괜한 질투심이 생겼다. 내 남자는 모나코에서 도대체 뭘 하고 있는 것인가.

박희준은 내가 있는 것도 잊어버렸는지, 김밥을 하나 집어서 남편의 입에 넣어주었다. 남편은 내 눈치를 보며 머슥하게 웃었다. 나는 아무렇지도 않다는 듯이 김밥 하나를 집어서 내 트레이드 마크인 우아함을 잃지 않으려 애쓰며 입에 넣었다. 나와 남자는 나란히 김밥을 오물거리며 씹고 있었는데 그나 나나 서서히 표정이 굳어질 수밖에 없었다. 만일 박희준의 김밥에 이름을 붙여준다면 그것은 '소금김밥'이라고 해야 적당할 것이다. 진짜 입안이 얼얼할 정도로 짰다.

박희준은 눈을 반짝이며 나와 남자의 입에서 칭송이 나오기를 기대하는 얼굴로 앉아 있었다. 하지만 나와 남자는 아무 말도 할 수가 없었다. 맛있다는 말은 도저히 나오지가 않았고 짜다는 말은 차마 할 수가 없었던 것이다. 다행히 다른 메뉴들은 그 정도는 아니라서 최악의 상황은 피해갈 수 있었다.

박희준과 헤어지고 혼자 전철을 타고 오는데 어딘가 허전하고 쓸쓸했다. 사람이란 누군가와 감정적으로 연결되어 있지 않으면 외로워지는 존재인 것 같다. 매일 만나고 매일 사랑을 속삭이지 않더라도, 서로가 서로를 생각하는 것 자체가 삶의 활력소가 되는 것이다.

김범주와 끝내야지라고 생각하면 나는 마치 이 세상 전부로부터 차단되는 듯한 막막함에 휩싸였다. 그러다 보니 그의 행동을 이해하는 쪽으로 생각의 방향이 흘러갔다. 어쩌면 내가 모르는 어쩔 수 없는 문제가 생긴 것인지도 모른다. 사람과 사람 사이에는 어차피 다양한 문제 거리가 있기 마련인데, 문제가 생겼다고 그때마다 헤어짐을 생각한다면 누구와도 인연이 되기 어려울 것이라는 생각도 들었다.

내려야 할 역에 열차가 멎고 전철에서 빠져나와 계단을 올라가기 시작했을 때 나는 결심을 굳혔다. 이번 한 번만… 딱 한 번만… 이해해 주기로. 나는 집으로 돌아와 편지를 쓰기 시작했다.

편지 잘 받았어요. 너무 화가 났고 아직도 다 풀린 건 아니지만 피치 못할 사정이 있어서라고 하니 이번 한 번만 용서해주기로 했어요…

58

검찰청으로 불려가서 취조를 받았다. 양동주라는 이름의 검사였는데 인상부터 깐깐했다. 체구가 작으면서 눈매가 매서웠다. 사실 나는 어려서부터 이런 스타일의 사람과는 물과 기름처럼 어울리지 못했다. 그렇다고 딱히 싸움을 한 적이 있는 건 아니었으나 상대도 나도, 서로를 피하는 분위기가 되고는 했다.

"김범주! 불나방파 행동대장으로 조직 재건에 공을 세우고 불나방이 AYP로 변신하면서 한국관 대표로 취임했지. 이때부터 한국관을 경영하는 한편 각종 이권이 개입된 폭력 사건을 주도했으나 지금까지는 교묘하게 법망을 빠져나가 한 번도 처벌 받은적이 없었음. 그런 당신이 우발적으로 폭행을 했다고? 웃기는 이야기군."

사회가 민주화되면서 검사들도 피의자를 함부로 대할 수 없기에 에둘러 표현했지만 나 같은 건달에 대한 증오심이 그의 말투 속에 짚혀졌다.

검사에게 대들어봐야 이로울 게 없으므로 나는 자세를 낮춰 대답했다.

"검사님! 똑같은 사물을 어찌 그리 부정적으로만 보십니까? 제가 과거에 불나방파라는 조직에서 건달 노릇을 했던 건 인정합니다. 하지만 그 후 조직을 해체하고 AYP라는 정상적인 회사에 몸담으면서 나이트 클럽을 운영했던 겁니다."

"흥!"

양 검사는 내 말을 무시하고 취조를 계속했다. 대략 3시간이 걸렸는데, 사소한 것까지 하나하나 파고들기에 위험한 순간이 몇 번이나 있었다. 하지만 그는 명확한 증거를 제시하지는 못하고 자신의 추론만 앞세웠다. 노효만이 MJ에 매수된 데다가 강회장이 뒤에서 손을 쓰고 있는 마당이라 그도 어려움에 봉착해 있음을 알 수 있었다.

피고인을 심문하는 것은 검사의 역할이지만 피고인 역시 취조 내용을 통해 수사 상황을 개략적으로 파악하는 것이 가능하다. 노효만이 수사에 비협조로 일관하고 있고 조승수 역시 현재 단순 폭행 사건이라고 주장하고 있음이 은연중 드러났다.

양검사는 장시간의 취조에도 별 성과가 없자 취조실을 나가는 내게 굳은 얼굴로 쏘아붙였다.

"단순 폭력 사건으로 빠져나가려는 것 같은데 생각대로는 안 될 거야."

구치소로 돌아오자 박용식이 내 옆에 다가앉으며 물었다.

"형님도 양동주 검사에게 취조 받으셨어요?"

"너도?."

박용식은 고개를 설레설레 흔들었다.

"아주 진을 빼더라고요. 그렇죠?"

"개자식!"

"조직 폭력 전담 검사라는데, 악명이 자자해요."

일단 석방의 희망이 보이는 점에서는 처음보다 좋아졌으나 이 중요한 시기에 감옥에 갇혀 있다고 생각하니 울화통이 터졌다. 벽에 등을 기대고 멍하니 앉아 있으니 저절로 채수희의 얼굴이 떠올랐다. 아마 지금쯤 내가 보낸 편지가 도착했을 것이다. 그녀는 모나코에 체류 중이라는 나의 말을 믿을까? 국제 우편으로 완벽하게 위장을 했을 테니 일단 믿을 것이다. 그다음의 문제는 과연 어떻게 생각할 것인가였다.

내가 여자라고 하더라도 애인이 갑자기 소식을 끊고 장기간 연락이 없다가 불쑥 낯선 나라에서 편지를 보내온다면 황당할 것이다. 하지만 나로서는 달리 선택의 여지가 없었다. 감옥에 있다고는 차마 고백할 수가 없어, 궁여지책으로 모나코에 체류 중이라는 편지를 보내게 된 것이다.

만일 그녀가 도저히 납득할 수가 없어 나를 떠난다고 하더라도 나로서는 어쩔 수 없는 일이었다. 감옥에 있다고 해도 떠날 것이므로, 그것보다는 모나코에 있다고 하는 편이 낫다는 생각에 그렇게 한 것이다. 정말로 여기가 모나코라면 좋겠다고 생각했다. 아름다운 여행지에서 애인에게 편지를 보낸다면 얼마나 낭만적인가.

다음날 뜻밖의 사람이 면회를 왔다.

"고생 많구나."

안영표였다.

"괜찮습니다."

"변호사 이야기를 들어보니 집행유예를 예상한다고 하더라."

"그럼요. 우발적인 폭력 사건이니까요."

잠시 말이 없었다. 안영표로서도 초조할 것이었다. 사건의 전모가 드러나면 그도 무사할 수 없고 조직도 와해될 수밖에 없을 테니 사활이 걸린 문제라고 할 수 있었다.

"영치금 충분히 넣어줬으니까 아끼지 말고 써."

"네."

"지금까지는 잘 해왔어. 앞으로도…"

"알고 있습니다. 걱정 마세요, 형님.

"그래, 믿을게."

그도 나름의 계산으로 면회를 온 것이겠지만 그렇더라도 지금의 내 처지에서 그의 면회는 위로가 되었다. 나 자신이 혼자가 아니라는 생각이 든 것이다. 비록 어둠의 세계 속에서 살았지만 이 세계 역시 다른 곳과 마찬가지로 사람이 사는 곳이다. 남들이 기피하는 삶을 산다고 사람으로서의 도리를 모르는 게 아니다. 단지 살아가는 방식이 다를 뿐이다.

구치소로 돌아왔더니 싸한 공기가 떠돌고 있었다. 폭력으로 들어온 21살의 손기준이 우뚝 서 있고 그 앞에 경제 사범인 김영철이 기가 죽은 모습으로 손기준을 올려보고 있었다. 다른 3명의 수감자들은 멀찌감치 떨어져 구경하는 중이었다.

"왜 그래?"

내가 자리에 앉으며 묻자 박용식이 설명해주었다.

"저 둘이 한 판 붙을라나 봅니다. 어찌되나 구경이나 하려고요"

그러나 내가 볼 때 둘은 상대가 되지 않았다. 일단 손기준은 21살로 젊기도 하거니와 떡대가 대단했고 김영철은 누가봐도 약골이었다. 이야기를 들어보니 김영철이 하도 자기 자랑을 해 대기에 손기준이 욕을 하면서 시비가 붙은 모양이었다. 다른 수감자들은 자기 일이 아니므로 싸움 구경이나 하자는 식으로 앉아 있었다.

김영철이라면 내게 모나코 이야기를 해 준 사람이었다. 그게 아니라면 나도 그의 편을 들어줄 이유가 없었지만 나의 중요한 문제에 대해 해결책을 얻은 사람이므로 위기에서 한 번 구해주기로 했다.

"기준아, 아버지뻘 되는 양반에게 그러면 안 되지."

"이 새끼가 구라를 하도 쳐서 손 좀 봐주려고⋯"

"그래도 그만하고 네 자리로 돌아가."

건달은 건달끼리 통하는 법이었다. 손기준은 내가 보통 상대가 아니라는 걸 알기에 슬그머니 자신의 자리로 돌아가 앉았다. 봉변을 당할뻔 했다가 나로 인해 위기를 모면한 김영철은 그 후 나만 보면 어려워하며 사근사근 하게 말을 붙여오고는 했다.

"혹시 그레이스 켈리라고 들어보셨습니까?"

"뭐 하는 사람인데?"

"1950년대 미국 할리우드 영화계를 사로잡은 미의 여신 아니겠습니까. 5년간 11편의 영화로 일약 최고의 여배우가 되었지요. 그런데 그레이스 켈리를 더욱 유명하게 만든 것은 그녀가 모나코의 왕자와 결혼해 나중에 왕비가 되었기 때문입니다."

나는 모나코라는 말에 혹해서 그의 말에 귀를 기울였다.

"대단하지 않습니까. 여배우가 왕비가 되다니요! 그런데 불행하게도 그녀는 결혼 이후 그다지 행복하지 않았다고 하더군요. 모나코의 왕이자 그녀의 남편인 레니어 3세는 그녀의 연기 활동을 막고 그녀를 모나코라는 나라를 대외에 홍보하는 것에 이용했습니다. 어찌되었건 그녀의 존재로 인해 모나코라는 작은 나라가 전 세계에 널리 알려질 수 있었습니다."

"그럼 지금도 모나코 왕비야?"

"아닙니다. 52세의 나이에 자동차 사고로 죽었습니다."

"저런…"

"선생님이 모나코라는 나라에 관심이 많은 듯하여 알려드리는 것입니다."

"고맙소."

모나코는 알면 알수록 흥미가 생기는 나라였다. 나는 김영철의 말을 듣고 사진으로조차 본 적이 없는 그레이스 켈리라는 이름의 모나코 왕비를 떠올리려 애썼다. 하지만 내 머릿속에 떠오른 여자는 채수희였다. 마치 그녀가 그레이스 켈리라도 되는 것처럼… 나는 지금 모나코에 있고 채수희는 모나코의 왕비이고… 나는 어린아이 같은 상상 속으로 빠져들어갔다.

다음날은 변호사 접견이 있었다. 변호사인 송정인은 검찰에서 다음 주말에 기소 할 것이며, 죄목은 납치, 폭행이라고 했다. 현재 피해자인 노효만이 잠적 상태여서 수사에 한계가 있으므로 더 이상의 죄목은 없을 것이라는 긍정적인 내용을 내게 설명해주었다. 다만 단순 폭행이 아닌 납치 폭행으로 가면 형이 더 무거워질 수 있어, 집행유예를 바라는 이쪽에 불리하다는 것이다.

30분 가량의 접견을 마칠 때쯤, 송정인은 가방에서 무언가를 꺼내 내게 내밀었다. 그것은 편지였다.

"기성범 씨가 이걸 전해달라고…"

나는 아무렇지도 않은 듯 편지를 집어서 품속에 넣었지만 가슴이 뛰고 설레었다. 드디어 채수희로부터 답장이 온 것이다. 사실 그녀가 내게 답장을 보낼지에 대해서는 자신 할 수가 없었다. 그러나 보낼 경우를 대비해야 한다는 생각에 송정인을 통해 기성범으로 하여금 채수희의 동네에 있는 우체국에 잠입해 그녀의 편지를 훔쳐오도록 지시를 내려두었다. 아마 기성범은 부하들을 시켜 내가 시키는 대로 했을 것이다.

변호사와 헤어지고 다시 구치소로 돌아오는 발걸음이 구름 위를 걷는 것처럼 가벼웠다. 아직 편지를 읽어보지 않았지만 이로써 그녀가 나를 외면한 게 아니라는 걸 명백하게 알 수 있게 된 것이다.

내가 감방으로 돌아와 품속에서 편지를 꺼내자, 박용식이 반색을 하며 다가와 앉았다. 박용식은 내가 채수희에게 모나코로 위장해서 편지를 보낸 사실을 알고 있었다. 내가 편지를 쓰는 걸 보고 캐묻기에 대충 설명을 해주었었다.

"형님 그거 뭐예요? 진짜 답장이 온 거예요?"

"답장이지."

"신기하네요. 뭐라고 써서 보냈어요?"

"어딜!"

"아, 예."

내가 싫은 눈치를 주자 박용식은 궁금증을 참고 떨어져 앉았다. 나는 벽에 등을 기대고 편한 자세로 편지를 열었다.

> 편지 잘 받았어요. 너무 화가 났고 아직도 다 풀린 건 아니지만 피치 못 할 사정이 있어서라고 하니 이번 한 번만 용서해주기로 했어요.

마치 그녀가 가까이서 내게 속삭이고 있는 듯했다. 갑자기 눈물이 쏟아질 것 같아, 나는 편지를 높이 들어 얼굴을 가리고 나머지를 읽어내려갔다.

모나코라고 했나요? 나를 영문도 모르고 하염없이 기다리게 만들 어놓고 그런 곳에서 뭘 하고 있을까요? 무슨 사정인지 모르겠지 만 잘 해결되기를 바래요. 그곳이 도박으로 유명하다고 들었는데, 혹시 도박에 빠져 지내는 건 아니겠죠? 아무튼 편지라도 보내줘 서 다행이에요. 잘 지내세요.

59

답장을 써서 그가 보내준 주소를 봉투에 옮겨 적은 후 집을 나서 우체국으로 걸어가면서도, 내가 과연 잘하는 짓인지 모르겠다고 생각했다. 11월 말의 거리는 벌써 싸늘한 겨울 분위기에 젖어 가고 있었다. 대충 걸쳐 입은 점퍼 속으로 이물질 같은 차가운 냉기가 스며들었다.

우체국은 구멍 가게만큼 작은 규모였다. 아니, 정확히 말하면 우체국이 아니라 우편 취급소였다. 유리문을 밀고 들어가자, 우편물을 우송할 때마다 인사를 주고 받는 여직원이 나를 향해 인사를 해와 나 역시 웃으며 응대를 했다. 내가 올려놓은 편지를 가져간 그녀가 내게 물었다.

"모나코에 애인이라도 있나 봐요?"

아니라고 하기도 뭣하고 그렇다고 하기도 뭣 해 나는 그냥 웃는 것으로 대답을 대신했다.

"모나코 정말 괜찮은 곳이라고 하더라고요. 내 남동생이 몇 달 전에 결혼해서 그곳으로 신혼 여행을 갔잖아요. 정말 천국 같은 곳이래요."

정말로 아무 문제 없이 애인에게 보내는 편지라면 그녀의 말에 즐거운 응대를 하겠지만 그게 아니라 오랫동안 소식이 끊어졌다가 불쑥 날아온 편지에 답장을 하는 기묘한 입장이라 달리 할 말이 생각 안 났다.

성나라에게 전화가 걸려왔다. 나의 애인이 갑자기 사라졌다가 모나코에 있다면서 편지를 보내왔다는 이야기를 박희준에게 듣고 확인차 전화를 했을 거라고 생각하며 전화를 받았는데 그게 아니었다.

"요즘 어떻게 지내나 궁금해서 전화해봤어."

"별일 없이 그냥저냥 지내."

성나라에게는 나의 안 좋은 이야기를 털어놓고 싶지가 않았다.

"취직은 안 할 거니?"

"여기저기 이력서를 넣어두고 기다리는 중이야."

사실은 김범주 문제보다 더 화급한 것이 나의 취직 문제였다. 방송국이나 대기업처럼 안정된 곳 위주로 입사 원서를 넣어보고 있는 와중이었는데, 아직 좋은 소식은 들을 수가 없었다. 김범주가 자신이 경영할 매니지먼트사의 기획실장 자리를 제안해서 그것도 괜찮겠다고 생각했으나, 그가 갑자기 모나코로 떠나버려 그것도 어떻게 될지 알 수 없었다.

"집에 있기 심심하지 않니? 뭐라도 하고 싶지 않아?"

"왜? 그럼 뭐라도 시켜줄래?"

"그래서 전화를 해 본 거야. 너한테 어울리는 아르바이트 자리가 있어서 말이야."

"뭔데?"

"행사 사회 보는 거."

"사회? MC?"

"그렇지!"

성나라는 아마 내가 대학 때 연극 동아리에서 활동한 걸 잘 알기에 소규모 행사의 MC 아르바이트를 제안 한 것 같다고 그때는 생각했다. 연극 무대나 행사 무대나 무대에 서는 건 마찬가지라는 생각에 나는 반색을 했다.

"그런 아르바이트가 있었어?"

"할 거지?"

내가 하겠다고 대답하자 성나라는 다음날 오전 8시까지 시내에서 만나자고 약속을 정했다. 나는 마이크를 들고 멋지게 행사를 진행하는 상상을 하며 다음날 성나라를 만나러 갔는데, 그날 하루는 내가 살아오며 경험한 불유쾌한 일들을 모두 합친 것보다 더 최악의 하루가 되어버렸다.

약속장소에 가 보니 성나라는 나타나지 않고 대신 그녀가 전화를 걸어와 잠시 후에 차가 올 테니 그 차를 타면 된다고 속사포 같이 설명을 하고 끊어버렸다. 10분쯤 후에 봉고차 한 대가 나타났는데, 운전석의 남자가 빨리 타라고 손짓을 하기에 차문을 열고 들어가 보니 차 안에는 내 또래의 젊은 여성 3명이 더 앉아 있었다. 그런데 그녀들은 우아하게 MC를 보러 가는 복장이나 분위기가 전혀 아니었고, 분명히 20대의 젊은 여성들이었지만 세상사에 지친 기색이 역력히 묻어나오는 그런 얼굴을 하고 있었다.

운전석의 남자가 대충 아르바이트에 대해 설명을 하는 걸 들어보니 그것은 무대에서 MC를 보는 게 아니라, 흔히 말하는 로드샵 홍보 아르바이트라는 것이었다. 새로 생긴 매장 앞에 서서 마이크를 들고 제품을 홍보하는 여성들이 있는데 내가 오늘 할 일이 바로 그거라는 것이다.

남자는 매장에 한 명 한 명씩 떨어뜨려놓고 마지막으로 나도 떨어뜨려놓았다. 그곳은 안마의자 판매점이었다. 내가 최악이라고 한 것은 일이 힘들다는 차원이 아니었다. 내가 전혀 원하지 않는 일이었다는 것이다. 매장에서 주는 세라복 같은 옷을 입고 종이에 적힌 내용을 바탕으로 길가는 사람들에게 제품을 홍보해야 하는 이런 일을 내가 잘 할 수 있으리라고 생각한 성나라에게 저주라도 퍼붓고 싶은 기분이었다.

그러나 정작 그날을 최악으로 만든 이유는 따로 있었다. 그곳에서 아는 사람을 만났다는 것이다. 그런 모습, 그런 복장으로 말이다! 첫 번째 만난 사람은 고등학교 때의 담임이었다. 내가 남부럽지 않은 가정환경에 남에게 뒤지지 않은 학교 성적이었음을 잘 알고 있는 그분은 '도대체 그동안 무슨 사정이 있었기에 이렇게 된 거니?'라는 듯한 눈으로 나를 쳐다보았고, 나는 그분이 비슷한 사람으로 착각을 한 거라고 생각하며 지나가주기를 간절히 바라며 딴청을 피울 수 밖에 없었다.

두 번째 만난 사람은 내 남동생의 친한 친구였다. 나는 남동생 친구들 사이에서 우아하고 이지적인 예쁜 누나로 통했는데, 길거리에서 응원도구를 흔들며 안마 의자를 홍보 하는 이런 모습으로 그들의 환상을 깨트릴 수는 없다는 생각에, 필사적으로 고개를 돌려 그가 잘못 봤나보다라고 생각하며 지나가주기를 바랐지만 그는 지나가던 걸음을 멈추고 내 쪽으로 다가와 '수희 누나 맞죠?'라고 세 번씩이나 물어보았고, 나는 웃는 것도, 우는 것도 아닌 어색한 얼굴로 '오랜만이네'라고 대답을 할 수 밖에 없었다.

어느덧 4시가 넘었다. 5시가 종료이므로 1시간이 남았다. 이제 더는 아는 사람을 안 만나겠지라고 생각하며 열심히 홍보를 하고 있는데, 종료를 30분 남기고 또다시 낯익은 얼굴이 나타났다.

"안녕하세요? 수희 씨죠? 저 모르겠어요?"

내가 왜 모르겠는가. 그는 내가 캐나다에서 어학연수를 받을 때 같은 클래스에서 수업을 들은 내 또래의 남자였다. 내게 관심이 지대해서 몇 번이

나 데이트 신청을 했지만 나는 그가 별로라는 생각에 늘 도도하게 외면만
했었다. 만일 내가 모른다고 하면 더욱 꼬치꼬치 따지고 들만한 스타일이
라 대충 아는 체를 했는데, 그는 그것으로 만족하지 않고 안마의자의 성능
이 어떻냐는 둥, 많이 팔리냐는 둥, 이것저것 물어왔고, 나는 아무리 민망
한 상황이라도 아르바이트생으로서의 책무는 다해야 하기 때문에 매뉴얼
에 적힌 내용대로 설명을 해 주어야 했다. 물론 그는 제품을 살 생각은 전
혀 없었고, 나를 향해 의미를 알 수 없는 묘한 웃음을 짓고는 사라졌다.

그렇게 내 인생 최악의 하루가 지나갔다.

"할만 했니?"

내게는 성나라의 그 말이 '쌤통이다'라고 들리는 건 왜인지 모르겠다.

"평범한 MC 아르바이트는 아니더라고."

"호호호, 비슷하잖아."

"아무튼 친구를 위해 아르바이트까지 챙겨줘서 고마워."

"그럼 또 할 생각 있는 거니?"

"아니, 한 번은 할만 했지만 또 할 일은 아닌 것 같아."

만일 내가 또 하겠다고 하면 다음에는 코끼리 잘 때까지 엎어주는 일이
라거나, 비행기가 뜰 때까지 밀어주는 일 수준의 알바를 소개시켜줄지도
모른다는 생각에 단칼에 거절한 것이다.

하지만 성나라가 내게 무슨 대단한 잘못을 했다는 생각은 안 들었다. 우
아하게 MC를 보는 일은 물론 아니었지만 이런 아르바이트도 쉽게 구하기
어려운 것이 현실임을 잘 알고 있다. 허접한 알바를 하다가 아는 사람을
만나서 민망했던 것 정도는 그다지 괴로운 일이 아니다. 품위도 유지하고
돈도 벌고 경험도 쌓는, 그런 아르바이트가 필요하다면 재벌집의 양자로

들어가는 수밖에 없을 것이다.

집으로 돌아와 혹시나 하고 우편함을 보니 국제우편으로 날아온 편지가 나를 기다리고 있었다. 물론 그것은 김범주로부터 온 두 번째 편지였다. 하루 종일 거리에 서 있어서 피로가 몰려드는 와중이다 보니 그의 편지가 새삼 반갑게 느껴졌다.

안녕? 답장 보내줘서 정말 고마워. 어쩌면 내가 보낸 편지를 쓰레기통에 던져버리고 두 번 다시 만나지 않겠다고 결심했을지도 모른다고 생각했어. 그렇게 한다고 하더라도 나로서는 할 말이 없었어. 모두 내가 잘못한 일이니까.
수희의 편지를 읽은 건 늦은 밤이었어. 편지를 읽고나니 잠자코 있을 수 없어, 숙소를 나가 바닷가를 걸었어. 밤 바닷가를 걷는데 마치 수희가 내 옆에 있는 것처럼 느껴지더군. 그렇지 않다는 걸 깨닫고, 갑자기 눈물이 날 것 같았어. 당장 한국으로 날아가고 싶지만 그럴 수 없는 현실이 괴로워. 여러 가지 복잡한 일들이 얽혀 있어서 말이야. 자세한 설명을 해줄 수 없는 내 입장을 이해해줬으면 좋겠어. 오래 안 걸릴 거야. 그때까지 잘 지내줘.

60

첫 재판을 일주일 앞두고 좋은 소식이 하나 날아들었다. 잠적했던 노효만이 나타나 자신의 기자회견 내용을 전면 부인했다는 것이다. 그는 MJ의 나회장이 청부 폭력을 행사했다는 당초의 기자회견이 잘못된 것이며 우발적으로 시비가 붙어 싸움이 벌어진 것이고, 곧 검찰에 출두해서 이와 같은 사실을 밝히겠다고 기자들 앞에서 말했다고 한다.

물론 그가 그와 같이 나온 것은 돈의 힘이다. 아마 MJ의 나회장이 천문학적인 돈을 제시하자 자신의 주장을 철회하지 않을 재간이 없었을 것이다. 그렇다면 일관되게 단순 폭력 사건이라고 주장한 나의 주장이 설득력을 가지게 돼 재판에서 유리해질 것은 확실했다.

송 변호사는 결심을 포함 3회가량의 공판이 열릴 것이며, 노효만의 번복으로 집행유예 가능성이 한층 높아졌다고 말했다. 일주일에 한 번씩 공판이 열린다고 한다면 적어도 한 달 안에는 이 지겨운 구치소를 나가게 될 것이다.

여기 들어온지 3주째였다. 구치소의 벽에는 작은 창이 하나 있는데, 그곳을 통해 밖을 내다보면 계절의 변화를 실감하게 된다. 교도소 마당의 잔디들이 어느새 초록색에서 갈색으로 변했다. 단지 3주간의 변화임에도 그것을 나는 유구한 세월이 흘러가기라도 한 것처럼 처연하게 받아들였다. 몇 번이나, 몇 번이나, 어쩌면 이곳에 영원히 갇혀 못 나갈지 모른다는 두려움에 젖었다. 송 변호사가 아무리 걱정 안 해도 된다고, 집행유예 가능성이 높다고, 그렇게 말을 해 주었어도 내 속에서 싹튼 불안은 가라앉지 않았다.

그것은 상황이 좋아진 지금도 마찬가지다. 검찰이 갑자기 청부 폭력의 증거를 찾아낸다거나, 혹은 노효만이 갑자기 변심해 이전의 주장으로 돌아간다거나, 아니면 그 외에 생각지도 못한 무슨 문제가 생기기라도 해서, 나는 이곳에 오랫동안 갇혀 있어야 하는 건지도 모른다고, 종종 생각하게 되는 것이다.

감옥에 갇혀 있다는 것 자체는 그다지 큰 대미지가 아니다. 건달 세계에 입문하고부터 거리에서 개죽음을 당하더라도 할 수 없다는 각오는 언제나 있었다. 감옥 따위는 내게 문제가 되지 않았다.

내가 지금 초조한 것은 좋은 방향으로 진전되려는 삶이 여기서 중단될지 모른다는 걱정 때문이다. 채수희를 만나고부터 나는 달라져야겠다고 생각했고 실제로 달라지고 있었다. 변화라는 것은 어떤 면에서는 거추장스럽고 귀찮은 것이다. 지금까지는 아무렇지도 않게 생각해왔던 타인에 대한 폭력이 무겁고 부담스럽게 생각되었고, 그러한 행위에 대해 죄의식이 싹텄다. 그러다 보니 이런 직업이 아닌 평범한 보통 사람이 갖는 그런 직업을 선망하게 되어, 매니지먼트사를 만들게 된 것이다.

그녀와 결혼을 하고 그다지 남들이 손가락질하지 않는 직업을 갖게된다면 나는 어둠의 세계에서 빠져나오는 것이 된다고 생각했다. 그것이 어떤 계획에 의한 것이 아니라, 채수희라는 여자를 만나고부터 나 자신도 모르는 사이에 거치게 된 과정이고 변화였다.

그 목전에서, 마치 누군가가 나의 속마음을 알고 골탕이라도 먹이려는 듯이, 과거의 잊어버렸던 사건이 불쑥 튀어나와 나의 발목을 붙잡은 것이다. 누가 그랬던가. 인생은 뜻대로 풀리지 않는다고…

"형님, 흥분하면 손해예요. 말을 많이 하지 마시고 묻는 말에만 대답하는 게 좋아요."

첫 재판을 가는 내게 박용식이 조언을 해 주었다. 밥 먹듯이 교도소를 드나든 그였기에 나름의 노하우가 있었던 것이다. 송 변호사도 비슷한 말을 해 주었었다. 흥분해서 말을 많이 하면 자연히 이쪽의 허점이 드러나 재판에 불리하게 되는 경우가 많다는 것이다.

나는 교도관을 따라 구치소 밖으로 나가, 대기 중인 호송차에 올라탔다. 차 안에는 나 말고도 오늘 재판이 있는 몇 명의 수감자들이 앉아 있었다. 차는 시내를 관통해 달렸다. 창밖으로 보이는 거리 풍경이 묘한 그리움을 불러일으켰다. 나가면 정말 잘 살아야겠다는 각오가 저절로 생겼다.

30분만에 호송차가 법원에 도착했다. 법정으로 들어서며 누가 있나 방청석을 둘러보았는데, 아는 얼굴은 없었다. 대신 기자들로 보이는 사람들이 몇 명 앉아 있었다. 내 운명을 가르는 중요한 재판이 시작되었다고 생각하니 가슴이 뛰고 호흡이 가빠졌다.

그곳에서 오랜만에 차동만과 만났다. 그 역시 수의를 입은 모습으로 들어와 내 옆에 섰다. 그는 나를 보며 머리를 약간 숙여 인사를 했고 나는 웃는 것으로 화답했다. 무슨 말이라도 하고 싶었으나 법정 안에서 피고인 간의 사적인 대화는 금지되었다는 이야기를 들었기 때문에 입을 다물고 있을 수 밖에 없었다.

5분쯤 뒤에 재판장이 들어와 자신의 자리에 앉는 것으로 본격적인 재판이 시작되었다. 먼저 검찰의 심문이 있었다. 양 검사는 집요하게 내 이력을 추궁했다. 청부 폭력에 대한 명백한 증거를 갖고 있지 못하므로 내가 폭력 조직의 중간 보스라는 걸 부각시켜 노효만에 대한 폭력이 계획적이었음을 보여주려는 것이다. 검찰 측의 증인으로 조승수와 그의 부하들이 나왔다. 하지만 증인 심문에서 내게 결정적으로 불리한 내용은 없었다.

검찰의 심문이 끝나고 변호사의 변론이 시작되었다. 송 변호사는 이번 사건이 우발적인 쌍방 폭력 사건이라는 걸 설명하기 위해 내게 다양한 질문을 던졌다. 나는 조승수의 사설 도박장에 게임을 하러 갔다가 노효만과 시비가 붙었으며, 그 후 화해를 하려고 그를 차에 태워 조용한 곳에서 이야기를 나눴을 뿐이라고 대답했다.

결정적으로 변호인 측 증인으로 노효만이 나왔다. 그는 얼마 전의 기자 회견 내용과는 전혀 다르게, 자신이 오해를 해서 기자 회견을 한 것이며, 물의를 일으킨 것에 대해 사과하고 후회한다는 말을 했다.

"벌금형이나 집행유예가 나올 게 확실합니다."

재판이 끝나고 송 변호사는 흡족한 얼굴로 내게 말해주었다. 나 역시 그와 마찬가지로 재판 결과에 대해 낙관적인 생각이 들었다. 일단 첫 관문은 무사히 통과한 셈이었다. 아직 재판이 몇 차례 더 예정되어 있었으나 노효만이 확실히 매수된 상황이기 때문에 안심해도 좋을 것 같았다. 나는 그동안 혹시라도 노효만이 태도를 바꾸는 건 아닌가라는 걱정을 했는데, 오늘 그가 증인 심문을 받는 모습을 보니 걱정을 안 해도 괜찮을 것 같았다.

"모나코 이야기 또 해 드릴까요?"

구치소로 돌아와 쉬고 있는데 저도 심심했는지 김영철이 슬슬 내 쪽으로 걸어와 말을 걸었다. 이 사람은 내가 거짓말 편지를 애인에게 보내기위해 모나코에 대해 알고 싶어 하는 걸 전혀 모르고 순수하게 모나코에 대한 관심이 있는 것으로만 생각하고 있었다. 하기야 자꾸 이야기를 듣다보니 모나코라는 나라 자체에 대해서도 흥미가 생긴 게 사실이기는 하다.

"모나코에서는 매년 자동차 레이스를 합니다. 이게 아주 유명해요. 일반 도로에서 레이스 하는 걸 스트리트 서킷이라고 하는데, 다른 스트리트 서킷에서 우승했더라도 모나코 서킷에서 우승하지 못하면 반쪽짜리라고 합니다. 그 정도로 유명한 대회에요."

나도 바이크로 스피드를 즐기는 취미가 있어 김영철의 말에 솔깃해졌다.

"왜 유명하냐하면, 이 레이스에는 안전장치가 거의 없다는 겁니다. 게다가 직선 도로는 거의 없고 급커브가 많아요. 시속 300킬로 이상의 스피드로 아무런 안전장치가 없는 도로에서 레이스를 한다고 생각해 보세요. 정말 목숨을 내 걸고 달리는 거죠. 그렇기 때문에 모나코 서킷에서 우승한 레이서에게 최고의 드라이버라는 칭호가 붙는 겁니다."

이해할 것 같았다. 스피드를 즐기는 사람이라면 안다. 엄청난 스피드로 달리다 보면 이대로 죽어도 괜찮을 것 같은 순간을 만나게 되는 것이다.

"모나코의 해안 도로에서는 모나코 서킷을 모방해, 일반 드라이버들이 과속으로 질주하는 경우가 많다고 합니다. 그래서 적지 않은 사람들이 과속으로 달리다가 해안으로 추락사하죠."

김영철의 설명을 들은 직후, 내 귓가에 엄청난 굉음이 들리며 눈앞으로 서서히 해안 도로가 열리기 시작했다. 나는 바이크를 타고 액셀을 최대한 당기며 폭발적인 스피드로 그곳을 질주하고 있었다. 바람은 비명 같은 소리를 지르며 다가와 내 얼굴을 때렸고 나는 무중력의 공간을 유영하는 것처럼 대기 속으로 스며든다. 그때는 삶도 없어지고 죽음도 없어진다. 나 자신이 완벽하게 대기와 하나가 되는 순간이다.

3일 후에 두 번째 재판이 열렸다. 이 재판에서 검찰 측은 노효만이 입원했던 정신병원의 의사를 증인으로 불렀다. 나는 잠깐 움찔했으나 내게 특별히 불리한 내용의 증언은 없었다. 의사는 정상적인 진료를 통해 정신병으로 진단을 하고 입원을 시켰다는 것이다. 그 이틀 후에는 마지막인 세 번째 재판이 열렸다. 검찰은 청부 폭력의 가능성을 여전히 제기했지만 역시 증거는 제시를 못했고, 정황 증거만 제시했다. 나는 최후 진술에서 과거에는 어둠의 세계에 있었으나 한국관의 대표로 있으면서 과거와 단절하고 사업에만 몰두해 왔으며 그 와중에 우발적인 폭력 사고에 연루되어 이 자리에 선 것을 사죄한다고 말했다.

판사는 일주일후에 선고 공판을 열겠다고 말하고 자리를 떴다. 재판이라는 것이 판사 재량에 따라 연장이 되거나 연기가 될 수도 있는 것인데, 예정대로 진행된다면 특별히 다툴 내용이 없다는 것으로, 내게 절대적으로 유리하다고 송변호사가 설명해주었다. 벌금형이나 집행유예가 선고되면 그날 바로 석방되므로, 나는 일주일 후에 자유의 몸이 될 가능성이 높은 것이다. 그러나 아직 속단을 하기에는 이르고 불안감도 여전했다.

그런 내 마음을 읽은 송 변호사가 변호사 접견실로 나를 불러내 안심시키는 말을 해 주었다.

"제 경험으로는 딱 집행유예입니다. 청부 폭력이라는 검찰 측의 주장은 증거가 없기 때문에 받아들여지지 않을 것입니다."

"감사합니다. 모두 송 변호사님이 애써준 덕분입니다."

"아직 감사 인사를 받기에는 이르고요. 하여간 석방되면 조촐하게 쐬주나 한잔 하시죠."

"그럽시다."

나가기 전, 송 변호사는 내가 기다리는 선물을 하나 주고 갔다. 바로 채수희가 내게 보낸 두 번째 편지였다. 나는 그녀의 편지를 소중하게 품속에 넣고 구치소로 돌아와 모두가 잠든 밤에 혼자 일어나 읽어내려갔다.

모나코가 그렇게 멋진 곳인가요? 아직까지 안 돌아오는 걸 보면 그곳에 푹 빠져 있는 모양이네요. 혹시 다른 여자가 생긴 건 아니겠죠? 만일 그랬다가는 죽을 때까지 저주를 할 거라고요. 바닷가를 혼자 걸었다고 하는 걸 보니 아직은 혼자인 것 같아서 안심이 되네요. 하기야 오빠 같은 남자를 좋아할 여자는 이 세상에 나 말고 없을 거예요.

그거 알아요? 그래서 내가 오빠를 좋아한다는 거! 내가 아니면 누구도 오빠를 이해해줄 수 없다는 걸 알기 때문에 좋아하지 않을 수 없었어요. 몇 번이나 차 버리려고 했지만 내가 떠나면 어떤 여자도 오빠곁에 있지 않을 거라는 알기 때문에 떠날 수가 없었다고요.

흥! 이런 나를 두고 그 먼 곳에 있다니! 정말 한심해요! 그곳에서 실컷 반성하고 돌아오세요!

가슴 안쪽에 시릿한 느낌이 들어 손으로 만져보니 눈물이 볼을 타고 흘러 가슴속으로 스며들고 있었다. 우는 건 정말 오랜만이다. 아무리 괴롭고 어려울 때도 울지 않았는데, 채수희가 보낸 편지의 첫 구절을 읽기 시작할 때부터 가슴이 미어지게 아파오는 듯했고, 마지막 구절을 읽을 때는 폭포수처럼 눈물이 쏟아져 내렸다. 이런 모습을 다른 수감자에게 들키고 싶지 않아 나는 재빨리 자리에 눕고 모포를 뒤집어썼다.

드디어 결심 공판의 날이 밝았다. 밤늦도록 잠을 제대로 못 잤다. 오늘 선고 결과에 따라 석방 되느냐 아니면 여기 계속 갇혀 있느냐가 판가름 난다. 송 변호사는 몇 번씩이나 집행유예를 장담 했지만 혹시라도 다른 결과가 나올지 모른다는 불안감이 사라지지 않았다.

구치소에 수감된지 두 달째가 거의 다 되어 가고 있었다. 채수희에게 더이상 모나코 핑계를 대기도 어려웠다. 그녀를 기다리게 하는 것도 한계가 있는 것이고, 그녀가 기다리는 것도 한계가 있을 것이었다. 만일 오늘 석방되지 못한다면 나는 그녀를 잃고 말 것이다. 그런 절박함이 있다 보니 재판 결과에 더욱 신경이 쓰였다. 그녀가 내게 없다면 나는 설령 이곳에서 몇 년을 보내더라도 담담하게 받아들일 수 있을 것이다.

"형님, 제 것 좀 더 드세요. 이게 마지막으로 함께 하는 식사일지도 모르는데, 해줄게 이것 밖에 없잖아요."

아침을 먹는데 박용식이 자신의 두부조림을 내게 주었다.

"하여간 고맙다."

"고맙긴요. 언제 다시 볼지도 모르는데요."

"아직 확정된 것도 아니잖아."

"그 정도면 집행유예로 빠져요. 제가 여길 내 집처럼 드나들었는데, 모르겠어요?"

그의 그 말이 한 켠에 일말의 불안감이 남아 있는 내게는 일정 부분 위로가 되었다.

나는 수감자들과 마지막일지도 모를 악수를 나누고 교도관을 따라 구치소 복도를 걸어 밖으로 나갔다. 12월초의 쌀쌀한 냉기가 밀려들었지만 춥다고 생각할 겨를이 없었다.

법원에 도착해 재판정 안으로 들어서자 누가 나를 형님이라고 불러 돌아보았더니 기성범이 나를 보며 웃고 있었다. 그 옆에는 한국관의 종업원들 몇 명이 함께 서 있다가 나를 보고는 꾸벅 인사를 해 왔다. 나는 수갑 찬 손을 들어서 그들에게 답례를 했다. 차동만이 먼저 와서 피고석에 서 있었다. 내가 그의 옆에 서자 그가 잠깐 웃으며 인사를 했는데, 그의 표정에서도 긴장이 역력히 묻어나왔다.

"형님, 떨리죠?"

"좀…"

피고인간의 사적인 대화는 금지 사항이었음에도 워낙 중요한 일을 앞두고 있다보니 본능적으로 그와 나 사이에 짧은 대화가 오갔다.

오늘은 송 변호사가 오지 않았다. 나중에 이야기를 들어보니 판사에 대한 예의로 결심 공판에는 변호사가 오지 않는 게 관행이라고 한다. 검사석에는 양 검사가 예의 다부진 모습으로 앉아 있었다. 나와 눈이 마주치자 무표정하게 고개를 돌렸다.

드디어 판사가 들어왔다. 재판정 안의 모든 사람들이 기립했다가 판사의 착석에 맞춰 자리에 앉았다. 판사는 바로 판결문을 읽었다.

"피고인 김범주와 차동만의 노효만에 대한 폭행 사건에 대한 주문을 발표하겠습니다. 검찰 측은 정황상 두 사람의 노효만에 대한 폭행이 계획적이었다고 주장하나, 이를 입증할 구체적인 증거가 부족하므로 계획적인 폭행이었다는 검찰 측의 주장을 본 법정은 인정하지 않습니다.

피해자인 노효만은 최초의 기자회견에서 자신에 대한 폭행이 청부에 의한 것이라고 주장했다가 나중에는 이를 번복하여 우발적인 폭력 사고였다고 주장하고 있으므로, 피고인 김범주와 차동만의 계획 폭행은 성립되지 않습니다.

또한 검찰 측은 노효만의 기자 회견 내용에 나온 대로 피고인들이 피해자를 납치하여 정신병원에 강제 입원 시켰다고 하나, 이 역시 피해자가 번복하였고 피해자를 진단한 의사도 검찰 측의 주장에 반하는 증언을 하였으므로 이 역시 인정할 수 없습니다.

하지만 김범주와 차동만이 폭력 조직에 가입한 전력이 있는데다가 노효만에 대한 폭행 정도가 우발적인 폭행의 정도를 넘어선다고 판단하여, 본 법정은 피고인들에게 특수폭행죄를 적용하기로 하였습니다.

그럼 선고하겠습니다. 피고인 김범주 징역 1년, 공범 차동만 징역 8개월. 이상입니다."

나는 내 귀를 의심하며 멍하니 서 있었다. 유죄가 되고 실형이 선고 되는 건 예상했던 일이었다. 하지만 실형에 대한 집행이 유예되리라고 철썩 같이 믿고 있었는데, 내게 징역 1년을 선고한 것으로 재판이 마무리 되는 걸 바라보고 서 있자니 누가 내 뒤통수를 망치로 세게 치기라도 한 것처럼 얼얼했다.

다시 구치소로 돌아왔다. 수감자들은 내가 다시 들어온 걸 보고 아무도 말을 걸지 않았다. 다시 돌아왔으니 실형이 선고된 것이므로 그것에 대해 가타부타 이야기를 해 봐야 좋을 게 없다는 걸 알고 있는 것이다.

오후 늦게 송 변호사가 찾아왔다.

"사건 자체는 집행유예 정도가 적당한데, 사회적으로 시끄러운 사건이라 판사들도 그냥 내보낼 수 없었던 것 같습니다. 2심을 기대하는 수밖에는 없습니다."

사회적으로 잊혀질만한 시기가 되면 집행유예 판결을 내릴 수가 있다는 것이다. 하지만 그렇다고 하더라도 암담한 건 마찬가지였다. 채수희에게 여기가 모나코라고 거짓말까지 해서 붙들어 두었는데, 이제 무슨 핑계를 댄단 말인가. 설령 2심에서 석방이 확실하다고 하더라도 그때까지는 몇 달이라는 세월이 흘러갈 것이다.

다음날 오전에는 안영표가 면회를 왔다. 아무리 내가 속한 조직의 보스라지만 워낙 실의에 빠져 있다보니 웃는 얼굴로 맞을 수가 없었다.

"미안하게 됐다. 일이 이렇게 꼬일 줄은 몰랐어."

그가 선고직후 바로 면회를 온 것은 내가 실의에 빠진 나머지 사실을 폭로할 수도 있다는 걱정 때문이라는 걸 나는 잘 알고 있었다.

"할 수 없잖아요."

내가 시무룩하게 응대하자, 안영표가 물었다.

"내가 밉지?"

"네?"

"나 때문에 이렇게 됐으니 다 내 책임이라고 생각할 거 아니냐."

안영표는 혹시라도 내가 자신을 원망할까봐 떠보려는 듯했다. 그걸 알면서도 좋은 말이 나올 수가 없을 정도로 나 자신이 다운되어 있었다.

"책임은요."

"하여간 2심에서는 다른 결과가 나오도록 최선을 다해보자."

"알겠습니다."

나도 사람인 이상 안영표에 대한 원망이 없을 수는 없었다. 아무리 조직이 중요하다지만 조직을 위해 나 자신이 희생양이 되고 있다는 것에서 오는 분한 마음은 사람인이상 어쩔 수 없는 것이기도 했다. 하지만 달리 선택의 여지가 없는 상황이었다. 건달들이 조직에 충성하는 것은 의리 때문이 아니라 다른 선택이 없기 때문이다. 내가 만일 지금 조직을 배신한다면 당장 변호사도 구할 수 없을 것이고, 나중에 무슨 일을 당할지 알 수 없다.

면회실을 나와 복도를 걷는데 복도의 손바닥만한 창밖으로 희끗희끗한 눈발이 날리는 게 눈에 들어왔다. 자세히는 안 보였지만 굵은 눈덩이들이 날리고 있는 것으로 미루어 함박눈이 쏟아지고 있음이 분명했다. 어느 새 겨울의 한복판에 와 있었다. 이 겨울이 내 인생에서 가장 춥고 쓸쓸할 것 같다고 생각했다.

61

"장하림? 그 장하림 맞아?"

박희준의 호들갑스러운 목소리가 수화기를 통해 건너왔다.

"그럼 그 장하림이지!"

"네가 어떻게 그 사람을 알았어?"

"내가 얘기 안했나? 대학 연극반의 선배라니까. 나한테 각별한 관심을 가지고 계셔서 연기자로 대성할 수 있으니 꼭 연락 한 번 달라고 했어."

"야호!"

"같이 가 줄 거지?"

"사실 나 집안일로 엄청 바쁜데 그런 건 다 때려치고 가야지!"

장하림의 사무실로 전화를 걸어 그를 찾은 건 이틀 전이었다. 연극의 현실이 얼마나 비루한가를 잘 알기에 연기를 했던 건 그냥 대학 때의 추억으로만 남겨두려 했다고는 내가 앞에서 몇 번이나 이야기 했었다.

그럼에도 장하림이 내게 준 명함이 줄곧 나를 충동질했다. 장하림은 연극이 아니라 방송과 영화의 스타 연기자인데, 그가 나에게 관심이 있다면 그쪽에서 일이 쉽게 풀릴 수도 있지 않은가.

그동안 몇 군데에 이력서를 냈던 게 결과가 좋지 않았고, 아르바이트라도 하자는 생각에 삶의 현장을 누벼보니, 역시 만만치 않다는 생각이 들어 안 돼도 그만 아닌가라는 생각으로 장하림에게 연락을 한 번 해 봤던 것이다. 나름 긴장된 마음으로 전화를 걸었는데, 장하림은 역시 그답게 호쾌했다.

"취직도 안 되고 연애도 안 되고… 그래서 나한테 전화 한번 해 본 거야? 하하하! 그래도 상관없어! 한번 놀러오라고!"

처음 가보는 남의 사무실에 혼자 가기는 어쩐지 망설여져 박희준에게 동행을 부탁했더니 역시나 그녀는 장하림을 만나러 간다는 소식에 아이돌 가수를 향해 비명에 가까운 환호성을 지르는 소녀 팬처럼 법석을 떨며 흔쾌히 응했던 것이다.

장하림의 사무실이 신사동에 있어서 강남역 근처에 사는 박희준과 강남역 앞에서 만났다. 택시를 타고 가는 내내 박희준은 흥분을 감추지 못했다.

"왜 진작 말을 안 했니? 만일 진작 나를 소개해줬다면 내 결혼 상대가 바뀌었을지도 모르잖니! 호호호!"

"무슨! 유부남이라는 거 대한민국 국민이면 다 아는데!"

"유부남은 남자 아니니?"

"유부남도 유부남 나름이라고. 장하림은 스캔들 한 번 없이 오직 자기 부인만 사랑하는 이상적인 남자라고, 거의 모든 여성잡지에 나와 있는 거 몰라?"

"그랬나? 호호호!"

여자가 결혼을 해서 아줌마가 되면 180도 변한다고 하는 말이 맞을지도 모르겠다. 요즘의 박희준이 내가 아는 그 박희준인지 헷갈릴 때가 많다.

몇 년 더 지나면 시장 바구니를 들고 나를 찾아와 카바레 같은 곳에 함께 가자고 조를지도 모른다.

장하림의 사무실은 신사동 주택가 쪽에 있는 아담한 3층 건물의 3층이었다. 입구에는 '하림기획'이라는 플라스틱 간판이 붙어 있었다. 문을 열고 들어가 보니 바로 장하림이 눈에 들어왔다. 그는 연기자인 것으로 짐작되는 여러 명을 불러세워놓고 연기에 대해 일장연설을 하고 있다가 내가 들어온 것을 보고는 잠깐 쉬자고 하고 나를 손짓으로 불렀다.

"일단 약속 시간을 칼같이 잘 지키는 건 연기자로서의 올바른 자세야."

"저 그냥 한 번 놀러온 거예요."

"내가 얘기 했잖아. 자네는 연기자의 눈을 가지고 있다고. 그게 무슨 뜻이겠어? 연기가 운명이라는 말 아니겠어?"

"그럼 선배님이 도와주시기라도 하실 건가요?"

"도와줘? 누가 누굴? 그런 말 하는 걸 보니 아직 멀었군! 이봐, 이 바닥은 말야. 누가 누구를 도울 수 있는 곳이 아니야. 다만 어드바이스 정도는 해 줄 수가 있겠지."

"아직 자신 없어요."

"천천히 생각해도 돼."

그렇게 장하림과 나 사이의 탐색전이 이어지고 있었는데, 내 뒤의 소파 쪽에 앉아 있던 박희준이 슬그머니 걸어와 종이 한 장을 장하림에게 내밀었다.

"안녕하세요? 사인 좀…"

"아, 예!"

장하림은 흔쾌히 박희준이 내민 종이에 사인을 해 주었다.

"평소에 멋있다고 생각했어요."

"저 그렇게 멋있지 않아요."

"아니에요. 실물이 훨 나은 걸요."

"하하하, 감사합니다!"

"저… 수희가 오늘 장하림 씨 만나러 간다고 해서요. 제가 집에서 준비해 온 게 있거든요."

수줍게 말하는 박희준을 보고 나는 화들짝 놀랐다. 처음 듣는 말이었기 때문이다. 도대체 나한테 말도 안 하고 뭘 준비했다는 것인가. 박희준은 소파에 놓아둔 종이가방 안에서 네모난 스티로폼 상자를 꺼내왔다.

"짜조라고, 베트남의 고기 튀김 요리예요. 지난주에 요리 학원에서 배웠거든요. 수희가 장하림 씨 만나러 간다고 해서 부랴부랴 만들어봤어요."

"아이고! 이런 것까지…"

상자 안에는 한국의 만두와 비슷하게 생긴 요리가 몇 개 들어 있었다. 아마 박희준은 자신이 좋아하는 연예인을 만나는 이런 기회를 허투루 날릴 수 없다고 생각했을 것이다. 그건 좋다. 하지만 문제는 그녀의 요리가 플러스 요인이 될 것인가 하는 것이다.

"하여간 고맙습니다!"

장하림은 짜조를 하나 집어서 입 안에 넣었다. 나는 두근거리는 마음으로 그의 반응을 지켜보았다. 오물 거리며 씹는 걸 보니 오늘은 별 문제가 없나보다, 라고 생각하는 찰나, 갑자기 장하림의 얼굴이 붉게 변하면서 비명 같은 소리가 그의 입에서 터져나왔다.

"물! 물! 물!"

장하림은 정수기 쪽으로 달려가 벌컥벌컥 물을 마셔댔고 박희준은 잠시

어두운 표정으로 자신의 '작품'을 바라보다가 현실을 직시했는지, 조용히 상자를 닫고 나를 향해 '나는 먼저 갈게'라고 모기만한 소리로 말을 하기에, 쟤를 이대로 보내면 밤늦도록 방황하며 거리를 헤맬지도 모른다는 걱정이 들어, 장하림에게는 조만간 한번 더 방문하겠다고 양해를 구하고 박희준을 뒤쫓아가지 않을 수 없었다.

박희준과 헤어지고 집으로 돌아오며, 장하림의 사무실을 방문한 것이 어쩌면 어떤 계기가 될지도 모르겠다는 생각이 문득 들었다. 사실 나 자신 스스로가 연기에 재능이 있다는 생각은 해본 적이 없었다. 물론 연기를 잘한다는 칭찬을 더러 들은 적은 있었다.

하지만 그냥 좀 잘하는 정도로 프로의 세계에서 통할지는 미지수였다. 그런데 장하림은 만날 때마다 내게 남들이 가지지 못한 재능이 있다고 말을 해주었다. 처음에는 그냥 의례적인 칭찬이라고 생각했는데, 장하림이라는 사람 자체가 마음에도 없는 말을 함부로 하는 사람이 아니기도 했고, 그 말을 할 때의 표정이라거나 말투에서 진정성이 느껴져 어쩌면 나 자신도 모르는 그 무엇을 그가 알아차린 것인지도 모른다는 생각이 들 때가 있었다.

하지만 적어도 지금은 아니었다. 그의 사무실을 방문한 것은 답답한 마음 때문이었지 마음속에서 확고한 어떤 결정을 내린 것이 아니었다. 나는 지금 모나코로 떠나버린 한 남자에 붙들려 있었다. 사람이란 아무리 실망스러운 상황이더라도 일단 그 일이 닥쳐서 어떻게 해 볼 수 없는 눈앞의 현실이 되었을 경우 그것에 적응하고 그것을 생활의 한 부분으로 받아들이게 되는 것 같다.

김범주가 난데없이 모나코라는 낯선 곳에서 처음 편지를 보내왔을 때는 이제 끝내야겠다고 생각했을 정도로 충격이 컸지만 시간이 흘러가다보니, 이제는 그의 말 못 할 사정이라는 것을 이해해주자는 쪽으로 마음의 정리가 되어가고 있었다.

그런 생각을 하며 집에 도착했는데 마침 김범주로부터 편지가 와 있었다. 오늘은 또 모나코의 어떤 이야기를 들려줄지 궁금해 하며 편지를 읽기 시작했는데, 이번 편지에는 전혀 생각 못한 뜻밖의 내용이 실려 있었다.

수희, 어떻게 말을 해야 좋을지 모르겠어. 정말 괴로운 소식을 전하지 않을 수가 없어. 이곳 모나코에서의 체류 일정이 예정보다 길어질 것 같아. 자세히 설명 할 수는 없지만, 복잡한 문제가 생겨서 말이야.
내 기분이라면 이것저것 다 때려치우고 당장이라도 수희를 만나러 한국으로 날아가고 싶지만, 너무나 중요한 문제가 걸려 있어서 모나코에 더 있을 수밖에 없게 되었어. 정말 미안해.
이번 한 번만 날 믿고 기다려줘. 부탁이야. 나로서는 인생이 걸린 문제라서 어쩔 수 없어. 그 대신 내가 약속할게. 이번 한 번만 날 용서해 준다면 모나코의 왕비였던 그레이스 켈리보다 수희를 더 행복하게 만들어주겠어. 정말이야. 그럼 다시 만날 때까지…

편지를 다 읽고 나서 가장 먼저 든 생각은 이건 아니다라는 것이었다. 기다리고 믿어주는 것에는 한계가 있는 것이다. 그가 어떤 곤경에 처했는지는 모르지만 아무런 사정도 설명해 주지 않고 무작정 기다리라고 하는 건 인간적인 도의로 봐도 잘못된 것이다.

그동안 그에게 가졌던 믿음이 산산조각나고, 더 이상 이렇게 끌려가서는 안 된다는 경각심이 그 자리를 차지했다. 이것은 단지 누군가와의 연애 문제만이 아니다. 내 인생이 걸린 문제이며, 내 미래가 걸린 문제이다. 지금까지는 그가 조만간 한국으로 돌아온다는 것을 철썩같이 믿고 기다려준 것인데, 또다시 기약도 없이 기다리라고 한다면 내 인생은 어떻게 되는 것인가.

그러나 사정이라도 알고 싶었다. 도대체 어떤 사정이 있는 것이며, 어떤 문제가 있는 것인지, 일단 그것을 알아보는 게 먼저 해야 할 일이라고 생각했다. 그래서 나는 다음날 아침에 김범주가 대표로 있는 한국관을 직접 찾아가기로 했다. 한국관에 가 보면 모든 걸 알 수 있다는 생각을 그동안 안 했던 건 아니었다. 하지만 김범주가 편지를 통해 이해를 부탁했고, 머지 않아 돌아오면 확실히 알게 될 것이므로 그럴 필요까지는 없다고 생각했던 것이다.

그런데 이제는 막판까지 왔다는 생각에 주저할 필요도 없이 한국관으로 달려간 것이다. 그때가 시간이 6시가 조금 넘어가는 시간이라서 종업원 몇 명이 출입문 앞에서 영업 준비를 하고 있었다.

내가 기웃거리자 그중의 한명이 물었다.

"누굴 찾아오셨나요?"

"김범주 대표님 만나러…"

"김 대표님은 지금 안 계세요. 그런데 왜 그러시죠?"

경계하는 기색이 역력해 보여 역시 김범주의 신상에 무슨 일이 생겼음을 짐작하게 했다.

"제가 김범주 대표님 약혼녀에요."

애인보다 약혼녀라고 말하는 게 더 확실할 것 같아 그렇게 둘러댄 것이다.

"그래요?"

종업원은 내 이름을 묻고는 안으로 들어갔다가 5분쯤 뒤에 나왔는데, 그의 뒤에는 낯익은 사람이 따라나오고 있었다. 나는 그가 처음 한국관을 방문해서 해프닝이 있던 날 나와 친구들을 차에 태워 집까지 데려다 준 사람임을 바로 알아차렸다.

그는 나를 보고는 반색을 했다.

"형수님! 어서오세요! 저는 기성범이라고, 범주 형님의 아주 친한 후배에요."

"길게 이야기는 못 할 것 같고, 지금 그 사람 어딨죠?"

내가 다그치자 그는 당황해서 말했다.

"모나코에 있다고… 편지 보낸다고 하시던데… "

"편지는 받았어요. 하지만 이상하잖아요. 처음에는 한달 뒤에 온다더니 이제는 언제 올지 기약이 없대요. 게다가 아무리 바쁘다고 해도 전화 한 통 할 수가 없다는 게 말이 되나요?"

"그게 일이 복잡하게 꼬여버려서…"

미간을 찌푸리며 손을 주체 못하는 기성범의 태도를 보니 확실히 내가 모르는 무슨 일이 있다는 확신이 들었다.

"오늘 분명히 통보하러 왔어요. 더 이상은 못 기다려요. 무슨 일인지 확실히 알지 못한다면 정리하려고요."

"아! 그러면 안 됩니다!"

"왜요? 내가 바보인가요? 언제 올지도 모르는 사람을 마냥 기다리라고요?"

기성범은 두 손으로 얼굴을 감싸고 울 것 같은 표정을 지었다.

266

"어쩌실래요? 이래도 사실대로 이야기 안 해 주실건가요?"

기성범은 괴로운 표정을 짓고 한참을 망설이다가 말했다.

"그럼 어디 조용한 곳에 가서 이야기를 해 보죠."

"좋아요."

한국관 맞은 편의 커피 전문점에 들어가 커피를 앞에 두고도 얼마간을 망설이던 기성범은 내가 계속 재촉하자, 떨리는 목소리로 그간 내게 숨겨 왔던 이야기를 털어놓기 시작했다. 그것은 나의 상상을 뛰어넘는 충격적 인 것이었다. 김범주는 지금 감옥에 있다는 것이다.

"사실 대수롭지 않은 사건이라 집행유예를 받아야 하는데, 운이 없어서 실형을 선고 받았어요. 그래서 그런 편지를 보낼 수밖에 없었던 거예요."

할 말이 생각 안 나 멍하니 창 밖을 내다보았다. 모나코가 아니라 감옥이 라니…

"형수님에게는 끝까지 숨기고 싶었을 거예요. 결혼을 약속한 사람에게 감 옥에 있는 모습은 보여주고 싶지 않았을 테니까요. 난 형님 마음 이해해요."

기성범은 주먹으로 눈물을 훔쳤다. 나는 알았다고 힘없이 말하고 자리에 서 일어났다. 목적지도 없이 무작정 거리를 걸었다. 세상에는 무수히 가슴 아픈 사연들이 있겠지만 이 보다 더 기구한 사연이 있을까라는 생각이 들 었다. 차가운 감옥에서 모나코라고 편지를 보내야 하는 사람의 기분은 어 땠을까를 생각하니 가슴 저 안쪽에서 슬픔의 덩어리가 밀려올라오는 듯한 느낌이 들었다.

사실대로 감옥에 있다고 했다면 나는 어땠을까. 잘 모르겠다. 그는 사랑 하는 사람에게 감옥에 갇힌 수인의 모습만은 절대로 보여주고 싶지 않았을 것이다. 그렇다면 차라리 모르는 게 나은 게 아니었을까. 설령 내가 떠난다고 하더라도 그는 할 수 없다고 생각했을 것이다. 그는 그런 사람이었다.

그런데 정말로 중요한 건 나의 선택이었다. 이제 처음으로 돌아간 것이다. 그가 모나코에 있는 게 아니라 감옥에 있다는 사실을 알았으므로 계속 그를 기다릴지, 아니면 떠날지 선택해야 한다.

그런데 묘했다. 만일 그가 처음부터 감옥에 있다는 걸 알았다면 나는 망설일 것 없이 정리했을지 모른다. 그런데 그가 그 사실을 내게 감추려 모나코라고 둘러대고 편지를 보냈다는 걸 알고 나니, 그의 입장에 강한 연민이 생겨 도저히 떠날 수가 없을 것 같았다. 감옥 아니라 더한 곳에 있다고 하더라도 떠날 수가 없을 것 같았다. 이런 사람을 두고 어떻게 떠난단 말인가…

나는 전화기를 꺼내 한국관으로 전화를 걸어, 기성범을 바꿔달라고 말했다.

"기성범입니다!"

"채수희예요. 조금 전에 만났던…"

"예! 형수님!"

"제 말 잘 들으세요. 오늘 기성범 씨와 제가 만난 일은 없었던 일로 해주세요."

"네?"

"그러니까 저는 범주 씨가 계속 모나코에 있는 것으로 아는 거라고요."

"아! 무슨 말인지 알겠습니다!"

"그리고 이제 범주 씨에게 보내는 편지는 나한테 직접 받으러 오세요."

"그러니까 범주 형님이 모나코에 있는 것으로 하고 편지를 계속 보내시겠다는 거죠?"

"맞아요."

"정말 고맙습니다. 복 받으실 거예요!"

나는 집으로 돌아와 김범주에게 보낼 답장을 쓰기 시작했다.

오빠, 나 마음 비웠어요. 그래, 기왕 이렇게 된 거 10년이건 20년
이건, 언제까지나 기다려주기로 했어요. 오빠가 미워죽겠지만 이
럴 때일수록 내가 침착해야 한다고 다짐하고 또 다짐했어요. 그
런데 정말로 나를 그레이스 켈리보다 더 행복하게 만들어줄 건가
요? 좋아요, 두고 보겠어요.

편지를 쓰는 동안 눈시울이 뜨거워지더니 어느새 눈물이 쏟아지기 시작
해 나는 펜을 놓고 두 손으로 얼굴을 가린 채 울기 시작했다. 감옥에 있으
면서도 나를 그레이스 켈리보다 더 행복하게 만들어주겠다고 말하는 사람
의 나에 대한 사랑은 어느 정도인지, 그 가늠할 수 없는 무게에 나는 압도
되었다.

다음날 나는 기성범에게 전화해 편지를 가져가라고 했다. 그는 10분만
에 차를 타고 달려와 편지를 가져가며 몇 번이나 고맙다고 말했다. 그리고
정확히 일주일만에 답장이 왔다. 이번에도 여전히 국제우편이었고 모나코
발이었다.

수희의 답장을 받고 남들이 다 들릴 정도로 크게 환호성을 질렀
어. 나를 믿어줘서 정말 고마워. 수희를 위해서 어떻게든 빨리 한
국으로 돌아가려고 해. 조금만 더 인내심을 갖고 기다려줘. 이건

모두 수희와 나의 미래를 위한 거야. 오늘은 길을 가다가 해안 도로에서 카 레이싱 하는 걸 잠깐 구경했어. 장관이더군. 레이싱 카들이 엄청난 속도로 안전장치도 없는 도로를 질주하고 있었어. 수희와 함께 그 모습을 본다면 정말 좋을텐데 말이야. 언젠가는 그런 날이 오겠지. 안녕.

눈물도 났지만 천연덕스럽게 카레이싱이니 뭐니 하는 거짓말을 늘어놓는 걸 보니 웃기다는 생각도 들었다. 지난번의 그레이스 켈리 이야기도 그렇고 카레이싱 이야기도 그렇고, 모나코에 대해 전혀 모른다면 알 수 없는 것들인데 감옥에서 어떻게 그런 걸 알아냈는지 궁금했다.
　나는 바로 답장을 썼다.

모나코가 그렇게 멋진 곳이었나요? 오래전 학교에서 배운 적이 있는 듯한데, 자세히 알지는 못해요. 오빠는 그곳에 몇 달 있더니 모나코 박사가 됐군요? 오빠 편지 받으니 모나코라는 곳이 정말 아름다운 곳 같아요. 그곳에는 멋진 아가씨들도 많겠죠? 혹시 한눈 파는 거 아니에요? 그랬다가는 내가 가만 있지 않을 거라고요. 당장 비행기를 타고 날아가서 막 때려줄 거예요.
무슨 문제가 있는지는 모르겠지만 어쨌건 잘 견디세요. 아저씨는 용감한 정의의 용사니까 어떤 어려움도 잘 이겨내실거라고 믿어요. 그럼!

이번에도 기성범에게 연락해 편지를 전달했다. 동네의 개천가를 산책했다. 계절은 겨울의 끄트머리였다. 아직 대기가 얼어붙어 있기는 하지만 개천 아래로는 물 흘러가는 소리가 들리고 있었다. 유난히 봄이 기다려졌다. 봄과 함께 모든 것이 다 잘 됐으면 좋겠고, 그가 돌아왔으면 좋겠다고 생각했다. 그렇게 생각하자니 저쪽 어딘가에서 그가 불쑥 나타나 환하게 웃으며 걸어올 것 같은 착각이 들었다.

이번에는 5일만에 답장이 왔다.

모나코의 밤은 조용해. 이곳은 10시가 넘으면 모두 집으로 돌아가. 술집도 문을 닫고 가게도 문을 닫아. 잘 정리된 산비탈의 주택가 불빛 말고는 모든 게 적막 그 자체야. 조용한 가운데 수희의 밝은 목소리가 떠올라. 그 목소리를 다시 듣고 싶어서 견딜 수 없이 슬퍼질 때도 있어. 그러나 곧 다시 만날 것이기 때문에 이 정도 슬픔은 얼마든지 견딜 수 있어.

만일 다시 만난다면 그때는 절대로 떨어져 있지 말자고, 언제나 함께 있고 언제나 서로를 생각하기로 하자고, 나 자신에게 수없이 다짐했어. 정말이야. 이렇게 멀리 떨어져 있다보니 수희에 대한 나의 사랑이 더욱 깊어지는 것 같아.

미안해, 그리고 사랑해…

마치 그가 내 곁에서 속삭이는 듯 해, 나는 그의 편지를 뺨에 대고 가만히 책상에 엎드렸다.

62

　잘 지내신다니 정말 다행이에요. 어디에 있건 건강 조심하세요.
나도 오빠를 기다리는 게 힘들지만 아무 것도 하지 않고 마냥 시
간을 흘려보내면 더욱 힘들 것 같아, 밥도 잘 먹고 운동도 잘 하고
있어요. 그러니 오빠도 내 생각은 조금 덜 하더라도 몸을 잘 챙기
셔야 해요. 특히 과식은 만병의 근원이래요. 만일 다시 만났을 때
뚱보가 되어 버렸으면 차 버릴 거라고요! 알겠죠?

　그녀가 보낸 답장을 나는 몇 번이나 읽어보았다. 확실히 글은 글 쓴 사람
을 닮는다는 말이 맞는 것 같다. 그녀의 편지에 적힌 구절구절 하나가, 그
녀를 너무나 닮아 있어 마치 내 앞에서 속삭이는 듯한 느낌에 사로잡혔다.
안 본지 오래되다 보니 그녀의 모습이 가물가물할 때가 더러 있는데, 그러
다가도 그녀의 편지를 읽으면 바로 몇 시간 전에 그녀를 만나기라도 한 것
처럼 선명하게 그녀의 모습이 눈앞에 떠오르고는 한다.
　"3091번! 검찰청 취조 간다!"

교도관이 내게 검찰청에서 호출이 왔음을 알려주었다. 그런데 나는 의아했다. 1심에서 대부분의 심리가 다 끝나기 때문에 항소심을 앞두고 검찰이 피의자를 취조하는 경우는 드물기 때문이었다. 그렇다면 새로운 증거가 나타났을지도 모른다는 것이다. 나는 은근히 긴장하며 교도관을 따라나섰다.

검찰청의 취조실에 앉아 검사를 기다리는 데 이상하게 검사가 오랫동안 나타나지 않았다. 20분을 넘게 기다려도 오지 않아 역시 잘못 부른 것이 아닌가 하고 있는데, 슬며시 취조실 문이 열리고 담당인 양 검사가 들어와 맞은편에 앉았다.

무표정하게 나를 건너다보던 양 검사가 불쑥 내게 물었다.

"윤인식 알지?"

"누구요?"

그렇게 되묻기는 했지만 윤인식이라는 이름 석자는 나로 하여금 잊고 있었던 어두운 기억을 끄집어내고 있었다.

"모를 리가 없을 텐데?"

"모르니까 모른다고 하는 거 아닙니까."

양 검사는 냉소를 한번 지어보이고 말했다.

"김범주! 너는 미래 기업 설 사장으로부터 금전 문제가 복잡하게 얽혀 있는 손만수 변호사에게 린치를 가하라는 부탁을 받았어. 그래서 그 일을 윤인식에게 맡겼지. 그런데 윤인식이 린치를 가하는 도중 손만수를 죽였어. 그러자 너는 수사의 손길이 미치지 않도록 윤인식을 살해 했잖아. 안 그래?"

떠올리고 싶지 않은 고통스러운 기억이 영화처럼 눈앞에 펼쳐졌다. 그랬다. 나는 설 사장의 청부를 받고 차동만에게 손만수에 대한 린치를 지시했

273

고 차동만은 조직 외의 인물인 윤인식에게 이를 맡겼다. 그런데 윤인식이 약을 세게 먹는 바람에 실수로 손만수를 죽인 것이다. 여기까지는 맞다. 하지만 나는 윤인식을 살해한 적이 없다.

내가 잠자코 있자 양검사가 설득조로 말했다.

"다 끝났어. 개천에서 차량에 실린 채 수장되어 있던 손만수의 시체도 찾아냈고 야산에 묻힌 윤인식의 시체도 찾았어. 설 사장의 자백과 차동만의 자백도 다 받아냈고."

그런가. 그렇다면 빠져나갈 구멍은 없다. 결국 이렇게 파국을 맞게 되는 것인가. 하지만 윤인식을 내가 살해했다는 건 뭔가. 나는 분명히 그때 차동만에게 그를 중국으로 밀항 시키라고 지시를 내렸었다. 손만수에 대한 청부 폭력과 사체 유기는 인정하겠지만 윤인식에 대한 살인죄는 아니다.

"지금 뭐라고 했죠? 차동만이 내가 죽였다고 자백을 했다고요?"

"그래, 너는 차동만과 함께 윤인식이 있는 이천으로 갔잖아. 그곳에서 먼저 손만수의 사체를 개천에 수장시키고 그다음에 윤인식을 칼로 난자해서 죽인 후 근처의 야산에 묻었잖아. 그때 동행했던 차동만이 모두 자백했다고."

마치 귀신에 홀린 듯 했다. 나는 분명히 윤인식을 죽인 적이 없었다. 그랬음에도 차동만이 그렇게 자백했다는 이야기를 들으니, 어쩌면 정말로 내가 그랬을지도 모른다는 생각이 들기 시작했다.

"청부 폭력에, 사체 유기, 살인… 이 정도면 무조건 사형이야. 그런데 법에도 관용이라는 게 있어. 그건 네가 사실을 자백하고 용서를 구할 때야. 김범주, 다 끝났으니 사실대로 털어놓아라. 다 너를 위해 하는 말이야."

그날이 떠올랐다. 그때 손만수의 사체를 처리한 후 차동만은 윤인식과 따로 이야기를 나누었었다. 나는 그것이 내가 내린 중국 밀항 명령을 실천하려는 것이라고 생각했었다. 그렇다. 나는 결단코 윤인식을 살해한 적이 없다. 나는 필사적으로 외쳤다.

"아니야! 사람은 죽인 적이 없어!"

"부정하는 건가?"

"이보쇼! 내가 어둠의 세계에서 나쁜 짓을 일삼으며 살아온 건 맞아. 하지만 사람은 죽인 적이 없어."

"그러니까 청부 폭력 사주와 사체 유기는 인정하는데, 살인은 안 했다, 이건가?"

"차동만이 정말로 그렇게 자백했다는 거요?"

"그렇다니까."

"그렇다면 직접 대면을 시켜주시오."

"끝까지 발뺌하겠다는 거군. 그래봐야 너만 손해야."

덫에 걸린 듯한 혼란스러운 기분으로 취조실을 나왔다. 손만수의 시체가 개천에 수장되어 있는 걸 양 검사가 아는 것으로 미루어, 그가 나를 떠보려고 거짓말을 하고 있다고는 할 수가 없다. 그렇다면 나의 사체 유기는 부정한다고 해결되는 문제가 아니라는 것이다.

희망은 사라졌다. 살해 혐의가 벗겨진다 하더라도 청부 폭력과 사체 유기만으로 몇 년이 추가될 것은 확실하다. 채수희를 다시 만날 가능성은 이제 없다. 더 무슨 핑계를 댄단 말인가. 징역 1년의 1심 결과도 내게는 암담한데, 최소한 몇 년은 형을 살아야 한다면 그녀가 기다리지도 않겠지만 기다려 달라고 할 수도 없는 노릇이다.

그런데 지금의 내게는 더 중대한 문제가 가로막혀 있다. 나는 지금 윤인식에 대한 살해 혐의를 받고 있다. 청부 폭력과 사체 유기에 살인죄가 더해진다면 사형은 빼도박도 못한다는 양 검사의 말은 과장이 아닌 것이다. 그렇다. 이것은 죽느냐 사느냐의 문제다.

오후 늦게 송 변호사가 찾아왔다. 일단 그를 통해 사건의 실체를 이해할 수 있었다. 손만수 실종 사건을 추적하던 경찰은 통화 기록을 통해 손만수가 윤인식과 접촉한 증거를 찾아내고 윤인식을 쫓고 있었는데, 경기도 이천의 야산에서 등산객에 의해 땅속에 묻힌 그의 시체가 발견되어 그의 배후를 추적해보니 차동만이 관련되어 있어 차동만을 심문해서 사실 일체를 자백 받았다는 것이다.

"미치겠군요! 점점 수렁에 빠져드는 느낌입니다!"

나는 답답한 마음에 송 변호사에게 내 기분을 토로했다. 물론 그런다고 달라지는 건 없다. 그는 안영표로부터 두둑한 수임료를 받고 나를 변호하고 있을 뿐이다.

"다른 건 모르겠지만 나는 사람을 죽인 적이 없습니다! 절대로!"

"일단 알겠습니다."

송 변호사는 전과 비교해서 훨씬 차가워진 얼굴로 그렇게 말하고 떠났다. 그도 내 말을 믿지 않는 것 같았다.

구치소로 돌아와 이불을 뒤집어 쓰고 누워있다 보니 아무리 생각해도 이해가 안 되는 일이 하나 있었다. 윤인식이 죽었다면 아마 그것은 차동만의 짓일 것이다. 그런데 차동만이 내 지시를 어기고 왜 그를 죽였는가. 또 왜 자신이 죽이고 그 혐의를 나한테 뒤집어씌우는가.

내가 사회에 나와 진심으로 형제처럼 생각한 사람이 딱 두 명 있다. 한 명은 기성범이고 다른 한 명은 차동만이었다. 조직의 세계에도 배신이 난

276

무하지만 이 두 명만은 절대로 그런 일이 없을 거라고 늘 생각해왔다. 그만큼 그들과 나는 끈끈한 인연으로 이어져 있었던 것이다.

그런데 이 중요한 순간에 왜 차동만은 나를 사지로 몰아넣고 있는 것인가. 단순히 자신이 살기 위해서인가. 아니면 내가 모르는 더 큰 흑막이 있는 것인가. 어쩌면 내가 아무리 아니라고 부정을 하더라도 그것은 누구에게도 받아들여질 수 없는 것인지도 모른다는 암울한 생각이 슬며시 들었다.

나는 자포자기한 심정이 되어, 이제는 꿈으로 끝나버린 채수희의 편지를 다시 한 번 읽어보았다. 글자 하나하나가 살아서 숨 쉬고 있는 생명체처럼 느껴졌다. 마치 나 자신이 늪 속에 빠져서 채수희가 내민 가느다란 손에 의지해 생명을 연장하고 있는 것 같다는 느낌도 들었다.

다음날 검찰청에서 차동만과 대질 심문을 받았다. 내가 먼저 도착해 기다렸고 5분쯤 후에 차동만이 왔는데, 그는 나의 맞은편에 앉아 내 눈길을 피했다. 양검사가 차동만에게 말했다.

"자, 지금 녹화중이니까 자백한 내용을 다시 한 번 말해봐."

차동만은 여전히 내 시선을 피한 채 힘없이 말했다.

"그날 새벽 윤인식이 손만수를 살해한 경기도 이천의 창고에 가봤더니 이미 손만수는 싸늘한 시체가 되어 있었습니다. 범주 형님과 저는 이대로라면 경찰의 수사를 피할 수 없을 것이기 때문에 어떻게든 조치를 취해야 한다고 생각했죠. 그때 범주 형님이 윤인식을 살해하자고 말했습니다. 하지만 저는 두려워서 못하겠다고 했습니다. 그러자 범주 형님이 그렇다면 나 혼자 처리하겠다면서 칼을 주머니 속에 숨기고 윤인식에게 다가가 말을 붙이는 척하면서 찔렀습니다. 여러 차례…"

나는 책상을 치며 외쳤다.

"동만아! 너 왜 그래? 그날 내가 윤인식을 밀항시키라고 지시했잖아! 사실대로 말해!"

"그런 말 들은 적 없습니다."

"동만아, 왜 그러냐? 무슨 일이냐? 내가 그동안 너한테 서운하게 한 게 있었냐?"

"저는 사실대로 이야기한 겁니다."

미칠 노릇이었다. 양 검사는 더 이상의 대질심문은 불필요하다며 차동만을 내 보냈다.

"김범주! 네가 사는 유일한 길은 사실대로 자백하는 것 뿐이다!"

"난 안 죽였어! 안 죽였다고!"

"끝까지 잡아떼는군! 재판정에서 보자고!"

구치소로 돌아와 생각해 보니 차동만이 임의로 윤인식을 살해했을리는 없다는 생각이 들었다. 그렇다면 누가 시켰는가. 떠오르는 사람은 딱 한 사람이었다. 그렇다. 안영표다. 안영표의 지시라면 내 지시를 묵살하고 따랐을 것이다. 그렇다면 지금 내게 살해 혐의를 뒤집어씌우고 있는 것도 안영표라는 말이 된다.

며칠 후 변호사 접견이 있다고 해서 접견실로 가 보니 전혀 모르는 사람이 앉아 있었다. 그는 자신을 국선 변호인이라고 소개했다. 송정인 변호사가 갑자기 사임해 자신이 맡게 되었으며 새로운 변호사를 선임할 의향이 있으면 지금 말해 달라고 했다. 모든 것이 분명해졌다. 안영표는 나를 희생양으로 삼아 자신의 혐의를 벗어나려고 하는 것이다. 그러므로 더 이상 나에게 변호사를 지원해 줄 필요가 없게 된 것이다.

나는 지푸라기라도 잡아야 한다는 절박한 심정으로 그에게 매달렸다.

"내 말 잘 들어주세요. 윤인식을 죽인 건 차동만이고 그에게 살해 지시를 내린 건 안영표란 말입니다. 저들이 나를 희생양으로 삼아 살해 혐의를 피하려고 하고 있습니다! 아시겠어요?"

국선 변호인은 내 말을 듣는 둥 마는 둥 했다.

"지금 혐의를 부인하는 건 재판에서 좋을 게 없습니다. 차라리 인정하고 용서를 구하는 게 유리해요."

"뭐요? 하지도 않은 일을 했다고 자백하라는 거요? 도대체 그 따위 변호가 어딨단 말입니까?"

"아니, 저는 선생님을 위해 해 드린 이야기였어요."

"개소리 하지마! 너도 안영표랑 한 패지? 이 개새끼들! 이대로 당할 줄 알아? 다 죽여버리겠어!"

나는 흥분해서 변호사에게 달려들어 멱살을 쥐고 흔들었다. 교도관들이 달려와 나를 붙잡아 바닥에 쓰러뜨린 후 수갑을 채웠다.

"이대로는 못 죽어!"

나는 필사적으로 외쳤지만 이 세상에서 내 억울한 입장에 관심을 가진 사람은 없었다. 나는 접견실에서 난동을 부린 대가로 징벌방에 3일간 갇혀 있어야 했다.

나는 새로운 혐의가 추가되어 나머지 재판을 받았다. 나는 필사적으로 살인죄를 부정을 했으나, 안영표가 친 올가미를 벗어나기에는 역부족이었다. 결심 공판에서 나는 사형을 선고 받았다. 판사는 끔찍한 범행을 저지르고도 양심의 가책을 전혀 느끼지 못하는 금수 같은 인간이므로 법정 최고형 외에는 방법이 없다고 했다.

63

"투자 설명회 MC 보는 거야. 네가 연극도 했으니까 잘 할 수 있을 것 같아서 말이야. 페이도 두둑하게 챙겨줄게."

박희준이 갑자기 전화를 걸어와, 자신의 남편이 투자자들을 구하기 위한 투자 설명회를 개최하는 데 나더러 MC를 보라는 것이다. MC 아르바이트라면 내게는 트라우마가 있다. 성나라가 MC 알바라고 꼬셔서 안마 의자 홍보 도우미를 했던 일이 있었는데 그날은 다시 생각하기도 싫은 끔찍한 하루였다.

"나라에게 이야기 들었어. 하지만 이번 건은 진짜야."

박희준도 성나라로부터 내가 홍보 도우미 알바를 했던 걸 들어서 알고 있다는 것이다. 어떻게 이야기 했을지 훤히 눈에 보였다. 걔도 한 1년 노니까 별 수 없나봐. 세라복을 입고 춤까지 췄다지 뭐니, 호호호…

박희준이 아니라면 단칼에 거절했겠지만 나에게 단 한 번도 말과 행동이 다른 적이 없었던 그녀이기에 믿음이 갔다.

"그냥 MC보는 정도라면 할 수도 있을 것 같은데…"

내가 긍정적인 대답을 하자, 박희준은 내일 2시까지 강남 고속버스터미널 인근의 M호텔 8층의 연회장으로 와 달라고 말했다.

역시 박희준은 나를 실망시키지 않았다. 박희준의 남편이 개발한 소프트웨어의 투자 유치를 위한 투자 설명회의 진행을 하는 게 나의 일이었는데 말 그대로 내가 하는 일은 원활한 행사 진행을 위한 MC 역할이었다. 대본도 다 나와 있었고 박희준의 남편으로부터 자세한 설명도 들었기 때문에 무리 없이 할 수 있을 것 같았다.

음악 관련 소프트웨어이기 때문에 행사 중간에 꽤 네임밸류가 있는 보컬 그룹도 출연 한다는 것이다. 행사 시작 시간인 3시가 가까워지자 서서히 자리가 채워지기 시작했는데, 참석자들은 신문에 난 행사 공고를 보고 찾아온 사람들이었다. 한쪽에 투자 계약팀이 있어서 투자 설명회도중 투자 의향이 있으면 바로 계약을 맺도록 하는 시스템이라고 한다.

행사가 시작되었다. 나는 마이크를 대본에 나와 있는 대로 진행을 보았다. 투자 설명은 박희준의 남편이 직접 했다. 그때까지는 잘 되어가는 듯 했다. 그런데 보컬 그룹이 등장해서 음악을 연주하기 시작했을 때부터 조짐이 이상했다. 참석자들의 연령대가 50대 이상이었는데, 그들이 즐기기에는 보컬 그룹의 음악이 너무 모던했던 것이다.

연주가 끝났을 때 의례상으로라도 박수를 치는 참석자가 하나도 없었다. 분위기가 이렇게 다운 되어버리면 투자 계약도 예상치를 밑돌 것이므로 주최 측에 비상이 걸렸다. 뭔가 특단의 대책이 있어야 한다는 것이다. 그 특단의 대책이란 게 나를 대상으로 하는 것일 줄을 나는 상상도 못했다.

"수희 씨! 정말 죄송하게 됐습니다. 지금처럼 점잖게 하지 마시고, 참석자들의 수준에 맞춰주셔야겠습니다."

어디서 공수해 왔는지, 그들은 나에게 레이싱걸 복장을 가져와 입으라고 했다. 게다가 안마 의자 홍보 도우미를 할 때 사용했던 먼지떨이 모양의 응원도구도 가져왔다. 그들이 내게 원하는 게 뭔지 분명해졌다. 박희준의 부탁으로 한 일이기 때문에 싫다는 말도 할 수가 없었다. 나는 레이싱걸 옷을 입고 댄스 음악에 맞춰 응원도구를 흔들었고, 새롭게 작성된 대본의 야한 농담을 참석자들에게 열과 성을 다해 들려주어야 했다. 초보운전자하고 신혼부부의 공통점이 뭔지 아세요? 둘 다 무조건 올라타려고만 한데요, 호호호, 깔깔깔, 재밌죠?

그랬음에도 결과는 전혀 성공적이지 못했던 것 같다. 행사가 끝났을 때 박희준의 남편을 비롯한 주최진의 얼굴은 밝지 못했다. 박희준의 남편은 이 모든 것이 정부 탓이라고 했다.

"정부가 벤처 기업을 제대로 도와주지 못해서 이렇게 된 거라고! 도대체 이 정부가 하는 일이 뭐야? 뭐냐고?"

그는 선거를 며칠 앞둔 정치인처럼 열광적으로 떠들었지만 지금 여기서 '옳소!'라고 외치며 그의 이름을 연호해줄 사람은 없었다. 박희준이 어차피 망친 거 밥이나 먹자면서 준비한 도시락을 꺼내 하나씩 나누어줬는데, 오징어초무침은 너무 시었고 멸치볶음은 너무 달았지만 행사도 망친 마당에 싫은 내색을 할 수가 없기도 했거니와, 배가 너무나 고파 군소리 없이 다 먹었다.

집에 돌아와 우편함을 보니 비어 있었다. 오늘도 그로부터의 편지는 오지 않았다. 내가 답장을 보낸지 26일째였다. 늦어도 일주일 내에는 답장이 오고는 했는데, 이번에는 무슨 일인지 알 수가 없었다. 혹시 무슨 일이 생긴 건 아니었을까. 하기야 감옥에 갇힌 마당에 그 이상의 무슨 대단한 일이라는 게 있을 것인가 하는 생각도 한 켠으로 들었다.

다음날 사정을 알아보려고 한국관으로 전화를 걸어 기성범과 통화를 했는데, 그는 뜻밖의 말을 했다.

"이젠 형님을 잊으세요."

아직 사정도 모르지만 나는 숨이 확 막히는 느낌에 사로잡혔다.

"왜요? 무슨 일이 있나요?"

"하여간 다 끝났어요."

"아니, 왜 그러는지 이야기를 해야되잖아요."

"저는 차마 말을 못하겠네요."

기성범은 나와 통화를 하고 싶지 않아 하는 것 같았다. 그럴수록 마음이 조급해져 나는 다급히 말했다.

"잠깐만요! 내가 그쪽으로 갈 테니 만나서 이야기해요."

"모르는 게 나을 거예요."

"제발요!"

내가 몇 번이나 거듭 부탁을 하자 기성범은 마지 못해 한국관으로 오면 이야기해 주겠다고 했다. 나는 바로 택시를 타고 한국관으로 가 기성범을 만났다. 그와 한국관 맞은편의 커피숍으로 들어갔는데, 그는 앉자마자 울기 시작했다. 그것도 훌쩍이는 정도가 아니라 누가 죽기라도 한 것처럼 대성통곡을 하는 것이었다.

"범주 형님!"

그는 목놓아 울며 김범주의 이름만 부르짖을 뿐 이유를 설명해주지 않았다. 나는 이유도 모르면서 그를 달래주어야 했다.

"무슨 일인지는 모르겠지만 어떤 일이 생겼더라도 담담하게 받아들일 수 있으니 이야기를 해 보세요."

"꼭 이야기를 듣고 싶다면 해줄 수밖에 없지만 듣고나면 후회할 거예요."

그는 내가 내민 손수건으로 눈물을 닦고, 김범주에 관한 이야기를 털어놓기 시작했다. 그의 말이 맞았다. 세상에는 차라리 모르고 지나가야 하는 일들이 있다. 그가 살인죄로 사형 선고를 받았다는 소식은 내가 감당할 수 있는 범위를 훌쩍 뛰어넘는 소식이었다.

"분명히 누명을 쓴 겁니다. 범주 형님은 누굴 죽일 사람이 아니에요!"

기성범의 말은 귀에 들어오지 않았다. 설령 누명을 썼다고 하더라도 달라지는 건 없었다. 나는 도망치고 싶었다. 이 유별난 연애로부터 벗어나, 저 밖을 거니는 평범한 사람들 속에 숨고 싶었다. 마치 도마뱀의 꼬리처럼 계속 꼬리를 물고 이어지는 미련과 연민을 잘라내고 어딘가로 도망치지 않으면 나 역시 마음의 감옥에 갇힐 것만 같았다.

그것이 그때의 생각이었다. 나중에 생각해 보니 만일 내가 정말로 그를 사랑했더라면 그가 그런 입장이었을 때 한 번쯤은 찾아갔어야 했다는 후회가 생기기도 했다. 그것이 한 때 미래를 약속한 사람에 대한 최소한의 인간적인 예의일 수 있었기 때문이다.

하지만 나는 그때 아직 서른도 되지 않은 나이였다. 살인… 사형 선고… 나는 그런 단어가 주는 무게감을 감당할 수 없었다. 나는 두려웠다. 그 어둠의 그물에 나 역시 발이 묶여, 영원히 붙들려 있어야 할지도 모른다는 두려움에, 한시라도 빨리 마음의 정리를 해야 한다고 생각했기에, 그의 고통스러운 입장에 대해서까지 생각할 여유 같은 건 없었다. 나는 그때 한시라도 빨리 그를 만나기 전의 나로 돌아가고 싶었다.

하지만 마음이라는 건 손이나 발처럼 내가 원한다고 그대로 되는 게 아니었다. 나는 불면의 날들을 보냈고 새벽에 겨우 잠이 들면 기기괴괴한 악몽 속을 헤매야 했다. 정신과 상담을 진지하게 생각해봤을 정도로 나는 심신이 망가졌다.

차라리 주변의 모든 사람들이 내 문제를 다 알고 있더라면 좀 더 극복하기 수월했을 것이라고, 훗날 생각했었다. 하지만 나는 가족에게도, 친한 친구 누구에게도 그 이야기를 털어놓을 수가 없었다. 부모님은 나의 변화가 장기간 취업을 못하는 것에서 오는 스트레스일 거라고 생각하시는 듯했다.

어느 날 아버지가 내 방문을 두드렸다.

"수희야, 잠깐 나와봐."

부모님에게는 나 자신이 지극히 정상이라는 걸 보여줘야 한다는 생각에, 고장난 수도꼭지처럼 끊임없이 쏟아지는 눈물을 휴지로 닦아내고 문을 열었다.

"잠깐 나와봐."

진지한 아버지를 보니 무슨 심각한 이야기라도 하려는 것 같아 서둘러 밖으로 나갔다. 아버지는 나를 데리고 가게 안을 찬찬히 돌며 말했다.

"우리 가구점이 오래돼서 말이야. 아직은 큰 문제가 없지만 시간이 좀 더 지나면 어려워질 수도 있어. 그래서 내부 인테리어도 바꾸고, 상품도 D.I.Y처럼 유행에 맞는 걸 구비해야 할 것 같아. 그 정도만 해 줘도 괜찮을 거야. 네 생각은 어떠니?"

"네…"

그 순간 아버지의 의도를 알아차렸다. 내가 취업을 못하고 있고 그 문제로 고민하는 것이라고 짐작하고, 설령 취업이 안 되더라도 가업을 이어받으면 되므로 걱정 많이 하지 말라는 말을 하고 싶어 하시는 것이다.

"내가 터를 잘 닦아놓고 단골도 제법 있어서 밥 먹고 사는 건 크게 문제가 없을 거다."

"네…"

"너무 걱정 하지 말어. 요즘은 너 말고도 취업 못하는 애들이 많더라."

"네…"

그 순간 목이 메었다. 우는 모습을 보이고 싶지 않아 입술을 깨물었지만 눈물이 주체할 수 없이 흘러 뺨을 타고 바닥에 떨어져내렸다.

"왜 울어? 수희야?"

"아버지!"

나는 썩은 나무토막처럼 풀썩 아버지에게 안겨, 서럽게 울었다. 힘들다고, 견딜 수 없이 힘들다고, 말하고 싶었다. 하지만 마음과 달리 아무 말도 하지 못하고 그냥 울기만 했다.

"네가 그동안 마음 고생이 많았나 보구나. 그려, 1년 이상 노력해도 취업이 안 되니 얼마나 힘들었겠어. 걱정 하나도 하지 말아라. 돈 안 벌어도 된다. 이 아버지가 평생 먹여 살릴 수 있으니 걱정 하나도 하지 말거라."

지금 생각해보면 그것은 나의 마지막 성장통이었던 것 같다. 성장하면서 누구나가 겪는 아픔을 나는 유별나게 앓았을 뿐이었던 것은 아니었을까. 누구나 각자의 인생을 살고 각자의 길을 간다. 그 길에서 누군가를 만나 서로를 갈망하기도 하지만 진실한 사랑으로 맺어지기는 정말 어려운 것이다. 사랑은 아름답지만 그게 전부는 아니다. 한 송이의 꽃을 피우기 위해 혹독한 겨울을 견뎌야 하는 것처럼 사랑 역시 무수한 상처와 고독이 수반되고, 그 끝이 언제나 해피 엔딩도 아니다.

그 후 나는 눈앞의 현실에 매진하려 애썼다. 수십 군데의 회사에 이력서를 넣어 나름 견실한 중소 기업에 취직했는데, 취업에 성공한 것은 끝이 아니라 시작이라는 걸 알았다. 이른 아침에 출근해 늦도록 잡무와 씨름하고 집으로 돌아오면 파김치가 되어 당장이라도 그만둬 버리겠다고 이를 갈았으나, 다음날 아침이 되면 혹시라도 늦을까봐 끼니도 못 챙겨 먹고 출근하는 그런 생활을 반복했다.

상대가 신참 여직원이라서인지, 어느 순간부터 반말로 업무 지시를 내리는 직장 상사와 대판 싸움을 벌였고, 싸웠다고 꽁하면 안 된다며 사장이 마련한 회식 자리에 참석해, 못 마시는 술까지 마시고 집으로 돌아온 어느 날, 무심코 우편함을 보니 편지 한 통이 와 있었다. 김범주로부터 온 편지였다. 이번에도 국제우편이었고 모나코발이었다.

수희, 오늘은 안 좋은 소식을 전해야겠어. 나, 여기서 여자가 생겼어. 관광 안내원을 하는 여자인데 어쩌다 보니 사귀게 되었고 애까지 생겼어. 너무나 미안해. 이 여자가 나를 너무 좋아해서 버릴 수가 없어. 그래서 어쩔 수 없이 이곳에 눌러살아야 할 것 같아. 수희, 날 너무 원망하지 말아. 수희는 예쁘고 똑똑한 여자니까 나보다 몇 배 훌륭한 남자를 만나게 될 거야.
그렇지만 나를 잊지는 말아줘. 수희를 알았던 시간이 내 인생에서 가장 아름다운 순간이었어. 그 기억을 영원히 안고 살아가겠어. 수희에게도 내가 좋은 사람으로 남았으면 좋겠어. 어쩌다 한 번은 나를 기억해줘. 부탁이야.

64

장하림으로부터 전화가 걸려온 것은 그해 11월 중순이었다. 나는 27살의 끄트머리에 있었고, 첫 번째 직장을 그만두고 이제 뭘 하며 사나라는 고민을 심각하게 하고 있을 때였다. 직장을 그만 둔 이유는 여러 가지지만 가장 큰 문제는 일이 나와 전혀 맞지 않았기 때문이었다.

그런 면에서 장하림의 전화는 너무나 시의적절했다고 말할 수가 있을 것 같다. 그가 내게 전화를 걸었다는 것 자체만으로도 나는 기대감에 젖을 수밖에 없었다.

"지금쯤이면 내 전화를 애타게 기다릴 것 같아서 말이야."

"왜요?"

"여기저기 치이면서 인생 별것 없구나하고 있을 때 같아서."

"그럼 선배가 제게 구원의 동아줄이라도 내려주실래요?"

"이 사람아, 구원의 동아줄은 나도 기다리고 있어."

나는 더 빼고 자시고 할 입장도 아니라 그의 사무실을 찾아가겠노라고 했고, 그것은 지난 번의 애매한 입장과는 달리 마음의 결정을 어느 정도

한 후의 선택이었다.

그의 사무실을 찾아가 그가 내미는 계약서에 사인을 했다. 그가 운영하는 연기자 중심의 기획사에서 3년간 전속으로 연기 생활을 한다는 내용이었다. 하지만 연예뉴스에 나오는 화려한 스타들의 그런 전속 계약이 아니다. 최소한의 활동비만 받고 단역부터 시작해야 한다는 것이다. 장하림은 나로부터 가능성을 발견하고 픽업했겠지만 내 입장에서 미래가 막막하기는 중소기업 말단 여직원 때보다 심하면 심했지 덜하지 않았다.

내가 장하림의 회사에서 처음 맡은 배역은 텔레비전 드라마의 단역이었다. 대사도 없었다. 여주인공의 친구 가운데 한 명으로, 그냥 얼굴만 나오는 정도였는데 연기자가 아니라 엑스트라라고 해도 무방할 정도로 비중이 없었다. 대학의 연극 동아리에서는 나름 연기력이 있다고 자부하는 내가 이런 처지가 된 것에 대해 자괴감이 들기도 했다.

그런 엇비슷한 역할을 몇 개 하고 나서 어느 정도 비중이 있는 조역으로 캐스팅이 되었다. 드라마가 아니라 영화였는데, 정식으로 오디션을 보아서 통과가 되었고 큰 액수는 아니지만 개런티도 받았다.

하지만 세상에 공짜는 없다. 조역이었기 때문에 영화 준비 기간 내내 참여를 해야 했고 연기에 필요한 의상과 소품을 내가 직접 구해야 했다. 영화의 감독이 장하림과 막역한 친구 사이라는 걸 나중에 들어서 알게 되었는데 그 빽으로 캐스팅이 되었다고 남에게 자랑하기 민망할 정도로 고생스러웠다. 내가 이 길로 접어든 게 과연 잘한 짓인지에 대해 심각하게 고민도 했지만 이제와서 돌아갈 곳도 없었다.

내가 출연한 영화는 사극으로 임진왜란 당시 널리 알려지지는 않았지만 실존했다고 전해지는 한 의병장의 스토리였고, 내가 맡은 역할은 주인공의 아내였다. 일단 주인공인 의병장이 가난한 선비였기 때문에 나 역시 그 수준에 걸맞는 의상을 입어야 했다. 왕비나 공주의 그것과는 거리가 멀었다는 것이다.

연기 역시 그랬다. 일본군이 주인공의 활약에 큰 타격을 입자, 가족을 인질로 잡으려 한다는 내용이 있기 때문에 나는 영화 내내 피난민들과 함께 도망다녀야 했다. 촬영은 3월에 이루어졌는데, 아직 추위가 물러가지 않은 때였다. 차가운 바람이 몰아치는 허허벌판에서 옷도 제대로 못 입은 채, 달리고 넘어지고 구르는 역할을 반복하다 보니, 전쟁의 비참함을 겪는 조선 아녀자의 눈물 겨운 연기가 저절로 우러나왔다.

그런데 그때까지의 고생을 아무 것도 아닌 것으로 만드는 결정적인 한 방이 남아 있었다. 차가운 강물을 헤엄쳐 건너야 한다는 것이다. 사실 애초의 시나리오에는 이런 장면이 없었다. 그런데 이 영화로 성공하지 못하면 안 되는 입장의 감독은 이 영화를 좀 더 실감나게 찍기 위해 주인공의 아내가 물살을 헤엄쳐서 강을 건너는 장면을 일부러 추가했다는 것이다.

물론 그렇다고 정말로 강을 전부 건너야 하는 건 아니었지만, 그렇더라도 물속에서 허우적거리며 빠져나오는 장면을 내가 직접 연기하지 않으면 안 되었다. 감독은 멀리서 레디고를 외쳤고, 나는 피난민들과 함께 강 속에 뛰어들어 허우적거리는 연기를 했다.

"자, 잘했습니다만, 연기가 좀 아쉽네요. 한 번 더 갑시다!"

촬영팀이 준비한 모닥불에서 잠깐 불을 쬐고 다시 강 속으로 뛰어들었다. 이번에는 엑스트라들이 실수를 해서 NG가 났다. 이가 저절로 와득득 소리를 내며 부딪쳤고 두 다리는 사시나무 떨리듯 떨려서 똑바로 서 있을 수조차 없었다. 괴로운 것은 나 혼자만이 아니었다. 나와 함께 물속에서 연기를 했던 엑스트라들도 와들와들 떨며 모여 있었다. 그 모습을 보니 삶이 곧 전쟁이라는 말이 실감나게 다가왔다.

다시 감독이 레디고를 외쳤고 나와 엑스트라들은 다시 물속으로 뛰어들었다. 나는 차가운 물속에서 실감나는 연기를 하려 최선을 다했지만 이번에도 감독은 오케이 사인을 주지 않았다.

"좋습니다만, 조금 아쉽네요. 한 번만 더 갑시다!"

나는 기진맥진해서 밖으로 나왔다. 더는 못 할 것 같았지만 이대로 도망쳐버리면 나중에 큰 문제가 될 수 있었다. 그때 장하림이 눈에 띄었다. 그는 촬영장을 구경 나온 듯 멀리서 태연히 지켜보고 있었다. 그의 그런 모습을 보니 화가 치밀어올라 당장 그만둘 생각으로 그에게 달려갔다.

"선배! 그만두겠어요!"

장하림은 냉정하게 대꾸했다.

"왜? 힘들어서?"

"왜 계속 NG인지 이해를 못하겠어요!"

"채수희! 대학 연극 동아리에서 연기를 하는 것과 실제의 현장에서 연기를 하는 건 다른 거야."

"하지만 이 정도일 줄은 몰랐어요!"

장하림은 잠시 침묵하다가 내 눈을 똑바로 보며 말했다.

"내 말 잘 들어. 자네는 분명히 재능이 있어. 하지만 본인이 노력을 안 하면 세상 누구도 자네에 대해 알지 못해. 그만 두겠다고? 그럼 어딜 갈 거야? 그냥 평범한 보통 사람으로 살고 싶어? 그런 게 존재하기나 해? 평범한 보통 사람의 행복한 삶? 그런 게 도대체 어딨는 데?"

갑자기 말문이 막혔다.

"대학 때부터 자네를 지켜봤어. 본인 속에 중요한 게 있다고 생각하면서 정작 그것이 무언지를 스스로도 알지 못해. 언제까지 그렇게 살 거야? 지금 이 순간을 직시하라고! 지금 이 순간이 자네 인생에서 가장 중요한 순간일 수 있다는 거 모르겠어?"

장하림이 무슨 말을 하는지도 정확히 모르면서 내 눈에서는 눈물이 굴러 떨어졌다.

"내가 말했지? 구원의 동아줄 같은 건 어디에도 없다고. 눈을 똑바로 뜨고 보라고! 자네를 도와줄 사람은 이 세상 어디에도 없어. 나도 마찬가지야. 나는 자네의 재능에 투자를 한 거지, 자네의 인생을 구원해 주려는 게 아니야. 도망치는 건 쉬워. 하지만 세상 끝까지 가더라도 자네의 자존감을 지켜줄 누군가를 만날 수는 없을 거야. 절대로!"

그의 말 한마디 한마디가 강한 현실감을 띠면서 나를 압박했다. 마치 벼랑 끝에 서 있는 듯한 느낌이었다. 나는 알았다고 말하고 촬영장으로 돌아갔다. 그 후에도 몇 번이나 더 NG가 났지만 나는 불평 한마디 하지 않고 끝까지 촬영을 마쳤다. 내가 첫 조역으로 출연한 그 영화는 그해 한국영화에서 가장 중요한 문제작으로 꼽혔고, 흥행에서도 크게 성공했다. 내 연기에 대한 평가도 칭찬 일색이라 나는 매스컴의 주목을 받았다. 나중에 생각해보니 장하림은 이 영화가 잘될 줄 알고 있었고 내 연기 역시 주목 받을 줄 알고 있었던 것 같다.

나는 다음 작품에서 일약 주인공으로 발탁되었다. 나는 갑자기 유명해졌다. 그것은 마치 긴 터널을 지나가니 갑자기 다른 세상이 나타나는 것과 흡사한 기분이 들게 했다. 내가 처음 주연을 맡은 영화도 빅히트 했고, 나는 그 후 순탄하게 연기자로서의 길을 걸었다.

연기자 생활을 정리하고 은퇴를 한 것은 33살 때였고, 결혼을 한 것은 그다음해였다. 내 결혼 상대자는 벤처 기업으로 크게 성공해서 나만큼이나 유명해진 남자였다. 나는 결혼 후 남편의 내조자로 제2의 인생을 꿈꿨다. 하지만 행복은 잠깐이었고, 지독한 성격차로 순탄치 못한 결혼생활을 이어갔다. 처음 2년은 어떻게든 맞춰살려 했으나 맞지 않은 남녀가 노력으로 맞춰사는 것에는 한계가 있었다.

나는 36살에 이혼했다. 아들이 하나 있었는데, 이혼 소송에서 아들에게는 엄마가 더 필요하다는 것을 인정 받아 내가 키우게 되었다. 매스컴에서는 내가 이혼 후 다시 연기 생활로 돌아올 것이라고 보도 했으나, 나는 아들과 함께 미국으로 떠났다. LA에 거주하며 대학에서 공부를 했고 한인 방송국에서 DJ를 하기도 했다.

그 무렵 나는 지인들과 유럽을 여행한적이 있다. 일주일간의 일정이었는데, 파리에서 출발해 뮌헨과 비엔나를 거쳐 마지막으로 베니스에 도착해 여행의 마지막 하루를 보내고 있을 때, 지인중의 한 명이 모나코에서 잠시 카지노를 즐기자고 제안을 해 그렇게 하기로 했다.

모나코에 도착해 모두가 카지노를 찾았는데, 나는 흥미를 느끼지 못하고 호텔에서 나와 몬테카를로의 좁은 보도를 천천히 산책했다. 작은 나라이다 보니 10분도 지나지 않아 나라의 끝인 해안가에 도착할 수 있었다. 나는 그곳에서 코발트 빛의 바다를 바라보며 오래전의 기억을 떠올렸다. 감옥에서 내게 모나코발 편지를 보냈던 사람… 그 기억은 그동안 나 스스로가 인위적으로 억누른 것이라서, 과연 내게 그런 특별한 일이 정말로 있었던 것인가 하고 의문이 생길 정도로 진위가 불분명해져 있었다.

그런데 내가 기억의 상자에 굳게 채워졌던 자물쇠에 열쇠를 꽂고 비틀어

열자, 그때의 일들이 바로 몇 시간 전의 일인 듯이 생생하게 되살아났다. 어쩌면 그와의 사랑이 그런 식으로 종말을 맞아서 더욱 특별한 것일 수도 있을 것 같다. 나는 지금도 그가 어떤 사람이었는지 제대로 모른다. 다만 감옥에 갇힌 모습을 보여주고 싶지 않아 모나코라는 나라에 있다며 편지를 보낸 그와, 그의 그런 마음을 다치게 하고 싶지 않아, 아무 것도 모르는 체하며 답장을 보낸 나… 그 절절한 순간이 마음에 남아 있을 뿐이다.

그때는 사형수라는 감당할 수 없는 무게에 필사적으로 도망치려 했지만, 시간이 훌쩍 흐른 지금은 그를 그렇게 떠나보낸 것에 대한 회한이 남아 있다. 서로 사랑했고 미래를 약속했던 사람이라면 설령 사형수라고 하더라도 마지막 면회 정도는 갔어야 하지 않았을까.

그런데 그는 왜 하필 모나코라고 둘러댔을까. 이곳보다 더 유명한 나라는 얼마든지 있는데… 어쩌면 그는 자신의 이상향을 모나코라는 나라에 투영한 것인지도 모르겠다. 그가 꿈속에서 그렸을 모나코에 나는 지금 와 있다. 그렇게 생각하자니 가슴이 먹먹해지면서 눈물이 주체할 수 없이 흘러내려, 눈부시게 파란 지중해의 바다 쪽으로 시선을 돌려야 했다.

내가 한국으로 다시 돌아간 것은 42살 되던 해의 봄이었다. 이유는 딱 한 가지로 꼬집어서 말할 수 없을 것 같다. 미국 생활을 충분히 경험했기 때문일 수도 있고 향수병이 생겼던 것도 있고, 아들의 교육 문제도 한 몫 했다. 물론 미국이라는 나라가 교육의 장점이 많기는 하지만 아이가 성장하면서 피부색이 다르다는 것 때문에 겪어야 할 심적 고통은 역시 상쇄하기 어려운 단점이었다.

내가 연기 생활을 할 때 거주했던 아파트는 처분을 했기 때문에 부모님 집으로 갔다. 부모님은 여전히 가구점을 운영하고 계시다. 시대가 바뀌어 소규모의 가구점을 찾는 사람은 극히 드물지만, 아버지는 손해만 안 본다면 언제까지나 이 가게를 지키고 싶다고 하셨다.

내 방에 여장을 풀고 한국에 다시 돌아온 첫 밤을 보낸 후 아침을 맞아 가구점으로 나가보았더니, 아버지가 땀을 흘리며 진열해 놓은 가구에 광택제를 바르고 있었다. 나도 예전에 해 보았던 작업인데, 보기보다 훨씬 힘든 일이었다. 머리가 하얗게 센 아버지는 젊었을 적과 조금도 다르지 않은 모습으로 여전히 그 일을 하고 있었다.

"아버지, 제가 한번 해 볼게요."

"네가 할 줄 알아?"

"그럼요. 예전에 아버지 대신 가게 볼 때 종종 했는 걸요."

"그랬나."

아버지는 허리를 펴며 그럼 한번 해 보라는 시늉을 했다. 나는 마른 천에 광택제를 뿌리고 옛날 생각을 하며 책상을 닦기 시작했다. 한 때 매스컴을 화려하게 장식했던 톱스타 여배우였지만 아버지에게는 여전히 수수하고 조신한 딸의 모습을 보여주고 싶어하는 나의 속마음을… 그러나 아버지는 전혀 몰라주었다.

"애! 그렇게 하는 거 아니다. 그렇게 건성으로 하면 가구 다 버린다."

"건성으로 하는 거 아닌데요? 처음에는 대충 닦아주고 손 때가 묻은 곳은 나중에 집중적으로 닦으려고 해요."

"어느 세월에 다 하겠니?"

"급한 것도 아니잖아요."

"보기에 답답해서 그래."

"그럼 소파에 앉아계세요."

"어어, 손자국 다 나잖아!"

"아버지가 말 시켜서 그랬잖아요!"

결국 나는 아버지에게 바통을 넘기고 내 방으로 들어가, 딸의 마음을 저토록 몰라주는 아버지가 세상에 또 있을까라고 혼자 푸념해야 했다.

한국에 돌아와 가장 먼저 할 일은 아들의 학교 문제였다. 미국의 LA에서 초등학교 2학년까지 마쳤으므로 3학년에 편입 시키려 했는데 이게 간단한 문제가 아니었다. 학교와 교육청에 제출해야 할 서류가 수십 가지가 넘어 그것을 처리하는 데 한 달이 넘게 걸렸다.

아들은 친정집이 있는 창희동의 한 사립 초등학교에 편입했다. 여름 방학이 끝나고 등교를 시작했는데, 얼마 후인 10월에 가을 운동회가 열렸다. 나는 누구에게도 뒤지지 않는 엄마가 되고 싶어, 아들이 좋아하는 먹을거리를 잔뜩 싸들고 운동회에 참석했다.

전교생이 운동장에 모여 포크 댄스를 추는 광경을 바라보며, 내 아들이 어디 있는지 눈으로 쫓다가 드디어 발견해 내고는 엄마가 온 줄도 모르고 열심히 율동을 하는 아들을 흐뭇하게 바라보고 있을 때 누가 내게 다가와 조심스럽게 말을 붙여왔다.

"실례지만 혹시 채수희 씨 아니신가요?"

예전 배우시절의 나를 알아본 팬이겠구나라고 생각하며 쳐다보았는데, 어딘가 낯이 익은 얼굴의 남자였다.

"맞습니다만, 누구시죠?"

"맞구나! 나야 나! 조영태라고!"

"어머? 조영태야? 정말?"

"하하하! 이렇게 만나는구나!"

"그러게!"

10년도 훨씬 넘은 간극이 있음에도 막역하게 나오는 그에게 동화되어 나도 옛날처럼 그를 대했다.

"애 운동회 참석한 거야?"

"응, 우리 아들."

"난 우리 딸."

"저기 가운데 파란 야구 모자 쓴 아이가 우리 아들이야."

"저 맨 앞에 머리 띠 한 아이가 우리 딸."

애는 과연 어떤 여자와 결혼을 할까라고 궁금해 하고는 했는데, 와이프가 어떤 여자인지는 모르겠지만 결혼을 하기는 한 모양이었다. 단체 운동이 끝나려면 아직 시간이 많이 남아 있어, 조영태와 나는 휴게실로 가서 자판기 커피를 마셨다.

"와! 이게 얼마만이냐? 네가 유명인이 된 후 다시는 못 만날 줄 알았어."

"이런 곳에서 이렇게 만날 줄은 꿈에도 생각 못 했어."

"미국 갔다는 이야기 얼핏 들었는데, 언제 귀국했어?"

"두 달 전에. 애는 하나니?"

"아니, 쟤가 둘째야. 넌?"

"아들 하나."

"애 아빠는?"

"못 들었구나. 나 이혼했어. 한참 됐는걸."

"그랬어?"

조영태는 고개를 설레설레 흔들었다.

"넌 어째…"

"나 남자 문제 엄청 안 풀리지?"

"그러게 내가 프로포즈 했을 때 그냥 넘어왔어야지!"

"호호호, 아직 안 늦었잖아."

"안 돼. 내가 우리 와이프한테 꽉 잡혀 살아서!"

이야기를 나누어보니 조영태는 학교 쪽으로 방향을 잡아 고등학교 교사를 몇 년 하다가 대학원에서 다시 공부를 해 지금은 서울에 있는 대학의 부교수로 있다고 했다.

조영태는 휴게실의 창가에 서서 커다란 유리창을 투과해 쏟아져 들어오는 가을 햇빛을 바라보며 천천히 중얼거렸다.

"날씨 참 좋다. 마치 스물 네 살 때 군대를 제대하고 한 걸음에 너를 향해 달려갔던 그때처럼…"

다시 운동장으로 돌아와보니 청팀과 백팀으로 나뉘어 줄다리기를 하고 있었다. 나와 조영태의 아이들이 청팀이라, 그와 나는 한 목소리로 영차영차를 목청껏 외쳤다.

"너 온다고 해서 비장의 무기를 준비했다고."

내가 집 안으로 들어가자 박희준은 나를 감싸고 식탁으로 데려가며 말했다. 그녀가 말하는 비장의 무기는 만둣국이었다.

"이게 그냥 만둣국이 아니다, 너. 다시마에 파뿌리, 북어 대가리까지 집어넣고 푹 끓인 국물로 만들었어."

"어련하겠니!"

"울 남편이 먹어보고 나더러 만둣국집 하면 대박 나겠다고 했는 걸."

만둣국집으로 대박날 정도는 아니었지만, 그녀의 요리치고는 제법 먹을 만 했다. 아니, 내가 먹어본 그녀의 요리 가운데는 최고였다. 하기야 10년이면 강산도 변한다는 데 주구장창 요리에만 빠져사니 실력이 안 늘면 오히려 이상한 것이다.

내가 연기 생활을 시작한 후 다른 친구들과는 다소 소원해졌으나 박희준과는 늘 함께 다녔다. 내가 미국에 있을 때도 그녀가 일부러 두 번이나 찾아와 함께 놀러다닌 적이 있었다.

내가 연기 생활을 한참 할 때, 그녀가 촬영장으로 놀러왔다가 감독의 즉흥 제안으로 출연도 했었다. 내 옆에 그냥 서 있기만 하는 역할이었는데 그 영화가 개봉했을 때 그녀는 주변 사람들에게 자신의 데뷔작이 극장에서 상영된다고 잔뜩 소문을 냈다고 한다. 영화를 본 그녀의 주변 사람들은 주인공은 아니더라도 어느 정도 비중 있는 역할일 것이라고 생각했을 텐데 3초도 안 되게 잠깐 등장한 걸 보고 어떻게 소감을 말해줘야 할지 난감했을 것이다.

박희준은 남편 덕을 톡톡히 보고 산다. 그녀의 남편은 계속 사업을 해서 망했고 나중에는 집까지 저당잡히는 최악의 상황에까지 이르렀다가, 5번째 새로 시작한 사업이 잘되면서 인생 반전에 성공했다는 것이다. 그녀는 계속 요리학원을 다닐 수 있게 되었고 아이를 셋이나 낳고도 별 걱정을 안할 수 있게 되었다.

성나라는 나와는 띄엄띄엄한 관계지만 박희준과는 자주 통화를 한다고 하는데, 여전히 아침의 참새처럼 부지런하게 산다고 한다.

조영미는 불운한 케이스다. 그녀의 첫사랑인 동거남은 30중반까지 허황된 일만 계속 벌려서 그녀를 속썩이다가 몇 년 전에야 친척의 도움으로 제대로 된 직장에 취업해 뒤늦게 정신을 차리고 가장으로서의 역할을 제대로 해 내기 시작했다는데, 너무나 가혹하게도 바로 그때 그녀에게 병마가 찾아와, 큰 수술을 몇 번이나 받고 오랜 기간 병원 신세를 져야 했다.

그 탓인지는 모르겠지만 그 후 그녀는 우울증에 걸려 친구들의 모임에도 안 나오고, 언제인가부터는 연락도 두절되었다는 것이다. 5월의 장미처럼 우리 가운데 가장 아름다웠던 그녀가 왜 그리도 인생이 꼬이는지…

박희준으로부터 친구들의 소식을 듣다보니 나도 모르는 사이에 눈가가 촉촉이 젖어들었다. 특히 조영미 이야기를 들으니 안타까움에 가슴이 저며왔다. 그때 하필 박희준이 틀어놓은 오디오에서는 짐 크로스의 'Time In A Bottle'이 흘러나오고 있었다. 고등학교 때의 어느 지루한 보충 수업 시간에 짝꿍이었던 조영미가 내 귀에 이어폰을 끼워주고 이 음악을 틀어주며 조잘거렸었다. 글쎄, 이 노래를 만들고 부른 짐 크로스라는 사람이 이 노래를 만들고 얼마 있다가 비행기 사고로 죽었다지 뭐니. 노래 한 번 들어봐. 그의 슬픈 운명이 노래 속에 들어있는 것 같지 않니?

> If I could save time in a bottle
> 만일 시간을 병 속에 담아 둘 수 있다면
>
> The first thing that I'd like to do is to save
> everyday till eternity passes away just
> spend them with you
> 나는 가장 먼저 당신과 함께 보낼 날들을
> 그 안에 모아두겠어
>
> If I could make days last forever
> 만일 내게 세월이 흐르지 않고
> 그 자리에 영원히 멈춰있게 할 수 있다면

If words could make wishes come true
I'd save everyday like a treasure and then again
I would spend them with you
하루하루를 보석처럼 소중하게 간직해서 너와 함께 쓰겠어

But there never seems to be enough time
to do things you want to do once you find them
하지만 내가 원하는 모든 것을 할 수 있을 만큼
시간은 길지 않아

I've looked around enough to know That you're the
I want to go Through time with
나는 충분히 살아봤기에, 너만이 남은 인생을
함께 보낼 유일한 사람이라는 걸 알아

If had a box just for wishes and dreams that
has never come true the box would be empty
만일 나의 이루지 못한 꿈과 소망을 담은 상자가 있다면

except for the memory of how They were
anawewed by you
그 속에는 너의 흔적 말고는 아무 것도 없이 비어 있을 거야

65

구치소 방 안에 나는 서 있다. 나는 틈만 나면 작은 창을 통해 밖을 내다 본다. 보이는 것이라고는 교도소의 마당과 담벼락 일부분 뿐이다. 겨우내 노랗게 시들어 있던 잔디가 서서히 파란빛으로 되살아나고 있었다.

나는 이곳에 얼마나 있었을까. 10년가량 된 것도 같고, 훨씬 더 오래된 것도 같다. 언제인가부터 햇수를 세지 않게 되었다. 창밖으로 보이는 교도소 마당의 잔디가 푸른색이면 봄이나 여름, 시들기 시작하면 가을, 완전히 시들면 겨울… 그렇게 세월이 흘러가는 걸 바라보았다.

처음 사형 선고를 받았을 때는 분노를 억누를 수가 없었다. 내게 살인 누명을 씌운 안영표 패거리뿐 아니라, 나 이외의 모든 사람들, 그리고 나를 이렇게 만든 사회에 대해 적의를 품었다. 잠을 못 이뤘고, 때로 난동도 부려, 독방에 갇힌 적이 여러번 있었다.

하지만 그것도 한 때였다. 우선은 어떻게 해 볼 수가 없다는 것이었다. 우군도 없이, 나 혼자 이곳에서 할 수 있는 건 아무 것도 없었다. 그다음에는 나 자신의 삶을 되돌아보게 되었다. 내가 이렇게 된 것은 어떤 식의 대가를 치르는 것이라는 생각이 들었다. 나는 건달 세계에 입문해 조직의 단맛을 실컷 맛 보았으므로 조직에 의해 억울한 누명을 쓰고 개처럼 죽어가더라도 받아들여야 한다는 것이다.

그렇더라도 내가 신부나 스님이 아닌 이상 마음이 괴롭지 않을 수는 없는 것이었다. 교도관이 나를 부를 때 마다 사형이 집행되는 것이라는 생각에 두려움에 떨었다. 하지만 10년 이상이 지났음에도 나는 아직 살아 있다. 사회가 민주화되면서 사형 집행도 계속 미루어지고 있기 때문이다.

어두운 생각이 들 때마다 나는 창가에 우두커니 서서 교도소 마당을 바라본다. 때로 몇 시간씩이나 그렇게 서 있다 보면, 거짓말처럼 평상심을 되찾을 수 있었다.

"선생님, 이리와서 이것 좀 같이 먹읍시다."

주민기라고 사기로 들어온 사람인데, 나를 비롯한 수감자들에게 꼬박꼬박 선생님 칭호를 붙이는 사근사근한 사람이었다. 나이는 나보다 10살가량 연상인 듯 했고 사기도 보통 사기가 아니라 1천억 대의 투자 사기로 피해자 가운데는 자살한 사람도 여럿 있다고 한다.

그는 컵라면의 면에 고추장을 섞어서 만든 수제 비빔면을 수감자들과 나누어 먹고 있었다.

"번번히 미안하네요."

"여기서 이런 재미도 없으면 어째 살겠습니까."

"그건 그래요."

나는 다른 수감자들과 함께 비빔면을 먹기 시작했다. 주민기 말고는 모두 말 수가 거의 없었다. 나 외의 이곳 수감자들은 최소 10년에서 최대 무기 징역까지 모두 장기수들이었다. 희망이 없다보니 수감자들 간의 대화도 단절되었다.

"김 선생님 만일 밖에 나가서 만나면 말입니다. 근사하게 회 한 접시 대접하겠습니다. 영등포에 내가 잘 가는 횟집이 있는데요. 이 집에서 회 한 번 먹으면 다른 집에서는 못 먹습니다. 정말 옆에서 누가 죽어도 모를 정도로 맛있다 이 말입니다."

"회 좋죠."

"회는 뭐니 뭐니 해도 갈치회가 최고 아닙니까. 입안에 한 점을 척 넣으면 사르르 녹는데, 진짜 죽입니다."

주민기의 리얼한 표현을 듣다보니 저절로 밖에 있을 때 생각이 떠올랐다. 그냥 일상적으로 밥 먹고 거리를 걷고 어디 앉아서 잠시 쉬고 그러는 일들이 지금 내 입장에서는 천국에서의 생활이나 다름없었다.

"고만 좀 해요! 자꾸 사회 이야기 하니까 지금 이러고 있는 게 더 괴롭게 느껴지잖아요!"

비빔면을 먹던 안종철이 짜증을 냈다. 이 사람은 강도 상해죄로 복역하다가 탈출을 시도해서 20년을 선고받은 사람이었다.

"그랬나? 그런 뜻으로 말을 했던 건 아닌데, 아무튼 미안허이."

"미안할 건 없고요. 적당히 하시란 말이에요."

"알았소."

양종철이 자신보다 20년 이상 어린 사람임에도 주민기는 넉살 좋게 넘겼다. 그의 그런 모습을 보면 피해자가 자살할 정도로 악질적인 사기 범죄를 저질렀다는 게 언뜻 실감이 안 난다.

"너무 뭐라 하지 마소. 주 씨가 아니면 여기가 무덤처럼 조용할 테니까. 누구 한 사람이라도 말을 해야 사람 사는 곳 같지 않겠소."

한영식이라는 50대 후반의 수감자가 뒤로 물러나 앉으며 점잖게 말했다. 이 사람은 술에 취해 행인과 시비가 붙었는데, 딱 한 번 주먹을 휘둘렀던 게 잘못되어 상대방이 사망했다고 한다. 그렇다고 평소에 주먹을 잘 쓰는 사람도 아니라고 한다. 한 마디로 재수가 없었다는 것이다.

오랜 시간 감옥 생활을 하다보니 별의별 사람들을 다 보게 되었다. 어떤 사람은 정말 파렴치한 인간이라는 생각도 들지만, 때로 어떤 사람은 도무지 이런 곳과 어울리는 구석이 없을 정도로 순수한 면이 있었다. 어쩌면 그것을 운이라고 부르는 것일지도 모르겠다. 어떤 사람은 밥 먹듯이 죄를 짓고 살아도 별 문제 없이 살고, 어떤 사람은 평생을 양심적으로 살다가 딱 한 번 실수한 것 때문에 인생의 대부분을 감옥에서 보내기도 한다.

비빔면 파티가 끝나고 다들 자기 자리로 돌아갔다. 좁은 공간이지만 각자의 공간이 다 정해져 있었다. 나는 가장 상석이랄 수 있는 창가 바로 아래였다. 이곳에서 유일하게 사형수이므로 배려를 받은 것이랄 수 있었다. 그 외에도 나는 청소나 설거지 같은 잡일에서 제외된다.

벽에 비스듬히 기대고 누워 있는 데, 바로 옆방에서 노랫소리가 들려왔다. '과거는 흘러갔다'라는 제목의 노래인데, 건달들이 즐겨 부르는 레퍼토리라 내게도 익숙한 노래였다.

즐거웠던 그날이 올 수 있다면,
아련히 떠오르는 과거로 돌아가서
지금의 내 심정을 전해보련만,
아무리 뉘우쳐도 과거는 흘러갔다

교도관이 제지해서 2절은 들을 수가 없었다. 혹시 밤무대 가수 출신이 아닐까 할 정도로 구성진 목소리라, 노래의 여운이 오래 가슴에 남았다. 희미한 의식의 저편에서 아련한 기억이 떠돌았다. 마치 내게 정말로 그런 일들이 있었던 것인가 싶을 정도로 특별했던 일들이었다. 내 인생을 영화라고 한다면 대부분의 인생이 어두운 흑백 필름이고, 그때만이 화려하고 밝은 컬러 필름처럼 느껴지는, 그런 기억이었다.

나는 수백, 수천 번도 더, 그녀를 처음 만났던 순간부터 마지막 모습까지 리플레이 해 보고는 했다. 내가 어느 날 갑자기 형장의 이슬로 사라지더라도, 그 기억이 있어 불행한 것만은 아니라고 생각할 수 있었다. 그녀는 나의 모든 것이었고, 나를 살아있게 만든 이유였다.

내 자리에는 부치지 못한 수십 장의 편지가 놓여 있다. 물론 그것들은 모두 채수희에게 보내려고 쓴 편지들이다. 나는 부치지 못 할 것이라는 걸 알면서도 편지를 쓰고 또 썼다. 너무나 그녀가 그리워 이번에는 꼭 부쳐야겠다고 생각하고 편지를 썼다가, 다 쓰고 나면 생각이 바뀌어 보내지 않은 편지도 있다.

그 아래는 그녀가 나에게 보낸 편지들이 있다. 10년도 훨씬 전에, 내가 모나코에 있는 것으로 생각하고 그녀가 보내준 답장들이었다. 나는 그것들을 읽고 또 읽어, 한 글자도 빼놓지 않고 외울 수 있을 정도가 되었다. 하얀색이었던 편지는 나의 손 때가 묻어 색이 변해 있었다.

나는 감옥에서 대체로 말수도 없고 남과 시비도 벌이지 않으며 생활했지만 언젠가 수감자 한 명이 채수희가 보낸 편지를 건드리는 것을 보고는, 화가 폭발해 폭력을 휘두른 적이 있었다. 그녀가 나의 모든 것이듯이, 그녀가 보낸 편지는 나의 전 재산이었다.

다음날 새벽에 불길한 꿈을 꾸었다. 나는 처음에 하늘을 날고 있었다. 그러다가 갑자기 추락하기 시작했다. 눈앞에서 지상의 것들이 빙글빙글 돌아가고 있었다. 나는 비명을 지르며 끝없이 추락하다가 잠에서 깼다.

창을 보니 아직 채 밝지 않은 검푸른 새벽이었다. 그냥 흔한 개꿈이라고 생각할 수도 있겠지만 아래로 추락한다는 것이 심상치 않은 느낌을 주었다. 형장에서 교수형을 당하면 아래의 발판이 열리면서 허공에 매달린다는데, 꿈속의 추락 장면이 그것을 연상시켰기 때문이다.

나의 해몽이 기우이기를 바랐지만 아침을 먹은 직 후 교도관이 나를 부르면서 불길한 예감이 현실화되기 시작했다.

"3091번, 접견이다!"

접견이라니… 처음 얼마간을 빼고는 나를 찾아온 면회객도 없었고 국선 변호사도 나를 접견할 일이 없었다. 그런데 난데 없이 접견이라면 이유는 딱 한 가지다. 바로 사형 집행인 것이다. 사형 집행을 할 경우 사형수의 반발이 있을 수 있기 때문에 다른 핑계를 대서 이동시킨다는 말을 여러번 들었다. 아무리 초연하려고 해도 당장 죽는다고 생각하니 정신이 혼미해졌다.

"무슨 접견이 있다는 거요? 말해봐. 누가 나를 접견한다는 거요?"

"내가 그걸 어떻게 알겠소."

"나도 준비를 해야 하니 솔직히 말해줘. 사형 집행이지?"

"글세, 모른다니까요!"

교도관은 정말로 아무 것도 모르겠다는 태도를 취했다. 구치소 내의 교도관들은 구치소 안만 관장하기 때문에 지시대로 이행만 할 뿐 정말로 모를 수도 있었다. 아니면 사형수가 반항할 것을 우려해 거짓말로 둘러대는 것일 수도 있었다. 그러나 나의 예감은 안 좋은 쪽으로 흘러갔다. 역시 사형 집행 외에는 이유가 없다는 생각이 든 것이다.

"이보쇼. 사형집행이 틀림없는 것 같은데, 마지막 부탁 하나만 합시다."

"말해봐요."

"꼭 편지를 보내야 할 사람이 있어서 그러니 10분만 시간을 주시오."

교도관은 망설이다가 허락을 해 주었다. 역시 사형 집행이라는 확신이 들었다. 10년 이상을 감옥에 있다보니 수행자라도 되는 듯이 마음 수양이 되어가고 있다고 생각하는 와중이었는데, 막상 죽는다고 생각하니 평상심을 유지할 수가 없었다. 편지지를 꺼내는 손이 부들부들 떨렸고 심장이 거세게 박동했다.

나는 무릎을 꿇고 앉아 나의 처음이자 마지막 연인이었던 그녀, 채수희에게 편지를 쓰기 시작했다.

수희, 오랜만이야. 너도 마흔이 넘었겠구나. 시간이 꿈처럼 흘러갔어. 아마 이것이 내가 지상에서 쓰는 마지막 편지가 될 거야. 사실은 이 편지가 너에게 도착할지에 대해서도 자신 할 수가 없어. 지금 내 인생을 돌아보니 모든 것이 허무해. 너와 이루어질 수 없었던 것도 운명일까? 잘 모르겠어.

죽은 후에 또 다른 생이 있을까? 만일 내가 다시 태어난다면 깡패짓만은 절대로 하지 않을 거야. 좀 더 떳떳한 직업을 가지고 널 당당하게 만나겠어. 다시 태어난다면 말이야.

아직도 너에 대한 감정이 그대로라고 한다면 믿을 수 있겠어? 진심이야. 내 인생을 통틀어 내가 사랑했던 여자는 너뿐이었고, 지금도 마찬가지야.

수희, 보고 싶어, 너무나, 너무나, 너무나…

마지막 구절을 쓰는 데, 눈물이 흐르기 시작했다. 재판정에서 사형 선고를 받을 때도 울지 않았는데, 채수희에게 마지막 편지를 쓰는 순간 걷잡을 수 없는 슬픔의 감정이 밀려와 눈물이 쏟아지고 있었다.

나는 편지를 접어 편지 봉투에 넣고 채수희의 주소를 적은 후 우표까지 붙여 그나마 간간이 대화 정도는 나누었던 주민기에게 대신 부쳐달라고 부탁했다. 주민기는 말없이 고개를 끄덕였다. 고마웠다. 수감자 모두와 마지막 악수를 나눴는데 그들도 나의 사형 집행을 예감하고 측은한 눈길로 바라보며 내 손을 맞잡았다.

그들을 뒤로 하고 감방 안을 나와 교도관에게 이끌려 교도소 복도를 걸었다. 지금의 이 순간이 생의 마지막 순간이라고 생각하니 단조로운 교도소 풍경도 예사롭게 보이지가 않았다. 개똥밭을 굴러도 저승보다는 이승이 낫다는 말이 무얼 의미하는지를 실감할 수 있었다.

복도를 걷는 몇 분간의 짧은 시간 동안, 내 머릿속으로는 그동안의 삶이 영화 필름처럼 빠르게 흘러갔다. 목적 없는 부표 같은 인생이었다. 다시 태어난다면 어떻게 살아야하는지 잘 모르겠지만 적어도 이번 생에서처럼 살면 안 된다는 것만은 알 것 같았다.

복도의 끝에 있는 철문에 도착했다. 교도관이 열쇠로 철문을 열어젖히고 다른 두 명의 교도관에게 나를 인계했다. 두 교도관은 내 인적사항을 확인하고 양쪽에서 내 팔을 붙잡은 후 복도를 걸었다.

복도의 끝에는 오른쪽과 왼쪽, 두 갈래의 길이 있다. 오른쪽은 한 번도 가보지 않은 길이고 왼쪽은 예전에 변호사를 만나러 갈 때 갔던 길이다. 만일 정말로 변호사를 접견하러 가는 길이라면 왼쪽으로 가야 한다. 오른쪽으로 가면 그건 영락없는 사형 집행이다. 나는 생과 사의 두 갈래 길을 마주하고 있는 것이다.

사형 집행이라는 예단을 하고 있으면서도 혹시나 하는 긴장감이 전신을 휩싸고 돌았다. 갈림길 앞에 이르렀을 때, 두 교도관은 지체하지 않고 왼쪽으로 방향을 틀었다. 이 길은 구속 초기에 자주 갔던 길이라 잘 안다. 복도의 끝에 변호사 접견실이 있는 것이다. 그렇다면 정말로 변호사 접견이라는 말인가. 나는 죽지 않을지도 모른다는 기대감에 가슴이 벅차올랐다.

교도관 두 명은 변호사 접견실의 문을 열고 나를 안으로 데려갔다. 그곳에는 머리가 하얗게 센 초로의 남자가 나를 기다리고 있었다.

"김범주 씨?"

"네…"

"앉으시죠."

나는 교도관들에게서 벗어나 그가 가리키는 의자에 그와 마주 앉았다.

"나는 김범주 씨의 국선 변호를 담당한 이병문이라고 합니다."

나는 그와 악수하며 영문을 알 수 없는 혼란스러움에 사로잡혔다. 재판이 끝난지 10년 이상 지난 지금 왜 국선 변호인이 필요하다는 것인지 도무지 감을 잡을 수 없었던 것이다.

이병문은 안경집에서 안경을 꺼내 쓰고 서류를 살펴보며 내게 설명했다.

"1994년도에 발생한 윤인식 살해 사건 말입니다. 살해 전모가 새롭게 밝혀졌어요. 그래서 제가 김범주 씨의 변호를 맡게 되었습니다."

나는 흥분을 가까스로 억누르며 그에게 물었다.

"어떤 전모가 밝혀졌다는 것인가요?"

"안영표라고 알죠?"

"잘 알죠."

310

"안영표가 이번에 청부 살인죄로 구속되어 조사를 받고 있는데, 그 과정에서 윤인식 살해 사건 역시 그가 청부하고 차동만이 살해를 실행한 정황이 드러난 겁니다."

나는 떨리는 목소리로 물었다.

"그럼 어떻게 되는 거죠?"

"검찰이 자신들의 수사에 문제가 있다는 걸 인정했으므로 조만간 재심을 청구해서 본 사건에 대한 무죄 확정 판정을 받으면 김범주 씨는 바로 석방될 수 있습니다."

그 순간 기쁘기도 했지만 그보다는 비현실적인 느낌에 사로잡혔다. 사형수의 신분으로 10년 이상을 감옥에 있었는데 갑자기 석방된다는 말을 들으니, 마치 나 자신이 드라마의 주인공이라는 되는 듯한 기분이 들었던 것이다. 변호사는 석방은 확정적이며, 석방 후 수사 잘못으로 인한 피해 보상을 요구하면 상당한 액수의 보상비를 받을 수 있을 것이라고 설명해주었다.

사형 집행의 두려움에 젖었다가 느닷없이 석방 소식을 들으니 지옥과 천국을 오간 것처럼 정신이 없었다. 변호사는 확신을 하는 듯 했으나 파란만장한 인생을 살아온 나는 내 발로 교도소 문을 나가기 전까지는 안심할 수가 없었다. 사형 집행을 예상하고 왔다가 석방 소식을 들었듯이, 또 무슨 알 수 없는 일이 생길지 모르는 일이었다.

그렇다고 하더라도 이제 석방된다는 감격이 없을 수가 없었다. 별말은 안 했지만 가슴속에서는 기쁨이 고동쳐 오르고 있었다. 막상 석방된다는 이야기를 듣고 보니 과거의 누명 같은 건 그다지 심각하게 생각되지가 않았다.

감옥에서 내내 생각했던 게 하나 있었다. 누명을 안 쓰고 밖에서 살았다면 나는 내가 어떤 처지에 놓였는지도 모르는 무지 속에 더 많은 죄를 지었으리라는 것이다. 그런 생각이 늘 있었기 때문에 누구 때문에 내가 이렇게 되었다는 식의 생각은 사라진지 오래였다.

교도관들에게 인계되어 다시 복도를 걸어오며 창밖에 시선을 주었다. 가지에 걸린 푸른 나뭇잎들이 유난히 싱싱해보였다.

66

정확히 27년만이다. 세월만큼이나 학교는 예전과는 전혀 달라진 모습이었다. '혜림여자중학교'라는 학교명이 교문의 기둥에 써 있지 않았더라면 나는 이곳이 내가 다닌 중학교였는지 헷갈렸을 것이다.

우선 교문부터 달랐다. 예전에는 휑뎅그렁한 철제 대문이 콘크리트의 기둥과 연결되어 있었는데, 지금은 빨간색의 야트막한 벽돌 기둥에 아치형의 대문이 서 있었다.

예전에는 교문을 들어서면 황량한 운동장이 나타났는데, 지금의 운동장에는 파란색의 인조 잔디가 덮혀 있었다. 건물의 크기는 그대로였지만 색감이나 치장이 완전히 달라져 있어서 예전의 기억을 되살리려면 시간이 필요했다.

"혹시 채수희 씨 아닌가요?"

나를 부르는 소리에 뒤를 돌아다보았더니 한 눈에도 관리인임을 알 수 있는 초로의 남자가 웃으며 나를 바라보고 있었다.

"맞군요. 긴가민가했는데 이렇게 가까이서 보니 채수희 씨가 확실히 맞네요. 그렇죠?"

연기를 안 한지 꽤 되었지만 아직도 예전의 나를 기억 하는 사람들이 더러 있었다. 나는 밝게 응대했다.

"안녕하세요?"

"채수희 씨가 한참 활동할 때 학생들이나 직원들 사이에서 이곳 출신의 연기자라고 해서 화제가 되었어요."

"고맙습니다."

"요즘은 왜 활동을 안 하세요? 난 팬이라서 채수희 씨가 출연한 영화는 전부 봤어요."

"저보다 잘하는 연기자들이 많아서요."

"그래도 기다리는 팬들이 많아요."

나는 다시 한 번 고맙다고 말했다.

연기를 안 한 지는 오래 되었지만 나 자신의 직업은 여전히 연기자였다. 남들도 나를 그렇게 보겠지만 나 역시 연기자라는 생각을 버린 적이 없었다. 연기라는 직업의 장점이라면 다양한 인생 경험을 연기로 승화시킬 수 있다는 것이다. 마흔이 넘은 나이라면 연기자로서의 황금기는 지났다고 말할 수도 있겠지만 그것은 통념에 불과하고, 외국의 경우는 나이 들어 깊이 있는 연기를 펼치는 연기자가 수없이 많다.

장하림은 그것을 잘 알고 있는 선배였다. 내가 귀국하고 나서 며칠 후 그는 내게 전화를 걸어와 내가 맡으면 좋을만한 배역이 몇 개 있다고 말을 해 주었다. 하지만 나는 아직은 아니라며 간곡히 고사했다. 그 이유는 연극을 하고 싶었기 때문이다. 나의 연기 출발이 연극 무대였듯이, 새로운 출발 역시 연극을 통해 하고 싶었다. 그런 내 입장을 설명해주자, 장하림은 이해한다고 대답해주었다. 고마웠다.

나는 천천히 운동장을 가로질러 학교 안으로 들어갔다. 학교의 전체적인 외관은 예전과 전혀 달라져서 예전의 흔적을 찾기 어려웠으나 학교 안의 풍경은 낯익은 것들이 제법 있었다.

운동장 구석에는 수돗가가 있어서 체육시간이 끝나면 아이들이 우르르 몰려가 그곳에서 목을 축이고는 했는데, 지금도 그것은 그 자리에 그대로 있었다. 다만 사용하지 않은지 오래된 듯 보였다.

학교 건물 앞의 화단은 역시 예전과 크게 달라지지 않은 모습이었다. 화단을 지나면 학교 건물과 학교 건물 사이에 몇 미터가량의 텀이 있고 그곳을 지나가면 연못이 나타나는데, 아직도 있을까 하고 궁금해하며 걸어가 봤더니 아직도 연못이 예전의 그 모습으로 그곳에 있어 잠깐 감격스러웠다.

사실 이 연못에 얽힌 추억은 별로 아름답지 못하다. 여자 중학교 내에 연못이 있는 학교는 드물었기에 볼거리로는 충분했지만 그것은 아이들을 위한 것이 전혀 아니었다. 학교 이사장이 애지중지하며 종종 그곳을 찾았기 때문에 아이들이 돌아가며 그곳을 청소하느라 애를 먹어야 했다.

누구 한 사람을 위해 다수가 고생을 했던 그때의 일에 대해 내가 아직도 유감스러워하고 있는 건 아니다. 그 시대는 그런 시대였다. 학생들의 자기주장이 너무 강해져 오히려 교권이 위축되어 문제라는 지금과는 천양지차로 다른 시대였던 것이다.

웃음소리가 들려 고개를 들어보니 단정한 교복을 입은 두 명의 여학생이 학습 도구로 보이는 것들을 품에 안고 수다를 떨며 지나가고 있었다. 그들의 모습이 너무나 순수해 보여, 나는 나이도 잊고 그 애들과 격의 없이 어울리고 싶은 충동에 잠시 휩싸였다.

내게 리즈 시절이 있다면 그건 중학교 때라고 할 수가 있다. 물론 그때가 가장 화려하고 멋진 시절은 전혀 아니었지만 세상을 바라보는 시선이 순수했다는 면에서는 그때만한 시절이 없었다는 것이다. 고등학교 때만 하더라도 대학 입시라는 절대적인 과제에 억눌려 지내야 했지만 그에 반해 중학교 시절은 아무 것도 모르는 백지 같은 시기였다. 이제 막 파릇파릇한 새순이 돋아나는 시절이었다고 할까.

나는 애써 그 시절을 기억으로 되살려보려 하며, 천천히 교내를 걸었다. 조금 전에 내 앞을 지나친 두 여학생이 학교 건물 안으로 들어가는 게 보였다. 지금의 교실 분위기는 어떨지 궁금해져 나는 교실이 있는 학교 건물 쪽으로 걸어갔다.

계절이 초여름이라 창문이 열려 있는 교실이 많았다. 수업 풍경은 크게 달라지지 않았다. 교사가 열심히 설명을 하고 아이들이 눈을 반짝이며 듣고 있는 모습은 그냥 보는 것만으로도 아련한 추억에 젖게 해 나는 입가에 미소를 띠고 그 모습을 쳐다보았다.

바로 그때 어딘가에서 낯익은 목소리가 들리는 듯 했다. 그것은 내 기억의 깊은 곳에 침잠해 있던 27년 전의 기억을 수면 위로 끄집어냈다.

"슈베르트는 말이야. 평생을 아주 외롭고 가난하게 살았어. 마치 그의 어둡고 음울한 음악처럼 말이야. 그의 음악을 듣노라면 세상에 밝고 즐거운 음악은 존재하지 않는 것이 아닌가 하는 생각이 들 정도지."

나는 무언가에 홀린 것처럼 목소리를 따라 걸었다. 1층의 맨 끝에 있는 교실에서 들리는 목소리였다. 나는 설마설마하며 조심스러운 걸음으로 슈베르트에 대해 열정적인 설명이 흘러나오는 교실로 다가갔다. 그 교실 역시 창문이 열려 있어 교실 안을 볼 수 있었다. 교단에 서 있는 교사는 머리가 하얗게 센 50대 중반의 남자였다.

"슈베르트의 음악 가운데 가장 널리 알려진 곡이 '겨울 나그네'인데, 동명의 제목으로 영화도 만들어졌어. 물론 너희들은 못 봤겠지만 나는 이 영화를 젊을 때 보고 큰 감동을 받았다. 그래서 이 곡을 들으면 그 영화의 장면들이 떠오르고는 하지."

27년 전에도 했던 이야기였다. 그때 나는 그의 강의를 듣고, 비디오 대여점으로 달려가 '겨울 나그네'라는 영화를 빌려 보았었다. 그가 감동했듯이 나 역시 감동했다. 그리고 이 영화처럼 순수한 사랑을 애타게 그렸다. 나의 그에 대한 첫사랑은 그렇게 시작되었다.

15살의 여학생을 사랑에 흠뻑 빠지도록 만들었던 20대의 젊은 음악 선생님은 아직도 똑같은 학교에서 똑같은 수업을 하고 있었다. 그라는 건 분명히 알 수 있었지만 그는 너무나 달라져 있었다. 머리가 햐얗게 센데다가 얼굴에는 주름이 짙게 잡혀 있고 몸도 구부정해서 그동안의 세월을 실감할 수 있었다.

어떻게 아직도 이 학교에 있는 것일까. 그때 그는 전근을 간 다른 음악담당 교사 대신 임시로 부임 해 온 기간제 교사였는데 아마 사립학교이므로 그것이 인연이 되어 오랜 시간 같은 학교에서 근무하게 된 것인 듯했다.

외양은 변했지만 열정적인 강의 모습은 예전 그대로였다. 지금이라도 달려가 '선생님!'하고 부르면 그때처럼 자상하게 나를 맞아줄 것 같은 착각에 나는 휩싸였다. 하지만 성인이 된 지금 그랬다가는 그에게나 나에게나 여러 가지 번거로운 일들이 생길 수 있기 때문에 첫사랑을 다시 보게 된 행운은 그저 마음속에 간직해 두기로 했다.

학교를 나와, 천천히 거리를 걸었다. 유난히 화창하고 밝은 태양 아래를 걸으며 나는 인생의 중요한 순간들을 떠올렸다. 기쁘고 행복했던 순간들도 있었지만, 그보다 훨씬 더 많은 날들을 절망하고 외로워하며 보내야 했다. 어쩌면 그것은 나뿐 아니라 세상의 모든 사람들이 겪는 인생의 통과 의례인지도 모르겠다고 요즘은 생각한다. 가뭄 끝의 단비가 소중한 것처럼 외로움이 있어야 진정한 사랑의 의미를 제대로 이해할 수 있는 것이 아닐까. 누가 그랬던가. 그래서 인생은 누구에게나 고행이라고, 각자 일도 다르고 살아가는 방식도 다르지만 인생의 중요한 시기를 지나고 나면 누구나가 인생에 대해 비슷한 결론에 도달한다고…

67

나의 살인죄에 대한 누명이 풀렸다고 그 즉시 석방이 된 건 아니었다. 국선 변호인을 통해 재심을 청구해야 했는데, 내 경우는 죄목이 살인죄만 있는 것이 아니었으므로 다른 죄에 대한 형은 그대로 적용이 되고 살인죄에 대해서만 재심을 청구할 수 있었다.

그 과정이 의외로 까다롭고 길어서 다시 검찰의 취조를 받고 재판도 두 번이나 더 받은 후에 최종적으로 석방 처분을 받았다.

석방되는 날, 나는 마지막으로 내가 10년의 세월을 보낸 감방 안을 찬찬히 둘러보았다. 강산도 변한다는 10년의 세월을 이 좁은 방 안에서 보냈다고 생각하니, 내 인생이 새삼 기구하게 생각되었다. 이제 밖의 세상으로 나가게 되었으므로 당연히 기쁘지만 한 편으로는 오랜 시간을 보낸 이곳에 대한 감회도 없을 수가 없었다.

"김 선생, 사회에 나가면 다시는 죄짓지 말고 사세요."

주민기가 내 손을 잡고 흔들며 말했다. 수 천 억 대의 사기죄를 지었다지만 내게는 이 사람에 대해 나쁜 기억이 별로 없었다. 사형수와 장기수만 모아놓은 이 방 안에서 그나마 사람 사는 곳처럼 느끼게 해준 사람이었다.

그 외에도 강도죄로 20년을 선고받은 양종철… 우발적인 살인으로 30년을 선고받은 한영식… 살인죄로 무기 징역을 선고받은 이경식… 강도죄로 복역하다가 탈옥을 시도해서 35년을 선고받은 마영해… 모두가 중죄인으로 분류된 사람들이지만 내게는 오랜 시간 함께 해온 동료였다. 나는 그들과 마지막 인사를 나누고 감방 안을 나갔다.

교도관은 나를 교도소 내의 출감 대기소로 데려갔다. 그곳에 들어가 보니 오늘 나와 함께 석방되는 대여섯 명의 출감자들이 출감을 기다리고 있었다. 그들은 한결같이 설레고 흥분된 모습이었다. 물론 나 역시 마찬가지였다. 어떻게 살것인지에 대해 전혀 계획한 것이 없었지만 그래도 이제 자유를 누릴 수 있게 되었다는 것 하나만으로도 기뻤다.

그곳에서 10분가량 기다리자 교도관이 내가 구속되기 전에 입었던 옷과 그때의 소지품들을 챙겨왔다. 10년 전에 입었던 옷과 시계, 지갑을 눈앞에 두고 보니 옛날 생각이 떠올랐고, 내가 이제 밖의 세상으로 나가게 되었음을 새삼 실감하게 되었다.

옷을 갈아입고 다른 출감자들과 열을 맞춰 교도소를 가로질러 걸었다. 출감하는 나를 맞을 사람이 있을까? 아마 없을 것이다. 가족들은 단 한 번도 내 면회를 오지 않았고 조직의 동료와 후배들도 어느 순간부터 발길을 끊었다. 그러고 보니 나는 사회로부터도 단절되었지만 조직에서도 버림받은 입장이었다.

육중한 교도소 철문 앞에서 걸음을 멈추고 대기했다. 교도관이 인원 점검을 한 후, 경비 병력을 향해 수신호를 보내자 경비병이 잠금쇠를 젖히고 교도소 문을 열었다. 한 사람씩 차례로 문 밖으로 걸어나갔고 나 역시 차례가 되어 자유의 땅으로 걸음을 내딛었다.

출감자들을 애타게 기다리던 사람들이 달려와 출감자들을 맞고 있었다. 나는 어수선한 그들 사이에 우두커니 서서 이제 어디로 가야 하나라고 생각하고 있는데, 뜻밖에도 나를 부르는 소리가 어딘가에서 들려왔다.

"범주 형님!"

나는 반사적으로 소리가 나는 곳을 향해 고개를 돌렸다. 주차장 쪽에서 남자 한 명이 나를 향해 손을 흔들며 뛰어왔다. 그가 가까이 와서야 한국관의 후배였던 기성범이라는 걸 알았다. 그가 나를 마중나온 것도 의외였지만 내가 기억하는 그 기성범과 너무나 달라져 있어서 흠칫 놀랐다. 그는 전형적인 중년의 모습을 하고 있었다. 그러고 보니 10년만이었다. 반가움 이전에 그동안의 세월이 새삼 자각되었다.

"고생 많이 하셨죠?"

그는 내 손을 잡고 흔들며 눈시울을 붉혔다.

"아무도 안 올 줄 알았는데, 아무튼 와줘서 고맙다."

"다른 애들도 온다고 했는데, 내가 말렸어요. 너무 어수선하면 형님이 안 좋아하실 것 같아서요."

"잘했어."

기성범은 나를 자신의 차 쪽으로 데려갔다. 그의 차는 BMW 가운데서도 최고급 기종에 속하는 차였다. 그러고 보니 그가 입은 옷도 그렇고 자세도 그렇고, 지난 10년간 고생과는 거리가 멀게 살아온 듯 보였다.

차가 교도소 담벼락을 따라 달리다가 4차선의 넓은 도로로 접어들었을 때 기성범이 입을 열었다.

"안영표가 형님 면회를 못 가게 했어요."

안영표가 조직원들에게 내 면회를 못 가게 했다는 것보다 기성범이 안영표에 대한 존칭을 생략하고 있는 게 귀에 확 들어왔다. 거의 신적으로 군림하다시피 했던 안영표의 이름을 조직원이 함부로 부르는 건 전에는 상상할 수 없는 일이었다. 현재 그가 살인죄로 감방 안에 있다고 하더라도 마찬가지다. 조직 세계에서의 상하관계는 죽기 전까지 계속되는 것이 이 세계의 룰이었기 때문이다.

"쓰레기 같은 새끼!"

기성범은 이를 갈았다. 단순히 내게 누명을 씌웠기 때문에 그 일을 말하는 것인가. 아니면 내가 없는 사이 무슨 일이 있었던 것인가.

"나뿐 아니라, 애들이 안영표라면 치를 떨어요."

"무슨 일이 있었는데?"

"형님이 그렇게 없어진 뒤에 말이에요. AYP는 계속 잘 나갔어요. 안영표가 비즈니스 감각은 뛰어나잖아요. 제가 형님 뒤를 이어 한국관을 맡았고 사채 쪽은 이병규가 했어요. 유흥복합빌딩 체리는 장승용이 계속 했어요. 사업이 번창해도 안영표만 좋았지 나머지는 개털이잖아요. 그래도 우린 별 불만 없었어요. 조직에 있으면서 밥 안 굶는 것도 어디냐, 우린 그런 마인드니까요. 그런데 안영표가 도둑이 제발 저린다고 의심이 들기 시작했나봐요."

안영표에게는 남을 의심하는 안 좋은 습관이 있었다는 건 나도 알고 있었다. 내가 없는 동안 더 심해져서 거의 병적으로 변했던 모양이다. 아마 조직이 커지다 보니 그랬을 것이다.

안영표는 특히 사채를 맡은 이병규를 심하게 의심했다고 한다. 예전에도 사채를 맡은 윤삼원을 의심해서 내가 제거한 적이 있었다. 그 재판이었다.

안영표는 이병규 밑의 조직원인 강준성을 충동질했는데 간교하게도 이병규가 제거되면 그 자리를 주겠다는 식의 약속을 했다는 것이다. 그런데 이병규를 습격한 강준성이 오히려 이병규한테 펀치 한 방을 맞고 기절하는 상황이 되면서 일이 복잡하게 꼬여나갔다.

이병규가 강준성을 앉혀 놓고 배신한 이유를 추궁해보았더니 그의 뒤에 안영표가 있다는 걸 알고 경악하기에 이른 것이다. 안영표가 막장 드라마에나 나오는 추잡한 이간질을 했으니 할 말을 잃었을 것이다.

이병규는 어차피 버림받은 입장이라는 생각에 이판사판으로 나가기 시작했다. 대놓고 안영표에게 대항해 세를 모았던 것이다. 하지만 순순히 물러날 안영표가 아니었다. 그는 충성파인 장승용을 시켜서 회유를 시도했다. 영표 형님이 의심했던 거 사과하고 싶어 하신다, 화해하고 다시 옛날로 돌아가자, 라는 식으로 회유를 했다고 한다. 대개 건달들은 단순 무식한 면이 있어서 이병규는 그 말을 믿고 장승용을 따라 갔는데, 장승용은 안영표의 지시를 받고 그를 경기도 고양시의 외진 곳으로 납치를 해버렸다는 것이다.

이때부터 사태가 급격하게 돌아가기 시작했다. 이병규는 창고에 갇혀 휘발유가 끼얹어진 채 심한 린치를 당했다고 한다. 만일 이때 이병규가 굴복했다면 혹시 모르겠지만 분한 마음에 계속 길길이 날뛰어 당황한 장승용이 안영표에게 연락을 취했는데, 이때 죽이라는 지시가 떨어졌다는 것이다. 아마 안영표는 이병규를 살려두면 자신에게 큰 위협이 될 것이므로 싹을 잘라버리고 싶었을 것이다.

아무리 충성파인 장승용이라고 하더라도 오래 한솥밥을 먹은 이병규를 죽이기는 쉽지 않았을 것이다. 장승용이 주저하자 안영표가 계속 압박을 가했고 어쩔 수 없이 장승용은 소주 두 병을 나발로 분 다음 휘발유가 끼얹어진 이병규 몸에 불을 붙인 것이다. 내가 이천에서 윤인식의 처리를 두고 고심할 때 안영표가 내게 살해 지시를 내렸던 상황과 놀랍도록 흡사했다. 역사가 반복된다는 이야기를 어딘가에서 읽은 일이 있는데 사람의 인생도 돌고 도는 것인지 모르겠다.

그 후 AYP는 완전히 안영표의 출세를 조력하는 조직이 되었다. 그는 정관계의 인물들과 친분을 맺으려 안간힘 썼다는데, 나는 그가 무엇을 원하는지 알 것 같았다. 아무리 돈을 벌고 성공했어도 건달 출신이라는 꼬리표를 떼기는 어려웠을 것이며, 그러한 자격지심을 극복해 보려는 시도로 사회의 양지 쪽에 서 있는 사람들과 교류하고, 자신도 그 가운데 서기를 절박하게 바랐을 것이다.

하지만 사회라는 것은 그 나름의 역할이 있는 것이다. 정치인은 정치를 하는 것이고 기업인은 기업을 하는 것이 본업이 듯이, 건달은 결국 남의 문제를 폭력으로 해결해야만 존재가치가 있게 되는 것이다. 그러다보니 안영표는 정치인과 기업인들이 대놓고 나서지 못하는 문제를 음지에서 해결해주며 성장했고, 그 과정에서 조직원들이 개처럼 일했다고 한다.

그것이 내가 감방 안에 있었던 지난 10년간의 AYP 역사였다. 만일 내가 계속 안영표 수하에서 일했더라면 아마 나 역시 누구보다 열심히 안영표의 출세를 위해 일했을 것이고, 그 대가로 달콤한 권력의 과실을 맛보았을 것이다. 그것을 알기 때문에 나 자신이 갑자기 사회로부터 격리된 것이 어떤 면에서는 복이라고 생각할 수 있었던 것이다.

안영표의 몰락은 그가 정점에 있다고 생각하는 순간 터졌다. 그의 심복이었던 장승용이 과거에 있었던 이병규의 살해 사건을 경찰에 자백한 것이다. 제 발로 경찰서를 찾아가 남김없이 자백했다고 한다. 그 이유는 대수롭지 않은 것에서 시작되었다. 장승용이 안영표의 허락없이 사업 확장을 했다는 것이다. 아마 장승용은 그동안 자신이 안영표의 출세를 헌신했으므로 그 정도는 할 수 있다고 생각했을 것이다. 그것은 안영표의 의심병이 얼마나 심각한 것인가를 제대로 몰랐기 때문이었다.

사실 그 정도의 갈등은 조직 내에서 언제나 생길 수 있는 일이었는데, 문제는 안영표가 사람을 다루는 방식이었다. 다수의 직원들이 보는 앞에서 장승용을 공박한 것도 모자라, 비가 오는 날 자신의 차에 장승용을 태우고 달리다가 화를 못 참고 장승용을 빗속에 던져두고 떠났다는 것이다. 장승용은 그대로 경찰서로 가서 이병규에 대한 사건을 남김없이 불어버렸다고 한다.

안영표는 살해 교사 혐의로 긴급 체포되었는데, 수사 과정에서 내가 누명을 쓴 사건인 윤인식에 대한 살해 교사의 진범 역시 안영표라는 게 드러나면서 내가 석방되기에 이른 것이다.

기성범이 여기까지의 이야기를 하는 동안 나는 그의 이야기를 들으며 창밖에 시선을 주고 있었다. 평범한 농촌 풍경이 지나가고 있었는데, 다시는 못 볼 줄 알았던 세상의 모습의 모습이기에 그 마저도 유별나게 보였다. 내가 10년간 복역하고 나온 곳에 안영표가 들어가 있다고 생각하니 씁쓸한 웃음이 입가에 감돌았다.

기성범이 내 쪽을 보며 말했다.

"형님, 이제 새출발 하셔야죠."

"내가 할 일이 있겠냐."

"다들 형님 이야기를 많이 해요."

출감을 하면서 다시 조직으로 돌아가는 것은 생각해보지 않았다. 무엇보다 10년간 유리된 생활을 해 온 나를 받아줄 리 없다고 생각한 것이다. 나 자신도 다시 예전의 생활로 돌아가고 싶다는 생각은 들지 않았다.

"그건 그렇고, 형님이 여자 보는 눈은 정확해요."

기성범은 헤죽 웃으며 말했다. 그가 예전과 달라진 모습이라 줄곧 멋쩍었는데, 나를 보며 웃는 모습을 대하니 10여년 전으로 돌아간 듯 느껴졌다.

"무슨 소리야?"

"그 아가씨 말이에요. 형님이 감방 가기 전에 사귀었던… "

"채수희?"

"그래요. 그분이 어떻게 됐는지는 아시죠?"

그토록 오랜 시간이 지났음에도 그녀에 대한 이야기가 나오자 가슴이 뛰었다. 하지만 기성범이 지금 무슨 이야기를 하는지 감을 잡을 수 없었다.

"응?"

"아니, 감방 안에서 텔레비전도 안 봤어요?"

"텔레비전은 있지만 하루 1시간만 허용되고 규정에 정해진 프로그램만 볼 수 있어."

"아, 그렇지!"

"그런데 그 여자에게 무슨 일이라도 생겼어?"

"한 때 엄청난 스타였잖아요. 영화배우로!"

기성범은 입에 침을 튀기며 채수희가 활발하게 활동했던 시기를 설명해 주었다. 이야기만 전해 듣는 것으로는 실감이 잘 안 났지만 그녀라면 충분히 그럴 수 있다고 생각했다. 그렇다면 가능성은 더욱 희박해졌다는 것이다. 사람 마음이라는 게 아무리 불가능한 목표라고 하더라도 일말의 희망이라는 걸 품고 살아가는 것인데, 그녀가 평범하지 않은 위치에 있다면 나와는 더욱 멀어져 있는 것이다.

그때 기성범이 휴대폰을 받더니 나를 바꿔주었다.

"김 사장님 고생 많으셨습니다! 홍세민입니다."

내가 감옥에 가기 전 매니지먼트 사를 함께 하기로 했던 홍세민이었다. 그의 목소리를 갑자기 다시 들으니 10년이라는 세월이 무색해지고 바로 며칠 전에 만났던 사람이라도 되는 듯한 기분이 들었다.

"정말 오래간만입니다. 그간 잘 지내셨죠?"

"아주 좋습니다. 김 사장님이 아시면 놀라실 거예요. 저희 회사가 아주 잘 되고 있어서 말입니다."

홍세민은 흥분한 목소리로 매니지먼트사의 현황을 설명해주었다. 나로서는 잘 이해 못하는 부분이 많았는데, 대충 듣자니 회사 소속의 연예인들이 잘 나가고 있어 영화 제작까지 영역을 확대하겠다는 것 같았다. 그는 여전히 나를 비즈니스 파트너로 여기는 듯했으나, 이제 막 감옥을 나온 나로 서는 먼 나라의 이야기처럼 들려 알았다고 하고 통화를 정리했다.

오후 2시 무렵 출발한 차는 4시 가량에 서울로 접어들었다. 북적거리는 서울 시내를 지나다보니 내가 정말로 자유를 얻었다는 게 실감났다. 내 경우는 사형수로서 늘 죽음이 곁에 있었기 때문에 다시 사람 사는 세상으로 돌아왔다는 게 신기할 정도였다.

이윽고 낯익은 거리가 눈앞에 펼쳐졌다. 한국관이 있는 Y시 골목이었다. 10년 전과 크게 달라지지 않은 익숙한 모습을 대하자니, 마치 오랫동안 외지를 떠돌다 고향으로 돌아왔을 때 같은 감동에 젖었다.

기성범이 한국관 앞에 차를 세우자 입구에 있던 종업원들이 계단을 뛰어

내려와 맞았다. 나는 그들 가운데 아는 얼굴이라도 있는지 살폈으나, 모두가 처음 보는 20대의 청년들이었다. 기성범은 그들 가운데 한 명에게 키를 넘기고 나를 한국관 안으로 안내했다.

한국관 나이트 클럽 안으로 들어가서야 아는 얼굴을 다수 만날 수 있었다. 그때 말단 종업원이었던 이들은 지금 한국관의 중간 간부를 맡고 있었던 것이다. 어떤 후배는 단번에 알아볼 수 있었으나 대부분은 10년이라는 세월이 얼굴에 고스란히 묻어 있어 한참을 들여다봐야 옛날 모습이 기억났다.

"잘 지냈냐?"

"저희야 잘 지냈죠. 형님 정말 고생 많이 하셨습니다."

"고생 안 했어. 나라에서 밥 주고 재워주는 데 무슨 고생이야."

"이제 저희가 편히 모시겠습니다."

"말이라도 고맙다."

건달 세계에도 돈 바람이 불어 의리 같은 건 흔적도 없이 사라졌다고 생각했는데 나를 반기는 후배들을 보니 내가 처신을 잘못하며 살아온 건 아니었다는 생각에 뿌듯해졌다.

그런데 그곳에는 한국관의 후배들만 있는 게 아니었다. AYP의 다른 조직에 있던 후배들도 상당수가 자리를 하고 있었다. 그렇다면 나의 출감 파티를 조직 차원에서 준비했다는 말이었다. 전과는 다른 생활로의 전환을 생각하고 있던 내게 이들의 축하는 부담으로 다가오는 면이 있었다. 그러나 나중은 어떻게 되건 일단 이 순간을 즐기자는 생각에 내색은 안 했다.

단지 예전에 함께 어울렸던 사람들을 다시 만난다는 것 자체가 얼마나 달콤한 유혹인지를 실감할 수 있었다. 무대에서는 밴드가 신나게 음악을 연주하고 프로 가수들이 나 한 사람을 위해 열창을 하는 것도 즐거운 일이었으나, 젊은 시절을 함께 보낸 옛 동료, 후배들과 다시 그때로 돌아가 술잔을 주고 받고 과거의 무용담을 큰 소리로 이야기하자니 10년이나 사형수로 감옥에 갇혀 있었다는 사실이 깡그리 잊혀졌다.

내가 후배들과 정신없이 웃고 떠들 때 기성범이 다가와 내게 귀엣말을 했다.

"형님, 긴히 드릴 말씀이 있어서요."

나는 일어서서 그를 따라 칸막이가 있는 룸으로 들어갔다. 그곳에는 이철승과 장준원이 나를 기다리고 있었다. 그들은 과거 말단 조직원이었으나 지금은 중간 보스들로 조직을 이끌고 있다고, 조금 전에 들은 바가 있었다. 그들의 표정으로 미루어 아무래도 심각한 이야기를 할 것 같아 나역시 다소 긴장이 되었다.

이철승이 조용히 내게 말했다.

"안영표가 그렇게 되고, 조직을 어떻게 해야 좋을지 여기 모여 있는 중간책들이 의논을 했습니다. 해체해 버리자는 이야기도 있었어요. 하지만 대다수가 갈 곳이 없잖아요."

나는 이해한다는 의미로 고개를 끄덕였다. 사실 안영표를 인간적으로 좋아한 조직원은 거의 없었을 것이다. 그렇지만 그는 건달도 남들처럼 살 수 있다는 걸 보여준 유일무이한 보스였다. 건달의 일생이란 뻔한 것이다. 본능과 감정대로 살다가 어느 날 개처럼 죽어가는 것이다. 안영표에게는 그런 구태를 바꾸어 놓은 공이 있었던 것이다.

"다행히 경찰에서 안영표 개인 범죄로 처리가 되어 조직은 살릴 수 있었어요. 하지만 우리 가운데 보스를 맡을 인물은 없다는 것에 의견이 일치했어요. 그래서 여기 있는 중간책들이 새로운 보스를 누구에게 맡을 것인지에 대해 의논을 해 봤는데요, 첫 번째는 조직에서 오래 몸담은 이력이 있어야 한다는 것이고요, 두 번째는 조직원들의 신뢰가 있어야 한다는 것이고요, 마지막 세 번째는 조직을 새로운 방향으로 끌고 갈 수 있어야 한다는 것이었어요."

이승철은 잠시 침묵하다가 입을 열었다.

"그래서 의논을 여러번 해 본 결과, 범주 형님이 가장 적합하다는 것에 의견이 일치했어요."

나는 눈을 지그시 감고 생각에 잠겼다. 올 것이 왔구나라는 생각이 들었다. 감방에 있을 때는 절대로 다시 이전의 생활로 돌아가는 일은 없을 것이라고 생각했다. 하지만 이철승의 말을 들으면서 떠오르는 게 있었다. 새롭게 조직을 이끌어간다면 되지 않겠는가 하는 것이다. 폭력과 음모로 점철된 과거를 지우고, 당당하게 사회의 일원으로 자리매김하는 방법이 찾아보면 있을 것 같았다. 그것도 그렇고, 평생을 조직에서만 살아온 나 자신도 다른 분야에서 어떤 일을 할 수 있을지 자신이 없었다.

하지만 감옥을 나온지 몇 시간 지나지 않은 지금 이 자리에서 바로 어떤 대답을 하기는 어려울 것 같아 하루만 생각할 시간을 달라고 했다. 이철승과 장중원, 기성범은 알겠다고 대답했다.

룸을 나오다가 흠칫 놀랐다. 1백여 명은 되는 조직원들이 모두 나를 향해 엎드려 있었던 것이다. 그들은 내가 나타나자 일제히 복창했다.

"형님! 저희를 거두어주십시오!"

마음이 짠했다. 그들이나 나나 갈 곳이 없는 것이다.

클럽을 나와 엘리베이터를 탔다. 조금 전 기성범으로부터 안영표에게는 비밀로 하고 내가 복귀할 날이 있을지 모른다는 생각에 내 사무실을 그대로 두었다는 이야기를 들었다. 기특했다.

6층에서 내려 내 사무실의 문을 열었다. 기성범의 말 그대로였다. 10년 전에 내가 쓰던 그때와 전혀 달라지지 않은 사무실의 모습에, 마치 나 자신이 타임머신을 타고 옛날로 회귀하기라도 한 것 같은 착각에 잠시 휩싸였다.

사무실 안을 한 바퀴 둘러보다가 문에 붙어 있는 폴라로이드 사진들에 눈길이 갔다. 내가 한국관의 대표로 있을 때, 생일을 맞은 고객을 위한 이벤트로 찍어준 사진들이었다. 나는 그중의 한 장에 오랫동안 시선을 주었다.

채수희…

21살의 여대생인 그녀는 수줍은 미소를 짓고 있었다.

68

어느 날 늦은 밤 시간에 박희준에게 전화가 걸려왔다.

"난 작가가 되었어야 하나봐. 요즘 집에서 할 일이 없어 주구장창 영화만 봤는데, 그러다보니 기가 막힌 스토리가 막 떠오르는 거 있지? 그중에 하나 이야기 해줄게."

그녀가 말한 기가 막힌 스토리는 어떤 유부녀가 호화 유람선을 타고 크루즈 여행을 하면서 멋진 중년의 남자와 만나 뜨거운 사랑을 나누게 된다는 19금의 에로 스토리였다. 배의 갑판에서 뱃전으로 부딪치는 물살을 배경으로 뜨겁게 하나가 되는 장면이 키포인트라고 한다. 박희준에게 작가의 재능이 있는지 없는지는 알 수 없었으나, 요즘 그녀의 정신 세계는 충분히 알 수 있을 것 같았다. 남극의 기지에서 일하는 꿈을 가졌던 10대 소녀는 그 후 명상과 동양철학, 전생, 뉴 에이지를 거쳐 19금 에로 영화에 필이 꽂혔나보다.

"별로니? 네가 그쪽에서 일하니까 재밌다고 하면 써 보려고 했지."

"어지간하면 써 보라고 할 텐데, 그런 말이 안 나오는 걸, 미안!"

그냥 한번 심심해서 생각해본거라고 얼버무리며 전화를 끊기는 했지만, 내 말에 상처를 받았음이 분명한 것 같다. 아마 본인은 스토리를 구상하면서 한국 영화계가 들썩일만한 최고의 작품이라는 찬사를 기대했을 것이다. 무슨 무슨 부인 바람 났네 시리즈로 떼돈을 벌었다는 비디오 제작사에서 타이타닉의 에로 버전으로 제작하면 손해는 안 볼지도 모르겠다.

도레미 영화사는 충무로에 있었다. 충무로라면 예전에는 한국 영화계의 메카였다. 하지만 지금은 대부분의 제작사들이 강남으로 이주해 명성만 남은 지역이다. 그런 곳에 영화사가 있다면 일단 잘 나가는 것과는 거리가 멀다는 것이다.

그래도 사무실은 반짝반짝 했다. 방금 세탁기에서 꺼내온 것 같은 밝고 화사한 직원들 몇 명이 업무를 보고 있었고 벽에는 할리우드의 고전 영화 여러편의 포스터가 나란히 걸려 있었다. 나를 알아본 여직원 한 명이 안으로 달려가 사장을 데려왔다.

"선배님!"

김준성은 활짝 웃으며 달려왔다.

"오랜만이야!"

"너무너무 감사합니다!"

그와 나는 회의실에 마주 앉았다. 그의 옆으로 기획실장을 비롯한 직원들 세 명이 둘러앉았다.

"선배님에게 시나리오가 갔다는 이야기 듣고 얼마나 조마조마 했는지 몰라요. 운명이 이렇게 될 줄 알았으면 학교 동아리에서 활동하던 그때 더 잘했어야 했다는 후회가 물밀 듯이 밀려왔잖아요. 오죽하면 점쟁이까지 찾아갔겠습니까?"

김준성이 영화 제작을 하게 되었고 나를 주연으로 캐스팅 하고 싶어 한다는 이야기는 장하림으로 부터 들었다. 장하림으로부터 건네 받은 시나리오는 '4월의 봄비처럼'이라는 멜로물이었는데, 사실 그다지 좋다는 느낌은 없었으나 고생 하는 후배 한 번 도와주는 셈치는 게 어떻겠느냐는 장하림의 설득에 마음이 약해졌다. 김준성 역시 나만큼이나 곡절 많은 인생 유전을 거쳤다고 한다.

연예계에 잘 나가는 선배가 몇 명 있어 그 덕을 볼지도 모른다는 기대로 연극 동아리 마차에 들어왔고 나중에 회장까지 했지만 연극이건 영화건, 그는 연기자로 빛을 보지 못했다. 그래서 나이 30 중반에 트로트 가수로 변신해 음반까지 냈으나 돈만 날렸고, 좌절감에 훌쩍 미국으로 떠나, 갖은 고생을 다 하다가 다시 한국으로 돌아와 이번에는 영화 제작을 해 보기로 했다는 것이다. 영화 쪽도 좋은 시절이 다 지나가서 투자를 받기가 수월치 않은 와중이었는데, 다행히 인간성은 좋다는 평가 덕분에 투자자를 설득할 수 있었다는 것이다. 그런 사정을 장하림으로부터 듣고 나니 나 몰라라 했다가는 죽을 때까지 내 욕을 하고 다니는 후배 한 명을 만들지도 모른다는 생각에 안 할 수가 없었다.

"선배님 이것 좀 보세요."

김준성은 보도자료 용으로 제작해 놓은 포스터 시안을 내게 보여주었다. 내 사진이 가운데 크게 들어가 있고 '채수희의 영화 복귀작'이라는 문장을 크게 써 놓은 시안이었다. 나 말고는 내세울게 없는 영화라는 걸 알 수 있게 하는 포스터였다.

하지만 과연 지금 내가 영화의 성공에 일조할 수 있을지는 나 자신도 자신할 수 없는 부분이었다. 물론 나는 한 때 한국 영화계에 혜성처럼 등장한 스타였지만 평탄치 못한 개인사와 함께 대중들의 시야에서 사라진지 오래라, 내 이름을 보고 극장을 찾을 관객은 그다지 많지 않을 것 같았던 것이다.

그러나 김준성은 자신감인지, 아니면 막무가내의 고집으로 밀어붙이는 건지, 하여간 이번 영화의 성공을 확신하고 있었다.

"약하다는 사람도 있는데, 나는 그렇게 안 봐요. 공장에서 찍어낸 것 같은 대규모 예산의 영화들에 관객들이 질려있다고요. 이럴 때 우리 영화 같은 소프트한 멜로 드라마를 선보이면 오히려 환영받을 거라고요."

영화의 흥행은 누구도 모른다. 당연히 흥행이 되리라 생각한 영화가 죽을 쑤는 경우도 있고, 전혀 뜻밖의 영화가 대박을 치기도 한다. 어쩌면 김준성은 이 영화로 로또 당첨에 버금가는 인생역전을 할지도 모르고, 아니면 빚쟁이들에게 쫓겨 다니는 신세가 될지도 모른다.

그날의 미팅에서 기획실장으로부터 제작계획에 대한 영화사 측의 설명을 들었다. 감독은 현재 두서너 명을 후보로 놓고 저울질 하는 중이며 감독이 결정되면 제작 발표회를 가장 먼저 하기로 했다는데, 기자들을 다수 동원하는 떠들썩한 제작 발표회를 구상하고 있다는 것이다.

미팅이 끝나고 영화사 직원들과 저녁을 함께 했다. 도레미 영화사와 가까운 한식집이었다. 김준성을 비롯한 영화사 사람들과 이번 영화에 대한 이런저런 이야기를 주고 받다가 뜻밖의 정보 몇 가지를 듣게 되었다. 이 영화는 김준성의 도레미 영화사와 필링이라는 이름의 매니지먼트사가 공동으로 제작하기로 했다는데, 투자는 전적으로 필링에서 맡았다는 것이다. 근래의 한국영화는 서너군 데의 유명 투자사가 투자와 배급을 도맡아 하고 있는 상황이라 다소 이례적인 면이었고, 나를 더욱 혼란스럽게 만든 것은 이번 영화의 투자자가 나의 캐스팅을 강력하게 주장했다는 것이다. 내가 주연을 맡지 않으면 투자를 안 하겠다고까지 했다고 한다. 김준성이 나의 캐스팅에 목을 멘 이유는 흥행 때문이 아니라 투자 문제 때문이었던 것이다.

투자자가 나를 그 정도로 선호한다면 나쁠 건 없지만, 그런 한편으로 어떤 사람인지 전혀 모르는 상황에서 그런 이야기를 듣자니 은근히 부담감이 싹 트기도 했다.

그런 내 속마음을 읽었는지 김준성이 말했다.

"나이 좀 든 사람들은 향수 같은 게 있어서 말이에요. 예전에 자기가 좋아했던 연기자를 자신이 투자하는 영화에 출연시키고 싶어 하는 그런 게 있어요."

나는 알았다고 대답하고 넘어갔다. 하지만 미팅을 끝내고 집으로 돌아오면서도 미심쩍은 기분이 남아 있었는데, 이런 문제의 의논 상대는 장하림밖에 없기에 그에게 전화를 걸어보았다.

"수희! 냉정하게 이야기할게. 지금 수희 나이의 연기자를 주연으로 캐스팅할 만한 영화는 없어. 무엇보다 투자가 전혀 안 된다고."

내가 불안해하는 문제와는 관점이 좀 달랐으나, 그가 어떤 이야기를 하고 싶어 하는지는 이해할 수 있을 것 같았다. 장하림은 현실적인 사람이라 그의 조언을 들으면 내가 어떤 현실을 마주하고 있는지가 쉽게 다가왔다. 나는 그와의 통화를 마치고 그 문제는 잊어버리기로 결정했다.

도레미 영화사가 제작하고 내가 주연을 맡은 '4월의 봄비처럼' 제작 발표회는 12월 중순으로, 때이른 한파가 닥친 날 열렸다. 장소는 서울 도심 한복판에 있는 S호텔이었다. 나는 박희준과 동행했다. 그 며칠 전부터 그녀는 공주 옆의 시녀처럼이라도 좋으니 함께 가게 해 달라고 졸랐다. 하지만 막상 내 앞에 나타난 박희준은 시녀가 아니라 왕비의 자태를 하고 있었다. 무슨 레드 카펫을 밟고 걸어가는 여배우처럼 금빛의 드레스를 입고 나타난 그녀는 '네 체면도 있는데, 막 입고 나올 수는 없잖아.'라고 말하며 수줍게 웃었다.

김준성의 제작자로서의 역량은 아직 모르겠으나 마케팅 능력은 대단하다는 걸 실감했다. 기자회견장에는 발 딛을 틈 없이 기자들이 들어차 있었다. 나중에 들어보니 막대한 비용을 들여 만든 홍보 동영상이 영화 관련 기자들의 관심을 촉발 시켰다고 한다.

기자 회견이 성공적으로 끝난 후에는 제작 축하 파티가 열렸다. 6층의 리셉션 룸에는 영화계의 유명 인사들이 가득 모여 있었다. 그들 가운데 상당수가 현재 각광을 받는 사람들이었다. 김준성이 얼마나 발품을 팔았을지가 눈에 훤히 보이는 듯 했다. 가장 신난 건 박희준이었다.

그녀는 오늘의 주인공은 나라고 말하는 듯한 표정과 몸짓으로 영화계의 유명 인사들 사이를 느긋하게 걸어다니며, 삼삼오오 모인 유명 인사들 사이에 잠깐씩 끼어들어 마치 예전부터 쭉 이렇게 살아오기라도 했다는 듯이 자연스럽게 그들과 담소를 주고 받았는데, 그런 그녀를 보면서 내가 그녀를 데리고 온 건지 아니면 그녀가 나를 데려온건지 헷갈리기도 했다. 어쩌면 박희준은 파티가 한참 무르익을 때쯤 12시가 되기 전에 집에 가야 한다면서 슬쩍 유리 구두를 벗어두고 나갈 계획인지도 모르겠다.

"반갑습니다. 홍세민입니다."

김준성이 나를 홍세민이라는 사람에게 소개시켜주었다. 도레미 영화사와 공동으로 이번 영화를 제작하는 매니지먼트사의 대표라는 설명을 조금

전에 들었었다.

"안녕하세요?"

"장하림 대표님 학교 후배라고 들었는데…"

"장하림 선배 아세요?"

"그럼요. 저하고는 막역한 사이입니다. 서로 술을 좋아해서 말이죠."

장하림도 회사를 갖고 있으니 업무 관계로 알고 지내는 사이인 듯했다.

"채수희 씨처럼 뛰어난 연기력을 가진 배우가 캐스팅되어 정말 다행입니다."

"걱정이에요. 제가 잘 할 수 있을지도 모르겠고, 오래 활동을 안 해서 흥행에도 도움이 안 될 것 같은 걸요."

"선배님! 그런 걱정 마세요! 지금 관객들이 뻔한 배우들만 나오는 영화에 식상해 있으니까요!"

김준성은 머릿속에 이 영화를 상영하는 극장 앞이 미어터지는 그림이 그려지고 있기라도 한 듯한 자신감으로 충만해 있었다.

홍세민도 김준성에게 동조했다.

"맞습니다. 영화의 흥행이란 젊은 관객만 움직여서는 안 되고, 우리 같은 중년들이 움직여야 됩니다."

"그건 그렇지만…"

그렇게 이번 영화에 대해 셋이 담소를 주고 받고 있을 때 홍세민의 휴대폰 벨이 울렸다. 그는 구석으로 가서 잠시 누군가와 통화를 하고 다시 돌아와 말했다.

"채수희 씨가 꼭 알아야 할 분이 있는데, 오늘 이 자리에 참석하기로 했지만 다른 일이 겹쳐서 좀 늦어진답니다."

"어떤 분이신데요?"

"김 사장님이 말씀 드린 걸로 아는데, 이번 영화에 투자를 하신 분입니다."

"알겠어요. 제가 듣기로는 그분의 요청으로 제가 캐스팅되었다고…"

"맞습니다."

늦게라도 이 자리에 온다고 하니 은근히 긴장이 되기 시작했다. 김준성이 전에 말했던 대로 나이든 세대에게는 향수라는 게 있어, 자신이 성장하며 보았던 영화의 연기자를 선호하는 경향이 있는 건 이해할 수 있을 것같았다. 하지만 그렇더라도 큰 돈이 들어가는 영화에 순전히 자신의 추억을 위해 특정 연기자의 캐스팅을 조건으로 투자를 하는 것은 평범한 일은 아니었다.

그때 박희준이 이쪽으로 걸어오는 게 눈에 들어왔다. 그녀는 이런 분위기에 너무나 익숙한 자태로 천천히 걸어오고 있었다. 보통 외부인이 이런 행사에 참석하면 소외감을 느낄법한데 우리의 박희준에게서는 그런 걸 전혀 느낄 수가 없었다.

내가 다른 사람들에게 그녀를 친구라고 소개하려는 찰나, 그녀가 먼저 나서서 자기 소개를 했다.

"수희의 가장 친한 친구이고요, 지금은 시나리오를 좀 쓰고 있어요."

그 말을 하는 박희준은 시나리오 작가로 10년은 굴러먹은 듯한 포스를 하고 있었다. 그리고 그녀는 누구도 궁금해하지 않는 작품 설명을 시작했다. 타이타닉의 에로 버전 말이다. 그때와 달라진 점이라면 배의 갑판이 아니라 지하의 기관실에서 뜨거운 장면이 벌어진다는 것이었다. 거대한 기계가 돌아가는 배경으로 사랑이 무르익는다나 뭐라나.

나는 더 이상 봐줄 수가 없어 그녀를 끌고 다른 곳으로 이동했다.

"내가 좀 심했니? 네 체면을 생각해서 시나리오 작가 타이틀을 붙인 거야."

"시나리오 작가 타이틀은 좋은데 제발 유람선에서 썸씽이 벌어지는 스토리는 참으라고!"

내 말은 안중에도 없이 박희준은 행사장의 끝을 가리키며 환호성을 질렀다.

"어머? 저 사람 배중민 아니니? '사랑만은 않겠어요'에 나왔잖아. 맞지?"

내가 맞다고 하자, 박희준은 손거울을 꺼내 자신의 우아함에 이상이 없는지 확인을 한번 해 보고 천천히 배중민이 있는 곳으로 걸어갔다. 아마 그녀는 배중민에게 시나리오 작가라고 자신을 소개하고, 타이타닉의 에로 버전을 설명할 것이다.

그때 내가 있는 곳으로 김준성과 홍세민이 다급히 달려왔다.

"선배님! 지금 도착했답니다."

"누가?"

"우리 영화 투자자 말이에요."

나로 서는 부담스러운 상대였지만 김준성 입장에서는 중요한 사람이었기 때문에 긴장하는 것도 이해는 되었다.

"제 입장 잘 아시죠? 잘 좀 부탁드리겠습니다!"

김준성은 나를 향해 고개를 꾸벅 숙였다. 그는 내가 행여라도 결례라도 할까봐 염려하는 듯했다. 하지만 내가 아무리 까칠한 성격이라고 하더라도 나서서 일을 망치는 타입은 아니다. 나는 걱정 말라고 김준성을 안심시켰다.

잠시 후 홍세민이 문제의 그 투자자를 데리고 리셉션 장 안으로 들어왔다. 그런데 그는 내가 예상했던 것보다 훨씬 젊고 샤프한 사람이었다. 나는 특정 연기자의 캐스팅을 조건으로 투자를 하는 사람이라면 70대 안팎의 구닥다리 사고방식을 가진 사람이라고 예상하고 있었다.

물론 그가 20대나 30대로 보이지는 않았으나 그렇다고 세상 돌아가는 것과 담을 쌓고 사는 옛날 사람이라는 인상은 아니었다. 트렌치코트를 입고 걸어오는 그는 전형적인 사업가처럼 보였다. 홍세민이 나를 가리키자 그의 시선이 나를 향했다. 김준성이 부탁했던 것도 있고 해서 가능하면 부드러운 표정으로 그를 맞으려 나 역시 입가에 미소를 띠고 그의 얼굴을 지그시 바라보았는데, 그 순간 머리를 망치로 세게 얻어 맞은 듯한 아찔한 충격이 나를 관통했다.

일단 굉장히 낯익다는 느낌이 먼저 왔다. 그것은 그냥 어딘가에서 잠깐 본 것 같은 그런 정도가 아니라 마치 오래전에 헤어진 가족을 다시 만났을 때처럼 나와 어떤 식으로 건 스토리가 엮여져 있는 그런 상대를 오랜 시간 후에 만났을 때 같은 그런 낯익음이었다.

그가 점점 내 가까이 걸어올수록 나의 마음속 어딘가에 굳게 잠겨 있던 상자 하나가 열리면서 그 속에 있던 쓸쓸하고, 외롭고, 연민 가득한 어떤 추억이 연기처럼 피어오르려 하고 있었다. 그러나 아직은 그것의 정체가 분명하게 드러나지 않은 채 다만 그 향기만이 감돌뿐이었다.

그가 누구인지 제대로 이해한 것은 그가 바로 내 앞에 도착했을 때였다. 활짝 웃으며 나를 바라보고 있는 눈앞의 이 사람은 김범주가 틀림없었다. 그러나 다음 순간 현실에 뿌리를 내리고 있는 나는 그것을 부정하지 않을 수 없었다. 그는 사형수로 이미 이 세상 사람이 아니거나, 아니면 감옥에 있어야 할 사람이다. 그런 사람이 이 자리에 나타날 리가 없다는 현실 인식이 생기면서 내가 지금 환상을 보고 있는 것인가 보다, 정신을 차리자라고 자각하며 어금니를 굳게 깨물었다.

"반갑습니다. 영광입니다."

그가 내게 손을 내밀어 악수를 청하기에 일단 그의 손을 맞잡고 의례적인 인사를 나누기는 했다. 온몸에 전율이 돋아 더 이상 무슨 말을 꺼내야 할지 알 수가 없었으나, 그 와중에도 나로 인해 중요한 일에 지장이 초래되면 안 된다는 이성이 힘을 발휘해 그 힘으로 나는 제 자리에 붙들려 있었다.

영화에서보다 훨씬 미인이시네요, 이번 캐스팅 정말 잘했다는 생각이 듭니다, 이번 영화로 재기에 성공하실 것 같은 걸요? 이제는 수희 씨처럼 완숙한 연기자가 대세예요, 이제 소원 풀이 하셨네요, 그런 말들이 사람들 사이에 오갔고, 나 역시 대충 맞장구를 쳐 주었으나, 내 머릿속은 이 눈앞의 미스테리한 상황을 감당 못하고 텅 비어 버렸다.

김범주가 내게 말했다.

"채 선생님, 결례가 안 된다면 제게 잠깐 따로 이야기할 기회를 주시겠습니까?"

내가 아무 말 못하고 있자 홍세민과 김준성이 거들었다.

"우리 김 사장님은 아주 매너 있는 분이십니다."

"선배님 쓰는 김에 좀 더 쓰세요!"

나는 알겠다고 대답했다.

나는 김범주와 나란히 사람들 사이를 걸어 발코니로 나갔다. 밤의 도시가 호화로운 불빛을 발하며 눈앞에 펼쳐졌다. 겨울이었지만 너무 난방이 잘 되어 있는 룸 안에만 있다가 밖으로 나오니 시원한 기분이 들었고, 차가운 겨울의 공기도 싫지 않았다.

나와 김범주는 어색한 침묵 속에 발코니 난간 앞에 서 있었다. 그러자니 마치, 주변의 모든 것들이 사라지고 김범주와 나, 두 사람만이 무중력의 공간에 떠있기라도 한 것 같은 그런 착각에 휩싸였다.

김범주가 내 쪽으로 돌아서며 말했다.

"그동안 잘 지냈어?"

예전과 조금도 달라지지 않은 그의 말투와 표정을 접하니 이것이 환상이나 꿈이 아니라는 걸 확실히 알 것 같아졌다.

나는 고개를 끄덕이고 대답했다.

"그쪽은요?"

"물론 나도 잘 지냈지!"

"이렇게 만나게 되다니… 마치 드라마의 한 장면 같네요."

"누가 그러더군. 만나야 할 사람들은 언젠가는 만난다고."

나는 현실로 돌아와, 이 사람이 어떻게 이곳에 있는 건지를 현실적으로 생각해보았다. 그는 사형수였고 자신을 잊으라는 마지막 편지를 10년 전에 내게 보내고 더 이상 연락이 없었다. 사회가 민주화되면서 사형 집행이 미루어져 아직 살아 있을지 모른다는 생각은 있었다. 하지만 그가 내 앞에 나타나리라고는 꿈에도 생각해본 적이 없었다. 그 사이에 내가 알 수 없는 변화가 있었던 것인가. 그 변화가 사형수에서 영화 투자자로 변신할 정도로 대단한 것인가. 나는 일단 예전으로 돌아가서 그를 대하기로 했다. 그가 모나코에 있다고 편지를 보냈던 그때로.

"예전에 모나코에 있다는 소식을 편지로 전해준 게 마지막이었는데… 그동안 쭉 그곳에 계셨나요?"

김범주는 빙그레 웃으며 고개를 끄덕였다.

"그랬어. 그동안 모나코에서 살다가 얼마 전에 돌아왔어."

"그곳에서는 어땠어요?"

"아주 잘 먹고 잘 살았지!"

그는 밝게 웃었다. 하지만 나는 도저히 웃을 수가 없었다. 차디찬 감옥에서 10년의 세월을 보낸 사람이 그동안 모나코에서 잘 지냈다고 말할 때 어떻게 웃을 수 있을까. 아니, 웃음은커녕, 눈물이 쏟아질 것 같아 간신히 삼켜야 했다.

"그렇다면 다행이군요. 종종 생각했어요. 어떻게 지내고 있을지…"

"모나코처럼 멋진 나라는 어디에도 없을걸."

"행복했나 보군요."

"물론이지. 내가 얼마나 잘 지냈는지 듣고 나면 수희는 질투심에 휩싸일 거야."

"그래요. 듣고 싶어요."

그는 발코니 난간에 팔을 기대고, 먼 곳을 바라보며 말했다.

"낮에는 해변가에서 선텐을 하며 지냈어. 주위에는 멋진 미녀들이 즐비했지. 밤이면 카지노에서 도박을 했어. 그곳에서 사귄 거친 사나이들과 바에서 한잔 하고 숙소로 돌아와 잠이 들고는 하는, 그런 날들의 반복이었어. 아, 그리고 그곳에서는 1년에 한 번 자동차 경주를 하는데, 아주 굉장한 볼거리였어. 캔 맥주를 마시며 자동차 경주를 구경하면 정말 꿈을 꾸는 것처럼 행복했어. 그곳은 내게 천국이었어."

그의 천연덕스러운 거짓말에서 묘한 페이소스가 느껴졌다. 10년간 감옥에 있던 사람이 모나코에서 행복하게 살았다고 거짓말을 하는 건 어떤 면에서는 우스운 코미디다. 하지만 그렇다고 한바탕 웃어버리고 말 수도 없는 절절한 아픔이 그 속에는 베어 있었다. 나는 터져나오려는 슬픔을 안으로 삼키며 마치 정말로 오랜만에 만난 지인에게라도 하듯이 애써 가볍게 그에게 말했다.

"모나코가 그렇게 좋은 곳이라면… 그냥 그곳에서 계속 살지 왜 왔어요?"

"어쩔 수 없었어. 젠장, 돈을 다 써 버렸거든! 카지노에서 몽땅 잃고 말았어! 완전히!"

"카지노에서 돈을 다 잃다니, 정말 한심하네요!"

"그러게 말이야."

참으려 했지만 눈에서 눈물이 굴러떨어져 가슴 안쪽으로 흘렀다. 한 번 눈물이 터지자 이성의 벽을 무너뜨리고, 걷잡을 수 없이 쏟아져, 나는 소리내어 흐느끼기 시작했다. 정말 그랬으면 좋겠다고, 그랬으면 좋겠다고… 나는 속으로 몇 번이나 읊조렸다. 이 사람이 감옥이 아니라 모나코에서 행복하게 살다가 온 거라면… 그런 거라면… 감옥에 있었고, 사형 선고를 받고, 내게 지상에서의 마지막 편지를 보낸 그런 일들이 모두 거짓말이고, 아니, 꿈이고, 모나코의 해안에서 선텐을 하고 카지노에서 도박을 하고 자동차 경주를 구경하고… 그렇게 10년의 세월을 살다가 이제 나타난 거라면… 정말로 그런 거라면… 그 역시 그랬을까. 그도 울고 있었다. 그는 눈물을 감추려 먼 곳을 바라보고 있었으나 눈물이 뺨을 타고 흐르고 있는 것까지 숨길 수는 없었다. 그렇게 그와 나는 한동안 서 있다가 그가 내 쪽으로 걸어와 나의 어깨에 손을 얹었을 때 나는 무너지듯이 그에게 안겼다.

그의 품에 안기는 그 순간 나는 온전히 나 자신으로 돌아가 마치 그동안의 세월이 모두 방황이었고, 이제 제대로 된 인생의 출발 지점에 들어섰고, 내가 있어야 할 곳에 도달했다는 그런 느낌에 휩싸였다. 그나 나나 아무 말도 안 하고 있었지만 나는 그 역시 내가 느끼는 그런 감정을 똑같이 느끼고 있다는 걸 본능적으로 알 수 있었다.

그가 조금 전에 말했던 것처럼 만나야 할 사람은 언젠가는 만나게 되는 것인지도 모른다. 만나지 못 하고 다른 공간에서 서로를 생각하고 그리워하고, 그런 고통의 긴 겨울을 보내는 사이 사랑은 더욱 단단해지고, 더욱 무르익어 이제 그 사랑의 의미를 서로가 제대로 이해한다고 느낄 때쯤, 그 사랑의 상대가 서로의 앞에 모습을 드러내 다시 하나가 되면, 그 사랑은 강철처럼 단단해 어떤 외풍에도 흔들리지 않고 지켜낼 수 있도록, 어쩌면 우리가 모르는 초자연적인 어떤 힘으로 그렇게 운명지어진 것은 아닐까.

"다시 시작하자."

그가 내게 속삭였다. 나는 대답하고 싶었다. 다시 시작하자고 말하지 않아도, 이미 그 사랑은 다시 시작되고 있는 것이라고, 꺼졌던 사랑의 불씨가 다시 살아나 지금 당신과 내 가슴을 관통하고 있지 않느냐고… 하지만 나는 아무 말도 없이 그에게 안겨 눈물만 하염없이 흘리고 서 있었다. 포옹하고 있는 그와 나의 저편에서 밤의 도시가 명멸하고 있었다.

(끝)

저자 김광호

1967년 서울 출생. 1990,96 영화진흥위원회 시나리오 공모전 당선. 시나리오
작가로 활동하다가 소설 집필에 전념해 『52개의 별』『여자체험』등을 발표했고
『쾌락남녀』『19금 조선왕조실록』등의 전자책을 발표했다.

작가의 말

이 소설을 쓰기로 결심한 그 순간을 지금도 기억하고 있다. 어느 날 전철을 타고 가던 도중 열차 밖으로 스쳐 지나가는 콘크리트 통로를 물끄러미 바라보다가 불현듯 이 소재의 소설을 쓰면 좋겠다고 생각했다. 원래 이 작품은 영화화를 위한 시나리오로 먼저 쓰여 졌다. 그때 이 시나리오로 감독을 하겠다고 생각하고 썼지만 잘 안 되었던 작품이라 거의 잊고 있던 소재였는데, 지금의 시대 분위기라면 잘 통할 수도 있을 것 같아 소설로 쓰기로 했다. 그렇다고 그것에 관해 무슨 근거가 있는 건 아니었고 막연히 그런 예감이 들었다는 것이다.

그렇게 시작한 집필은 한없이 길어졌고 분량도 내가 처음에 예상했던 것 보다 훨씬 늘어나게 되었다. 출판이 될지 안 될지도 알 수 없고, 설령 된다고 하더라도 잘 팔린다는 보장도 없이 몇 년이라는 세월을 오직 글 쓰는 것에만 집중해야 하는 이런 것은 정말 무모하다는 생각이 들기도 했다. 하지만 끝날 것 같지 않은 스토리의 종결지점이 보이면서 쓰기를 잘 했다고 생각했다. 지금 생각해보면 일종의 도전이면서 한 편으로는 여행이기도 했던 것 같다.

이 소설에 나오는 여주인공과 여주인공 친구들의 이야기는 오래전 대학을 다니던 누나가 해 준 이야기들에서 모티브를 얻었다. 예나 지금이나 누나는 정말 말을 재밌게 한다. 소설의 중간에 나오는 캐나다 어학 연수 부분은 조카의 어학 연수에 관해 들은 이야기가 참고가 되었다. 그리고 남자주인공이 일하는 나이트 클럽은 실제로 내가 사는 지역에 있었던 나이트 클럽을 모델로 했다. 그 앞을 지나다니며 보았던 여러 가지 풍경들이 상상력을 자극해서 하나의 그림이 만들어진 것 같다. 지금은 없어지고 다른 가게가 들어섰다.

그 외에 살아오며 경험한 것들, 보고 들은 것, 그리고 만났던 사람들에 대한 인상이 이 소설의 곳곳에 스며들어 있으리라고 생각한다. 물론 현실과 소설은 다르다는 것을 전제로.

끝으로 오직 아들이 잘되기를 바라는 연로하신 어머니에게 이 소설을 바친다.

2022. 봄. 김광호.